本书为海南省哲学社会科学重大委托项目"海南黎族文学研究"

[项目编号: HNSK（ZD）19-122] 的结题成果

石晓岩　陈小妹　著

海南黎族文学研究

社会科学文献出版社
SOCIAL SCIENCES ACADEMIC PRESS (CHINA)
SSAP

前　言

　　黎族是海南岛的先住民，在海南岛已有 3000 年繁衍生息且有据可证的历史，创造了灿烂的民族文化。黎族人口 145 万人，在中国 56 个民族中排名第 18。然而，黎族民间文学、黎族作家文学的研究现状与黎族在祖国大家庭中的历史地位很不相称，目前还处于起步阶段，还有很多尚待发掘的文化宝藏。现代化浪潮的冲击使黎族传承千年的民族文化面临生存危机，大量未记录的原生态民间文学如不进行抢救性搜集整理将永久失传。研究黎族文学不仅是为了保留黎族历史记忆、巩固黎族的精神家园，更是为了促进多民族相互理解与和谐共存，"铸牢中华民族共同体意识"。作为族群意义上的文学，黎族文学在文学内容和审美形式上呈现民族化和地域化特征。在全球化语境里，文化一体化趋势引发了少数民族的生存焦虑。面对现代社会对民族生存空间的挤压，对民族传统生活方式和民俗信仰的排斥，黎族作家忧心于民族文化记忆的解体和民族自我意识的丧失，自觉地通过文学创作完成民族想象和身份认同，修复民族文化创伤，守护民族文化传统，建构民族文化自我。作为审美意识形态，黎族文学在创作中体现出民族性与人文性的契合。黎族文学对天空、海洋、土地、群山、森林、动物、植物等自然景观的书写，对风俗信仰、伦理道德、禁忌习惯等人文景观的书写，表现出对真善美的追求，表达了对人类命运的关注和对人性的理解，从而逾越了狭隘民族主义的界限，彰显了中华民族共同体乃至人类命运共同体意识。

本书将黎族文学界定为以海南黎族作家为创作主体，体现黎族价值观念、文化心理和审美趣味的文学。本书包括黎族民间文学研究和黎族作家文学研究两部分，上编为黎族民间文学研究，下编为黎族作家文学研究。本书力求建立黎族文学研究的整体视野，将黎族民间文学研究与作家文学研究相结合，将整体考察与个案分析相结合，聚焦黎族文学主体性，关注黎族民族身份认同，凸显黎族民族文化的独特价值。以同情与理解之心，尽可能了解少数民族文学，避免无知导致的无视。少数民族民间文学是中华民族珍贵的文化遗产。黎族民间文学既彰显民间文学的民族性特征，又突出黎族文学的地域化特征。黎族作家文学的作者来自接受现代教育、具有民族视野的现代知识分子。与很多少数民族文学相似，黎族文学具有地域化特点。黎族人民生活在热带海岛的雨林山地和沿海地带，以农耕狩猎、渔业捕捞、畜耕混作为主。黎族文学反映了海南岛独特的自然地理环境、文化传统、社会制度以及黎族人民的风俗习惯、文化心理、审美观念和艺术情趣。从讲述开天辟地跋山涉水的民族史，表现刀耕火种赶山狩猎的农业生活，到对黎锦、草寮、山海等自然景观和文化景观的描绘，再到自觉的"地方性知识"呈现和"民族志"书写，黎族文学反映了民族身份认同和传承民族文化的渴望，从各个角度勾勒出黎族在不同历史阶段的政治、经济、文化、风土人情和民族关系，既是黎族人民社会生活的缩影和精神价值所在，也是人类的共同精神财富。

目　录

上编　黎族民间文学研究

下编 黎族作家文学研究

上编

黎族民间文学研究

第一章

黎族民间文学概述

第一节　黎族与黎族民间文学

黎族是最先居住在海南岛上的移民，在漫长悠久的历史岁月中，他们创造了光辉灿烂的民族文化，黎族民间文学就是其中瑰丽的黎族文化成果。在《论"文学是人学"》一文中，钱谷融开篇即提到"高尔基曾经作过这样的建议：把文学叫做'人学'"①，他对该说法多有感悟，并据理对其进行了深入的阐述与辨析，之后又开宗明义地提出"文学是人学"的命题。虽然关于"文学是人学"这一命题的来源和本义，学界存有争议，②但学界普遍认可"文学"与"人学"之间关系密切。黎族民间文学与黎族文化相关，与黎人相关，黎族文化与黎人自然也存在密切的关系。黎族民间文学是一种以语言为媒介的黎族审美意识形态，与黎族社会的发展有紧密的关系。但什么是黎族民间文学，它具有什么内涵与外延？我们需要回到黎族民间文学本质问题，去明确这个概念。

黎族民间文学有着悠久的历史，是黎族社会历史跨越几千年的族群记忆。要界定黎族民间文学，除了需要聚焦海南黎族，了解海南岛上这一特

---

① 钱谷融：《论"文学是人学"》，人民文学出版社，1981，第1页。
② 刘保端曾质疑钱谷融的观点，分别在1980年第1期《新文学论丛》上发表《高尔基如是说——"文学即人学"考》一文，以及在1982年第3期《文学评论》上发表《关于"文学是人学"问题》一文。

殊民族群体，明确黎族民间文学的研究对象，划清它与其他文学样式的区别，明确其内涵与外延之外，还要把黎族民间文学放到民间文学之中去进行对比和研究，把握黎族民间文学的特点。

黎族民间文学是黎族族群的文学表述，是黎族人民的文学。黎族先民是海南岛最早的移民，其历史可以追溯到原始社会的新石器时代或者更早一些时候，属于原始社会的母系氏族社会时期。"据 2010 年全国第六次人口普查数据，我国黎族约有 136 万人，其中海南省黎族人口为 1277359 人，占全国黎族人口的 93.3%。"① 历史上的黎族是一个没有自己民族文字的民族，黎族人普遍使用黎语，从语言的分类来看，黎语属于汉藏语系壮侗语族黎语支。黎族是一个极具包容性的族群聚落，因为历史上与汉族或其他民族长期接触与交流，现今很多黎族同胞能熟练运用汉语或者其他民族的语言。当前，海南黎族根据语音、词汇及语法的细微差异，主要分为五个方言区：哈（过去作"侾"）、杞（又称"岐"）、润（过去汉称"本地"）、美孚、赛（台，过去称"德透黎"或"加茂黎"）。

时至今日，国内外学者在探讨黎族族源这一历史问题时，仍观点不一，但归总各种说法，影响最大的三种观点是"南岛说"②、"大陆说"和"多元说"。"南岛说"认为在远古时代，黎族先民从东南亚地区迁移到海南岛；"大陆说"认为黎族由中国南方的古越族移居海南形成；"多元说"则认为黎族族群来源多元，是多区域移民进入海南后逐渐融合形成的族群。1991年，孙秋云在研究黎族来源问题时，就结合收集到的资料，用人类学的观点分析提出："海南黎族的来源既非纯由古越族发展而来，亦非由南洋古代民族迁徙而来，而是由海南岛上的远古土著居民为主体，兼融古代骆越人、南越人、壮人和汉人等民族成员的成分逐渐发展演变而来的。"③ 以上三种关

① 陈桂、柏贵喜：《杞方言黎族"合亩制"地区社会文化变迁研究》，南方出版社，2020，第 2 页。
② 德国人类学家史图博在其《海南岛民族志》中提到黎族和马来族以及印度支那次大陆各民族有着很多相似之处。
③ 孙秋云：《从人类学观点看海南黎族来源的土著说》，《中央民族学院学报》1991 年第 3 期，第 37～41 页。

于黎族族源的说法皆是对民族学、考古学、历史学、语言学和民俗学等学科的理论与资料的借鉴，每个说法的推演过程都有理有据。我们对比这三种不同的说法，发现三者虽然在关于黎族族源的观点上看法不同，结论不一，但都肯定黎族来源的复杂性，并认可黎族与骆越族群的亲密关系。目前，学界一般认为现代汉藏语系壮侗语族中的壮族、傣族、侗族、布依族、仫佬族、毛南族、水族、黎族等民族，多由骆越族群发展而来，可见，黎族与西南少数民族在族源上，确实存在密切的关系。

黎族移居海南之初，属"母系氏族社会时期"，其后世虽经历漫长的族群发展阶段，但社会发展缓慢。由于地处偏远，黎族族群普遍疏离于中央政权之外，黎族社会和经济在海南呈现鲜明的区域差异性和不平衡性。一些落后的地区，如五指山区域，在海南解放前还处于具有父权奴隶制残余的早期封建社会。有资料记载，"当地的黎族地区直到中华人民共和国成立之后的一段时间里，还一直保留着一种具有明显原始公社残余的社会经济组织——'合亩制'"①。这种具有明显原始公社残余的社会经济组织，虽并非黎族地区普遍存在，但结合黎族社会的发展背景，可以窥视其所折射的黎族经济落后状态。至于黎族的文化发展情况，在此必须提及文字这种记载族群文化的重要媒介。一直到新中国成立前，黎族都没有本民族的文字，因此黎族民间文学在漫长的传承过程中，是以口头的方式流传的。

作为海南岛上的少数民族，黎族区域经济发展相对落后。加之黎族族群存有方言区别，因此受方言和文化限制，黎族民间文学发展也较为缓慢。自汉代开始，汉族和他族移民陆续移居海南岛，黎族主要在海南岛南部和中部山区活动。在海南千年的发展历程中，汉族文化逐渐成为海南岛上的主流文化，而黎族文化反倒成为海南岛上的非主流文化。也正是因此，黎族民间文学作品普遍不被历代主流文人重视，鲜少有文字记录，是以历史上有文字记录的可考据的黎族民间文学作品鲜有。但作为黎族族群的审美意识形态形式，黎族民间文学一直在黎族人的生活中发挥着重要的

---

① 陈桂、柏贵喜：《杞方言黎族"合亩制"地区社会文化变迁研究》，南方出版社，2020，第4页。

作用。黎族民间文学由黎族民众集体创作，并由黎族民众集体传播，一般只在黎族区域内传诵。

在文学发展史上，黎族民间文学被主流文学所忽略，遗忘在历史发展的进程中。论及"黎族民间文学"，我们还必须谈及"民间文学"。"民间文学"这一学术名称本由国际术语 Forklore 发展而来，该词最早由英国人汤姆斯于 1864 年提出和使用。该术语原本含义丰富，指"人民的智慧、人民的知识"①，后逐渐发展形成广义和狭义两个概念：广义概念指民俗学（包括民间文学）；狭义概念仅指民间文学及其研究。20 世纪初，中国学者开始接触这个概念，并不约而同地使用"民间文学"的狭义概念。胡愈之在其 1921 年发表的《论民间文学》一文中，就对民间文学的概念、范围做出了解释："民间文学的意义，与英文的 Forklore 大略相同，是指流行于民族中间的文学。民间文学的作品，有两个特质：第一，创作的人乃是民族全体，而不是个人。第二，民间文学是口述的文学，不是书本的文学。"② 在后续百年的民间文学研究发展历程中，学者多次针对民间文学的概念和范围问题展开热烈的讨论，最终明确归总为：民间文学是集体创作的文学，是口头的文学，是语言的艺术。中国现代民俗学运动和民间文学运动的开拓者——钟敬文先生，在其主编的《民间文学概论》中，就提到民间文学是"人民大众的口头创作，它在广大人民群众当中流传，主要反映人民大众的劳动生产、日常生活和思想感情，表现他们的审美观念和艺术情趣，具有自己的艺术特点"③。

基于对"民间文学"概念的把握，许多研究黎族民间文学的学者在谈到黎族民间文学时，也结合自己的研究对黎族民间文学进行了界定，或是对其具体外延进行限定④，或是对其内涵进行明确清晰的界定⑤。学者们在

① 乌丙安编《民间文学概论》，春风文艺出版社，1980，第 1 页。
② 转引自毕桪主编《民间文学概论》，民族出版社，2004，第 10 页。
③ 钟敬文主编《民间文学概论》，高等教育出版社，2010，第 1 页。
④ 韩伯泉、郭小东在其《黎族民间文学概说》一书中，认为黎族民间文学包括神话、传说、故事、童话、民歌、民谣、谜语、谚语；文明英在其《黎族民间文学概论》一书中，认为黎族民间文学包括神话、传说、故事、童话、寓言、歌谣、史诗和谜语等。
⑤ 符震、苏海鸥在《黎族民间故事集》中对黎族民间故事进行了明确界定。符震、苏海鸥主编《黎族民间故事集》，花城出版社，1982，第 1 页。

黎族民间文学界定问题上看法虽略约有别，但大体一致。黎族民间文学是黎族人民集体创作，长期流传在黎族人民中的口头文学样式，它以黎族人民的审美观念和艺术情趣为依据，审视黎族人民的劳动生产和日常生活，反映黎族人民的历史，表达黎族人民的思想感情。当前，基于传承、保护和研究的目的，黎族民间文学虽多用书面形式记录，但口头语言艺术本质使其与黎族作家文学有着明显的区别。

黎族民间文学不同于黎族作家文学，两者之间最主要的区别表现在文学创作主体上。黎族民间文学是黎族人民真挚感情的自然流露，主要通过口头的方式创作和流传，是集体性的文学活动。其中，那些百科全书式的黎族民间长篇神话和史诗，在漫长的岁月中，经过世代黎族人的不断加工、创造，积淀着丰富的民族情感，积累着广博的民族文化智慧。就当前黎族文学发展状况而言，黎族民间文学与黎族作家文学虽同处黎族文化的统一体中，彼此之间有千丝万缕的联系，但就黎族文学的发展历程而言，是先有黎族民间文学，后黎族作家文学才出现，且由于曾经黎族地区普遍落后的文化成长环境，黎族作家文学的成熟创作个体在很长一段黎族文学史中一直缺席，直到 20 世纪 80 年代，黎族作家群体才成熟，黎族作家文学才出现。

黎族民间文学的体裁有神话、传说、史诗、民间故事、民间歌谣、谚语、谜语等，我们一般把这些不同体裁的黎族民间文学分为散文类和韵文类两种。

散文类黎族民间文学主要包括神话、传说和民间故事。黎族神话的内容十分广泛，涉及开天辟地、人类起源等多个方面，代表性的作品有《大力神》《伟代①造万物》《人类的起源》《兄弟星座》等。黎族传说的内容也非常丰富，有《五指山传说》《五指山的由来》《七指岭的传说》《鹿回头》等，主要描述黎乡独有的风物及其风貌特征；还有记载人物和史事的传说，如《马伏波与"白马井"》《李德裕的传说》《黄道婆的故事》等。黎族民间故事生动有趣，有《蜈蚣的故事》《牛为什么犁地》《山兰稻种》等。

———————————

① 黎族神话中创造万物的万能者。

韵文类黎族民间故事主要有史诗、歌谣、谚语、谜语和歇后语等。黎族史诗是对自己族群远古记忆的追寻，《吞德剖》①是其中最为著名的一部。黎族是一个能歌善唱的民族，黎乡素有"歌海之城"的称呼。史图博作为国外学者，曾于20世纪30年代初，两次穿行海南黎族地区，他的专著《海南岛民族志》就有对黎族歌谣的评价。史图博提到黎族人无论是开展劳动生产，还是婚恋祭祀，在活动中，他们往往都爱用歌声来表达自己的感情。黎族歌谣依据唱法和音调韵律，可以分成两类：第一类是传统黎歌，用黎语咏唱，歌调古朴粗犷；第二类为汉化黎歌②，即用海南方言咏唱的黎调歌谣，这是黎汉文化交融的产物。若按表述内容分，黎族歌谣又可分为劳动歌、习俗歌、情歌、时政歌和儿歌等。最具有代表性的黎族民间歌谣有《姐弟俩》《龙蓬》《甘工鸟》《巴定》等，在这些民间歌谣中，有的反映阶级压迫，有的歌颂善美、鞭笞丑恶，还有的歌颂黎族人民真挚的爱情和美好的婚姻生活。此外，黎族还有丰富的谚语、谜语和歇后语。黎族谚语总结了黎族人民的生产和生活经验。黎族谜语是黎族人民在长期的生活实践中，对事物进行细致的观察和分析之后，将朴素的科学观念同巧妙的艺术想象相结合的产物，主要分为物谜、事谜和字谜三类。黎族歇后语则是黎族民间智慧的一种表达方式。就目前收集整理的黎族歇后语情况来看，黎族人民虽然也有自己的歇后语，但对比其他民族的歇后语情况，相对其他类型的民间文学作品而言，黎族歇后语在数量上则显得有些单薄。

第二节　黎族民间文学的发展历程

黎族民间文学由黎族人民口头创作、口头流传，是集体性的文学活

---

① 《吞德剖》又称《黎族祖先歌》《五指山传》。"吞德剖"是黎语，翻译成汉语是"祖先歌"的意思，其中"吞"是"歌"的意思，"德剖"是"祖先"的意思。

② 关于"汉化黎歌"的说法，是研究黎族民间文学时，学界通常使用的表述，在著作和论文中都十分常见。"汉化黎歌"在强调语言的同时，也强调内容、形式、节奏和腔调等，是黎族歌谣的既有分类。

动。集体创作的过程决定黎族民间文学作品在千年的黎族社会流传中，必然具有一定的变异性。黎族民间文学就像是研究黎族文化和社会的"化石"，我们对这一块块"文学化石"进行层层"检测剖析"，就能查看不同时期黎族文学发展的元素。

流传于五指山地区的民间传说《黎人过海的故事》，就是这样一块研究黎族文化和社会的"化石"，其叙述的是黎族先祖王亚远的故事。因为这是一部通过口语流传的集体创作作品，所以不同的叙述者在讲这个故事时，会将不同的时代内容添加到这个民间传说中。在作品中，我们可以看到黎族历史跨越了几千年的族群记忆。作品记录黎族先祖在奴隶社会时期，就由大陆①移居海南岛。作品描述了他们在原始社会时期刀耕火种的艰难求生历史，呈现了黎族社会早期人口凋零的族群发展状况，记载了黎族自由恋爱的婚嫁习俗等社会文化内容。此外，在这个代代传承的口头叙述故事中，黎族人还特别强调他们作为海南最早拓荒者的身份，强调其他移民入驻海南的时间在黎族之后。同时，还记录下中央王朝治理海南的事实，此外，多处记录显示，在移民开发海南的过程中，不同时期不同来源的移民一度关系紧张。可见，像《黎人过海的故事》这样的民间叙述，是"迭代"叙述的成果，不同历史时期的内容浑然天成地融入其间，我们看不出叙述的具体时代背景。因此，我们在解读黎族民间文学的发展问题时，不能像判断具体作家作品那样，明确具体作品的创作时代，开展"知人论世"式研究，但我们可以从黎族民间文学作品中，以剖析"化石"的方式，解读出黎族民间文学发展的脉络，对黎族民间文学的发展和演变进行相应的梳理。

纵向审视海南黎族民间文学的发展历史，可将黎族民间文学的发展分成四个阶段：口语成长初期、汉化口语发展期②、文艺觉醒期和全面繁荣期。黎族民间文学在不同的发展阶段，达到不同的创作水平，表达不同内容，孕育出不同的创作成果。

第一阶段，黎族民间文学的口语成长初期。

---

①　当时的海南人生活在海岛上，他们习惯称内地移民为大陆移民，以区别岛上居民。
②　关于"汉化口语发展期"的说法，是研究黎族民间文学时，学界通常使用的表述。

黎族民间文学伴随着黎族社会的形成和发展而成长。"根据碳十四测定，南海诸岛大部分岛屿露出水面时间距离现在约 5000 年。"① 黎族早期移民大约于该时期通过陆行或使用独木舟进入海南岛。黎族民间文学自产生一路缓慢发展，先秦时期属于黎族民间文学的口语成长初期。黎族神话在其口语成长初期广泛流传，是黎族最古老的口头创作之一，此外，黎族远古传说和史诗，也是这时候就出现的文学体裁。

每个民族在其历史发展初期，都产生过大量的神话，黎族也不例外。海南岛北隔琼州海峡，与雷州半岛相望，是我国最大的热带岛屿区域。从目前考古发现来看，海南岛尚未出现从猿到人的文化遗迹，史学界普遍认为早先岛上居民都是从内陆或其他地方迁移而来的。黎族就是海南岛的早期移民之一，被普遍认为是"海南岛最早的居民"②。作为移民族群的文化记忆，黎族神话内容包罗万象，是黎族民间文学宝库中一颗璀璨绚丽的明珠，代表性的神话作品有《天翻地覆》、《人类起源的传说》（又名《人类起源》）、《螃蟹精》、《虫变人》和《一个葫芦瓜》等。黎族神话是黎族原始先民对于族群来源和自然现象问题的一种解释，是族群不断确定外在世界和内在自我的重要探索成果。

黎族神话《虫变人》思考了人的起源问题，提到人由虫变成。该神话中还提到人经历的"天闹洪水"阶段。在这个阶段，有一对姐弟种了一棵葫芦瓜，他们的葫芦瓜长得像山一样大，于是，在洪水来临之前，姐弟俩就把葫芦掏空，把锅碗、油米等生活所需物品都放进去，后又捉猪逮鹿放进去。洪水来后，他们躲入葫芦中，在葫芦瓜里足足待了两个月，洪水才退去。洪水过后，他们从葫芦瓜里走出来，砍竹伐木，造房建屋。因为世界上只剩下他们两个人，于是，在雷公的安排下，姐弟俩结婚生子。但所生之子却不像人，而是一个大肉块，于是他们将肉块剁碎，拿到各地去撒。撒在汉区的碎肉，就成了汉人；撒在哈区的碎肉，就成了哈人（即现

① 司徒尚纪：《岭南海洋国土》，广东人民出版社，1996，第 79 页。
② 周璜：《古代海南黎族人口迁移及其对社会发展的影响》，《南方人口》1992 年第 1 期，第 38~41、51 页。

在的哈方言人）；撒在杞区的碎肉，就成了杞人（即现在的杞方言人）；撒在润区的碎肉，就成了润人（即现在的润方言人）；等等。而撒在山上的碎肉变成了各种山上的动物，撒在水里的碎肉变成了各种水里的动物。该神话以想象世界的方式，解释了人和世间万物的关系，虽看起来有些荒谬，但其中所蕴含的朴素而又真诚的平等观尤为可贵。

同样，黎族远古传说作为黎族民间文学早期重要的创作体裁，不仅记录着黎族族群溯源的沉思，也记录着黎族原始先民开疆辟土，与大自然做斗争的族群发展历程。黎族人坚信自己就是海南岛上最早的居民，因此，往往以主人自居，而称汉人为"客"。马荣江曾提到，"20世纪50—90年代的考古发现可以确证，早在一万年前就有人类生活在这片土地上，他们是生活在三亚近海一带的'三亚人'，这些人有可能是黎族人的重要组成部分……海南早期的人类活动大体是以三亚为起点，沿着河流逐步向山岭发展的。不过，他们并没有忘记自己来时的'海'，比如海南黎族的'船形屋'"①。马荣江的研究提到海南考古发现中最早的人类活动与黎族人之间的关联，而黎族传说则以自己的方式，诠释了黎族人世居海南的状况，以及黎人与"船形屋"的关系。黎族传说《丹雅公主》描述道，"为了躲风避雨，防御野兽的侵扰，丹雅公主到山上砍来几根木桩，竖立在海滩边上，然后把小船拉上来，底朝天放到木桩上当屋顶，又割来茅草围住四周。白天，她带着小黄狗上山打野兽、采野果、掏鸟窝；晚上她睡在这船屋里，小黄狗守在门口。后来，船板烂了，她就割来茅草盖顶，这就是如今黎村船形茅屋的来历"②。故事描写了丹雅公主是如何在岛屿上求生的，还介绍了船形屋的由来和建造方式，这实际上是黎族人远古记忆的留存，是黎族人对过往的回想。

此外，黎族史诗也是该阶段的重要文学体裁。黎族史诗与神话都是黎族社会生产力落后，认识水平不高时的产物。《五指山传》篇幅长达3000余行，是黎族先民的创世史诗。虽然该史诗作品在整理和传承时，颇受争议，但当前，《五指山传》被定义为黎族旷世史诗，是黎族人民的一部百

---

① 马荣江：《海南民俗文化生态研究》，人民出版社，2021，第21~23页。
② 符震、苏海鸥主编《黎族民间故事集》，花城出版社，1982，第5页。

科全书。史诗内容丰富，由八章构成，分别是：天狗下凡、五指参天、布谷传种、雷公传情、海边相遇、成家立业、儿大当婚、分姓分支。作品不仅叙述了人类的起源，以及日月、山河、草木、石头的形成问题，还生动地记录了黎族先民与自然做斗争，与黑暗力量相抗争的历史。作为黎族先民的想象和追忆，该作品是黎族先民对黎族起源，以及各种动植物来源的早前懵懂认知，也是早前黎族先民婚姻爱情、生活习俗的记录，呈现了黎族先民的原始信仰，是研究黎族历史、风俗和信仰的一部难得的作品。

第二阶段，黎族民间文学的汉化口语发展期。

当我们以"黎"之名定义海南岛上这一群最早的居民时，我们其实已经以他者的眼光去审视和研究这个对象。刚开始时是没有"黎"这个称谓的，黎族人一般都自称为"赛"，"黎"主要是其他族群对黎族的称呼。黎族自身内部因方言、习俗、地域分布的差异，又有不同的称呼，有"哈""杞""润""赛""美孚"等。学术界广泛认为黎族这一称谓——"黎"，与黎族居住的地方被称为"黎"或者"黎母山"有关。宋代范成大所写的《桂海虞衡志》里，就说道："（海南）坞之中有黎母山，诸蛮环居四旁，号黎人。"部分古籍中，也有关于海南黎族的记载，但当时大都用我国南方一些少数民族的统称，如汉时或称"骆越"，或称"里""俚""蛮"，而隋、唐时则"俚""僚"并称。据悉，"'黎'这一族称最早出现于唐代后期的汉文文献上，但是，普遍以'黎'代替'俚''僚'作为黎族的专用族名，则是到宋代才固定下来，一直沿用至今"①。可见，"正名"的过程，是他者对黎族了解不断深入的过程，汉族文献中对黎族称谓的日益明确，体现出他者与黎族关系往来的日益密切。

在整个黎族史和黎汉民族关系史上，汉代绝对是一个重要的转变期，黎族民间文学的汉化口语发展期就始于汉初，随着海南移民数量的增多，海南岛上的民族融合不断推进，黎族民间文学在表达内容和表达形式上，都受到汉族文化的影响。这一阶段一直延续到20世纪初期。汉初，随着中原文化影响深入海南岛，汉族经济文化的影响在海南也不断扩大，在该发展阶段，黎

---

① 邢关英：《黎族》，民族出版社，1990，第9页。

族仍未形成自己的文字，因此民间文学仍以口语的方式创作和流传。但此时黎族民间文学发展的社会背景已经发生改变：一方面，黎族文化融入海南区域文化的碰撞与融合浪潮中；另一方面，黎族原始社会部分解体，随着黎族生产力的发展，其内部社会生产关系也发生了变化，封建制度在黎族部分地区出现。黎族民间文学在汉化口语发展期，不再一往情深地凝视自然和解答自然，也不再单纯进行族群历史的神圣叙述，此时的黎族民间文学作品更多是回归黎族群体生活本身，反映黎族社会出现的问题，这方面的内容主要表现在民间故事和民间歌谣中，代表作品有黎族"早发的神箭"故事系列《落笔洞》《烧仔山》《绣脸的传说》《蛤蟆黎王》《阿坚治黎头》《猎哥与仙妹》《阿德哥和七仙妹》《甘工鸟》《黎武称王》《烧炭人》等，该阶段的黎族民间文学多描写当时出现在黎族社会的族群矛盾或黎族内部的矛盾，作品明显具有汉族文化迹象。

第三阶段，黎族民间文学的文艺觉醒期。

自汉以来的黎汉融合，使海南黎族在中原文明的裹挟下，快速跨越人类发展原始阶段进入封建社会。海南作为南海重要的经略要地，越来越受到朝廷的重视。中央对黎族地区的治理，也由曾经的"武治"发展到"文武结合"。"在海南黎族地区，主要是广建义学、社学等学校，同时，在科举考试中为黎族子弟特设录取名额"①，清廷对黎族地区开展文教，办"义学"，目的是推进民族"同化"，消弭民族反抗，将教化与武力控制结合。政策推行卓有成效，清朝的统治进一步深入黎区，更多的黎民成为国家的编户齐民，有的甚至已经融入汉族之中。如明宣德时期（1426—1435 年）海南文昌县有"文昌无黎"之说，"治平已久，田地丈入版图，故有文昌无黎之说"②。黎族社会逐渐融入整个海南社会，"至民国时期，黎族约占人口 90% 的地区均进入封建社会"③。

19 世纪末 20 世纪初，随着黎族社会的发展，黎族民间文学开始进入文字记录的文艺觉醒期。所谓"文字记录的文艺觉醒期"，一是指黎族民

①《黎族简史》编写组编《黎族简史》，民族出版社，2009，第 102 页。
②（清）光绪《琼州府志》卷二〇《海黎》。
③ 王海、江冰：《从远古走向现代——黎族文化与黎族文学》，华南理工大学出版社，2004，第 31 页。

间文学创作进入了自觉时代；二是指自该阶段开始，有越来越多的文字记录黎族民间文学作品；三是指作为一种文学活动，黎族民间文学开始被正视，各界均给予关注和开展研究。黎族民间文学进入文字记录的文艺觉醒期，是黎族社会尖锐社会矛盾和斗争的结果，也是中国多民族社会融合发展的必经过程，更是黎族民间文学自身发展的一个必然。

进入19世纪末，中国陷入时代的动荡，迈入斗争激烈期。彼时的海南由于独特的地理位置，在军事上和经济上都具有重要战略地位，因此一直是西方列强的觊觎对象。清咸丰八年（1858年），《天津条约》签订，琼州等地被迫开辟为商埠，允许英、法等国在当地设立领事馆。接着1861年至1869年间，其他西方列强接踵而至，清廷被迫订立各种不平等条约，其中，当时的琼州口（即现在的海口）也被列为通商口岸，西方列强的魔爪伸入海南岛。海南被卷入国家革命与反抗的浪潮中，不但社会发展受胁迫，文化发展也遭受强烈冲击，特别是被西方列强的"域外文化"所冲击，其中域外宗教开始进入海南。据资料记载，"清德宗光绪七年辛巳（1881）十一月，美籍丹麦人冶基善（Carl C. Jeremiassen）从广州抵达海南岛，开始进行传教活动，这是基督教在海南传播之始"①。

清廷的式微衰落、民国时期的混乱治理，加之地方势力和境外势力的崛起，导致海南各方面的力量斗争表现尤为激烈。此时，虽然黎族地区还普遍落后，但与中原文明的碰撞，加之黎族人才的出现，使黎族社会获得一定的发展，同时，黎族文化也获得相应的发展。与时代同步，黎族民间文学的发展出现了新的可能。尤其是随着20世纪初新民主主义革命的推进，"抚黎"过程中黎汉信息的碰撞，更是开阔了黎族人民的视野，使黎族民间文学获得了新的题材，呈现出全新的自觉创作状态。而海南解放后，在中国共产党的领导下，黎族地区发生了翻天覆地的变化。黎族人民当家作主，变成了社会的"主人"。黎族人民投身到新中国的建设浪潮中，积极参与社会活动，同时，以特色黎族表达来展现他们的新生活、抒发他

---

① 刘耀荃编《黎族历史纪年辑要》，广东省民族研究所，1982，第99页。

们的新感受。黎族民间文学，特别是黎族民间歌谣迎来创作的春天，进入创作自觉期，不少有自觉审美意识的黎族民间文学作品相应问世。

在黎族民间文学研究方面，19世纪末，国外学者深入黎区进行的调研活动虽"志"不在文学，但"无心插柳"的文字记录和评论，无疑也为黎族民间文学传播和研究做出了一定的贡献。这些国外学者的著作主要是对海南黎族的"猎奇式"呈现，见解虽有偏颇，但确实是文字记录黎族文化的一份珍贵资料。在他们的记录中，有个别民间文学作品的身影，他们开用文字有意识地记录黎族民间文学的先河，但都较为零散，记录也有限。直至20世纪中后期，有组织、有规模的黎族民间文学采集和记录活动才出现，一系列黎族民间文学作品集相继推出，海南黎族民间文学真正进入文艺觉醒时代。当时，黎族人民在打破旧中国的社会格局，赶走外来侵略势力的斗争过程中，开始有意识地发声与表达，大量有明确创作目的的黎族民间歌谣作品出现，《逼侎上山拿起枪》《我们都是兵》《打仗不论男与女》《独立队，万万岁》等都是黎族人民在反抗斗争的过程中创作的民间文学作品。我们以《逼侎上山拿起枪》《打仗不论男与女》为例。

逼侎上山拿起枪

一天到晚在田做，
时顿到头饭见影。
地主逼债又逼粮，
逼侎①上山拿起枪。

打仗不论男与女

忆起民国十六年②，
陵水人民不可欺，

---

①　"侎"在黎语中的意思为"咱"。
②　民国十六年，即1927年。

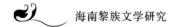

　　大刀长矛齐上战，

　　打仗不论男与女。

　　海南黎族人民就是在反帝反封建的斗争中，逐渐找回了自己的主人翁身份。哪里有压迫，哪里就有反抗，哪里就有斗争，《逼侏上山拿起枪》和《打仗不论男与女》这样的民间歌谣作品，就是黎族人民在三座大山压迫之下觉醒的呐喊。这些民间歌谣反映的正是该阶段历史的真实情境，呈现了黎族人民被迫投入反抗斗争中的激昂和自觉。随着黎族地区革命势力的不断扩大，以及黎族人民的逐渐觉醒，民歌民谣与革命斗争产生了直接联系。黎族民歌的创作初现自觉，黎族群众在抗争的同时，有意识地用黎族歌谣这一传统的口头文学形式，传唱这个时期最新的内容，呈现最新的风格，表达最新的主题。在中国共产党领导的革命过程中，黎族人民创作出了不少具有强烈政治鼓动性、战斗性的歌谣。这些作品记录了黎族人民走向革命道路的轨迹，是黎族口头文学史上的一次觉醒和突破。

　　第四阶段，黎族民间文学的全面繁荣期。

　　自 1949 年新中国成立始，中国进入社会主义特色文学发展和理论建构新阶段。以毛泽东《在延安文艺座谈会上的讲话》为核心的马克思主义文学理论，从解放区文论话语发展成为新中国权威文论话语，不断被经典化和权威化。黎族民间文学汇入社会主义文学建设发展浪潮中，迎来全面繁荣期。在党的艺术发展指引下，在政府部门的支持和组织下，黎族民间文学活动得到极大的发展。此时，越来越多的黎族民间文学作品被记录。同时，专门从事黎族民间文学工作的艺人出现，他们不但整理黎族民间文学作品，还传播作品，为黎族民间文学的发展做出了巨大贡献，黎族民间文学迎来了有史以来最好的发展势头。

　　20 世纪 50 年代，海南获得解放，黎族人民当家作主，走上了社会主义建设大道。至此，黎族民间文学随着黎族人民政治、经济、文化的翻身，堂堂正正地走进文学殿堂。黎族民间文学融入社会主义文学建设进程中，明确文学服务的对象不是特权阶级和剥削阶级，而是广大革命群众，强调文学的内容和形式必须走大众化的道路，强调黎族民间文学的人民性、阶级性、大众化。因此，20 世纪 50 年代，黎族民间歌谣作为广大黎族群众喜欢的文学形式，获得了长足发展，一些黎族民间故事和谚语也流传在黎族人民生活的各个角落，并显示着它们的教育作用与斗争作用。

在黎族民间文学的研究问题上，随着中国民间文艺研究会的成立，以及各地民间文艺、民间文学采风活动的开展，黎族民间文学的采集和研究工作也开启了新的发展纪元。① 一批黎族民间艺人脱颖而出，如符其贤、王妚大等，他们以自己深厚的民间文学功底，为黎族民间文学的传承和推广做出积极的贡献。其中，符其贤就是一位非常有天赋的黎族歌手，颇具盛名，被冠以"黎族歌王"称号。他热衷于传唱黎族民间歌谣，为黎族歌谣走出海南，走向世界做出了积极的贡献。

同时，随着对黎族地区教育和文化发展的重视，黎族文字的制定被提上日程。1957 年 2 月，在地方政府和学者的努力下，"黎族语言文字问题的科学讨论会"在广东省海南黎族苗族自治州首府通什镇召开，会上通过《黎文方案（草案）》，开始推行"黎文"。至此，黎族民间文学不仅有其他文字可以开展记录，还有"黎文"可以作为媒介，去开展相应的黎文记录。

在此，我们还必须提一下"文革"对黎族民间文学发展的影响。"文革"时期，极左思潮影响文艺界，黎族民间文学活动也遭到冲击。党的十一届三中全会后，黎族民间文学迎来新的发展机遇，进入全面开花的繁荣期。在新的时代感召之下，黎族民间文学获得全面发展，有更多的社团组织、工作者和研究人员深入黎族地区，开展民间文学的搜集、整理和研究工作。1988 年以前，海南在行政归属上由广东省管理，是广东下辖的海南特别行政区，属于副省级行政级别。当时广东政府对黎族民间文学的发展

---

① 1950 年 3 月，在郭沫若、周扬等人的支持下，我国成立了一个专门采录、研究中国民间口头文学作品的组织——中国民间文艺研究会。郭沫若同志任理事长，老舍、钟敬文任副理事长。中国民间文艺研究会的成立，标志着全国民间文艺的采录和研究进入了一个崭新的阶段，从此民间文艺、民间文学各门类专业采风活动得到很好的组织，系列民间文学作品集相继出版。

也给予充分的重视，加之中央特别扶持民族地区的发展，对民族教育机构的建设给予政策支持，海南黎族地区教育获得长足发展，同时经济和文化也获得突飞猛进式发展。黎族文学和文学研究的专业人才得到培育，这都为黎族民间文学的发展提供了后备资源，黎族民间文学真正迎来了"天时地利人和"的繁荣期。

在该阶段，一系列民间文学作品被搜集整理和出版发行。1980 年 9 月，广东人民出版社出版《五指山传说》，收集黎族神话和传奇故事；1981 年，广东省海南黎族苗族自治州群众艺术馆整理编辑《黎族民间故事选》，收集黎族神话和传奇故事；1982 年 9 月，花城出版社出版《黎族情歌选》和《黎族民间故事集》，前者收集黎族歌谣和长诗，后者收集神话和传奇故事；1983 年 3 月，上海文艺出版社发行《黎族民间故事选》，收集神话和传奇故事；1984 年，花城出版社出版《五指山风》，该作品由民间文学研究会广东分会主编，张跃虎译注，收汉译黎歌 111 首。此外，保亭、白沙等民族自治县文化部门和众多文化研究者也编印了众多黎族民间文学作品，如保亭县文化馆 1982 年 7 月编《黎族民歌选》（第一集）、广东省白沙县文化馆 1984 年 12 月编《仙香石》、陵水县印刷厂 1984 年 2 月印《陵水民歌选》等。而自 20 世纪 80 年代开始的黎族地区的民间文学采风、收集活动从未间断，陆陆续续一直延续到现在，特别是随着黎族教育和文学人才的出现，后续收集、整理、编辑出版的作品日益丰富，有《黎族创世史诗——五指山传》《黎族传统民歌三千首》《黎族民间故事大集》《穿芭蕉叶的新娘——五指山黎族民间故事集》《黎族民间故事集》《三亚黎族民歌》等。黎族民间文学文字记录进入全面繁荣期，黎族民间文学作品被大量收集。

就目前收集黎族民间文学作品的著作来看，其范围非常广，涉及黎族五大方言区；体裁也非常丰富，包括黎族民间文学作品的各种类型。这为黎族民间研究的开展奠定了基础，尤其是部分学者在对民间文学作品进行收集时，就是基于明确的研究目的开展的，因此，在这一阶段，黎族民间文学研究也取得突破性的进展。黎族民间文学研究者在编选过程中，专业角色越来越明确，他们以发掘民族文化遗产为原则，力求保持原始状态，以科学的态度去开展黎族文学作品收集，认真、专业的态度十分可贵。1979 年 3 月，广东民族学院中文系部分教师和 77 级学生赴黎区八县，开展历时一个月的黎族民歌采录活动，后出资料本《黎族民歌选》，共 198页，该编选工作当时由韩伯泉、郭小东具体负责。在对黎族民间文学作品收集整理的基础上，1984 年广东民族学院民族研究所又出版了由韩伯泉、郭小东所著的《黎族民间文学概说》，该研究成果填补了中国当代少数民族文学概论中黎族民间文学研究的空白，自此，黎族民间文学理论逐渐成长起来。

作为黎族文学研究的重要学者，韩伯泉、郭小东当时是广东民族学院的教师，他们对黎族民间文学发展的贡献，不仅在于撰写《黎族民间文学概说》一书，还在于他们对继承黎族民间文学事业的后起之秀的指导和栽培。广东民族学院创建于 1957 年"大跃进"时期，为了培养海南的少数民族人才，1961 年迁海南黎族苗族自治州通什办学，为黎族地区教育事业的发展做出了重要的历史贡献。该学院虽曾经历"文化大革命"，但于1974 年复办。其间，虽办学多受冲击，但其耕耘海南岛中部少数民族山区，对该地区的文化教育事业影响深远。根据资料记载，至 1991 年，"广东民族学院办学三十多年来，为广东、海南两省少数民族地区培养和造就了七千多名各类专门人才，其中本科生五千多名"①。

1961 年，中共广东省委把广东民族学院从广东广州搬迁到海南通什，韩伯泉作为教师也搬到海南通什。他在进行文学研究时，常带上他的学生，鼓励学生开展文学创作和文学研究。郭小东也在通什执教，教学工作之余，他指导学生成立"海角文学社"，"创办当时的校园文学刊物——《野草》，为学生发表作品创建载体和平台。在《野草》的影响和带动下，原广东省海南行政区黎族苗族自治州主办的文学杂志《五指山》，于 1979年初正式出刊（原名《五指山文艺》，1980 年更名为《五指山》）"②。郭

---

① 蔡汝栋：《广东民族学院简介》，《民族教育研究》1991 年第 3 期，第 96 页。
② 陈印娇：《郭小东与现当代黎族文学》，《长江丛刊》2019 年第 36 期，第 72 页。

小东在开展海南黎族民间文学收集整理及研究工作的同时，以自己的创作经验和创作理念影响着王海、黄学魁、亚根（李荣国）、谢来龙、容师德等学生，大力扶持海南本土少数民族作家、推动海南本土少数民族文学发展。第一批真正意义上的黎族文学创作者陆续在这里成长起来，并逐渐形成一个初具规模的黎族作家文学创作队伍。黎族民间文学研究走向繁华时，黎族作家也肩负起了时代的使命。

千百年来，黎族民间文学从蒙昧中走来，跨越悠长的成长岁月，由口语成长初期的蹒跚举步，走入汉代，接触到中原文化，融入海南岛民族大融合的发展历程中。但曾经孤立于中原文化之外的发展环境，使黎族民间文学一路艰难前行。一直到19世纪末20世纪初，黎族民间文学才开始有相应的文字记录和表达，作为一种自觉的文艺活动，黎族民间文学自此觉醒。而新中国成立后推行的民族平等和共同繁荣的民族政策，打开了黎族民间文学发展的新格局，黎族民间文学真正走向它的繁荣期，文学记录表达和文学研究呈现全面繁荣的盛况。可见，只有黎族地区发展，才能最终带动黎族民间文学发展。黎族民间文学就是黎族历史发展的审美表达，是以"诗"的方式，去承载黎族的历史和传说。

第三节　黎族民间文学的特点

中国是一个统一的多民族国家。在悠久的历史发展进程中，各民族民间文学在中国文学史上均占有重要地位，是中华文学的重要组成部分。黎族民间文学作为中国少数民族民间文学的重要组成部分，为中华文学画上了具有南海岛国特色的一笔。

我国少数民族人民创作了极为丰富的民间文学，它是在各少数民族社会生活的沃土上绽放的百花，是散落在民间的无尽宝藏。中国少数民族发展历史悠久，但社会发展很不平衡。新中国成立前，有些民族如满族、蒙古族、白族、壮族、回族、维吾尔族等仍处于封建社会时期，有些民族如大小凉山彝族还保存有完整的奴隶制，另外，还有一些民族如独龙族、怒族、鄂伦春族、黎族等仍留有原始社会的残余。各少数民族在不平衡的社会背景中，逐渐形成了自己的文化传统，孕育出特色民间文学作品。各民间文学虽各有特征，但作为少数民族文学，又都具有少数民族民间文学的普遍特征。朱宜初、李子贤在 20 世纪 80 年代研究少数民族文学时，就提到，"少数民族民间文学的基本特征有：人民性、民族性、集体性、口头性、变异性、匿名性和传统性。人民性和民族性是它的内在特征；集体性、口头性、变异性、匿名性和传统性是它的外部特征"[1]。黎族民间文学作为少数民族民间文学，具有少数民族民间文学的基本特征，主要体现为：集体性、口语性、变异性和民族性。

首先，黎族民间文学具有集体性。

黎族民间文学作品存活在黎族群众的集体记忆中，通过口头传播方式影响黎族文化生活。在马克思主义民间文艺理论中，集体性是民间文学的首要特征，黎族民间文学是黎族群众集体创作的财富。在黎族民间文学的早期作品中呈现得最多的内容，是黎族族群生产和发展所遭遇到的疑惑与问题，表达的是族群群体共同关注的内容，传递着族群智慧，蕴含着丰富的文明和发现。就像鲁迅谈及神话与传说时提到的，"'街谈巷语'自生于民间，而非一谁某之所独造也"[2]。在鲁迅看来，民间文学在创作过程中由群体共同完成，没有具体创作者。黎族民间文学也不是由个人创作完成的，而是黎族群众集体创作所得。且黎族劳动群众既是创作者，又是传播者。正是因为集体性，黎族民间文学作品在流传的过程中，会被不断加工、修改，增添一些情节或语言。因此作为集体创作的作品，黎族民间文学具体作品在不同的时期、不同的传播区域会存在差异。也正是因为集体性，黎族民间文学流传下来的文本才能成为研究黎族文化和社会的"化石"。

其次，黎族民间文学具有口语性。

① 朱宜初、李子贤主编《少数民族民间文学概论》，云南人民出版社，1983，第 3 页。
② 《鲁迅全集》（第 9 卷），人民文学出版社，2005，第 19 页。

　　黎族民间文学最显著的特征就是口语性，口语性的特征是区别黎族民间文学和黎族作家文学最明显的标志。文学活动先于文字出现，早期的文学活动都是口头文学活动，口头创作是文学的最早形态。黎族先民在创作民间文学作品时，不仅采用口头的创作方式，还采用口头的传播方式。黎族民间文学通过口头传诵，在黎族村寨千家万户间传播。19世纪末，开始有部分外国学者和国内学者关注并用文字记录黎族民间文学作品，但作为一种鲜活的民间艺术，黎族民间文学仍旧依靠口语传播。新中国成立后，虽然有越来越多的黎族民间文学以文字记录的方式流传，但这都是在口头创作的基础之上，由采风收集整理而成的。因此，文字记录只是改变了黎族民间文学在新时代的传播媒介，但就艺术本质而言，其口语化属性未变，且作为一种鲜活的民间艺术，这种口头文化艺术活动的方式仍在黎族民间文学活动中发挥主要作用。从黎族民间文学的口头文化活动历程上看，这样的口头艺术一直延续到当前，纵然自20世纪五六十年代起，黎族有了自己的文字①，但"黎文"并没有得到相应推广。因此，作为绵延几千年的口头艺术，黎族民间文学必然具有鲜明的口语性。

　　再次，黎族民间文学具有变异性。

　　所谓变异性，是指黎族民间文学作品在传播的过程中不断变化的特性。黎族民间文学的变异性与其本身创作和传承的集体性与口语性有着密切的关系。由于是集体创作的口语性文学活动，黎族民间文学在不同的发展阶段、不同的黎族聚落间，会有不同的人进行传诵，这些环节注定黎族民间文学在流传过程中，会因为具体主体的个体差异，而导致文本发生相应的变异。总之，黎族民间文学的变异性可能与流传过程中处在不同的时空区域有关，也可能与传诵主体的记忆差异有关。这一点我们在黎族民间文学收集工作过程中，就有深刻的体会。如同样讲"少女和龙"的爱情故事主题，在当前我们看到的不同作品集中，记录就不同。这个故事分别被

①　1957年2月曾以拉丁字母形式设计黎文，制订《黎文方案（草案）》，并于当月在原广东省海南黎族苗族自治州首府通什镇召开的"黎族语言文字问题的科学讨论会"上通过。

记录为《少女和龙》《山妹与水哥》《尔蔚》《石棺材》等，不但名称发生
了变异，其中的故事内容也存在差异。再如黎族旷世巨作《吞德剖》，或
称《五指山传》，民间又称为《黎族祖先歌》，这部黎族创世史诗在黎族地
区广为流传。其在陵水和崖县作为仪式歌演唱，但在乐东等地则作为摇篮
曲演唱，而在琼中、白沙、昌江、保亭则以故事形式流传。不但内容有区
别，连文学体裁都发生了转变。千年的民间口头作品传承过程，就是不同
的作品演化形成许多大同小异的作品的过程，这些口头作品的语言、人物、
情节、环境等，往往为了适应新的表述需要，迎合当时的情景，或增添或删
改。黎族民间文学的变异性是其集体性的一个必然结果，而这样的变异性，
也使其具有鲜活的生命力。随着人类文明的发展，作品被不断增添复杂的情
节和生动的语言，比原先的创作意蕴更为精彩和丰富。

最后，黎族民间文学具有民族性。

朱宜初、李子贤在谈论少数民族民间文学时，曾谨慎地说：“少数民
族民间文学是少数民族人民所创作的，所以少数民族民间文学的基本特征
应包括它的民族性。”[①] 毋庸置疑，民族性就是少数民族民间文学的显著特
性。黎族民间文学作为少数民族民间文学作品，具有鲜明的民族性。在黎
族民间文学作品中，不但有体现特殊海岛文化背景的内容，还有反映黎族
生活环境、生活习俗、宗教信仰的内容，另外，在表现的手法和呈现的民
族语言风格方面，黎族民间文学作品都具有鲜明的黎族文化烙印。因之民
族性，黎族民间文学可以说与民族学、民俗学、宗教学等密切关联，具有
丰富的文化意蕴和民族研究意义。

作为少数民族民间文学，黎族文学既具有少数民族民间文学的普遍属
性，也具有黎族文学自己的独特个性。海南岛作为南海岛屿，拥有独特的
自然环境和发展历程，黎族人民世代生活在这一座热带岛屿上，广大黎族
人民在海南开发的历史进程中，谱写出篇篇刻有黎族成长烙印的民间文学
作品。他们与自然搏斗，与封建统治抗衡，与汉族文化磨合，以颇具特色

---

① 朱宜初、李子贤主编《少数民族民间文学概论》，云南人民出版社，1983，第8页。

的民族想象和古朴的审美，表达自己对族源、家园、苦难、生活的各种感叹。作为中国少数民族民间文学的重要组成部分，黎族民间文学除具有集体性、口语性、变异性和民族性这些少数民族民间文学的普遍属性外，由于地处偏远，作为海南岛屿文化之一，黎族民间文学还具有独特性。我们可以通过对比南北少数民族民间文学作品，来解读海南黎族的区位民间文学特点。鄂伦春族是居住在内蒙古自治区东北部与黑龙江省兴安岭的少数民族，是北方"依山"的民族，黎族与之正好相反，是南方"伴海"的少数民族。对比同样为英雄传说的鄂伦春族作品《吴达内的故事》①和黎族作品《勇敢的帕拖》②，我们可以看到黎族民间文学具有独特的区域文化属性。

　　《吴达内的故事》讲的是很早以前，在高高的大兴安岭上，住着老两口子，眼看都六十开外了，还没生儿育女。后来，他们听说采点野果或达子香花代替鹿茸到敖宝③前供奉，就能求得儿子。于是，他们就求得了一个儿子，叫吴达内。在当地，有一个老蟒猊④朗突罕，长得非常可怕，"非人非兽，个头两丈多高，脑袋长得像罕达犴⑤头似的，眼珠子像铃铛似的，嘴有血盆那么大，浑身上下都是毛，手像老鹰的爪子，正拄着一棵大老鸹眼树当拐棍"⑥。这个老蟒猊不但长得恐怖骇人，还和自己的手下老雕和猫头鹰为非作歹，到处吃人，非常残暴。吴达内是一个英雄，一天他下山看见老蟒猊要吃两个猎人，便挺身而出，把两个猎人藏了起来，还用桦皮大碗扇老蟒猊，把他扇到大海边，摔了个鼻青脸肿、半死不活。两个猎人得救了，他们带着狍子肉来犒劳吴达内。而老蟒猊养好伤后，就发狠报复人类，"它叫它的七个小蟒猊和老雕、猫头鹰，在一宿的工夫把兴安岭山里

---

① 隋书金编《鄂伦春族民间故事选》上海文艺出版社，1988，第66页。
② 广东民族学院中文系编《黎族民间故事选》，上海文艺出版社，1983，第33页。
③ 敖宝是鄂伦春人自然崇拜的一种神的所在地，是片大石堆，鄂伦春人路过此地，必须添石头在其上。
④ 鄂伦春族经常把恶魔称为"蟒猊"、"蟒盖"或"满盖"，鄂温克族把恶魔称为"蟒猊""满盖"，赫哲族把恶魔称为"蟒猊"或"蟒盖"，蒙古族把恶魔称为"蟒古斯"或"蟒嘎斯"。
⑤ 罕达犴，当地特有的动物之一，像鹿，色黄，有大约千斤重，体形庞大。
⑥ 隋书金编《鄂伦春族民间故事选》，上海文艺出版社，1988，第69页。

野兽的灵魂都抓去装在一个匣子里，把飞禽走兽都撵到老蟒猊自己住的地方来，连一只兔子或一只松鼠也不留在兴安岭。让鄂伦春人没法过日子，逼他们到这地方来打猎，它好接着吃人"[①]。猎人们都没有办法存活了，吴达内的阿爸是个有威望的老猎人，他带领大家去求马路毛木台[②]。后来，在白胡子神仙白那恰的指引下，吴达内为了鄂伦春人民，骑着他那匹长着翅膀、油光锃亮、膘肥腿壮的枣红色的宝马，经过千辛万苦，飞过乌云峰，跃过落马湖，冲破七星位子阵，通过乌云神、湖龙王、石碰子神的考验。饿了就打下一只大雁吃，一路奔波，终于来到海边老蟒猊朗突罕的老窝，找老蟒猊算账。没想到老蟒猊诡计多端，自己变成老头，还把他的七个小蟒猊变成美女，诱惑设计陷害吴达内。吴达内一不小心，被关进箱子里，被巨蟒吞了。所幸，他的心未死，后来复活了。复活后，宝马带着他回去找老蟒猊报仇，并告诉他要打败老蟒猊就必须打破他的命根子，"在西边的大山上，看见一只树鸡看着七个蛋，那七个蛋准是他们哥七个的命根子。在一棵老柞树的半截腰上，还有一只猫头鹰护着一把锉，那把锉准是老蟒猊朗突罕的命根子"[③]。在宝马的协助下，吴达内取到蟒猊们的命根子，打败了大蟒和盘丝洞里的蜘蛛，消灭了老蟒猊，并把野兽们的灵魂交给了白胡子神仙白那恰，鄂伦春人又过上了幸福的生活。

黎族传说《勇敢的帕拖》讲的是从前有一只法术高深的老鹰精，他非常残暴，还喜欢强抢貌美的女子，从人间到海国，凡是生得漂亮的都被他抢去做老婆，甚至国王和海龙王的宝贝公主，也被他抢走了。这件事弄得人间和海里都忐忑不安，到处人心惶惶。父母担忧女儿，丈夫担忧妻子，大家愁苦极了。有一个名叫帕拖的青年，他和同村一个年轻美丽的女子相爱，但在结婚的前夜，土地公托梦给帕拖，告诉他老鹰精明天要到他家抢亲。帕拖不畏惧老鹰精，结婚当日，他积极备战，射箭重伤了老鹰精，老鹰精带伤逃走。帕拖沿着老鹰精留下的血迹，追赶老鹰精。"不知爬了多

① 隋书金编《鄂伦春族民间故事选》，上海文艺出版社，1988，第75页。
② 马路毛木台是鄂伦春人信奉的猎物之神。
③ 隋书金编《鄂伦春族民间故事选》，上海文艺出版社，1988，第87页。

少高山，过了多少河流，走了多少白天，最后才看见血迹在大森林里一个洞口前消失了。"① 帕拖来到洞口，来回踱步，怎么也想不出进洞的方法。后来他累乏了，便在洞口睡着了。睡梦中，土地公又出现了，告诉了帕拖进洞的方法。"帕拖醒了过来，土地公告诉他的话，记得清清楚楚。他又想了一下，起身走向洞口一看，果然有一块又大又圆的石头，便过去重重在石头上敲打三下。顿时，隆隆一声响，跟着是闪了一道红光，黑漆漆的洞口突然变成光光亮亮，一座水晶石砌成的石级，从洞口一直向下伸延，深入到洞底。"② 国王的女儿遇到进洞里准备消灭老鹰精的帕拖，告诉他，"要杀老鹰精，一要偷到它的宝剑，二要盖好厅堂里十三大缸的药水，三要等它睡熟了以后动手"。在公主的帮助下，他消灭了老鹰精，"十多个不幸的女子获救了，她们一会扑到东，一会扑到西，尽情地歌唱和跳舞。她们团团围住了帕拖，她们诚恳地感谢了帕拖"。国王的女儿和其他女子走后，帕拖还听到有声音向他求救。帕拖看看四周，什么也没有，只有一条已经干了的小金鱼，被钉在墙壁上。他打落钉子，把小金鱼取了下来。一阵金光，小金鱼顿时变成了一个十七八岁的美丽姑娘。帕拖就这样救下了海龙王的女儿。"海龙王为了感谢帕拖救女之恩，在龙宫里大摆筵席，请了许许多多虾兵蟹将作陪，欢宴勇敢的帕拖。然后海龙王和公主又领着帕拖游玩了三宫六殿。"③ 海龙王还想把女儿嫁给帕拖，但帕拖拒绝了，最后勇敢又痴情的帕拖回到自己妻子的身边，两个人快乐幸福地生活在一起。

　　每一个传说都以其独特的语言组织方式解释着一个区域的文化，蕴含丰富的文化底蕴与历史意义。通过对比《吴达内的故事》和《勇敢的帕拖》，我们可以感受到两个少数民族文化中强烈的"山""海"之别，这是北方狩猎文化与南方海洋文化的有趣对比。在鄂伦春人的《吴达内的故事》中，通篇的物象都带有兴安岭的气息，如"鹿茸""松树""桦树""柞树""老雕"。海在其中，只是一个边缘的想象，是人和恶魔的界限之

① 广东民族学院中文系编《黎族民间故事选》，上海文艺出版社，1983，第34页。
② 广东民族学院中文系编《黎族民间故事选》，上海文艺出版社，1983，第35页。
③ 广东民族学院中文系编《黎族民间故事选》，上海文艺出版社，1983，第37页。

所在，没有实景，只是一个意象。反观海南民间文学作品，其所使用的物象是榕树、椰子树、槟榔、波萝蜜、洋桃树等，① 如在《阿丹与邬娘》一文中，开篇就是，"七指山下三十里，在什玲溪右岸，长着一株株椰树，一排排槟榔。椰树下有个黎家寨，叫椰树村"，热带岛屿的气息扑面而来。而《勇敢的帕拖》中的"海"有别于《吴达内的故事》中的"海"，它是一个具体的存在，人间和海国，是同样的平行世界，作品中有人国的公主，也有海国的公主。在其他黎族民间文学作品中，也多有海里的"龙"这一物象，甚至还有"龙牛"。龙牛这种神奇的动物，"拉出来的不是牛粪而是漂亮的花裙子"，《三兄妹》中的妹妹在一个晚上埋伏在路旁，"还把一只龙牛捉住了"②。"龙"在黎族先民中的形象与在汉族人中的形象差距非常大："龙"可以是黎族阿哥的好朋友，也可以是黎族阿妹的丈夫。正是因为有大地与海洋平行对等的体认，所以《勇敢的帕拖》中的帕拖既可以行走在人间，也可以去海国。他在龙宫吃大席，还有许许多多的虾兵蟹将陪伴。黎族民间文学成长的热带海洋环境，孕育出带有独特海南岛屿区域文化属性的文学意象与精神内涵。

一方面，因处于南海文化圈，黎族民间文学具有鲜明的海洋文化属性。

海南独处南海，海洋文化是海南文化的背景。海洋文化是指以涉海活动为主导的谋生方式孕育和发展而来的文化。当前，虽然学术界界定海洋文化的观点不同，但一般认为海洋文化就是与内陆文化相对应的一种文化形态，是人类社会和海洋自然互动的相关文化，就是缘于海洋而生成的文化，也即人类对于海洋本身的认识、利用和因有海洋而创造出的物质的、社会的、行为的、精神的文明生活内涵。③ 陈智勇作为海洋文化研究学者，认为"海南海洋的广阔与辽远，海洋潮汐的汹涌与澎湃，海洋资源的丰富多样，海洋飓风的惊天动地，等等，不知激发了多少人的海洋情怀，引发

①　"洋桃树"在黎族民间故事《九代穷》里出现，应为"阳桃树"，见广东民族学院中文系编《黎族民间故事选》，上海文艺出版社，1983，第119页。

②　王越：《五指山传说：海南岛黎族民间故事选》，广东人民出版社，1980，第18页。

③　曲金良：《海洋文化概论》，青岛海洋大学出版社，1999，第5~8页。

了多少篇海洋文学作品。引海入诗、引海入赋、引海入歌、引海入舞、引海入画、引海入谚、海滨石刻、涉海取名等，无不是海南海洋蓝色美丽的展现，无不是海南海洋文学艺术文化的奇葩"①。海承载着海南这一座海岛，海是海南人民与全世界互动沟通的桥梁，海南有自身独特的海洋文化景观。而三亚落笔洞的"三亚人"，作为海南最早的世居居民，就居住在海边，海是他们早期的生活背景，他们主要以"捕捞"为生。黎族先民移入海南，最初就居住在沿海地区，靠近海，依赖海，海是黎族先民生活的大背景，因此，黎族民间文学中的许多作品都与海洋文化背景有关。无论是早期黎族人民居住在海边时，还是自汉以降黎族人民移居海南岛中部山区之际，在黎族民间文学作品中，都有与海南海洋岛屿文化有关的印记。早期黎族人民居住在海边时创作了不少神话和传说故事，其中许多内容就与海洋文化有关。如《畚克号畚克佤》《丹雅公主》《黎族支系的来源》等，《畚克号畚克佤》以神话的方式，想象海的由来，《丹雅公主》描述丹雅公主坐船，与小狗一起通过海来到海南的故事，并描摹了狗与公主在岛屿上求生的画面；《黎族支系的来源》也是有关族群来源的神话，但与众不同的艺术处理方式，就是在故事开端设置螃蟹精这一反面形象。这些有关海洋的一系列想象，是黎族民间文学海洋文化属性的一个表征。

在《勇敢的帕拖》中，"海"意象所蕴含的包容性和平等性，在作品中以有趣的内容建构逻辑出现。被老鹰精抓走的女子，不但有大地上国王的女儿，同样还有海里龙王的女儿。虽出生不同，但"人国"的公主和"海国"的公主，能力和境遇是一样的。作品中还有颇为有趣地设计了"海国"公主的形象。作为海龙王的女儿，出场时竟是一只被欺凌的"金鱼干"。而公主被帕拖解救之后，还因为感念帕拖的救命之恩，想以身相许。这样的"陆地＋海洋"情侣模式概念，无疑在最大程度上折射出黎族民间文学作为海洋文化所蕴含的包容性与平等性。海洋文化没有根深蒂固的区域歧视和阶层歧视，强调一种朴素的应对生存压力的平等、理解与包

---

① 陈智勇：《海南海洋文化》，南方出版社，2008，第5页。

容。除了《勇敢的帕拖》，在《尔蔚》篇中也同样存在这样的区域文化属性与逻辑。《尔蔚》中黎家女子尔蔚与龙相恋，但被嫂子陷害，龙被害，尔蔚殉情，最后他们变成一对金色的鲤鱼，双双游向大海。

可见，在黎族民间文学作品中，"海"的意象是一个潜在的环境压力意象，在这样庞大的生存压力之间，人都是有情感、有温度的，甚至是弱小而需要彼此帮助的。在汪洋大海面前，人何其渺小，为了抵御共同的生存压力，人已经不需要进行各种阶层划分和界定，团结协作，互相助力，去争取获得生存的机会，才是人与人相处的原则。因此，在《勇敢的帕拖》中，无论是来自"人国"还是"海国"，大家都共同围绕着"水缸"而进行各种努力，以打败老鹰精，获得重生。此处，水缸所代表的生命意象也被彰显出来，较之于海水，淡水的生命意义在作品中被解读和张扬。水缸被赋予的生命意义在这部作品中被扩大，水缸里的水是具有复活能力的，而现实水缸里存放的水，其实就是淡水。水缸和淡水意象与直接的生命相关联，较之于海里的海水，淡水显得特别重要。我们看到，海洋文化背景设定了黎族民间文学的叙述形式，而黎族民间文学作为海南海洋文学的一种表达，它出彩的地方不仅在于具有对热带海洋物种或海洋景观的描述，更在于其精神实质上对于"海"的一种平视的态度，体现出黎族民间文学作为海洋文化所蕴含的包容性与平等性。

另一方面，因处于热带岛屿生态圈，黎族民间文学具有鲜明的热带岛屿文化属性。

黎族民间文学热带岛屿文化属性尤其鲜明地体现在早期黎族民间文学书写的内容上。黎族先民在早期黎族民间文学作品中，记录了他们生存于海南这一热带岛屿生态圈的奋斗史。虽自汉以降，黎族人民移居海南岛中部山区，他们的生活场域貌似与海洋无关，但海南岛屿性地形形成的文化属性，无不烙印在黎族民间文学作品中。

首先，早期岛屿文化的孤立，使得早期黎族民间文学作品显得相对"平和"，较少描写"人与恶魔"之间的矛盾。

热带岛屿生态圈疏离于大陆，使海南岛上的黎族世居民众与其他族群的接触机会减少，因此，在黎族社会发展初期，黎族与其他族群之间的矛盾也相对较少。在海南黎族民间文学的早期作品中，尤其是在黎族神话、传奇和史诗中，我们很少看到"人与恶魔"之间的矛盾，甚至"恶魔"这个概念在作品中也鲜少出现，出现最多的是"妖精"的概念。[①] 对比同为 20 世纪 80 年代上海文艺出版社所出版的两部作品《鄂伦春族民间故事选》和《黎族民间故事选》，前者主要内容涉及"人与恶魔"之间矛盾和斗争的不下 15 篇，而后者在内容上明确为"人与恶魔"斗争主题的，略算也就有 3 篇，在其他文集，如《穿芭蕉叶的新娘——五指山黎族民间故事集》中，虽有"挪妮妈"[②]"山妖""蛇精""黄鳝精""花猫精""鱼精"等，但这些妖精普遍都没有多大攻击力和杀伤力，甚至只是与人示好的精灵。热带岛屿文化是孤立的文化，黎族早期居民在这座热带岛屿上孤立求生，没有族群冲突形成的深仇大怨与大悲大喜，在审美情感上整体显得较为平和。黎族民间文学作品所呈现的最大矛盾，是人与自然的矛盾，而有趣的是，在人与自然的矛盾中，人与猛兽的冲突也在想象中缺场。只因海南岛远离大陆，物种上无大型猛兽或猛禽，所以在黎族民间作品中，凶猛的动物往往缺席。在《勇敢的帕拖》中，帕拖不像吴达内那样有一匹重要的宝马，老鹰精也没有凶猛的手下和其他帮凶。

其次，岛屿地缘带来的极端自然灾害孕育出黎族民间文学中的特定形象，其中"雷公"和"台风精"就是黎族民间文学中非常具有热带岛屿标签的文学形象。

"雷公"是在黎族民间文学中，出现频率高且形象复杂的角色。在《雷公根》中，"雷公"形象骄傲且卑鄙，让人觉得可气又可笑。虽人设为天神，但性情如常人。他与黎族小伙打占是好朋友，他虽教会打占上天的本领，但却看上打占的"豹尾巴和藤条，起了贪心"，于是偷走并跑回天庭。而在其他更多的黎族民间文学作品中，雷公的人设却是威严而神圣

[①] 黎族民间文学作品中的"妖精"有老鹰精、螃蟹精、男蛇精、黄鳝精和蚊子精等。《勇敢的帕拖》和《勇敢的乌拉》虽主角不同，但故事相似，作品中都是出现老鹰精或其他"妖精"，在王蕾搜集整理的《穿芭蕉叶的新娘——五指山黎族民间故事集》中的相应篇章里有出现。

[②] 挪妮妈，黎族人对一种长得跟人一样，专门吸食人脑汁的鬼怪的称呼。

的。《黎母山的传说》一文提到雷公带来一卵，孕育出"黎母姑娘"，而后，有一个从内地渡海而来的青年与之相恋结婚，他们就是黎族的祖先。在这个传说中出现的雷公意象，是天神，也是黎族的创始者。雷公是黎族民间文学作品中频繁出现的最高天神的意象。

与中华文化中的传统雷神形象相比较，黎族"雷神"的神力异常强大，常常被塑造成至高无上之神，这与海南是热带岛屿地形，雷电灾害频发有关。众所周知，海南岛是中国第二大岛屿，北与雷州半岛相隔，西北部又与北部湾相连接。这种海陆分布特别容易形成雷阵雨。因为白天海峡两岸的陆地表面增温很快，但周围海域因海水热容量大，海水温度升高缓慢，因此，在海陆之间会形成热力环流，非常有利于强对流的发展，所以，海南在午后很容易形成局部的对流云系，产生雷阵雨。海南的区位岛屿地形使其不可避免地成为高雷区。海南的雷暴不仅多，而且来势凶猛。在现今的科技与保障条件下谈"雷"，仍然让人"色变"。根据具体研究数据，就雷电灾害与死伤率而言，"海南省、西藏自治区名列前两名"[1]。海南的雷电不但常常伴有大风与暴雨等恶劣天气，而且还常常造成人畜伤亡。可想而知，雷电这种令人生畏而又无法战胜的摧毁力量，会在黎族先民心中产生强烈的震撼，并构成他们的审美意识，"雷神"形象也自然而然地融入黎族民间文学作品中。此外，黎族人民还常在文学作品中提及"风害"和"台风精"，如《台风的传说》《七指山传说》《双女石》。风的形象，在黎族民间文学中也被放大。海南岛作为热带岛屿，处于热带海洋气候区，雷电灾害和台风灾害自然会反映在黎族民间文学作品中，雷公意象、风魔形象，以及砍山种山兰的劳动场景，就是黎族民间文学作为一种热带岛屿文学的生动体现。

岛屿地形的文学环境，孕育出具有开放性的黎族民间文学。这种开放的精神属性，体现在审美情感设定中的广博、真诚与直率上。在《勇敢的帕拖》中，帕拖与老鹰精殊死搏斗，为的并不仅仅是自己，因为土地公明

---

① 马明、吕伟涛、张义军、孟青、杨晶：《1997—2006 年我国雷电灾情特征》，《应用气象学报》2008 年第 4 期，第 396 页。

示帕拖，"老鹰精就躲在乌云里面，这一箭可以要了它的命。你这样做，不但救了你妻子，你们可以白头到老，也是保全人间海国再不遭害"①。帕拖有着大英雄格局，其广博的胸襟中，浓缩着对"人间海国"的爱。帕拖也是真诚而直率的，他在英雄救美之后，断然拒绝公主的求爱，回到故乡和自己的未婚妻结婚，恩爱地生活在一起。可见，我们在审视黎族民间文学具体形象的时候，必须注意到海洋文化精神和岛屿文化精神对于黎族文学审美特征的影响，黎族民间文学在审美属性上所呈现的开放性和包容性，就是其鲜明的海洋文化的体现。但此处篇幅有限，不再赘述。

总之，海南黎族民间文学是中国少数民族民间文学的重要组成部分，这就决定了它必然具有中国少数民族民间文学的普遍属性。同时，作为南海岛屿独特文化的重要呈现形式，海南黎族民间文学虽然以想象的方式去建构它所表达的审美世界，但文学来源于生活的艺术本质，决定着它必然具有海南独特的岛屿文化属性，它是南海文化的一道亮丽风景线，也是岛屿文化的一种体现。

---

① 广东民族学院中文系编《黎族民间故事选》，上海文艺出版社，1983，第33页。

第二章

黎族文化与黎族民间文学

第一节　黎族民间文学的文化本质

黎族民间文学是黎族社会审美意识形态的一种表达，是中国少数民族文学宝库中的有机组成部分，它既是一种社会意识形态，也是一种审美艺术。我们在探讨黎族民间文学的本质时，其作为文学的审美属性不容忽视。但黎族民间文学是社会意识形态和审美艺术的统一，因此，我们有必要在梳理黎族民间文学审美属性的基础上，再探讨其文化本质。

黎族文学是口头文学，较之于书面表达的文学，黎族文学的口头艺术显得质朴而直白，但作为一种审美的艺术，黎族民间文学具有独特的美。作为黎族社会重要的艺术表达方式，黎族民间文学是一种审美活动，是黎族人民以"诗"的方式去解读族群历史和反映他们当下生活的艺术表达过程，因此，黎族民间文学必然具有审美属性。在黎族民间文学作品中，口头审美艺术特有的语言表述特点——质朴与粗犷、幽默与智慧、灵动与活跃，糅合着具有黎族特色的内容，组织成独具韵味的黎族民间文学作品，传递真挚而动人的情感，让人产生直接的审美感受。人们欣赏黎族民间文学作品时，会获得强烈而丰富的情感。因此，从审美角度上讲，审美属性是黎族民间文学呈现出来的一个最鲜明的本质属性。

首先，语言的鲜活性和音乐性是黎族民间文学审美属性的一种表现。

黎族民间文学作品是黎族人民集体创造、琢磨、加工的口头艺术作品，最早期的作品虽处于萌芽状态，风格朴实而粗犷，但作为一种口头艺术，黎族民间文学口头语言所具有的独特美，不容忽视。灵动、形象而又鲜活，就是口头文学表述的显著特点。口头文学的语言，是最具有生活气息的语言，正如冯梦龙所说"但有假诗文，无假山歌"，鲜活的口头语言蕴含着最真挚的感情。这种灵动而又鲜活的语言特色，在黎族民间文学的各种体裁中都存在，尤其是在谚语和谜语之中表现得更为突出。

> 爱吹灭人家的火把，却烧了自己的胡子。（黎·保亭）①
>
> 树老先老根，人老先老腿。（黎·通什）②

在上文的谚语中，吹灭火把却烧着自己的胡子，滑稽流露于言语间，而老树和老人的映照，口语化的语言、跳跃性的思维方式与日常生活经验的巧妙结合，也体现了一种幽默的智慧，这样的口语叙述方式，使黎族民间谚语显得鲜活而灵动。在此，我们也需要关注黎族民间文学作为一种口头艺术转录为文字之后的尴尬。原本黎族民间文学作品的创作和传递是同时进行的，但后来使用汉语作为文字去记录时，黎族民间文学作品往往会改变原本的黎语措辞以及韵律，这对于原作品的美无疑是一种消损。学者韩伯泉、郭小东在谈到该问题时说道，"汉语（文）与黎语（文）之间只有靠翻译才能彼此相通，一首黎歌，由黎语译成汉语（文），便基本上改变了它原来的节数和音韵，成为一种只保留其原意而重新组织起来的汉文歌词了"③。因此，当前我们在审视黎族民间文学语言的审美属性时，需要特别注意到这一点。

---

① 中国民间文学集成全国编辑委员会编《中国谚语集成·海南卷》，中国 ISBN 中心，2002，第 74 页。

② 中国民间文学集成全国编辑委员会编《中国谚语集成·海南卷》，中国 ISBN 中心，2002，第 390 页。

③ 韩伯泉、郭小东：《黎族民间文学概说》，广东民族学院民族研究所，1984，第 49 页。

其次，形象的色彩斑斓也是黎族民间文学审美属性的一种表现。

黎族民间文学从原始社会走过几千年的发展历程，历代集体作家通过自己的审美感悟，为黎族人民塑造了众多具有典型意义的艺术形象。这些艺术形象具有突出的艺术个性，其生命富有张力，有血有肉。这些形象通过黎族艺人之口，幻化为色彩斑斓的生命呈现，具有无穷的审美魅力，影响着一代又一代的黎族人。如在黎族神话和传说故事里，黎族人民从自己民族的历史与现实里提取原型，通过联想和想象，塑造出大量家喻户晓、性格鲜明的形象，这些形象在长期流传的过程中影响巨大。在黎族民间文学中，这些个性张扬、色彩斑斓的艺术形象，几百上千年以来，一直是黎族人心目中重要的精神偶像或英雄，如大力神、勇敢的打托、擒龙的帕昌等。在《大力神》这一神话中，黎族人民把大力神视为太阳，将充满阳刚气息、力大无穷的男性形象与太阳至高无上的力量相结合，塑造了大力神的神人形象。大力神作为创世纪的神，开天辟地、设日立月、建山造湖，为黎族人民鞠躬尽瘁，死而后已，最后成为黎族重要的英雄形象。

此外，一些历史人物传说和民间故事在黎区也广为流传，具有极强的艺术魅力，如《将军试剑峰》《洗兵桥》《马伏波与白马井》等。这些作品之所以能在黎族民间广为流传，缘于其所塑造的历史人物形象极具艺术魅力。其中，马援伏波将军的神勇形象，在黎族民间传说《洗兵桥》和《马伏波与白马井》中栩栩如生。故事中马援率兵来海南平息战乱，在征战的过程中，他结仙缘，分别接受白马和黎母仙的帮助：白马用前蹄挖出一口井，解决了士兵们没水喝的问题；黎母仙指引马援找到能够治疗癫疠的溪水，士兵得到救治，因此大军得以顺利前行。这些色彩斑斓的人物，都是黎族民间文学宝库中极具审美价值的文学形象。他们不仅在民众中家喻户晓，而且也对黎族文化产生了深远的影响。

再次，淳朴而真挚的情感也是黎族民间文学审美属性的一种体现。

黎族人民淳朴而真挚，黎族民间故事都是深刻烙印在他们头脑中的民族财富。他们在传承黎族民间文学作品时，不仅会延续上一代艺人作品的记忆，往往还会依据具体的需要，对作品进行相应的丰富。在口语化即兴发挥的同时，还会加入当时的情感，融合成集体创作的民间文学作品，这样的传承过程，也是传承人表达内心对自然、社会、人生的真实理解与感受的过程，因此，黎族民间文学作品往往抒发真情实感，率真而质朴。白居易在《与元九书》中曾感叹，"感人心者，莫先乎情"，情感是文学的灵魂。黎族民间文学作品蕴含着丰富的情感，特别是黎族民间叙事长诗和民间歌谣这些韵文类的作品，蕴含的情感往往都强烈而真挚。在这些韵文类作品中，不管篇幅的长短，篇篇都表达着黎族人民真挚的情感。淳朴真挚的情感也是黎族民间文学审美属性的一种体现。除此之外，黎族民间文学在传情之余，其质朴语言中还略带些小幽默与小智慧。

打叮咚①②

（支地调） 黎族 昌江县

虫日③住山园，

伙伴呀伙伴！

来到这远方，

像螃蟹安身树头旁。

妹啊打起叮咚吧！

姐闻锣声大，

哥闻锣声亮，

未识妹叮咚。

---

① 叮咚，黎族民间乐器，由一根或两三根木棒组成，将木棍两端悬挂于树干，利用木棍敲打发出叮咚的声响。当山兰稻抽穗结实时，黎族人民往往借助敲打叮咚来驱赶鸟兽，并以此自娱。

② 中国民间文学集成全国编辑委员会编《中国歌谣集成·海南卷》，中国 ISBN 中心，1997，第 83 页。此歌谣的演唱者为林亚深、采录者为潘克，1980 年采录于昌江县石碌镇。

③ 黎族的记日方法，即用 12 种动物分别为日子命名，顺序是猪、鼠、牛、虫、兔、龙、蛇、马、蚊、猴、鸡、狗，其中，以虫、猪、兔、鼠、蛇、猴为吉日，其余则认为是凶日。12 天为 1 周期。

　　敲吧，早晚响，

　　听吧，当太阳枕山岗。

　　黎族歌谣中，无论是劳动歌谣，还是仪式歌谣，抑或是情歌，都是黎族人民生活中常常唱诵的歌谣。黎族民间歌谣中有许多描述日常劳动生活的作品，这些作品情感朴实而动人，洋溢着黎族人劳动与生活的激情。《打叮咚》就是展现黎族劳动生活日常的一首黎族歌谣，歌谣调子平实，情感朴素，是黎族人民日常劳动时吟诵的歌谣。歌谣呈现了守护山兰园时，黎族青年呼朋引伴，一起抒发劳动情感，一起娱乐的场面。该民歌语言虽日常化，但情真、风趣，把在山林地边守护山兰稻，形容成就像螃蟹安身树头旁，生活气息浓郁而又生动形象。除描述日常生活劳动的歌谣之外，黎族还有一些关于礼俗的仪式歌谣。仪式歌谣是黎族地区举行各种礼俗仪式时唱诵的歌谣。这类歌谣在表达严肃的礼俗内容时，也不拐弯抹角，同样以生活化的气息，直白地表达他们的情感。而黎族情歌更是直白而率真，爱与不爱，能与不能，都会在歌谣中态度明确地表达。黎族民间歌谣在唱诵时，无论是描述日常劳动生活内容，还是抒发爱慕之情，抑或是传达礼俗活动内容，虽没有华丽的语言，但情感真实而感人，不矫揉造作。这种真诚源于黎族的朴实民族性，也源于黎族人民真挚的情感，黎族民间文学情感表达的审美特征亦可由此得见。我们从文学作品形象和情感的表达中，可以感受到流露出黎族人民朴素直白情感的黎族民间文学作品的口语特性之美。同时，我们也注意到黎族民间文学作为一种族群意识的表达，尤为重视记录黎族社会历史和生活的方方面面。

　　在开展黎族民间文学活动时，黎族艺人传诵作品并不张扬艺术性或审美属性，相反，他们更重视黎族民间文学的文化本质。在一定程度上，我们甚至可以断定黎族民间文学是一种不自觉的审美艺术，它不加雕琢的言辞、相对松散和开放的形式，从内容到结构，都是一个传承个体在他所处时代里，机缘巧合的一次非自由的传承与创作。在创作过程中，他们无论是使用虚构的手法，还是使用写实的手法，归根结底都是他们对本民族文明的见证与记录。黎族民间文学是千百年来族群记忆的积淀，它是黎族社会的一种审美意识形态，但其最重要的本质并不在审美。作为黎族人民集体智慧的结晶，文化属性才是黎族民间文学的本质。

一方面，就黎族社会发展的事实而言，在黎族民间文学发展的漫长岁月中，黎族社会整体上并没有达到能够孕育出张扬审美本质的"纯文学"这一发展阶段。黎族民间文学最重要的意义不在于审美，而在于作为一种族群智慧和文化被口头传诵。黎族历史从原始社会开始，几千年的民族文化发展，并没有创造出一种可以记录本民族文化的文字，而没有文字，正是黎族民间文学生产和传播的背景。学者周有光在研究原始文字时提到，"原始（形意）文字时期（刻符、岩画、文字画、图画字）。这时期文字还没有成熟，不能按照语词次序无遗漏地书写语言。从公元前8000年出现岩画，到公元前3500年前丁头字和圣书字最初成熟，这4500年是原始文字时期"①。学者一般认为海南黎族移民始现于五六千年前，王海、高泽强在《探寻远去的记忆：生态文化视角下的黎族民俗与民间文学》一书中，经过旁征博引与对比研究，认为在距今五六千年前，第一批黎族先民踏入了海南岛。②约略算来，黎族在海南岛的文化背景下发展，也经历了五六千年的成长历程，虽有繁复的纹饰和各种图案，但黎族一直没有形成自己的文字。从黎族移入海南开始，一直到最后，黎族文字在南海"孤岛"上的发展始终定格在原始文字时期。

黎族先民到达海南岛后，虽也战天斗地，千辛万苦地开垦这一宝岛，但一直到新中国成立前，黎族地区无论在经济上、政治上，还是在文化上，都普遍处于落后水平，成为世人想象中的"野蛮"之地。直至1929年，时任广东南区善后公署（辖琼、雷、高、廉、钦等7州）参谋长的黄强（莫京）在海口"琼崖建设研究会总商会"演讲时，还提到，"又我们从前在省城的时候，时常听见人说五指山的黎人是有尾巴的，那些人又有

---

① 周有光：《人类文字的历史分期和发展规律》，《民族语文》2007年第1期。
② 王海、高泽强：《探寻远去的记忆：生态文化视角下的黎族民俗与民间文学》，暨南大学出版社，2018，第7页。

种种邪术，他们能够把邪术慑服了毒蛇猛兽，不敢侵害他的植物，人们若是开罪了他，更是不得了的"①。黄强提到的这些对黎族的误解，一部分源于长久的地理区位和民族偏见，但不可否认的是，更多的源于黎族地区普遍落后的事实。纵然黎族社会中有一部分人因为与"客"杂处，多与汉人往来，也被纳入政府人口管理体系中，被冠以"熟黎"②的称谓，但大部分黎族区域疏离于中央政权，处于族群自理的状态。黎族人主要居住于海南岛南部、中部的山区和一些社会发展落后的地区。历史上，海南岛整体发展水平就相对滞后，黎族地区作为滞后之中的滞后，其社会所体现出来的整体文化落后程度可想而知，如五指山区域，新中国成立前它还是一个带有奴隶制残余的早期的封建社会，"当地的黎族地区直到中华人民共和国成立之后的一段时间里，还一直保留着一种具有明显原始公社残余的社会经济组织——'合亩制'"③。黎族作为海南岛上具有原始社会经济发展模式的族群聚落，整体性社会发展比较落后。受自然环境的发展限制，加之文化隔阂，黎族地区不但物质文化发展落后，精神文化发展也举步维艰。黎族人民在吃饱都很难保证的情况下，很难开展自觉而又追求审美价值的个人创作这样的"纯文学"活动。

另一方面，黎族神话不仅是黎族民间文学的重要类型，也是黎族文化表达的重要方式。诸多学者在研究神话时，都格外关注神话的复杂性与文化蕴藉性。神话不仅是一种文学类型，更是贯穿人类社会发展初期的重要思维方式。同理，黎族神话是黎族民间文学的一种表达类型，也是黎族人民理解和掌握世界的手段。黎族民间文学作品大部分是黎族人民通过回忆与想象之后，结合非自觉的审美开展的艺术表达。黎族先民通过想象去开展艺术构思，孕育关于族群社会历史问题的形象序列，这是他们把握世界

---

① 〔美〕香便文：《海南纪行》，辛世彪译注，漓江出版社，2012，第7页。
② "生黎"和"熟黎"是对不同黎族人的划分，从史料上看，依据为是否供赋役。不受封建王朝控制，不给封建王朝缴税服役的为"生黎"；受封建王朝控制、给封建王朝缴税服役的为"熟黎"。
③ 陈桂、柏贵喜：《杞方言黎族"合亩制"地区社会文化变迁研究》，南方出版社，2020，第4页。

的过程，也是族群艺术思考的过程。在黎族民间文学中，回忆与想象这样的艺术构思在本质上虽然仍是一种创作思维，但已经不是普通的创作思维，而是交织着各种复杂族群信念和心理活动的思维。这样的回忆与想象，是黎族民间文学作品蕴含丰富文化内涵的先决条件。因此，谈及黎族文化与民间文学，我们就必须提黎族神话。

什么是"神话"？现代汉语中的"神话"一词来自英语，起源于古希腊语"Mythos"，它的原意是"故事"，中国古代汉语里无"神话"一词。至20世纪初，中国学者方从日语中借用了这个词。① 在日语中，"神话"的原意为"神的故事"。回归文学谈神话，当前，学界一致认为神话是人类史前时期最早的文化载体和艺术形式，是充满神奇想象的民间文学样式之一。长期以来，神话一直是令不少学者痴迷的研究对象，古今中外，关于神话的理论成果众多。但就神话研究的成果事实而言，神话是一个已经用"乱"了的概念。当前，随着神话研究的深入，"神话"这个词的含义已经远远超出了其语源上的意义。学者们从多维度去定义神话，除从文学角度之外，还从历史学、哲学、人类学、社会学、民族学、心理学和宗教学等多学科的角度去研究神话，他们拓展了神话的含义，并以此建构神话研究，形成观点多样，甚至研究结论矛盾的神话研究体系。

目前学术界存在两种关于"神话"的基本观点：狭义神话观和广义神话观。狭义神话观认为神话只能产生于原始社会，② 这是我们一般在探讨民间文学时使用的概念。而广义神话观则认为神话的产生不受时代的限制，作为一种想象世界和把握世界的方式，每一个时代都有神话产生。我国著名神话研究学者袁珂就持有该观点，他有几十年的中国神话研究基础，在对神话文本进行多维阐释之后，他提出神话有"沿着文学化方向发展的一个大端"，这一端随着时代推移，演变出不同分支的神话；"另一个大端，仍是沿着文学化的方向发展，但又和后来的宗教、历史

---

① 苑利主编《二十世纪中国民俗学经典·神话卷》，社会科学文献出版社，2002，第1页。
② 马克思是狭义神话观的典型，他认为原始社会的经济基础决定了神话这种特殊的艺术样式，而神话必然会随着产生它的原始经济基础的消亡而消失。参见《马克思恩格斯选集》（第2卷），人民出版社，2012，第710页。

和地方风物、民情风俗等相结合，成为表现在神话上的各种绚丽多姿的形态"①。

　　神话学界对于神话的定义及其涵盖范围争议很大，广义神话观扩展了神话研究的范围，但也给神话研究带来了一定的问题，有学者就提到，"但广义神话观往往又走向另一个极端，把凡是带有神奇色彩的文艺作品都视为神话"②。同样，神话概念的泛化，也给黎族民间文学的研究带来了一定的困惑。从当前黎族民间文学研究的实践上来看，神话、传说和史诗的共性（想象性）有时候让人们将它们合为一体。有时候，一些学者在研究黎族神话时，把传说和史诗都归属于神话的范围，如陈立浩等所著的《黎族文学概览》中就如此分类："我国少数民族神话，广泛流传在民间，有散文和韵文两种体式，散文体的叫做神话故事，韵文体的称为创世史诗（或创世古歌）。"③ 有时候，在一些黎族民间文学作品选中，部分作品会出现归类的矛盾。若是进行阶段性文学研究，或是进行不同类型文学研究，我们可能非常有必要去厘清神话的狭义或广义，但就整体性黎族民间文学作品的文化本质问题研究而言，我们既可以用广义的神话概念去审视黎族民间的这一文化现象，又可以从狭义的神话文本解读中，去细细挖掘黎族民间文学这一文化宝藏。在黎族民间文学中，神话可以是文学的类型，可以是阶段性的认知结果，也可以是一种理解和掌握世界的思维方式。

　　从狭义神话视角解读黎族神话，把黎族神话作为文本去解读，可以知晓它是黎族族群社会与历史文化的非理性想象。马克思持典型的狭义神话观，认为神话这种特殊的艺术样式由原始社会的经济基础决定，"当艺术生产一旦作为艺术生产出现，它们就再不能以那种在世界史上划时代的、古典的形式创造出来；因此，在艺术本身的领域内，某些有重大意义的艺术形式只有在艺术发展的不发达阶段上才是可能的"④。文学研究普遍回归

①　袁珂:《中国神话通论》，四川人民出版社，2019，第 37 页。
②　刘守华、陈建宪主编《民间文学教程》，华东师范大学出版社，2002，第 102 页。
③　陈立浩、范高庆、苏鹏程:《黎族文学概览》，海南出版社、南方出版社，2008，第 7 页。
④　《马克思恩格斯选集》（第 2 卷），人民出版社，2012，第 710 页。

文本解读，而"神话文本"，即指若干个（或至少一个）神话母题按照特定的顺序与结构的排列组合。① 汪玢玲在界定神话时，就提到"神话是人类最早的散文形式的口头创作，它是原始人最初构思的以神为中心的幻想故事"②。可见，从狭义神话视角审视黎族的神话文本，可以发现它是黎族在原始社会时期以原始思维为基础，将族群智慧与族群文化通过神奇瑰丽的想象方式呈现，并不自觉地以形象化和人格化的手段去进行族群文化追忆，由集体创造并代代相承的一种以超自然神灵为主角，表征着特定群体的神圣信仰的语言艺术。黎族神话是黎族原始社会时期的产物，是与黎族社会和历史紧密相关的想象语言艺术。黎族先民在《大力神》《伟代造万物》《人类的起源》《三月三的传说》等神话中，以想象的方式去回忆，一系列的意象被选择，成为记录黎族文化的符号。狭义的神话呈现了黎族先民早先的文明与智慧。

从广义神话视角审视，作为黎族族群把握世界的一种方式，神话隐遁在黎族民间文学作品中，蕴含丰富的黎族文化内涵。进入文化工业时代之后反思文明的发展历程，霍克海默和阿道尔诺虽然更多的是阐释现代性问题，但他们在讨论文明的现代性问题时，对比思考了人类发展中的神话、启蒙和科学问题，也表达了他们对于神话这种思维方式和结果的批评性认知。他们在著作中提到，"理性对立于一切非理性的原则，并成为启蒙与神话相互对立的真正基础。神话只把精神看作是深陷于自然的东西，即自然力。就像外部力量呈现为一种神灵鬼怪之根源的活生生的力量一样，其内在的冲动也呈现为这种活生生力量。与此相反，启蒙则把一致、意义和生活统统归结为主体性，而主体性也恰恰只有在上述过程中才开始构成"③。作为一种想象世界和把握世界的方式，神话在霍克海默和阿道尔诺看来是非理性的，而且是从客体——自然出发的，外部世界的自然力是"活生生的"，这种神话式的把握世界的方式在民间文学中，不只局限在

---

① 陈建宪：《神话解读》，湖北教育出版社，1997，第40页。

② 汪玢玲主编《民间文学概论》，中央广播电视大学出版社，1994，第96页。

③ 〔德〕马克斯·霍克海默、西奥多·阿道尔诺：《启蒙辩证法——哲学断片》，渠敬东、曹卫东译，上海人民出版社，2006，第78页。

"神话"这一狭义的文学类型中，还存在于传说、史诗、歌谣等中。

黎族民间文学通过回忆和想象，既以狭义的神话去记录黎族族群历史和社会，也以广义的神话思维去把握世界。黎族人民在不同的时期、不同的文学类型中，记录黎族社会历史，文化属性是黎族民间文学的本质。黎族社会经济落后，直至新中国成立后，部分黎族地区仍然存在原始落后的生产关系，这样的经济发展事实，自然限制着黎族社会的文化发展水平，决定了黎族人认识和解释世界的方式，神话思维就是黎族的一种文化思维。黎族的神话思维，借助黎族民间文学这种口头艺术，成为黎族社会"无文字"时代传承族群文化的重要方式。因此，黎族民间文学虽然具有审美属性，是黎族社会民间艺术的重要表达，但其最为重要的本质并不是审美，而是文化。黎族民间文学作为一种意识形态，作为族群记忆传承的一种口头文化，其本身承载着黎族文化的诸多要素。

作为一种文化，黎族民间文学随着黎族社会的发展而发展，内容涉及黎族人民生活的方方面面，具有多重文化内涵。我们知道，人类为了生存和发展，需要不断地积累经验，创造人类文明。而文明是一个有机整体，由各个互相联系的文化价值要素所构成。丹麦批评家勃兰兑斯认为，任何事物都可以从三方面去看——实用的角度、科学的角度和美学的角度。[①]我们不从美学的角度去关注黎族民间文学的审美价值，而是从意识形态本质去审视黎族民间文学，明确作为黎族文化宝藏，黎族民间文学具有重要的科学价值和实用价值，它镌刻着黎族的社会和历史，记录了黎族的认知与科学，蕴含着丰富的族群伦理和思想，是黎族重要的文化传承力量。

第二节　认知·理解：自然与科学

20 世纪初，随着人类学、民族学和民俗学的兴起，开始有国外力量进

---

① 〔丹麦〕勃兰兑斯：《十九世纪文学主流》（第一分册），张道真译，人民文学出版社，
　　1980，第 146~147 页。

入黎族地区研究黎族社会和文化。黎族最初面向全世界时，被这些外国学者和探险家视作一块未开发的"蒙昧"之地、一块研究"无文字社会"①的样板地。英国的史温侯、美国的香便文（Benjamin Couch Henry）、丹麦的冶基善、美国的纪路文、英国的约翰·怀特黑德、美国的玛格丽特·莫宁格等，都深入黎区开展考察工作。因为现代文明人的自我设定，他们在考察记录中呈现的都是落后而原始的黎区社会发展状况。在他们的笔下，这里的人普遍"蒙昧"而"迷信"，行事往往不依循科学与逻辑。史图博在 20 世纪 30 年代的考察中，如此记录，"由于美孚黎还没有看见过白种人，他们就更加相信我有巫术，所以当我一到街站，他们就要求我把茉②给那些数年来患着慢性气管炎和肺气门肿的病弱老人，他们都感到很奇怪，我竟没有这样的茉能把这些病在一夜之间治好。其次是问我要一种巫术，它能发觉偷水田或旱地稻子的小偷，再其次是要求我施法下雨"③。这段文字的字里行间，处处流露出史图博所认知的黎区的落后境况，同时，也呈现了黎族地区在那时候的非理性与蒙昧。在史图博的笔下，这些黎族人"愚昧"而"迷信"，他们迷信于巫术，并试图通过巫术的方式去解决问题和掌握世界。史图博作为来自当时被定义为"文明"的西方的审视主体，其自身的文明定位对他的黎族文化认识或许有所影响，可能会导致其产生不解或误解，但作为一名追求真实与考据的民族学家，在文字记录缺乏的黎族研究历史上，他的记录无疑具有重要的参考价值。

　　人类从原始步入文明，经过了漫长的演化历程。在这个过程中，人类对世界的认识和解释，也经历了一个从幼稚到成熟，从浅显到深刻的过程。我们一般把人类对世界的解释划分为三个阶段：神话阶段、哲学阶段、科学阶段。若据此对黎族社会的认知进行阶段性划分，黎族社会的认知在其进入社会主义建设阶段之前，离科学阶段甚远。自秦汉以来的黎汉

---

① 受进化论思想影响，19 世纪一般把那些生活在远古时代的人类集团，或现代那些生活在十分遥远的偏僻地区的某些人类集团社会称为"原始社会"。但现代人类学家认为这种说法充满了西方文化中心论，因此，一般主张用"无文字社会"的概念。

② "茉"，似为"药"字之误。

③ 〔德〕史图博：《海南岛民族志》，中国科学院广东民族研究所，1964，第 136 页。

融合使海南黎族在中原文明的裹挟下，跨越人类发展原始阶段进入封建社会阶段。但无论是根据外国学者的记录，还是根据历代"黎治"的事实来划分黎族社会的认知阶段，都可以肯定：黎族社会在进入社会主义建设阶段之前，离科学阶段甚远，虽有启蒙，但更多属于神话阶段。法兰克福学派的霍克海默和阿道尔诺在探讨启蒙问题时，曾提及神话和启蒙的关系，他们用了一句很有趣的话："被启蒙摧毁的神话，却是启蒙自身的产物。"[①] 在此，我们可以挪用这句话来诠释黎族文明，特别是黎族民间文学传承的黎族文化。作为一种审视世界的方式，神话其实就是黎族启蒙的重要内容。

黎族先民移居海南岛初期，黎族社会的生产力低下，黎族先民的认知水平非常有限，移居海南岛后所面临的岛屿复杂生存环境，使黎族先民的生存显得非常被动。在漫长的族群发展史中，黎族先民不得不处于被自然力奴役的状态。我们不质疑黎族文化阶段的原始性，但是，我们不可以忽视黎族文化的启蒙性。黎族先民在竭尽全力与自然力进行艰苦搏斗的过程中，为了自身更好地生存和发展，势必产生认识自然、征服自然的强烈愿望。黎族先民关于自然和科学的认知，便在摸索中逐渐形成。其中，最初借助于审美、意识和语言去探索族群和大自然奥秘的方式——黎族民间文学，作为黎族文化的一种记录，通过想象去呈现族群的智慧，特别是黎族神话，它本身就是黎族先民启蒙的产物。黎族民间文学是黎族先民认知和理解世界的一种文化，主要表现在两方面：一是其中有诸多对自然和环境的解释；二是其所体现的黎族先人的认知思维结构。

黎族有悠久的历史，但黎族人民在历史上未曾创造自己的文字。1957年2月，广东省海南黎族苗族自治州首府通什镇召开"黎族语言文字问题的科学讨论会"，会上通过了《黎文方案（草案）》，自此"黎文"才开始推行。但这种黎族文字并非来自黎族文化的积淀，而是学者们结合黎语发音，以拉丁字母形式设计的文字，因缺乏群众基础和历史传承，后续并没有得到相应的推广。"黎文"对黎族人民的文化与教育影响微乎其微，口

---

① 〔德〕马克斯·霍克海默、西奥多·阿道尔诺：《启蒙辩证法——哲学断片》，渠敬东、曹卫东译，上海人民出版社，2006，第5页。

头流传的黎族民间文学，仍然是影响黎族人民生活的主要艺术形式。黎族人民通过这种口头传承文化的方式，记录着先辈们的智慧。黎族的文化也通过黎族民间文学的口头创作传承下来。其中，神话和传说就是重要的黎族文化宝藏，通过黎族神话、传说的"折光"，可以了解黎族先人的智慧和思想。这些作品汇集了黎族人民所掌握的各个方面的知识，真实地反映了各个历史时期黎族人民对自然的认识和理解，它们是研究黎族自然科学的宝贵资料，是黎族文化的传承载体。黎族民间文学作品有诸多有趣的关于宇宙万物的解释，具有丰富的自然科学价值。

《畲克号畲克佤》（黎语"hluuekhau hluuekvas"的音译）是海南省三亚市藤桥、田独地区的一个颇具孩子气的关于大海的神话，这个神话就是黎族先民对"海"的来源的探究和解释。"畲克号"（Hluuekhau）指的是一种貌似人类的较高级动物；"畲克佤"（Hluuekvas）是神化了的人。说是古时候，有一个畲克号在逃亡路上遇到了一个畲克佤。畲克佤块头很大，力气也很大，一餐能吃完七瓦盆饭。畲克号力气也不小，能搬动千斤重的大铁床，也能吃完七瓦盆饭。两人相遇，非常高兴，就互认结拜兄弟。可是，两人力量相当，谁当哥哥呢？为了解答这个问题，他俩决定比赛，通过射击茅草捆和摔跤来定。他们商定，谁能一箭射穿百捆茅草和把对方摔倒，谁就当哥哥。射茅草时，畲克号赢了，但比赛摔跤时却未能分输赢。于是两个人一直战斗，只见两人的汗水不断地往下流，慢慢地淹了脚踝、小腿、大腿、臂部、肚脐、胸口、脖子、下巴、嘴巴、鼻子、眼睛、脑门和头发……最后变成汪洋大海。但即使他们淹没在汗水变成的大海中，仍输赢未定，所以，畲克号和畲克佤的比赛一直未停。现在，他俩还不分昼夜地在海里摔跤，因此大海永远波浪起伏不定，波涛滚滚不息。

地处偏远的海南岛是黎族先人的生存环境，同时也是海南黎族文化的成长背景。据地质研究，海南岛原与雷州半岛相连，距今50万年前地质断裂，海南岛与大陆分离。后由于海平面上升，形成今天的琼州海峡，海南成为海岛。光绪《临高县志》卷二《沿革》中就记载："按《淮南子·经训》：尧定天下道里远近广狭之名，命羲和宅南交，舜巡狩至苍梧之野。

又史称，周武王十年儋耳入贡，十八年陈诗至于南海，则岭南之入职方当在商周时矣。"① 可见，海南黎族先民与内地的联系由来已久。虽然黎族先民从未断绝与中原地区的联系，但碍于琼州海峡这一天堑，以及环绕四周的汪洋大海，自然地孤立出这一座岛。得益于一岛，也囿于一岛，黎族先民面对的就是海，因此早期黎族先民在文学表述上，很多内容多涉及海。他们在探索宇宙世界时，也试图解释他们对于海的理解与疑惑。因此，区别于大陆地区开天辟地母题对"天—地"关系表述的重视，黎族民间文学虽也描摹"天"与"地"的关系，但更热衷于解释"海"及其相关内容。

根据美国著名人类学家、民族学家 L. H. 摩尔根的说法，人类社会分为三个阶段：野蛮时代、开化时代和文明时代。第一个阶段是人类发展的蒙昧期，人类尚处于幼稚阶段，刚刚开始认知世界，田猎与采摘是人们维持生计的重要手段，人的生存能力有限，被动而无力；第二个阶段是开化时代，人类具有一定的解释世界的能力，还掌握了制造和使用工具的技术，学会了饲养动物、种植粮食，人类在大自然面前获得一定的自主权，有相对稳定的食物来源；人类社会的第三个阶段才是文明社会。② 依据摩尔根的划分，黎族神话主要属于野蛮时代。处于第一阶段的各地文明，往往都不约而同地努力解释天地起源、生命诞生、万物来源等问题，通过想象去表现人对自身、对大自然、对社会现实、对各种精神现象发生原因的理解。神话是最重要的方式，中国乃至于全世界的很多神话，最初探究的问题都是创世纪问题。在中国各地的很多神话中，都说世界原初状态为一片混沌，后来由一位大神劈开，天地初现，他是初创世界的创世神。其中，"开天辟地母题"是许多民间文学表述的内容。在神话中，创世神拥有强大的力量，"他们首先用各种办法把天地分开：或用手脚撑开，或用斧头砍开，或用银子锯开，或用铁叉撬开"③，以此完成人类生活宇宙的创建。与该"开天辟地母题"中对"天—地"关系表述的重视不同，海南黎

---

① 陈江：《"岛夷卉服"和古代海南黎族的纺织文化》，《广西民族研究》1991 年第 3 期，第 97 页。
② 〔美〕摩尔根：《古代社会》，杨东莼等译，商务印书馆，1972，第 12～17 页。
③ 毕桪主编《民间文学概论》，民族出版社，2004，第 99 页。

族先民居住在海南这一座岛屿上，"海"与其生活息息相关。据考古发现，海南岛沿海区域有多处黎族先民的居住古迹，学者推测，最早登上海南岛的黎族先民大多沿海而居，后由于种种原因，"各个支系或部落深入海南岛腹地，建立起聚落作为生活基地，即成后来的'峒'"①。"海"是黎族先民生活的主要环境，"海"给予他们丰富的生存物产，也蕴含着重重死亡危机，"海"伟大而神秘。"海"是什么？"海"从何而来？这是萦绕于该时期黎族先民头脑中的一系列重要问题。于是，关于"海"的神话成为此时黎族民间文学的重要表述内容，《畬克号畬克佤》体现的正是他们对于"海"所产生的理解和把握。

除"海"之外，黎族的自然生存环境，以及黎人生活区域的诸多生物和物产，在神话和传说中也多有记录。黎族先人的自然文化认知和智慧通过黎族民间文学这一口头艺术代代传承。早期神话和传说存留下了当时黎族先人对这个世界认知的印记。如《五指山传》②，它是黎族篇幅最长的一部史诗，内容丰富且完整，作为黎族先民创世开元的创世史诗，它描绘黎族的起源、民俗的来源和生产生活故事等，是黎族先民审美意识的结晶，更是黎族人民的一部百科全书。该作品蕴含着丰富的自然科学知识，这是黎族先人对他们周围世界的解释。《五指山传》第一章就通过文学艺术的处理方式呈现了黎族祖先迁居海南的历史，但除此之外，该部作品中还塑造了动物"南蛇"和"蜂王"，诗句"脸儿几光润，/龙眼目生春，/白过椰子肉，/鲜如山竹笋。皮如糯米粉，/鼻子几均匀，/槟榔身段细，/仙人果抹唇"，提到了龙眼、椰子、竹笋、糯米、槟榔等，这些内容都隐含着海南地区的动植物物种信息。另，作品还记录下了黎族特色民俗与风情，如"灵丹不见效，/慌忙打星招，/请道来赶鬼，/门头打星条"，描述黎族地区医疗落后的历史事实，生病就请"道公"和求神问卜等现象呈现了黎族先民对自然和环境的认知与把握。

① 王海、江冰：《从远古走向现代——黎族文化与黎族文学》，华南理工大学出版社，2004，第22页。
② 《五指山传》又称《黎族祖先歌》或《吞德剖》，此处分析援用的是孙有康、李和弟搜集整理的《五指山传：黎族创世史诗》（暨南大学出版社，1990）。

而黎族民间文学中还有许多关于天文、气候、生产知识的记载，许多谚语、谜语、歇后语等，也以诙谐和幽默的方式，总结着黎族劳动人民的生产经验和科学认知。一些黎族民间文学作品就直接地解释自然和环境的关联，架构起自然现象与人类社会的桥梁，通过合理化解释，去确定外物，同时通过确定外物去确定自我。这些黎族民间文学作品呈现的都是黎族先人对周围世界的把握方式，更是黎族先民启蒙的标志，如《月亮为什么只在夜间出来》《兄弟星座》《山兰稻种》《雷公为什么在天上叫》《台风的传说》《吊锣山》《望老岭》《双女石》《狗与黄猄》《哥喂鸟》《雷公根》等。这些作品所囊括的内容涉及天文地理、河流山川、飞鸟虫鱼、粮谷菜秧……丰富而广泛，俨然是黎族民间百科全书。法国著名的人类学家列维－斯特劳斯曾评价"未开化人"说："每一文明都倾向于过高估计其思想所具有的客观性方向，然而这一倾向总是存在的。当我们错误地以为未开化人只是受机体需要或经济需要支配时，我们却未曾想到他们也可以向我们提出同样的指责，而且在他们看来，他们自己的求知欲似乎比我们的求知欲更为均衡。"① 列维－斯特劳斯批评所谓"现代文明人"的自我高估，且肯定"未开化人"求知欲的"均衡"，在他的论述中，"未开化人"对自然的把握能力往往更细微，更全面，认知往往让我们更为惊叹。当我们不带偏见地去审视黎族民间文学时，我们就看到在黎族人民的口述中，这些关于自然的想象，这种神话解释的方式，很好地表现了黎族先人对宇宙的认识，是研究黎族文化的珍贵史料。

黎族民间文学作为求"真"的文化，它的卓越之处不仅在于其所呈现出来的"真"的内容，还在于其"求真"的方式。黎族民间文学中蕴含着黎族先人的思维方式，是人类解释世界的原始思维方式之一。人类为了生存和发展，不断总结经验，归总认识。黎族民间文学是黎族人民创造的精神文明之一，它存在于黎族社会历史进程之中，记录着黎族先人关于世界的解答和关于周遭的发现，是黎族的科学大百科。因此，作为一种文化，

---

① 〔法〕克洛德·列维－斯特劳斯：《野性的思维》，李幼蒸译，中国人民大学出版社，2006，第3页。

黎族民间文学的科学价值不仅仅在于呈现黎族先人的认知与发现，它还呈现了黎族先人的原始思维方式，是研究黎族族群人类学、民俗学和社会学文化的宝藏。作为原始的存在，黎族区域有自己的独特文化魅力，这也是19世纪人类学、民俗学兴起之后，许多国外力量进入黎族文化圈，研究黎族社会和文化的主要原因。

美国传教士兼植物学家香便文和美籍丹麦传教士冶基善，曾分别于1880年和1881年进入海南岛，后两人志同道合，于1882年10月到11月在海南岛进行了为期45天的徒步考察。香便文带着探索的心情在海南行走，他进入海口时，就曾感叹"海口的环境绝非没有吸引力。在海湾两旁漫步，行人一定不虚此行……只要土地问题的谈判成功，这里会成为欧洲人未来居住的社区，环境将会健康宜人"①。他们进入海南的使命不一，在记录黎族时的关注点也不同。除香便文和冶基善之外，其他进入黎区考察的外国人也都抱有不同的目的。他们虽目的不一，但热带岛屿中的黎族社会，以原始的社会发展状态，给他们带来某种探知的吸引力。他们的记录涉及的学科十分广泛，有民族学、人类学、语言学、建筑学、美学、文艺学等，但更多的是基于植物学、动物学、人类学、地理学等方面的考量。这些来自他者的考察人员，他们在记录黎族族群的科学认知水平时，往往以"高等文明者"自居，以考察落后原始文明的方式去审视。这样的审视态度，其实普遍存在于他者对黎族族群的审视中，无论是国内，还是国外，甚至无论是古代，还是现当代，他者审视普遍否定黎族"无文字社会"的思维，否定黎区社会在许多方面上的认知的理性和科学性。

在人类学研究领域，列维－斯特劳斯以神话为对象，用结构主义的独特视点去解读，不仅为我们展现了一个崭新的神话景观，还为我们揭示了人类思维的奥秘。

因而新石器时期的，或者说历史上早期的人类乃是一个漫长的科

---

① 〔美〕香便文：《海南纪行》，辛世彪译注，漓江出版社，2012，第7页。

学传统的继承者。然而，如果那时的人类以及在其以前的人类曾经受到与我们时代完全相同的那种精神的激励，就不可能理解他们怎么会停了下来，而且为什么会有几千年的停滞期介于新石器革命和近代科学之间，如两段楼梯间的一块平台似的。对于这一矛盾只有一种解答，这就是存在着两种不同的科学思维方式，两种方式都起作用，但当然不是所谓人类心智发展的不同阶段的作用，而是对自然进行科学探究的两种策略平面的作用：其中一个大致对应着知觉和想象的平面，另一个则是离开知觉和想象的平面。似乎通过两条不同的途径都可以得到作为一切科学的不论是新石器时代的或是近代的——对象的那些必要联系：这两条途径中的一条紧邻着感性直观，另一条则远离着感性直观。①

列维－斯特劳斯认为人类（不论是原始人还是现代人）头脑中存在两种思维活动：一种是未驯化的思维——野性的思维（原始思维）；另一种是驯化的思维（科学思维）。文明是一个过程，人类由蒙昧一路走向启蒙与科学，是人类社会发展阶段的不断积淀，我们据此审视黎族民间文学作品，特别是其中的神话、传说和民间故事，发现就其产生的文学发展阶段而言，黎族民间文学既表现黎族"无文字社会"野性的思维的合理性，也表现黎族"无文字社会"驯化的思维的科学性。

《山兰稻种》是一则关于物种"山兰稻"起源的传说，叙述五指山下黎族打猎能手阿虻和他美丽的妻子乌鲜发现山兰稻，并培育山兰稻，后带领村民播种山兰稻的故事。故事最初交代阿虻和乌鲜结婚后，阿虻打猎，乌鲜采野果、野菜，两人虽勤劳，但也仅仅是勉强度日。后来峒主山甲贪慕乌鲜的美色，前来强抢乌鲜。阿虻和乌鲜没办法，只好逃入深山中，居住在大石洞里。接着，故事继续叙述道：

---

① 〔法〕克洛德·列维－斯特劳斯：《野性的思维》，李幼蒸译，中国人民大学出版社，2006，第19页。

春去秋来又是冬。有一天，阵阵寒风刺骨，乌鲜采不到野果，阿虻也打不到山味，只好在洞里燃起篝火取暖。这对苦难的夫妻，肚子饿得咕咕叫，多么希望有个温饱的日子呵！他们饿得迷迷糊糊睡着了，双双梦见一位白发苍苍的仙翁，对他们说："冬天野果难充饥，将有白鸽送来山兰种，刀耕火种好收成，日子定会好起来。"夫妻醒后高兴极了，盼了几天，终于在一个明朗的日子，看见洞边一株大香春树上飞来一只少见的白鸽，红嘴红脚，雄赳赳地叫了几声。阿虻喜出望外地说："真的是白鸽带山兰种来啦！"但是树很高，无法上去，他向白鸽招手，白鸽只是又叫了几声而已。阿虻没办法，只好拉弓搭箭，"呼"的一声，白鸽中箭落下来。乌鲜捧起白鸽，找遍它全身也没有看到山兰种，一会，白鸽闭上眼睛死了。阿虻把白鸽去毛开腹，才发现了一粒粒金黄色的山兰种。他们马上动手，在烧过了的肥沃土地上，用刀耕了一会，把山兰种点播下去。这对好心的夫妻不忍吃掉送种子来的白鸽，把它安葬在麻竹旁。

不久，山兰稻长势十分喜人；再过一段时间，夫妻俩第一次收获了许多山兰谷子。他们一半留种，一半用石头磨成米，又砍下麻竹，把米装进竹筒，倒入清清的山泉水，拿到火上去烧熟。第一次吃上了香喷喷的山兰饭，他们连声赞叹"真好吃！"朝着高高的五指山，谢天谢地谢仙翁，开始了新的生活。①

这个故事显然叠加了数代黎族人对"山兰稻"的解释。在这些故事里，我们看到原始思维和科学思维两种思维共同架构起黎族人关于山兰稻的认知。

一方面，黎族民间文学呈现了一种野性的思维。

这种野性的思维是人类为了满足认知需要，而自由发挥大脑的全部潜力的一种思维状态。按列维－斯特劳斯的说法，这是一种"未驯化状态"，

---

① 符震、苏海鸥主编《黎族民间故事集》，花城出版社，1982，第15页。

其中没有必然的逻辑，但为了建构知识结构，"无文字社会"常常运用，并由此生发出固定的认知，甚至形成某种群体性的固定意识，以此来建构一种逻辑。对此，他举例说：

> 例如我们发现，伊捷尔缅人和雅库特人用吞食蜘蛛和白虫来治疗不育；奥塞梯人用黑甲虫油来治疗恐水症；苏尔郭特的俄罗斯人用蟑螂泥、幼鸡胆来治疗脓肿和疝气；雅库特人用浸红虫来治疗风湿病；布利亚特人用狗鱼胆来治疗眼病；西伯利亚的俄罗斯人用吞食活泥鳅和小龙虾来治疗癫痫及其他百病；雅库特人用碰触一下啄木鸟的嘴来治疗牙痛，而且用啄木鸟的血来治疗淋巴腺结核，用鼻腔吸入风干啄木鸟粉来医治发高烧……
>
> 其实，问题并不在于碰触啄木鸟的嘴是否真能医治牙病，而在于是否能有一种观念认为啄木鸟的嘴与人的牙齿是"相配"（allerensemble）的（一致性〔congruence〕观念用于医疗方面只是诸种可能的应用之一），在于是否能通过这类事物的组合把某种最初步的秩序引入世界。不管分类采取什么形式，它与不进行分类相比自有其价值。①

据此，我们来看《山兰稻种》这一则关于"山兰稻"来源的故事。首先是一对苦难的夫妻，在饿得迷迷糊糊中双双梦见一位白发苍苍的仙翁给予的"神示"。继而，大香春树上飞来一只红脚红嘴的白鸽。阿虬开白鸽腹发现金黄色的山兰种。神——仙翁，神之物——红脚红嘴的白鸽，神之物之物——金黄色的山兰种，这一系列思维过程就是非理性的"野性的思维"过程，它的目的不在于解释具体的客体本身。仙翁与鸽子之间是否有什么必然逻辑，鸽子与山兰种之间是否又有什么必然逻辑，甚至本身传递的内容——山兰种是白鸽依据"神示"而带来的——是否具有解释山兰种的意义这本身并不重要。但显然通过这一系列对象客体的关系建构，黎族

---

① 〔法〕克洛德·列维-斯特劳斯：《野性的思维》，李幼蒸译，中国人民大学出版社，2006，第11～12页。

先人解释了他们所认知的"山兰种"，并定位了山兰的珍贵和神奇。总之，这个思维的过程，建构起了他们关于山兰的知识结构。其实，这样的思维方式在汉族传说中同样存在，关于神农炎帝遇丹雀鸟得五谷种子的故事，就同样是遵循这样的思维逻辑。可见，黎族文学呈现出来的黎族原始思维与中原地区的原始思维在这一方面上是相似的。这样的思维逻辑普遍存在于所有族群发展的神话阶段，成为重要的思维逻辑。理解这样的思维特征，我们就能理解黎族神话中，这一系列非理性设置背后的合理性。

另一方面，黎族民间文学呈现了一种驯化的思维。

在《山兰稻种》这个故事中，除了体现出黎族野性的思维之外，还体现了黎族文化发展经年的理性思维。这一理论思维，就是列维－斯特劳斯定义的"驯化的思维"。回到《山兰稻种》的故事中，看表现原始"人神故事"情节的推进过程中，叙述的一系列对立因子：穷人—富人、凡人—仙人、坏人—善人、定居—逃离、饥饿—温饱、生存—死亡等。这些对立的因子，显然是在科学思维的理性引领下组合串联的。理性思维就是这样以两两对立的方式，把所有的故事情节建构起来。这样的理性叙述逻辑，在交代明白"山兰稻种"之外，丰满了故事的构成，丰富了故事的价值。在内容上，合理地记录下黎族族群的内部问题："穷人—富人"组合呈现了黎族社会中穷人和富人的矛盾，这是冲击当时黎族社会的主要矛盾；"凡人—仙人"组合则是黎族底层的绝望与期望的表达；"坏人—善人"中所蕴含的命运逻辑，以及"定居—逃离"的合理性逻辑，这些无疑呈现了黎族"无文字社会"的思维合理性。

据此解读《兄弟星座》，我们就能理解其中设置"天芋树"① 的思维逻辑。《兄弟星座》中的七兄弟以种植山兰稻为生，有一年到种山兰的季节，七兄弟辛辛苦苦地砍山，准备种山兰，但每次垦荒到山头上那棵顶天立地的天芋树下时，天就黑了。看见天黑了，他们便收工回家。但第二天

---

① 天芋树——《兄弟星座》中的一棵顶天立地的大芋树，是天地之间的桥梁。后来被七弟用肉汤泼后萎缩成现在常见的山芋。

早上过来继续劳作时，发现被砍倒的树和藤又全部长了起来，昨天一天的劳作，竟是"白忙活"。七兄弟非常懊恼，夜晚留下来查看发现，"从那棵天芋上下来一只大得可怕的天猪，来到他们已经砍光的地里，喷出一口浓浓的白烟，口里念念有词：塞呀塞，云呀云，合东灵东灵①。念毕，只见被砍倒的树、藤又各归原位，与原来的老林没有两样。那天猪念完毕，又踏芋上天去了"②。在这个传说中，"芋"被赋予连通"天"的神力。黎族先人凭借敏锐的观察力，在万千植物中区别并分析"芋"的属性，在他们科学的观察和研究之后，鉴定出"芋"有区别于其他植物的极强适应性和顽强生命力。"芋"被定义为神奇的"天芋树"，它有通天能力。"芋"在故事中被诠释的过程，就是黎族先人科学思维运转的过程。我们注意到，黎族先人被需求与愿望所驱使，努力去理解他们周围的一切，为了达到这个目的，他们在某种程度上同科学家一样，用理智的方法进行比较，并进行思考。当然，最后转换成文学展开具有审美性的表述时，更是运用理性思维进行了文本建构。因此，从认知和理解的角度出发解读黎族民间文学中的自然和科学价值，不仅可以看到黎族先人当时的认知水平，也能通过他的文本逻辑，洞见其中所体现的科学思维情况。

总之，黎族民间文学通过口头传承的方式，向后世传递黎族先人建立的自然认知秩序。我们现在所看到的部分，其中有一些是被我们界定为"愚昧"和"落后"的，但这于当时黎族先人的认知发展阶段而言，却是当时的人所普遍体察的。因此，就当时科学认知的发展阶段而言，这些内容在当时应该算正确而又富有解释性的。另外，这种自然的感觉性思维方式也是理解世界的一种有效方式。列维 – 斯特劳斯曾评价这种思维方式说，"神话和仪式远非像人们常常说的那样是人类背离现实的'虚构机能'的产物。它们的主要价值就在于把那些曾经（无疑目前仍然如此）恰恰适用于某一类型的发现的残留下来的观察与反省的方式，一直保存至今日：自然从用感觉性词语对感觉世界进行思辨性的组织和利用开始，就认可了

---

① 黎语"塞呀塞，云呀云，合东灵东灵"的意思是，树呀树藤呀藤，各归原位吧。
② 符震、苏海鸥主编《黎族民间故事集》，花城出版社，1982，第 18 页。

那些发现。这种具体性的科学按其本质必然被限制在那类与注定要由精确的自然科学达到的那些结果不同的结果，但它并不因此就使其科学性减色，因而也并不使其结果的真实性减色。在万年之前，它们就被证实，并将永远作为我们文明的基础"①。黎族的神话及其思维方式，就是黎族早期的启蒙方式。黎族"无文字时代"的思维所产生的一些结果，就是从不同角度研究自然界的方式。

第三节　道德·信仰：教育与思想

黎族民间文学作为"无文字时代"黎族社会重要的文化传承模块，除在"真"的维度上记录族群的科学文化之外，还在"善"的维度上传承着族群的道德和信仰。黎族民间文学作为来自民间的集体艺术文学，以具有情感和审美的"善"去引导人民，发挥出重要的教化作用，具有教育功能和思想引导作用。

关于文学教育功能的界定，当前学界普遍认同："文学的教育功能是指文学作品具有影响思想情感、净化心灵世界、增强生活勇气和信心的功能。广义地讲，文学的教育功能还包括文学具有政治的、社会的、伦理道德的启蒙和教化功能。"② 黎族民间文学作为黎族族群的文化记录方式之一，在黎族社会的文明进程中发挥相应的教育功能，"既是深受百姓喜爱的休闲娱乐方式又是传承民族传统文化的重要工具"③。因为黎族民间文学作品中，总会寄托黎族族群的普遍社会理想，表现族群对社会伦理和生活的评价，向接受者展示什么是好的，什么是坏的。从一定意义上看，黎族民间文学是黎族族群生存和发展、交往与活动的"教科书"，黎族人在民间文学作品世代的口耳相传中，学习先人的品性与风貌，在道德、伦理、

---

① 〔法〕克洛德·列维－斯特劳斯：《野性的思维》，李幼蒸译，中国人民大学出版社，2006，第 20 页。
② 《文学理论》编写组编《文学理论》，高等教育出版社，2020，第 68 页。
③ 张跃、周大鸣主编《黎族：海南五指山市福关村调查》，云南大学出版社，2004，第 296 页。

教化等人生多个方面，受到感召与启发。黎族民间文学作为教育文化和思想文化，具有多形态、多层次性的内容，同时，黎族民间文学还展现了少数民族教育文化和思想文化的独特性。

黎族民间文学内容和思想丰富，具有重要的认识功能。历史学家翦伯赞曾说过，像诗歌、小说之类的文学作品，"不但不破坏史料的真实，反而可以从侧面反映出更真实的史料"①。黎族民间文学出现于无文字表述的黎族原始社会，当时，口头传授是最主要的知识传授方式，黎族民间文学就是黎族社会、历史的"百科全书"，蕴含重要的教化力量。作为黎族族群的审美记忆文化方式，黎族民间文学一直伴生于黎族民众的现实生活中，黎族人民群众一直没有创造出属于他们自己的文字，因此，他们获得历史和社会生活知识的重要方式之一就是口头传授，而渠道之一就是参与黎族文学活动。黎族人民在开展民间文学活动时，往往把开展族群文化传授，作为开展这项文学活动的重要社会功能。参与黎族民间文学活动，是黎族人民最喜欢的获得知识的重要途径，就是在这样的民间文化熏陶中，族群获得向"善"的引导，黎族人民得以开化而文明。

黎族民间文学，尤其是神话和传说，其大量内容都是知识的汇集。它们从不同角度解释天地的由来、人类的由来、自然现象和社会现象的由来等问题，以黎族先民感知到的自然和社会现象为依凭，传达"真理"。黎族民间文学是黎族社会在一定认识水平上所获得的有限知识的重要载体，族群的记忆凭借它得以流传。可以想象，不少黎族先民起先对宇宙和世界一无所知，对族群的历史也一片茫然，但通过走入一系列神话，如《大力神》《黎母山的传说》《纳加西拉鸟》《洪水传说》《葫芦瓜》《螃蟹精》《南瓜的故事》《雷公根》《兄弟星座》等，他们认识了开辟天地、射日射月的大力神，了解了世界的形成过程，知晓了黎族社会曾经的毁灭性灾难，等等。这些黎族民间文学作品作为古代黎族先人对自然事物和现象的一种认识，在代代的传诵过程中，既传递了智慧与知识，也传递了情感与

---

① 翦伯赞：《史料与史学》，北京出版社，2005，第22页。

力量。当下，通过这些作品我们仍可以多方面地了解黎族先民的宇宙观，其中往往蕴含着原始科学、原始哲学、原始宗教的因素等，在黎族民间文学解释世界的基础之上，黎族人民获得了认知，并对社会更为了解。从原始神话到民间歌谣，每一篇黎族民间文学作品，在相应的历史时代，都具有相应的教育意义，发挥着一定的教育功能。

《雷公根》是黎族民间文学里有关雷公的神话系列之一，但这个神话不在于塑造神的至尊崇高形象，更像是一则饶有趣味的教育神话。神话一开始，就设定两个主要的形象：雷公和打占。打占很优秀，身体魁梧，为人正直，他不但在世上有很多朋友，天上的雷公也和他结交。一天，雷公向他炫耀自己的本事，擂鼓轰鸣，得意扬扬地问打占，是不是黎民都怕他的雷声，打占淡然回答只是声音大，震耳而已。后打占不甘示弱，以红白藤条和豹尾，在地上抽打出一阵阵耀眼的火星，回敬雷公。雷公见后心生贪念，他想同时拥有"轰轰的响声"和"刺眼的强光"。于是，他趁打占不备，偷走红白藤条和豹尾。打占发现后，追赶雷公到天庭。但南天门马上就关了，雷公也趁机逃走，不过逃走时，打占砍下雷公的左脚。雷公因为偷走了红白藤条和豹尾，于是雷鸣的时候会伴有电闪。打占实在无法追回红白藤条和豹尾，只能回家生气地把雷公的左腿剁成一节节煮了吃，但雷公的肉不好吃，"一股苦味。打占一气之下，连锅带肉全都把它倒到田埂上去了。经过七七四十九天，田埂上，忽然长出了一种叶子圆圆的植物。后来人们就叫它为雷公根"①。

这个故事篇幅不长，但具有明显的教育功能。黎族人民通过代代口耳相传，传递着关于道德品质、人生观、世界观等方面的信息。如故事教育黎族人民优秀不在于出身，而在于自己。打占虽然只是普通人，但他"身体魁梧，为人正直"，是优秀的人；反之，雷公虽为天人，但虚荣贪婪，道德和品质有问题。同时，这个故事也教育人们不要偷盗，在这里，雷公就因为偷盗，被打占用弯刀砍下了左腿。关于黎族社会法律、判决和犯罪

---

① 广东民族学院中文系编《黎族民间故事选》，上海文艺出版社，1983，第18页。

的事务，史图博在有关白沙峒地区的记录中提到，"最常见的是盗窃犯，虽然也在村内盗窃，但通常是偷外村的，主要是偷水牛、鸡、大米等"①。盗窃问题是黎族社会治安问题中最常见的问题，因此这个故事被更多的黎族人传诵了下来，以告诫家族子女：无论你是谁，不管你是什么出身，偷盗都会被惩罚，即便是"雷公"，也因为偷盗被砍下了左腿，雷公被砍，是罪有应得，这是对他偷盗的惩罚。除此之外，故事还蕴含相应的交友观念，"雷公"在天上，地上的"打占"也可以和他交往，但"打占"交友不慎，引"贼"入室，可见这一神话还教育年轻人怎么交朋友。整部作品虽无惊天动地之举，却饶有趣味地交代着日常，告诫着黎族青年生活中的点滴智慧。

　　除非韵文类黎族民间文学作品之外，韵文类的黎族民间歌谣也具有明显的教育意义。在黎族民歌中，歌唱生活和爱情的民歌占据着重要的地位，这些民歌都具有积极的爱情引导和生活指导意义。如下文所节选的部分《爱情歌》和《清水没糖味也甜》，这些民歌在表达真挚爱慕情感的同时，歌颂忠贞的爱情，呼吁爱情自由和婚姻自主。

爱情歌

（节选）

男：一心只想跟妹交，
　　不怕外头人剪料；
　　青缸原是染白布，
　　有心染久它才均。

女：哥味娶侬侬就嫁，
　　侬也不嫌哥穷家；
　　侬也不嫌穷家仔，
　　侬也不嫌吃薯芽。②

①　〔德〕史图博：《海南岛民族志》，中国科学院广东民族研究所，1964，第104页。
②　苏庆兴主编《三亚黎族民歌》，学林出版社，2011，第175页。

清水没糖味也甜

（节选）

只要哥妹情合意，

清水没糖味也甜，

白水没糖两人饮，

幸福伴侣乐百年。①

黎族生活民歌演唱形式更为灵活，主要有套曲、挂念歌、猜歌、斗牛歌、摇篮曲、儿歌等，涉及内容丰富，每个作品都讲述了生活中的一件事。如《游灯歌》《钓鱼》《正月歌》等都是特定生活场景下的民歌，反映黎族人的日常交往活动，呈现黎族人民的人生观。

黎族民间文学教育内涵丰富，形式灵活。虽其文学语言和表达结构的审美效果欠佳，但细细品味，我们会注意到它的教育特色，这是一种来自民间的智慧，具有鲜明的通俗性和趣味性。广泛流传于黎族地区的故事《椰子壳》，深受黎族人民喜爱。这则故事并不描述神圣的"神"，只是介绍普通的"人"。故事讲的是从前有一个母亲生了五个孩子，头四个孩子长得漂亮、健壮，但第五个孩子生下来却是个椰子壳，没有脚，没有手，走起路来打翻滚。母亲讨厌他，把他丢到河里，椰子壳随波漂流，后被一个农民捡到。他求老农收留他，老农心地善良，答应了他。到老农家后，他勤劳能干，不辞劳苦，每天帮老农干活。老农的漂亮女儿发现了他的秘密，还爱上了他，最后嫁给了他。我们看这具有神奇能力的故事主角椰子壳，他本来是水里的龙，而且具有"超"能力：变形＋特技。这样的人物设计，非常具有趣味性。先说变形功能：当没人在时，"轰——"的一声，椰子壳里就会跳出一个魁梧的漂亮男子。再说特技：他把树枝轻轻一摇，所有的牛都向他走来，让他点数目；他手执钩刀左右一挥，周围就会跑出

---

① 苏海鸥、符震主编《黎族情歌选》，花城出版社，1982，第37页。

好多人，帮他砍篱笆。以《椰子壳》而论，所描述的椰子壳具有"神"的能力，但故事却没有为椰子壳设置宏大叙述或英勇行为，只是描述他就像普通的青年小伙子一样，会放牛，会砍柴。这样的能力本身带有超自然的性质，在现实生活中并不存在，但是，这些幻想和超自然却被安置在日常的鸡毛蒜皮和柴米油盐中，发挥其作为一种教育文化的作用。它告诫人们，特别是女子，不要以貌取人；也提醒青年人，有本事、有能力，是金子最后总会发光；对人善良，一定会有回报；等等。

此外，在反映伦理道德的故事中，《砍刀的故事》极具代表性。故事围绕砍刀的失落和寻找，生动地描述了两种人。哥哥亚力及其妻为人狠毒，贪得无厌，两人因为追逐钱财，受到龙女的惩治，结果双双丧命；弟弟亚连勤劳、诚实，在金灿灿、银闪闪的宝物面前，毫无贪恋，他的高尚品质深得龙女的敬仰和爱慕，两人终成眷属，亚连从此过上美好的生活。故事罗列出一系列对立品质的组合，如勤劳与懒惰、善良与凶恶、诚实与狡猾、无私与贪婪等，并通过最后的不同结局，反映现实生活中黎族人民的道德观和婚姻观。龙女对亚连和亚力及其妻的两种不同的态度，依黎族人民的道德观念和心愿而设置。故事在肯定、赞扬诚实、善良的人的同时，对狠毒、贪婪者进行了嘲讽和鞭笞，富有深刻的伦理道德教育意义。像其他民间文学作品一样，黎族民间文学作为来自民间的审判与裁决，在发挥道德引导作用时，常"寓教于乐"，作品具有幽默性。

《劳祝献"马蛋"》这则故事，就叙述了一个令人捧腹大笑的故事。听说劳祝的"马蛋"能孵出骏马，财主和他的老婆欣喜万分。财主老婆一直嚷嚷叫财主快去买"马蛋"。"马蛋"买回来了，两人又都要孵"马蛋"。节选部分内容如下：

> 财主婆从屋里直嚷出来："我来孵，我来孵！"
> "我和她轮流孵。"财主指着老婆说，"劳祝兄弟，快拿钱去买来！"
> 劳祝收了财主的钱以后，扬长而去了。

到了家里，劳祝把一个老椰子剥开皮，削去硬壳，又在上面钻了个小洞，把里面的椰子水倒了出来，灌进了尿水，封好口，再用白纸头糊好。过几天，劳祝就将这只"马蛋"给财主送去。财主公婆高兴得合不拢嘴。夫妻俩手忙脚乱搬草作窝，夜以继日，轮流孵马。

他们孵呀孵呀，孵了二十九天，马驹还没有孵出来。财主婆急得耳朵贴在"马蛋"上听，听了半天，什么动静也没有听到，却闻到一股难闻的臭味。原来，"马蛋"里的尿水已从洞口渗透出来了。她一气之下，拿着它到村外，往草丛里一扔。说也凑巧，这一扔"马蛋"一落地，有一只野兔应声从那里跑了出来，财主婆当它是只小马驹，又追又喊："快来呀，小马跑啦，小马跑啦！……"

财主一听见老婆的喊声，也拼命追过去。那兔子一冲，钻进树林，无踪无影了。财主夫妻扑了个空，你怪我，我怪你地吵了一通……

故事中贪恋宝藏的财主无知而丑陋，总想贪墨人家的东西，最后丑态百出。这个故事教育人不要太过贪婪，同时，故事把财主的无知、反常和丑陋刻画得惟妙惟肖，人物形象滑稽，让人观之不禁捧腹而笑。黎族人的风趣天性，在这些劝谕性的民间文学作品中得到生动的体现。这样的智慧与幽默，还存在于不少黎族民间文学作品中，如《土地庙为什么这么小》一文中就设计了一个骄傲而狂妄自大，不能自我控制的"土地神"形象。这个哈哈大笑的土地神，最终因为骄傲，"笑得四肢无力，瘫软在地上。箭头离弦就掉下来，落在他的脚下。玉皇上前一量正好二尺方圆，所以，土地庙就只有这么大"[1]；而《猴子屁股为什么红》中，苛刻的豪奥门和他的老婆被变成猴子，并让烧红的石头烫得咿咿呀呀地暴跳着逃到深山里去，再也不敢回家。可以想象，听到这些讽刺而又诙谐的内容时，故事讲授者和听众所组成的文学活动场面是多热烈而活跃。

周恩来总理曾在谈论群众艺术时，指出"群众看戏、看电影是要从中

---

① 广东民族学院中文系编《黎族民间故事选》，上海文艺出版社，1983，第245页。

得到娱乐和休息，你通过典型化的形象表演，教育寓于其中，寓于娱乐之中"①。周总理注意到，艺术要得到人民群众的接受，前提就是它要受到群众的喜欢。黎族民间文学作为一种民间的艺术，具有娱乐功能，深受黎族人民喜爱，它可以给人们带来休闲，获得身体快适、心情愉悦和情欲宣泄。无论是故事，还是歌谣，都一样因为通俗和风趣而受欢迎。黎族学者文明英提到"砍山歌"时也曾表示，"黎族迁居海南岛后，在漫长的生产劳动中，为了以歌解除劳累，便创造出相关的歌谣来，如流行于各地的《砍山歌》"②。砍山种园是黎区人民的重要劳动内容，黎族人都开展砍山种园的辛苦劳动。因此，不同地方的黎族人民在劳作时，都会创作能够缓解劳动，促进劳逸结合的"砍山歌"，如有《保城砍山歌》《什玲砍山歌》《毛道砍山歌》《毛岸砍山歌》《毛感砍山歌》《八村砍山歌》《三道砍山歌》《通什砍山歌》《王下砍山歌》等，这些歌曲广为流传，在农忙时节，以幽默和风趣的特征，成为黎族人民娱乐休闲唱诵的主要内容。黎族人民不分男女老少，都爱歌谣。这些歌谣婉转动听，引人入胜，人们参与其中既可以收获智慧，也可以获得快乐。有黎族歌谣就唱道：

> 黎家爱唱歌，越唱歌越多；
> 小孩爱唱褪亚义呃日③，老人爱唱生活歌。
> 黎家爱唱歌，越唱歌越多；
> 姑娘爱唱褪信闷④，畬克闷⑤爱唱恋情歌。
> 黎家爱唱歌，越唱歌越多；
> 巫师爱唱褪窝克偷⑥，战士爱唱战斗歌。⑦

---

① 《周恩来选集》下卷，人民出版社，1984，第337页。
② 文明英：《黎族民间文学概论》，云南民族出版社，2016，第131页。
③ 褪亚义呃日，黎语音译，指一种以"亚义呃日鲁嗨雅亚"为歌头的黎族歌谣。
④ 褪信闷，黎语音译，意指"赞美歌"。
⑤ 畬克闷，黎语音译，意为"男青年"。
⑥ 褪窝克偷，黎语音译，意指巫师念的符咒。
⑦ 文明英：《黎族民间文学概论》，云南民族出版社，2016，第133页。

黎族的神话、传奇故事、歌谣、谜语等在黎族人民的日常生活中发挥重要的作用。黎族的岛屿生活，远离势力割据与兵荒马乱，因为鲜少兵燹，所以无论是《椰子壳》，还是《砍刀的故事》，或其他黎族民间文学作品，它们更多的是关注生活与日常，表现一般的黎族社会问题。而黎族地区教育落后，民众普遍缺乏文化底子，这决定对他们开展教育的过程，不可能多追求"风雅"。加之黎族民间文学作品多口耳相传，因此在传诵时，大多语言通俗浅近，且朗朗上口。黎族民间文学语言通俗、富有韵律、风趣幽默，且描述的事情浅显易懂，论述的道理也通俗易懂，因此通俗性就成为他们在教化过程中使用的语言的基本面貌。

五指山市水满乡方龙村的黎族民间文学传承人介绍自己讲故事的情况时，提到"我的故事都是代代相传的，我讲的故事，就是小时候我奶奶和我妈妈她们给我讲的故事"①。口语化的传播方式限制了黎族民间文学的传播范围，因此黎族民间文学普遍具有区域性，其是区域性的文学活动，更是区域性的教育活动。很多时候，这个口耳相传的文化传承过程往往多发生在家庭内部和族群内部，是家族的长辈对晚辈开展教育的活动。通俗易懂的特点保证晚辈在接触到这些故事的时候，能够轻松理解长辈们的意思；而风趣幽默，则让故事更有吸引力。而往往这些黎族民间文学传诵的过程，也是黎族教育开展的过程，更是黎族家庭亲子活动和家族情感培养的过程。

此外，黎族民间文学作为一种意识形态，是社会生活在黎族人头脑中的形象反映。黎族民间文学一开始就是由于一定的实用目的被创作出来的，它的活动开展过程，就是集合族群思想的过程。同时，从文化角度审视它在发生学上的问题，我们不可以忽略其原发性中所具有的表达精神信仰的作用；从族群精神文化空间建设和发展的维度审视黎族民间文学，它又是一种族群精神文化的重要引领力量，蕴含重要的族群精神与思想。

---

① 笔者于 2022 年 10 月 4 日前往五指山市水满乡方龙村开展黎族民间文学调研，王碧连是方龙村唯一一位黎族民间文学传承人，她向笔者讲了不少方龙村的民间文学作品，也交流了相关黎族民间文学传承的问题。

一方面，从文化发生学上看，黎族民间文学蕴含朴素的族群信仰思想。

在生产力很低的原始集体劳动中，原始文艺普遍具有鲜明的功利目的，与原始人类的巫术活动有关。英国人类学家泰勒在《原始文化》一书中提出，原始人史前洞穴壁画的出现，在当时是出于一种巫术的动机，是具有实用价值的。弗雷泽也认为原始社会的一切风俗、仪式和信仰，都与巫术有关。鲁迅在论述文学时，也曾提到劳动促使文学产生，有"杭育派"创作之说，指的是原始艺术是为了适应生产劳动的需要而产生的。人们为了调节劳动动作，常常发出相应的劳动呼声，这就是原始歌谣的萌芽，即《淮南子·道应训》所说的"古人劳役必讴歌，举大木者呼邪许"，"今夫举大木者，前呼'邪许'，后亦应之，此举重之歌也"。到目前为止，关于文学的发生学在探究文学产生之源的同时，从多维度分析了关于文学产生的手法，而其中，巫术说和劳动说是两种重要的说法。

可以肯定，部分黎族民间文学的产生具有统一劳动节奏、协调劳动动作、缓解劳动疲劳、提高劳动效率的目的。广泛流传的黎族"砍山歌"，如《什玲砍山歌》《毛岸砍山歌》《毛感砍山歌》等，就是劳动的产物。但是，在根源上探究黎族民间文学的发生和传播问题，作为一种文化，它的产生和发展与黎族当地的族群信仰有关，与表达信仰思想的方式有关，与相应的原始宗教信仰表达有关。

一直以来，黎族并没有形成统一的宗教体系，呈现为朴素的原始宗教，认为万物有灵，灵魂不灭，民间有"天上怕雷公，人间怕禁公，地下怕祖公"的谚语。黎族民间宗教活动开展频繁，从查病消灾，到办理事务都与巫术有关。史图博曾记录道，"在日常生活的各个方面，都恐惧着这个那个的精灵，黎族是相信有些人持有魔力（Mung-tang），而与黎族接触的汉人也认为不能不把黎族的魔力作为一个实际的要素来加以考虑"[1]。史

---

① 〔德〕史图博：《海南岛民族志》，中国科学院广东民族研究所，1964，第85页。

图博记录了 20 世纪 30 年代朴素的原始信仰影响下的黎族日常生活，以及黎族人对"魔力"的迷信和汉族人对于黎族人"禁"①的畏惧。黎族原始宗教活动主要包括祭祀鬼神、驱鬼治病消灾、祭祖等各种仪式活动。祭祀活动由"爬柔""鬼公""母娘""道公"来主持，"这样的精神信仰，渗透到他们生活的方方面面"②。这些活动在开展时，都有相应的诵唱内容，它们就是黎族民间文学的一种表达。其中，"爬柔"在哈方言哈应人地区，就是从事诵唱家族祖史、祖谱和主持其他宗教祭祀活动的家族长者。通过他们的传诵，家族历史和故事得以传承。

此外，黎族社会发展缓慢，科技水平低下，加之民族区域地处偏远山区，原始的社会群体生存模式依然在小部分地区保留。我们看到部分黎族民间文学的产生和使用，就直接与生产劳动有关，与巫术活动有关。

蛋卜③④
（南开调）黎族 白沙县

鸡呀！黑母鸡呀！
睡在竹窝里呀，
白鸡睡窝里。
高窝和低窝，
鸡呀，近窝和远窝。
我想问问你，
鸡呀，这里可是好地方？
宽园和狭园，

---

① "禁"即"禁术"，是对黎族恶毒巫术的一种说法，在早期，一般认为黎族人普遍会巫术，而其中用"禁"的男女分别叫"禁公"和"禁母"，他们都是恶毒的，是利用巫术手段致他人生病或死亡的人。
② 罗文雄：《黎族》，辽宁民族出版社，2015，第 134 页。
③ 黎族砍山兰园前，先要作蛋卜，以问吉凶。占卜时，手中横持一支木棍，棍上吊持一只鸡蛋，边摇曳边自问自答地吟唱这首歌。
④ 中国民间文学集成全国编辑委员会编《中国歌谣集成·海南卷》，中国 ISBN 中心，1997，第 152 页。此歌谣的演唱者为符元英、采录者为潘克，1980 年 8 月采录于白沙县南开乡。

鸡呀！这里种禾苗是否吉利？

鸡呀！

《蛋卜》这一黎族民间歌谣的存在，就与黎族砍山种山兰前开始的巫术活动有关。这里的山兰指山兰稻，是黎族先民在长期的农耕实践中筛选培育出来的旱稻品种，适种于旱地。在海南漫长而原始的农耕历史中，山兰稻一直是黎族人民赖以为生的口粮。黎族地区由于农耕技术落后，一直采用刀耕火种方式点种山兰。技术落后，只能靠天吃饭，因此，在耕种的过程中，出于祈福的心理，种山兰前，有条件的人需要进行"蛋卜"。祈福巫术催生出《蛋卜》这一歌谣。许多黎族民间仪式歌谣的出现，就是基于这样的信仰表达或巫术使用目的；同时，黎族原始信仰表达方式的延续，也使黎族民间文学中的相关篇目得到了很好的传承。时过境迁，当前黎族地区新时代教育已经完全普及，但是某些根深蒂固的族群信仰活动仍有延续，如黎族民间的"蛋卜"和"鸡卜"，在节庆或开展相关事务时，仍有延续。笔者调研五指山腹地水满乡的方龙村时，该村书记向笔者介绍了他们村中负责相关节俗仪式活动的人。[①] 据说，他是方龙村中记下最多民间歌谣的人，而且，他的"蛋卜"非常灵验，周围的人在结婚时都会请他主持仪式，以保证婚后生育能顺利。

我们不能简单合理化地理解黎族民间文学作为一种信仰表达的实用价值。但其中，一些民间文学作品的产生和使用具有一定的历史原因，在相应的发展阶段，它们继续发挥着一定的社会作用。作为鲜活的民间艺术，黎族民间文学常常向黎族人民的日常生活延伸，黎族人民在各种日常生活

---

① 笔者于2022年10月5日在五指山市水满乡方龙村开展黎族民间文学调研，该村书记王雄坚曾经是一名人民教师，当过校长，也是一名共产党员，他和笔者谈论黎族文化和文学，用辩证和历史的发展观看待黎族民间文学，同时，也正视黎族民间文化和信仰存在的问题。他向笔者介绍了方龙村中主持相关节俗仪式活动的人王雄义。王雄义特别提到附近村民结婚时，都特别邀请他去完成"蛋卜"。他还提到他父亲就是家族中地位最高的人，负责家族中的节俗仪式活动，他从他父辈那传承下了这样的文化，并记下了很多歌谣。笔者听他唱了几首，认为这是一个虽然没有"头衔"，但语言表达非常有艺术感的真正传唱黎族民间歌谣的"民间艺术家"。

活动中，都会随口唱两句，比如婚丧嫁娶、节日节俗，乃至找对象、干活、村落之间事务交流的时刻……都要唱歌谣。可见，黎族民间文学，尤其是韵文类的民间文学作品在黎族社会中，具有区域性信仰表达和精神引领的作用。当然，有些不符合科学常识的传诵，需要我们用马克思主义辩证唯物史观去分析，辩证地将它们看作一种信仰活动，体味其所具备的文化价值和意义。

另一方面，从文化传承上看，黎族民间文学作为族群重要的思想文化，具有精神引领力量，发挥着重要的交流和凝聚作用。黎族民间文学是黎族社会中人与人沟通的重要方式，具有交流的功能。"俄国大文豪列夫·托尔斯泰曾明确指出，不能简单地把艺术看成享乐的工具，艺术还是人与人之间相互交际的手段之一。文学作品作为一种审美的社会化话语作品，具有增进人们彼此了解、沟通与交流的属性。因此，文学消费和接受也表现为一种特殊的即审美的交流活动。文学并不仅仅是为了供人们娱乐和享受，也负有教化与交流的使命"[1]，黎族民间文学的社会功能很明确，作为一种集体口头艺术，黎族人好像不约而同地统一了相应的黎族民间文学使用规律。他们很清楚在什么时候，能表达什么样的内容，可以使用什么样的形式。黎族民间文学这种集体性的文化活动，是黎族社会日常生活中重要的交流方式。

20 世纪 30 年代，史图博在黎区考察时就进行过这样的记录，"黎族是懂得许多歌谣的，他们特别是在节日时，例如催春的节日、订婚，特别是在结婚仪式时更加要唱歌谣。另外，年青人在村前的特别的小屋内集合一起来唱歌，也有在工作时集体唱的歌"[2]。史图博在记录黎族歌谣活动时，注意到这一活动开展的普遍性，也提到黎族人民工作时集体唱歌的娱乐性，此外，他还特别提到年轻人的歌谣活动，"年青人在村前的特别的小屋内集合一起来唱歌"，这呈现的就是黎族青年人以"隆闺"为据点，对歌觅偶的场景。"隆闺"是黎族青年男女谈恋爱的地方，男子住的叫"兄弟隆闺"，女子住的叫"姐妹隆闺"。黎族青年男女找情人是通过"夜游"

---

① 童庆炳主编《文学理论教程》，高等教育出版社，2008，第 319 页。
② 〔德〕史图博：《海南岛民族志》，中国科学院广东民族研究所，1964，第 77 页。

的方式，围绕"隆闺"进行。一般是晚饭后，男子穿戴整齐，扛枪挂刀，"带着口弓或鼻箫，徒步到远峒别村女子的'隆闺'里，通过对歌或吹奏乐曲来结识情人"[①]。黎族情歌依托"玩隆闺"之俗，在黎族越唱越火热。黎族情歌丰富，美如园中奇葩，灿如满天星斗，表现了黎族青年对爱情的大胆表白和热烈追求，情感真挚而热烈。它就是爱神丘比特之箭，黎族青年男女恋爱时把歌一唱，在婉转与悠扬之间，爱情以歌作为交流媒介，促成美好姻缘。黎族情歌在黎族青年男女之间，具有重要的交流作用。

黎族民间文学是黎族社会重要的族群文化之一，具有凝聚功能。一般来说，民间文学是人民在社会历史发展过程中，对时代和历史的群体反思与反馈，它指向社会发展的方向，呈现具有普遍审美意义的内容，因此，它很容易获得群众的关注和认同。黎族民间文学作为黎族的民间艺术，本身就是一种集体艺术，由集体共同创作，并通过集体流传实现文学传播。这种集体创作、集体流传、集体加工，并为集体服务的特点，决定黎族民间文学具有鲜明的集体审美意识，同时，也决定它所表达的内容是群体所关注并喜闻乐见的内容，探讨的问题也是群体所关注和感兴趣的问题。黎族民间文学是黎族族群文化生活的重要形式，它作为黎族群体审美意识的口头语存在方式，在黎族族群中能够引起普遍审美共鸣，可以发挥强大的族群凝聚力。黎族神话《大力神》就在黎区广为流传，其中所塑造的大力神"袍隆扣"[②]，是黎族人民共同的祖先。这篇神话在黎族祭祀时刻或其他重要的场合会吟诵，其作为黎族祖先崇拜的集体活动，是广大黎族人民信仰世界中极为有力的精神依靠，对于塑造族群整体性意识具有重要的凝聚作用。

在特殊的历史条件下，黎族民间文学这种凝聚功能可以有效地团结黎族人民，发挥强大的社会作用，比如黎族的革命歌谣，就在特殊的社会历

[①]　王国全编《黎族风情》，广东省民族研究所，1985，第66页。

[②]　袍隆扣为黎语音译，"袍"为"祖先、祖父，先人，先辈和至高无上的男性"之意；"隆"为"巨大、无穷无限，勇猛无比"之意；"扣"为"力、力量"之意。"袍隆扣"指"巨大无比、智慧无穷、超强威猛、力拔山兮、开天辟地、定乾坤、造万物的至高无上的祖先"。

史斗争中发挥了巨大的凝聚作用。众所周知，无论是在新民主主义时期，还是在抗日战争期间，抑或是在解放战争中，一首首黎族革命歌谣唱响黎区，使黎族人民斗志昂扬，积极地投身到革命战争之中，守护海南二十三年红旗不倒。黎族民间文学学者谈到黎族革命歌谣时，曾提到，"作为民歌这一武器，在解放战争中，确是起到了宣传鼓动作用，号召人们踊跃参军，为各族人民解放而斗争"①，像《解放偾家乡》《我当兵》《五指山五条溪》等黎族民间歌谣，在黎族人民之间传唱，成为一曲曲鼓舞和团结黎族人民，凝聚人心的强大力量。就是在这些革命歌谣的影响之下，五指山区武装力量迅速壮大。

总之，黎族民间文学作为黎族社会重要的集体意识表达，是黎族人在与社会发展的互动中形成的精神财富。它作为一种文化，呈现了黎族精神世界的特点，它不仅是黎族人情感的表达，也是精神引领的重要力量，是重要的黎族精神文化。黎族神话、传说、史诗、民间故事和歌谣等，通过对"真"与"善"的表达，教化不同发展阶段的黎族人，蕴含丰富的道德和伦理思想。此外，作为一种精神文化，黎族民间文学还具有重要的精神引领和沟通功能，引领着黎族人树立符合当时社会发展阶段的精神空间，并通过文学的沟通方式，去协调人与自然、人与社会及人与人之间的关系，具有非常重要的欣赏价值和文化研究价值。

---

① 韩伯泉、郭小东：《黎族民间文学概说》，广东民族学院民族研究所，1984，第77页。

第三章

黎族民间文学的文化书写个性

第一节 族源记忆：移民文化的表达

黎族民间文学具有艺术性，但作为一种自发的艺术形式，它对于黎族族群而言，最重要的传承意义在于通过世代传诵，去记录黎族社会的发展与文化积淀。而作为黎族历史文化的重要记忆，它所具有的最鲜明的文化个性就是移民文化烙印。

黎族先人在创作和传承黎族民间文学作品时，其复杂的族群观念在回忆与想象中交织并融入到作品中。黎族人既以狭义的神话思维去记录黎族族群历史和社会，也以广义的神话思维去把握世界。黎族人民在不同的时期，以不同的文学类型记录黎族社会历史。无论是在黎族史诗《吞德剖》中，还是在《七指岭的传说》《鹿回头》《吊罗山》《甘工鸟》《绣脸的传说》《蛤蟆黎王》《阿坚治黎头》《猎哥与仙妹》等传说和民间故事中，黎族先人都充分运用想象，去还原作品所处时代的黎族社会和历史，呈现鲜明的文化书写个性。作为一种移民文化，在记录族群来源时，黎族民间文学作品中虽没有明确所指，但许多情节设计和人物想象都与族源迁移有关。

高尔基曾经深刻地指出："如果不知道人民的口头创作，那就不可能知道劳动人民的真正历史。"①黎族民间文学作为口头创作，同样具有帮助我们研究和认识黎族历史的作用。每个民族在其历史发展的初期，都以想象的方式回忆并记录他们对于自己族群的普遍认知，黎族也不例外。黎族神话就是黎族早期族群发展历史的重要记录载体，黎族先人早期通过想象，回忆族群的来源和发展历程。此外，在稍后的其他以想象为艺术构思方式的黎族民间文学体裁中，也同样存在黎族族群社会发展的轨迹。对比其他区域的神话表达，黎族民间文学中鲜少有"开天辟地"的创世神话，除《大力神》之外，其他作品较少具有创世记想象。史学界普遍认为海南岛上的居民都是从中国大陆或其他地方迁移而来的，而黎族就是最早的移民。此外，学者们普遍认为其与"骆越"之间存在紧密关系，更有甚者直接论定黎族源于骆越人，认为"秦汉时期南方百越的一个分支'骆越'与黎族有着直接的渊源关系，黎族源于骆越人"②。黎族这样的移民身份，限定了黎族先民审视的族群历史和发展社会，限定了黎族民间故事的叙述内容。黎族民间文学作品有丰富的移民记忆，却鲜少创世想象。

一方面，黎族民间文学作品中暗含族源发展历史和移民想象。黎族民间文学中的族源移民文化想象，主要集中在早期黎族神话、传说和史诗中。作为移民族群的早期文化呈现方式，黎族神话、传说和史诗中的内容包罗万象，但最为有趣的是其中记录的族源想象，如在《黎族祖先歌》《人类的起源》《黎人过海的故事》《黎母山的传说》《青青和红红》等作品中，黎族先民通过或韵或散的口语表述，将黎族的发展史娓娓道来。

《黎族祖先歌》是黎族文化传承的丰碑，在这部旷世作品中，黎族先人通过想象，以"天狗下凡""五指参天""布谷传神""雷公传情""海边相遇""成家立业""儿大当婚""分姓分支"等八个部分，记录了黎族社会的起源及发展情况。20世纪初萨维纳在黎区考察时，就对这部作品进行过这样的记录。

---

① 〔苏〕高尔基：《论文学》，孟昌、曹葆华、戈宝权译，人民文学出版社，1978，第112页。
② 王学萍主编《中国黎族》，民族出版社，2004，第2页。

根据黎人的传说，他们的来源如下：

很久以前，在海南北部的大陆，有一个高贵的王腿上有伤。他把国中有名的大夫都召来，许诺说，如果有谁能治好他的腿伤，就赏给大量金银。大夫用了各种方法都没有治好，他们只好承认自己无能为力。于是王召来另外一批大夫，许诺说，如果有谁能治好他日渐恶化的伤，就把自己的独生女儿嫁给他。所有的人最终还是无能为力。他们离开时，一条狗出现在王宫门口，要求见王，说如果把公主嫁给它，它就能立刻治好王的腿伤。王答应了。这狗进来舔王的伤口，伤口立刻就痊愈了。但王不守承诺，把狗赶出门外。他遭到报应，伤口马上复发，比以前更痛。见此情形，王又把狗叫来。狗对王说："如果你遵守承诺，我可以把你重新治好。"这一次王遵守承诺，用女儿换他的腿。但他在嫁女儿的时候对狗说："我把女儿嫁给你，但你要带着她离开我的国。"于是王让人造了一艘有篷的小船，装上食物，把他的女儿和狗带上船，然后让人把船推进大海。

北风吹起了，船向南走，最后到了海南的南部，来到现在崖州河的入海口，公主和她的狗在那儿下了船。那时候，岛上还没有人住，这两个刚下船的孤零零安顿下来……①

《黎人过海的故事》则讲述了黎族先祖王亚远的故事，此外，还解释了黎族居住在五指山的缘由。这个故事讲述了在中国内陆，有一个奴隶王亚远，年约30岁，终年替奴隶主干活。有一天，奴隶主的一头牛不见了，王亚远被奴隶主打得死去活来。他为了避免奴隶主的苛罚，只能一路向南逃亡。逃亡途中，他半夜借宿在破庙，偶遇两位大仙。其中一位神仙透露："相隔这里几千里的南方，有个非常肥沃、富饶的宝岛，谁要是到了那里，勤劳耕作，种上各种农作物，年年都能获得丰收。至于金银财宝，

---

① 〔法〕萨维纳：《海南岛志》，辛世彪译注，漓江出版社，2012，第39页。

那是取之不竭、用之不完的。保证子孙后代都能过美好的生活。"① 王亚远听完之后决定为子孙后代而创业，于是他跋山涉水，不畏千里，千辛万苦地向"宝岛"走去。走了两个多月，他终于到达琼州海峡，后又依靠仙人的帮助，乘坐帆船到达了海南岛并决定留居在这片土地上。接着，他挥舞砍刀砍树枝、茅草，盖起一间简陋的草房。他还开出一片荒地，种上了庄稼。后来，有一个老人带他的女儿丹珠也移居至此。他们劳动在一起，生活在一起，亲如一家人。在劳动、生活中，亚远和丹珠互生情愫，于是两人结婚，幸福地生活在一起。但好景不长，起初他们居住在平原，土地肥沃，物产丰美，但后来当时的统治者派来军队把他们赶到五指山区，他们就是今天黎族的祖先。

在这些作品中，我们看到跨越几千年的族群记忆，从奴隶社会到封建社会，黎族族群发展历史通过想象，融合到叙事的故事中。作为口语流传的集体创作作品，这些民间文学作品经过不同时代的叙述者之口，虽然都增添了不同的时代元素，但作品中始终暗含着黎族先祖"移民"的身份。萨维纳把《黎族祖先歌》作为异域文化来记录，只记录情节，提到是海南北部的一个王让人造了一艘小船，然后把他的女儿和狗带上船，再把船推进大海，这个王的女儿和狗，就是黎族的祖先，他们是从海南岛北部漂洋过海而来的。但黎族人传唱的《黎族祖先歌》文本，特别提到黎族的先祖是"天人"，由"天狗"和"婺女"下凡结合而成。李和弟和孙有康记录的《黎族祖先歌》是广为流传的版本，在该版本的第一部分第十三节中就记录了这样的内容：

> 天帝难意料，听了跌几跤，
> 醒来又昏去，穷人得逍遥。
>
> 身上如火着，心头似插刀，
> 可气又可恼，小儿拔豹毛。

---

① 王越辑《五指山传说：海南岛黎族民间故事选》，广东人民出版社，1980，第23页。

天帝怒加恼，无情下令诏。

凡界去吃苦，黎母山路遥。

万事难不倒，生来苦水漂，

天狗得婺女，不管多辛劳。①

以上两个关于黎族来源的想象，一个强调黎族祖先来自海南岛北部的王国，一个强调来自天上，虽族源解释说法不一，但移民事实并无二异。在《黎人过海的故事》中，黎族先祖被冠以"王亚远"之名，使用的是一个汉族的姓氏。事实上，黎族人的称谓习惯有其自身特色，一般外族人不太了解黎族的姓氏命名规则。因此，"王亚远"之名，绝对不是按黎族人传统规则的命名。黎族学者高泽强曾在探讨黎族传统姓氏时提到，"随着汉族思想文化的不断渗透，黎族先民也渐渐接受了汉族的姓，在原来黎族的姓氏基础上取一个相应的、恰当的汉族姓来作为自己的汉姓。在民族内部交往时用的是本民族的姓氏，在与汉族交往时则用借来不久的汉姓。根据历史资料，早在唐宋时期，黎族先民就懂得借用汉姓了，如《桂海虞衡志》中就有黎族女首领王二娘接受封建王朝'封赐'的记载。明代中后期，黎族社会全面进入封建制社会，户籍登记、交纳租税，大多数黎族拥有了属于自己的汉名汉姓。但是一些比较偏僻的黎族地区接受汉姓比较慢，直到民国时为了书写或入学方便，才采用抽签的方法，得到了属于自己的汉姓"②。据此，我们可以推断，这个故事中的人物"王亚远"是后来黎族文化与汉族文化出现融合之后，才出现的人物名称，但这则故事的背景却发生在奴隶社会时期，讲的是一个被压迫的奴隶不堪奴隶主的驱使而一路向南，漂洋过海的移民历程。可见，移民的族群历史作为最基本的故事背景，融入这个故事里。通过对比这些文本，我们

---

① 中国民间文学集成全国编辑委员会编《中国歌谣集成·海南卷》，中国 ISBN 中心，1997，第 46 页。

② 高泽强：《有趣的黎族姓氏》，《琼州大学学报》2000 年第 4 期，第 71 页。

还看到了黎族民间文学作为一种移民文化的事实。

另一方面，黎族民间文学与南部少数民族民间文学的相似性，也是黎族族群移民文化的一个映射。黎族经多次迁徙，最后进入海南，是海南最早的移民和开发者，黎族先民在新的环境中重新酝酿了新的传奇。对比研读黎族早期作品和中国南部少数民族民间文学作品，我们发现黎族神话在发展过程中虽几经迭变，但仍与骆越各族同族源的其他民间文学在内容和形式上具有相似性。特别是黎族神话与族源民间神话几近雷同，这是族源记忆在黎族文化中根深蒂固的表现，也是黎族族群移民文化的一个映射。

在黎族神话中，关于人类起源的神话有《天翻地覆》《人类起源的传说》《螃蟹精》《虫变人》《一个葫芦瓜》等，这是黎族原始先民解答族群来源和海南岛上诸族来源的最初想象。在这些神话中，黎族原始先民提到了洪水灾难、渡过灾难的葫芦、兄妹婚配，以及终极审判——雷公、雷神等。有学者在谈论这一时期的黎族民间文学时提到，"这个时期的黎族口头文学，有着丰富的关于远古时代的神话和传说……传说人类远古社会，天下有过洪水泛滥的时期，这和我国其他一些民族的相类似的神话传说是一致的，它们都说明在很久很久以前，人类曾经遭受过一次洪水的浩劫"[1]，还有研究者肯定，"在黎族的民间传说中，也有不少与壮侗语族各民族的传说是相同的"[2]。

黎族神话《虫变人》中讲到天闹洪水时，有一对姐弟在葫芦瓜里避难，等洪水退去他们才从葫芦瓜中出来生活。因为世界上只剩下他们两个人，所以后来在雷公的安排下"姐弟俩"结婚生子。其所生之子不是人形，而是肉块，于是他们将肉块剁碎撒到各地去。撒在不同地方的肉块，就变成不同地方的人，撒在汉区的就成了汉人，撒在哈区的就成了哈人，撒在杞区的就成了杞人，撒在润区的就成了润人，而撒在山上和水里的肉块则分别变成各种动物。这样类型和内容相近的故事，在同属汉藏语系壮侗语族的布依族神话中也存在。布依族的神话《洪水潮天》讲的是人因为射日触犯了天神雷公，雷公亲自到人间去查访射日之人，布依族的祖先翁

① 韩伯泉、郭小东：《黎族民间文学概说》，广东民族学院民族研究所，1984，第4页。
② 《黎族简史》编写组编《黎族简史》，民族出版社，2009，第12页。

信为了防止雷神报复人类，于是把化为公鸡的雷神捉住，并囚于笼中。雷神乘翁信外出时，骗其子女瓦荣和瓦媛打开笼子，得以逃脱，临别时雷神送给兄妹俩一粒葫芦种子，并告诉他们可以种植葫芦躲避洪水。后洪水滔天，瓦荣和瓦媛因躲避在葫芦中，得以存活。但瓦荣和瓦媛发现洪水之后，世间已是人烟绝灭，为繁衍后代，在仙翁的指引下，兄妹因滚磨子、滚簸箕和穿针线等神示，无奈结合。两兄妹结成夫妻后，妹妹生下一团肉坨，无头无脚，于是他们把肉坨砍成一百零八块，一百块撒到河谷平坝，后来变成一百个寨子，有一百个姓氏；剩下的八块丢在高山上，变成各种动物。①

　　作为共同族源记忆的表述，上述黎族神话《虫变人》和布依族神话《洪水潮天》都叙述了洪水灾难和作为洪水遗民的两兄妹（或姐弟）如何结婚生子，后人类又如何繁衍的神话。无论是黎族，还是布依族，都采用神话这一想象方式，且表述内容也近乎雷同。这些民间文学文本共通性的存在，绝对不是机缘巧合。王宪昭曾在《中国多民族兄妹婚神话母题探析》一文中对他收集的神话进行统计："目前共搜集到含兄妹婚母题的神话455篇，其中北方地区民族7篇，西北地区民族9篇，西南地区民族163篇，华南地区民族90篇；中东南地区民族101篇，汉族85篇。"②

　　通过分析表3-1中的数据，可以看到中国南方地区"兄妹婚"母题的洪水型人类再生神话数量众多。马克思恩格斯在分析古希腊神话时，提到"希腊艺术的前提是希腊神话，也就是已经通过人民的幻想用一种不自觉的艺术方式加工过的自然和社会形式本身"③。马克思恩格斯提到神话是对自然和社会的一种艺术表现，南方地区"兄妹婚"母题的洪水型人类再生神话，就是民间用想象呈现原始先民与自然和社会的关系的一种表达。作为黎族族群记忆表述的神话，它不仅记录着黎族族群溯源的想象，也记录着黎族原始先民开疆辟土，与大自然做斗争的族群发展

①　中国作家协会贵州分会、贵州省民族事务委员会编《苗族、布依族、侗族、水族、仡佬族民间文学概况》，贵州人民出版社，1987，第108页。
②　王宪昭：《中国多民族兄妹婚神话母题探析》，《理论学刊》2010年第9期，第111～116页。
③　《马克思恩格斯选集》（第2卷），人民出版社，2012，第711页。

历程。黎族民间文学早期作品中，部分神话在形式和内容上与中国南方其他少数民族的神话具有相似性，这也正是黎族族群移民文化的一个映射。

表3－1　中国南方少数民族神话"兄妹婚"母题分布情况抽样统计

单位：篇

地区	民族	数量
华南地区	布依族	15
	侗族	19
	京族	1
	黎族	14
	毛南族	11
	仫佬族	6
	水族	8
	土家族	6
	壮族	10
中东南地区	高山族	33
	苗族	39
	畲族	6
	瑶族	23

我们看到，作为集体创作的口头文学，每一部黎族民间文学作品都融合了黎族人穿越时空的"跨代记忆"。最初的黎族神话因为迭代的文本变异，或许内容已有较大的改变，但作为积淀族群最初文化记忆的神话，最本质的文化特征仍深刻烙印在骨子里。黎族民间文学中的移民印记叙述，反映黎族民间文学的移民本质，黎族神话相关作品与中国南方其他少数民族神话具有相似性，也是黎族民间文学移民属性的重要体现。

第二节　社会印记：隐匿的黎族母系社会文化

在中华人民共和国成立前，黎族社会还留存着带有浓厚原始社会父系家族制度特征的"合亩制"，黎族作为边远少数民族，自移居海南岛之后经历的原始社会时期尤为漫长。虽新中国成立前黎族部分地区已进入封建社会，但在社会文化遗存上，无论是在五指山腹地，还是在外围地区，黎族文化还保留着某些母系氏族社会和父系氏族社会的文化特征。其中，母系氏族文化的影子，仍预留在黎族社会生活中，主要体现在黎族的婚姻关系、生产关系和黎族村务处理等方面。何新在审视远古神话时，提到"很少有人意识到，即使对于现代人来说，民族的远古神话，也绝非只是一种梦幻性的存在。相反，这是一个既是历史又依然是现实的实体，作为一种早期文化的象征性表记，远古神话是每个民族历史文化的源泉之一"①。作为黎族社会历史文化的艺术化表达，黎族民间文学也在想象的语言表达中，隐匿着黎族母系社会文化的印记。

我们通过分析黎族民间文学早期作品中的一系列人物，特别是分析其中的神话和传说，如《丹雅公主》《纳加西拉鸟》《黎母山的传说》《月亮为什么只在夜间出来》等，可以隐约找寻到早期黎族母系氏族文化的印记。在这些早期黎族民间文学作品中，一系列反映母系社会文化的女性形象，以及这些女性核心人物的能力和使命的设定，以隐晦的方式呈现了黎族母系氏族文化的痕迹。黎族先人通过神话，在回忆与想象中记录黎族社会文化场景，因此，剖析早期黎族民间文学作品，我们可以了解其中所隐匿的母系社会文化。

1. 女性始祖形象

在黎族神话传说中，有多种关于黎族起源的解释，其中女性始祖是其解释族源时曾出现的解释之一。涉及黎族女性始祖形象的作品有《丹雅公主》《黎母山传说》《纳加西拉鸟》《月亮为什么只在夜间出来》《青青和红红》等，这些女性始祖是黎族母系氏族文化的一个印记。

《丹雅公主》讲的是大禹王爷坐天下的时候，南海有一个俚国，国王有个女儿叫丹雅公主。她一连嫁了三个丈夫，他们都相继死去了，因此那

些观天象的、算命看相的都说丹雅公主是天上的扫帚星下凡，在家家必破，在国国定亡。一时弄得满城风雨，人心惶惶，纷纷请求处死丹雅公主。当时丹雅已身怀六甲，国王不忍下手，就在一个北风呼啸的清晨，在海边备了一只无舵又无桨的小船，为丹雅公主备了一些酒食，送给她一把山刀和三斤谷种，把丹雅公主放到船上。丹雅公主养的那条小黄狗也跟着丹雅公主上了船。岸上的人砍断缆绳，小船就顺风漂在茫茫的大海中，最后来到了海南岛，丹雅公主就是黎族的祖先。

《黎母山的传说》讲雷公经过海南岛思河峒上的一座高山，看见没有人类，觉得这是繁殖人种的好地方，便带来一颗蛇卵置于此。蛇卵被轰破后，就从卵壳里跳出来一个女孩子。雷公便给她起了个名字，叫黎母，"她的后代就称为黎人"①。在这个传说中，卵生的女性就是黎族的祖先。同样，在《月亮为什么只在夜间出来》中，黎族先人把太阳的性别定格成女性。"我们的婆祖太阳，已成了一盏最明亮的大红灯，永远挂在天空，给她的后代子孙照明。"黎族先民把太阳当作自己的"婆祖"。太阳因为勤劳，大地便同她结婚，勤劳的"婆祖太阳"，白天一整天都出现在天空中，给自己的子孙后代照明。对比汉族早期神话，羲和是太阳神形象中的典型，她不但是太阳神，还是太阳神的母亲。经历同样的人类社会发展阶段，共同的太阳神的想象，无疑是母系氏族文化的共同集体记忆。

女性始祖形象的另外一种人物设定呈现为母子始祖形象，这也是黎族母系氏族社会文化根植于族群记忆的一种原型印记，在黎族民间文学作品中，母子共为始祖，繁衍黎族后代的传说也广为流传。《丹雅公主》《人类的起源》《吞德剖》等故事，就属于这样的人物设置类型。由于记忆根源的共同性，这些故事中讲述的都是女子与狗结合，生一子，后遭遇大洪水，人类灭绝，母亲委身与儿子结合，繁衍后代的故事。有学者在研究我国半坡氏族的母系氏族社会时提到，"为了维持氏族的集体生存，便以母亲为中心，紧密地与她们的子女结成牢固的血缘团体——母系家庭，维系

---

① 广东民族学院中文系编《黎族民间故事选》，上海文艺出版社，1983，第12页。

着母系氏族的社会关系"①。在母系氏族社会，男女双方分属于不同的氏族，夫方的男性总是被妻方视为客体，繁衍和养育后代只与女性有关。在半坡人墓葬中就有母子合葬的例子，这样的丧葬习俗不仅表明母子的血亲关系，而且也表明她们的社会关系，也生动地说明在母系氏族社会中，孩子只知生母而不知生父的事实。黎族民间文学作品中的女性始祖形象或母子始祖形象，就是黎族族群早期的母系氏族历史社会根植于族群的记忆，女性作为始祖形象，呈现在黎族民间文学作品中，这是黎族族群历史被文本虚构的一种真实，也是黎族曾经的母系氏族文化的记忆。

2. 女勇士形象

在黎族民间文学作品中，还有不少虽缺乏个性描述，但有魄力、有勇气的女性形象。虽然在人物塑造上，对这些女性的着墨并不多。且在相关作品中，由于篇幅相对短，因此在人物塑造上缺乏细节刻画，缺乏对主要女性角色人物的立体打磨，甚至还会刻意"削弱"她们的勇士荣耀，添加她们性格中的畏怯，但最终，这些女性不畏艰难，甚至舍生忘死，去捍卫自己和族群的利益，成为名副其实的女勇士。

亚乌是《勇敢的亚乌》中塑造的一名女勇士。故事讲的是很久以前，七指岭的一个山洞里，住着一只祸害人间的老鹰精，它常抓走人民的牲畜和家禽，还抓走牛和漂亮的姑娘。七指岭一带的人们都人心惶惶。许多村寨的猎手射杀它，但都只能射伤它的一点皮毛，却杀不死它。七指岭脚下有一个黎寨，寨里有一个叫"亚乌"的姑娘，她不但长得漂亮，而且聪明伶俐。她和年老的母亲相依为命，她家里很穷，但她勤劳且勇敢。有一天，亚乌家唯一的一头牛被老鹰精抓去吃了。看着家里的全部财产和命根子被老鹰精抓走，亚乌既伤心又气愤，她发誓一定要杀死这只老鹰精。她下决心："就是死她也要杀死老鹰精，只有杀死老鹰精，人们才能过上太平日子。乡亲们都很佩服亚乌的勇气，被她为乡亲们不怕死的精神所感动。"② 于

---

① 石兴邦：《半坡氏族公社》，陕西人民出版社，1979，第92页。

② 王蕾搜集整理《穿芭蕉叶的新娘——五指山黎族民间故事集》，海南出版社，2010，第253页。

是，亚乌被村民们打扮得十分漂亮，然后带上她的砍刀，毅然告别母亲和乡亲们，独自一个人走了七天七夜，找到了老鹰精住的山洞。并与被老鹰精囚禁的姑娘们一起勇敢地用智谋杀死了老鹰精。

《五指山的由来》也塑造了一个女勇士翠花的形象。这一传说讲的是许多年以前，五指山原名邪山，邪山上的妖王率领着一群妖怪，专门吃人，闹得人心惶惶。邪山西边有一个村庄，叫作"舞黎村"。"村里有个翠花姑娘，年龄十八，生得俊秀而勇敢，能舞一手好剑。她的爸爸是被邪山上的妖怪吃掉的。因此，她对山上的妖怪恨之入骨，时时刻刻想杀上山去，把妖怪杀尽，替爸爸和受害的人们报仇。"① 与《五指山的由来》相似，同样描述女勇士与妖精做斗争的还有《火烧蚊子洞》。这个故事讲的是很久以前，七指岭的一个山洞里有许许多多大蚊子，这些蚊子成了精，不吸血，专吃肉。七指岭脚下村寨里的人为了不让蚊子精出来捣乱和吃人，每年每家都要选送一个姑娘供奉蚊子精。后来，有一个姑娘出现，她为了自己的父母，也为了村寨中的其他姑娘，毅然前往蚊子洞。最后，她努力自救，并用火烧的方式，消灭了蚊子精。

在此，笔者称呼这些女性为"女勇士"，而非"女英雄"。一来，"英雄"一词有着独特的文化深层标示；二来，故事本身也并非着意在塑造女英雄形象。英雄，是人们崇拜的对象由神转向人之后出现的一个概念，英雄从凡人中脱颖而出，但事实上，不同文化体系对英雄的理解从古至今各有差异。一般而言，"英雄"的称谓包含丰富的个体本位价值观念，极力张扬个体的智勇和才能。显然，这些在《勇敢的亚乌》和《火烧蚊子精》中相对缺乏。在这些黎族民间文学作品中，女勇士的存在目的不在于赞美人的主体性创造力和自我实现的个体价值，所以这些黎族民间文学作品塑造的是女勇士，而非女英雄。这些女性以勇士形象出现在黎族民间文学作品里，她们并不张扬和表达个人价值，他们只是黎族隐匿的母系氏族社会文化的一个体现，是黎族先人在想象与表达黎族社会时，在黎族民间文学

---

① 王越：《五指山传说：海南岛黎族民间故事选》，广东人民出版社，1980，第4页。

作品中无意识地对黎族母系社会文化的记录与表达。女性主义者在探讨女性和男性对立问题时，曾提过很多把女性定位在男性的对立面的二分法，"自然 vs 文明"就是其中一种。谢莉·奥特纳（Sherry Ortner）据此概括说过，"女性常被等同于'自然'，而男性则被等同于'文化'"①。在这样的对立审视中，女性的价值是被否定的。因此，如果一定要界定英雄的性别，按照当代男权社会的惯例，那些张扬个体价值的英雄不可能是女性，只能是男性。在男性话语权时代，女性很难被界定为英雄，所以我们在男权文化主导社会的民族民间文学作品中，甚至包括黎族民间文学作品中，都能看到许多男性英雄。而黎族民间文学则源于母系氏族社会的族群记忆和女性在黎族社会生活中的重要地位，在黎族民间文学作品中，还有不少女性的价值被体现出来，成为"女英雄"原型，因此，黎族民间文学作品中的这些"女英雄"才有幸在作品中被塑造。

在母系氏族公社里，所有的公社活动和生产都按性别和年龄进行简单分工，妇女担负着重要的社会任务，对整个社会起着重大作用。母系氏族社会文化影响，加之黎族社会的独特结构模式与发展历程，使女性在黎族社会拥有较高的社会地位和自由权利。研究黎族母系文化背景下两性关系问题的学者曾提到，"清代汉籍如《广东新语》《琼黎一览》《黎岐纪闻》《琼崖黎岐风俗图说》等都记载，黎族间发生争斗纠纷时，只要有女性出面干预调解，就可以息战罢兵"②。可见，即使已经进入父系社会阶段，但源于黎族的社会文化传统，黎族女性在处理黎族族群矛盾与解决族群社会风险问题时，仍继续承担部分母系氏族时期的职能，女性在族群事务中仍承担重要的作用。这样的母系氏族文化传承孕育了《勇敢的亚乌》中的亚乌、《火烧蚊子精》中的"姑娘"，甚至《黄鳝精》中的"母亲"。她们虽没有鲜明的英雄本体价值张扬，甚至消解个性到没有独立名字的程度，但作为族群利益曾经的捍卫者，女性被塑造为"勇士"。黎族社会中女性的

---

① 陈顺馨、戴锦华选编《妇女、民族与女性主义》，中央编译出版社，2004，第9页。
② 孙绍先、文丽敏：《平等与包容：母系文化背景下黎族两性关系》，上海大学出版社，2013，第193页。

价值与社会地位是被认可的，因此，在黎族民间文学作品中，女性的价值获得彰显。

3. 仙女（女精灵）形象与男妖精形象

黎族母系氏族文化所遗存的对女性价值的肯定，以及对女性在氏族活动中的重要作用的认可，还体现在黎族民间文学作品中出现的女神仙或女精灵等人物设定上。黎族传说和故事中，有不少仙女下凡，造福人民的故事。在《阿德哥和七仙妹》中，天上有七位仙女姐妹，她们发现人间的黎寨山村风光绮丽、景色优美，便从高入九天的五指山上下来游玩。在游玩的过程中，最小的七仙妹爱上了阿德哥。她不嫌弃阿德哥贫穷，还违抗玉帝招她回天庭的旨意，嫁给阿德哥，两人"搬到青山岭下，在山洞里安了家。早出晚归，劈山兰，种稻谷，上山打猎，下溪捕鱼，生活过得很和美，后来还生下一男一女"①。

就仙女下凡和凡人结合这样的母题而言，汉族同样存在。黎族民间文学作品中这样的仙女故事，或许和汉文化的影响有关系。因此，在黎族民间故事中，仙女的形象本身无甚特色，不足为奇，但结合黎族民间故事中的女精灵形象，特别是将之与男妖精形象进行对比解读，则颇为有趣。

一方面，黎族民间故事中的女精灵多为"善"。

《花猫姑娘》讲的是花猫精的故事。讲七指山的山寨里有个健壮的猎手叫阿当，一天，阿当在山上打猎时，救了一只小花猫，并把它带回了自己在山兰地的茅寮养起来。第三天，他发现"竹床上的小花猫慢慢地站了起来，揭开花猫皮，变成一个美丽的姑娘。玫瑰花没有她的脸红，水晶石没有她的眼睛亮，身上的银饰叮当响，彩色的筒裙闪闪发光。吃谷的鸟看见她，都惊慌地飞走了。随后，她唱起了比画眉唱得还好听的歌，敲响了动听的叮咚"②。阿当于是悄悄取走了花猫皮，要求变成娜邬的花猫姑娘嫁给他，花猫姑娘为了报恩，答应以身相许。

在黎族民间文学作品中，女精灵的人物设置与《花猫姑娘》相似的还

① 广东民族学院中文系编《黎族民间故事选》，上海文艺出版社，1983，第67页。
② 王越：《五指山传说：海南岛黎族民间故事选》，广东人民出版社，1980，第80页。

有《鱼仙》。《鱼仙》讲的是五指山的山坡上，住着一户贫困的黎族人，父亲被恶人打死了，只有儿子符打山和他的母亲相依为命。符打山靠打鱼为生，一天，他抓到了一条美丽的鱼。因为这条鱼太美丽了，他们母子俩都舍不得吃掉这条鱼，便把它养在水缸里。次日一早起来，他们发现厨房里已经做好香喷喷的饭菜。后来，符打山发现是"那条美丽的鱼脱下鱼衣，变成一个美丽精灵的姑娘，从水缸里跳出来，高高兴兴地、迅速地帮助他母子做饭炒菜，饭菜做好以后，她穿上了鱼衣，跳回水缸"[1]。符打山于是计划偷偷取走鱼衣，鱼仙看到符打山，也爱上了符打山，所以她嫁给符打山，还帮符打山杀死恶人，为符打山的父亲报仇。

在黎族民间文学作品中，这些化成女性的精灵都是善良的精灵，若一定要找出一个稍微"坏"一点的女精灵，那就是杞黎方言故事《但温吨的故事》中的"但温吨"。"但温吨"是一个淘气的精灵，她经常作弄别人，藏别人的东西。但除了淘气之外，她又是有原则的女精灵形象。她喜欢帮助好人，惩治坏人。这个精灵善良又调皮，她最坏的点也就是喜欢跟别人开玩笑，藏别人的东西，让别人哭笑不得。可以说，"但温吨"算是黎族民间文学作品中"坏"女精灵的形象。在黎族民间文学作品中，大部分的女精灵的基调都一致为善。即使是"蛇精"，当被塑造为"女蛇精"时，她也是善良的，如《蛇姑娘》中的蛇姑娘，同样帮助孑然一身的"劳当"，后两人结为夫妻，相亲相爱。在黎族民间文学的作品中，具有超凡能力的女性个体，或为仙女（如《仙人湖》中的仙女、七仙妹、亚丝），或为善良的精灵（如龙姑娘[2]、蛇姑娘、猫姑娘、鱼姑娘），她们正义而善良，勤劳而能干，为了人类，或为了所爱的人，以一己之力守护家园。

另一方面，黎族民间故事中为"恶"的妖精，多为男妖精。

上文提到无论是在黎族神话，还是在传说，或其他体裁类型的黎族民间文学作品中，都鲜少有为"恶"的女性妖魔的形象，而汉族故事中有不

① 王越：《五指山传说：海南岛黎族民间故事选》，广东人民出版社，1980，第70页。
② 龙姑娘是《孤儿和龙姑娘》中的主角，她具有超凡能力，能变化出神箭，还有宽敞的新家。

少为"恶"的妖精都是女性，可见，黎族和汉族民间故事中的妖魔性别设定差异极大。黎族民间故事在设定为"恶"的妖精的性别时，比如祸害人类、魅惑人类的妖精普遍都是男性，如"螃蟹精""山妖""蛇精""黄鳝精""龙"等，都是祸害人类的男妖精。

《螃蟹精》中的螃蟹一出场就恶贯满盈，"非常凶恶，好吃人肉，经常兴风作浪，抢劫民间姑娘和小孩，弄得人心惶惶，鸡犬不安。每当螃蟹精出洞的时候，就要刮起很大的台风，把庄稼糟蹋精光，因此，人民的生命和财产，受到严重的威胁"①。虽角色设定中未曾有螃蟹精化成人这一说法，但抢劫民间姑娘暗含着黎族先人在讲故事时对这个恶魔的性别界定——男性。

男妖精所作的"恶"，也并不都是螃蟹精这样祸害整个人间的"大恶"，有的只是"小恶"，如引诱姑娘、魅惑姑娘。《黄鳝精》中的黄鳝就是一只诱惑姑娘又威胁姑娘的男妖精。这只黄鳝修炼了500年，这一天他看上了一个漂亮的姑娘，于是晚上，"黄鳝精便从田的深泥里爬出来，摇身一变，变成了一个英俊的年轻小伙子"②，来到姑娘的隆闺旁唱起了情歌。姑娘看到黄鳝精变成的小伙子长得很英俊，歌声也很动人，于是爱上了黄鳝精，两人在隆闺中恩爱缠绵。过了没多久，姑娘怀孕了，按惯例，小伙子应该拜见姑娘父母了，但黄鳝精却不肯见姑娘父母，不肯提亲。姑娘探究缘由，后来发现原来这英俊的小伙子不是人，而是黄鳝精。于是，她不想再和黄鳝精交往，没想这却惹恼了黄鳝精，他威胁姑娘，要害死姑娘全家。姑娘没办法，只好继续和他交往，一直到后来姑娘的母亲发现真相，才抓住黄鳝精，打死了它。

黎族民间故事中像黄鳝精一样，或引诱或威胁姑娘，让姑娘与他们交往的还有"蛇精"和"龙"。说到这，顺便提一下"蛇精"和"龙"这两个角色的妖精，在黎族民间文学作品中，当"蛇精"和"龙"被塑造为女性时，她是善良的；但当它们被塑造成男性时，他的行为却是"恶"的——或"魅

---

① 广东民族学院中文系编《黎族民间故事选》，上海文艺出版社，1983，第3页。
② 王蕾搜集整理《穿芭蕉叶的新娘——五指山黎族民间故事集》，海南出版社，2010，第305页。

惑"女性，或"胁迫"女性。我们发现汉族在描写两性关系的人妖故事时，如果甲方魅惑乙方，往往甲方是女性，乙方是男性；但在黎族民间故事中，正好相反。这种人物性别和角色的处理方式，这样的人物形象设置，都与黎族母系氏族社会两性关系在黎族族群中的鲜活记忆有关。

在原始农业经济条件下，母系氏族社会的人们以血缘纽带为联结，过着原始共产主义社会生活。在这种社会形态之下，妇女是维持一个氏族集体生活和生存的关键。当时，生产力极为低下，妇女身上承担着维持氏族生活的重要责任，她们为氏族共同体付出了大量且有价值的劳动，因而受到当时社会的普遍尊重，这是母系氏族社会建立的基础。黎族民间文学隐匿的母系氏族社会印记，是黎族民间文学文化书写的重要社会印记。无论是女性始祖形象，还是女勇士形象，或是仙女（女精灵）形象，因为黎族社会中隐匿着的母系氏族社会价值和道德标准，这些女性形象纷纷被塑造成重要的、坚强的与美好的，这或许就是黎族文化中对女性地位和价值的绝对肯定。此外，黎族民间故事中所体现的女性在两性关系中的自由和独立，以及男妖精形象在黎族民间故事中出现的"引诱"行为，特别是其中"魅惑"一角色的存在，也是研究黎族两性关系和婚姻关系的有趣探究点，且都是黎族母系氏族文化的重要印记，关于这一系列问题的研究如果能深入，应该会收获别样惊喜。

第三节 族群记录：二元式结构的社会矛盾

黎族民间文学作为族群社会文化的记录，在不同时期，还表现了黎族社会族群的不同矛盾。黎人一般自称"赛"，"黎"主要是汉族对黎族的称呼。当以"黎"之名定义海南岛上这一群最早的居民时，其实已经在以他者的眼光审视这个对象。他者对黎族称谓的日益明确，体现出他者与黎族关系往来的日益密切。在海南这一移民岛屿上，不同的移民族群陆续迁入，或因先来后到，或因争主夺宾，在民族大融合的发展历史过程中，族群之间自然会因为各种利益冲突，而多有龃龉。

海南黎族先民移居海南后，从原始社会一路缓慢走来，社会发展步伐一直落后于中原地区。秦以前中央王朝并未直接在海南设治，但秦始皇三十三年（公元前214年）统一岭南地区后即设南海、桂林、象三郡，当时海南作为象郡遥领的"外徼"，与中原地区关系变得日益紧密，此时已有汉族迁入海南地区。① 到汉代，海南岛已成为国家海外交通的要地，汉武帝元鼎五年（公元前112年），以路德博为伏波将军，杨仆为楼船将军，大举征南，南越被平定，后设立南海、郁林、合浦、苍梧、交阯、九真、日南、珠崖、儋耳九郡。其中，分别在海南岛南部和西北部设珠崖、儋耳两郡。甚至，"汉王朝的郡县统治制度深入到海南岛黎族地区。这一事件对海南开发具有深远影响，此后虽然中央王朝对海南的郡县时有兴废变更，但封建势力深入海南成为一种历史趋向，海南黎族的发展从此深受中原王朝的影响"②。在中原王朝中央武力控制和绥靖政策结合的政治背景下，汉族文化由移居的汉民带入，开始影响海南黎族。随着两郡的设立，内地汉族更多移民入驻海南，于是更多汉族人口陆续移居海南岛沿海地区。明朝海南临高人——海南四大才子之一的王佐在《琼台外纪》中曾言："武帝置郡之初，已有（善人）三万之数。"这里所谓的"善人"指的是"此皆远近商贾兴贩贷利有积业者，及土著受井受廛者"。可见，汉武帝时，移民的经济活动已有一定的活跃度。而到南宋时期，北方的战乱使更多的汉人南迁，据估计，"南宋（1127—1279年）时，移居海南岛的汉族已从唐代的7万多人增至10万人"③。从宋神宗熙宁九年到元末近300年内，黎族人民起义达18次之多，而"宋元时期，封建王朝为了稳固其统治地位，采取了'以夷治夷'的政策，加速了黎族内部的阶级分化和矛盾"④。

随着海南历史的不断推进，海南移民来源越来越丰富，人数也越来

① 清道光《琼州府志》载，过去海南人的度量衡实行六进制，此"实存秦时旧制"云云，由此推断秦时已有汉族到达海南岛。
② 《黎族简史》编写组编《黎族简史》，民族出版社，2009，第31页。
③ 《黎族简史》编写组编《黎族简史》，民族出版社，2009，第47页。
④ 邢关英：《黎族》，民族出版社，1990，第15页。

多。海南的发展史，不仅是地方经济和文化的发展史，更是区域推进民族交流与沟通的民族大融合过程。作为最早的移民，黎族在民族大融合的进程中与其他族源的交往日益密切。有交集，就有矛盾。海南民族大融合的过程，注定有不同族群的磨合。各民族文化大融合是历史发展的必然，族群矛盾就是阶级社会时期黎族文化发展的历史背景。这种矛盾，有来自黎族内部的矛盾，也有来自黎族外部的矛盾。一方面，黎族文化开始受到其他族群文化的冲击；另一方面，黎族社会内部也存在不同阶层之间的矛盾。随着黎族社会的发展，生产力的提高，黎族原始社会也部分解体，其内部社会生产关系也发生变化，封建制度在黎族部分地区出现。其中，随着中原文化影响深入海南岛，汉族经济文化的影响在海南不断扩大。黎族至汉代之后的发展史，就是黎族开始融入中华民族共同体发展的历史。这样激烈的民族大融合过程自汉开始不断推进，一直延续到20世纪中叶。该阶段的黎族民间文学主要处于汉化口语发展阶段，有民间故事、歌谣和谚语等。在这些黎族民间文学作品中，我们可以看到黎族社会矛盾整体上呈现的二元结构，这种二元结构，有时单独彰显，有时包容出现。这样的二元式文化结构及其矛盾，成为此时黎族民间文学作品的内核与本质。

《蛤蟆黎王》这一篇民间故事，呈现了此时黎族社会存在的二元结构矛盾。故事讲的是很久以前，五指山下一对老年夫妇没有孩子，一直到晚年才生出一个儿子。可这孩子不像一般孩子，他满身长着胡椒粒似的疙瘩，嘴巴扁扁的，就像一只大蛤蟆。不过每次一到晚上，他会脱下蛤蟆的外皮，变成一个俊俏的男子汉，但到了白天，他又恢复原形。于是，这对老夫妇就给孩子起了一个名字叫"蛤蟆"。蛤蟆从小日夜苦练射箭本领，到18岁的时候就打猎射箭样样能干。而且，他还学会了一套法术：口中能喷出一种使人昏倒的毒气。有一年，官兵攻打五指山，要砍尽五指山的树林，烧尽黎村的草房，杀绝山下的百姓。黎王一听，慌张了起来。平日，黎王只知道搜刮民财，吃喝玩乐，剥削百姓，从未布阵练兵。这次官兵打来了，他没有办法，只好召集各村寨的头人来计议。可是头人们都说抵挡不了官兵的进攻。黎王只能发榜招贤，榜文说："要是谁能击退官兵，愿将女儿许配他。"蛤蟆听后揭榜，于是他被任命为主帅。接着他率领各峒勇士迎敌，用毒气攻打官兵，官兵全都中毒昏倒，再也不敢前来侵犯了。黎兵得胜了，蛤蟆高兴地拜见了黎王。可黎王一见到蛤蟆难看的模样，就想变卦，但黎王的女儿守信，坚持与他结婚，于是，蛤蟆便和黎王的女儿结了婚。结婚之夜，蛤蟆把外皮揭去，变成了一个威武俊俏的男子汉。黎王知道后立即召见蛤蟆，问："你为什么会变得这么英俊呢？有何灵丹妙药？"蛤蟆回答说："妙药没有，全凭这张蛤蟆皮。"黎王听说披蛤蟆皮可使人变英俊，便要求蛤蟆把皮给他。蛤蟆只好交出蛤蟆皮，黎王如获至宝，急忙披上身。但这蛤蟆皮越缩越紧，越缩越小，黎王就变成了难看的蛤蟆。而且，黎王再想把蛤蟆皮脱去时，却怎么也脱不下来了。于是，贪婪又自私的黎王就变成了癞蛤蟆，而原来的蛤蟆，则因为勇敢而被大家推举为新的黎王。[①]《蛤蟆黎王》虽只是一则小故事，但在故事中清晰地交代了阶级社会时期黎族社会存在的二元结构矛盾：第一种矛盾是黎族族群与官兵势力的矛盾；第二种矛盾是黎族内部出现阶级之后，黎族各阶层之间存在的尖锐矛盾，如黎王（奥雅、黎族头人、峒主）与劳苦黎族大众的矛盾。

一方面，族群矛盾，尤其是当时的统治阶层与黎族社会的矛盾成为该阶段黎族民间文学表述的主要内容之一。自汉武帝时期中央在海南设治以来，虽各朝代对海南的治理有别，但越来越多的移民、军队融入海南的发展浪潮之中，使海南黎族族群与以官兵为代表的群体势力的矛盾越来越尖锐。《烧仔山》叙述了三亚"天涯海角"北边的一座山的故事。相传很久以前，崖州落笔村董郎的妻子怀孕不久，他就暴毙了。怀胎十月快分娩的一天晚上，腹内的婴儿忽然说起话来："姆，鸡啼了没有？"董氏轻轻抚摸凸起的肚子，说："好孩子，睡吧，鸡啼时姆一定告诉你。"到了下半夜时分，婴儿又搅醒了她，不停地问道："姆，鸡啼了没有？"董氏一次又一次地回答说："没有！"后来婴儿还不断询问，她没法入睡，就说："鸡啼了！"董氏的话音一落，婴儿顿时从她的腹中跳出来，董氏则因流血过多死去了。

---

① 广东民族学院中文系编《黎族民间故事选》，上海文艺出版社，1983，第159页。

这个故事一开始，就让婴儿成为一个孤儿，而且出生神异。婴儿跳出母体之后，就飞上一匹神马，拉开神箭，向京都的方向射去，神箭飞进皇宫，刺穿了皇帝的龙椅。皇帝看到大发雷霆，他拔出利箭仔细察看，只见上面刻着一个董字。于是朝廷派人从东到西，从南到北，严密搜查，追杀姓董的人。后来，有人告密，说崖州落笔村有个姓董的神婴，身穿皇袍，佩带神箭，骑着神马，就像皇子一样。朝廷立刻派出大批兵马，来到崖州，血洗落笔村。神婴骑马逃跑，拼命往西奔跑，跑到了"天涯海角"，大海截断了去路。眼看官兵就要追上了，神婴正走投无路时发现岭脚下有个山洞，他赶紧跑进洞里，洞门便自动关上。这时，官兵也追到洞口，但洞门紧闭，无法进去，于是他们就放火烧山，一直烧了七天七夜，神婴被烧死在了洞里。后来，这一带的黎族百姓就把这座山岭叫作"烧仔山"。①

　　这个黎族民间故事在为一座山释名的同时，蕴含丰富的黎族社会历史信息。这里这位一出生就非同寻常的"婴儿"，代指的就是历史上坚决而英勇地反抗封建反动王朝的领袖。黎族族群对皇帝（封建统治）的仇恨，是在不同利益群体争夺资源和财富时产生的一种接近本能的仇恨，因此，故事中的"婴儿"一出生，就向皇帝的龙椅射了仇恨的一箭。而皇帝所象征的封建统治对于造反者的压迫是血腥而残暴的，大规模的杀戮，全域收逮，族群被离间与告密，最后"婴儿"被烧死在洞里。《烧仔山》与同区域出现的黎族民间故事《落笔洞》都属于"早发的神箭"故事系列。有学者在研究黎族流传于三亚、乐东、昌江等地的"早发的神箭"系列民间故事时，提出这些造反故事与当地人民奋起反抗的历史记忆存在关联。"落笔洞已经考古挖掘证明，在新石器时代，洞内即有人类居住，而且留存下丰富的遗物。昌江黎族自治县的皇帝洞也是一处军事遗址。"② 毕竟海南岛自汉开始的漫长民族大融合历程，一直交集着黎族人民反抗历代王朝的压迫，特别是元之后，中央的大规模屯军和移民，使海南黎族与他族的斗争更加剧烈，甚

---

① 中国民间文学集成全国编辑委员会编《中国民间故事集成·海南卷》，中国 ISBN 中心，2002，第 159 页。

② 智宇晖：《"早发的神箭"与黎族历史文化关系考论》，《海南热带海洋学院学报》2018 年第 4 期，第 54～62 页。

至"海南黎蛮为梗，有司视为故常"①。历史上，在封建王朝实行民族歧视和民族压迫政策的影响下，黎族逐渐从海南岛富饶的北部平原区和环岛四周向岛南部、岛中部迁移。到明清时期，海南岛的民族分布格局最终呈现为汉族主要分布在海南岛的北部和岛的周边地区，而黎族等少数民族则分布在岛的中部、南部和岛周边的小部分地区。族群矛盾，加之中央政权不同时期设立的大小官吏的勒索欺凌，以及赋税、贡品等沉重的负担，这些都加剧了民族之间的矛盾。这样的黎族发展史必然会影响黎族民间文学的创作，因此，该时期的民间文学作品无论是上述提及的《落笔洞》，还是《烧仔山》，或是《黎武称王》，都表述族群矛盾，尤其是当局与黎族社会的矛盾。

另一方面，该阶段的黎族民间文学作品还表现出黎族社会内部的矛盾。封建经济文化在海南的扩大，促进了黎族先民社会生产力的发展，同时，也加快了当地原始社会的解体，促成封建制度的出现。因发展程度不同，黎族地区呈现鲜明的区域发展不平衡。一些落后的地区，如五指山区域，新中国成立前它还是一个带有父权奴隶制残余的早期封建社会，保留着一种具有明显原始公社残余的社会经济组织"合亩制"。"合亩"一词，是汉语的意译，指大家合起来做工。此时黎族社会出现了阶级分化，因此该时期的民间文学作品中必然有对内部矛盾的叙述，其中黎王（奥雅、黎族头人、峒主）与劳苦黎族大众的矛盾是主要的描述内容。

《猎哥与仙妹》是该时期的民间歌谣，流传于保亭黎族苗族自治县半弓、首弓、二弓、三弓、四弓、五弓、六弓、七弓一带，尤其风行于什玲镇八村乡，即七指岭地区。歌谣中的猎哥出生凄凉，"提起猎哥真是惨，/天都可怜地悲伤，/三岁死父又死母，/死父死母子孤寒。/父母生前做人工，/死后家穷屋空空，/半间茅寮半口锅，/煮又无米配无盐"②。父母早亡，无人照料，猎哥骁勇善战，却家贫无妻，于是心生苦闷的猎哥在山中吟述自己心中的酸苦。没承想这感动了一个修炼多年已经成

---

① 吴永章：《黎族史》，广东人民出版社，1997，第 193 页。
② 中国民间文学集成全国编辑委员会编《中国歌谣集成·海南卷》，中国 ISBN 中心，1997，第 480 页。

仙的女子，她也对他心生爱意，在与他相认时，就唱道，"叫声阿哥莫害怕，/侬本是穷家女子。/侬的名字叫仙妹，/南圣河水饲侬大。/峒主霸占我阿妈，/我爹不服去拼命。/爹妈双双被打死，/弃我孤寒岁十三。/峒主打西色中鬼，/见我他都流涎水，/派来狗兵把我劫，/乡亲帮我逃出村。/四处漂流乡过乡，/天作被盖地作床，/树皮树叶遮羞布，/野果野菜充饥肠"。相同的凄苦经历，让两人同病相怜，互生情愫，并执手结伴。两人结婚之后，男耕女织，一起为美好生活而努力。但没承想他们结婚的消息传到峒主打西的耳中，打西贼心不改，带来兵丁，把仙妹抓走关在笼里，猎哥骑着老仙给的花鹿过来营救时，发现"笼里仙妹泪沥沥，/笼外打西笑哈哈，/仙妹全身剥净净，/含羞受辱苦千般"。猎哥看见打西这般侮辱损害仙妹，气得眼睛都红了，对准仇人就猛拉弓。猎哥的箭带着仇恨飞出去，射中了打西的右眼眶。最后，猎哥在仙鹿的帮助下，打败了打西。

《猎哥与仙妹》唱出了黎族劳苦大众艰苦的生存处境，唱出了黎族社会群体之间巨大的贫富差距，以及恶霸地主、峒主、奥雅等对爱情的冲击和这些剥削阶级对黎族贫苦大众的迫害，这样的内容在《阿德哥和七仙妹》《甘工鸟》中也有描述，《甘工鸟》中所塑造的峒主形象更为丑陋与贪婪。

甘工鸟

（节选）

老年人歌声重沉沉：

千年黎山血泪深，

租税重来野兽狠，

峒主吸髓又抽筋；

……

七指岭下一块大土砣，

树林密密溪水满，

肥饶的田地一大片；

七江峒主在这儿住上，

番圣，这是他家乡。

七江峒峒主名叫帕雅，
七江峒的两脚豹就是他。
小孩一听说帕雅，
哭声就不响啦。

峒主家房屋宽又高，
燕鸟从来不去筑巢；
峒主家骨头堆成山，
饿狗走过看也不看；
峒主家菠萝一收几百担，
小孩吃了说它苦如胆。

帕雅的独子满身毒疮，
生在脸上，生在背上，
生在下肚，生在胸膛，
就象个癞蛤蟆一样。

癞蛤蟆名叫帕三顺，
为非作恶，样样做尽，
收租逼债，不少一分，
奸淫掳掠没人敢过问。

劳海打死了大山豹，
帕雅一听发了颤，
忙叫三顺带兵丁去看看，
"要小心刁悍猎手壮了穷人胆！"

背起弓来拿起剑，

三顺骑马忙加鞭，

一队兵丁紧跟上，

象一群乌鸦赶火烟。①

　　作为黎族民间文学作品的代表作品之一，《甘工鸟》广泛流传于七仙岭一带的黎族村寨。杜桐曾与团队一起收集有关"甘工鸟"的作品，而收集该作品存在诸多困难和问题。于是，他们把收集到的内容整理成一个民间故事和一首民歌。② 上文的《甘工鸟》即民歌版本。在上文中，我们看到了峒主帕雅对黎族民众"吸髓又抽筋"的残酷剥削，通过"帕雅的独子满身毒疮"一句，看到峒主一家在黎族群众心目中的丑陋，也感受到黎族大众对峒主家的厌恶。除民间歌谣外，还有许多黎族民间故事也表现了黎族内部的矛盾。如《宝筒》中就描写亚当对贪婪的峒主奥乌的抗争；《望老岭》中阿雅的母亲被峒主"吃人多"逼迫致死，阿雅变成大石岭，压死了峒主和他的狗腿子；而《鱼仙》中，五指山山坡上的苻亚大一家被峒主苻占山抢掠，家破人亡。

　　这些被赋予神话手法艺术处理的故事，描述了黎族社会内部存在的普遍矛盾。可见，随着黎族社会的发展，黎族地区的社会阶级分化也日渐显著，但在小农经济地区，黎民内部并没有形成坚固的封建经济制度，阶级分化并不是很严重。但生产力低下，内部发展不均衡导致恶霸地主出现。中南民族学院、中山大学人类学系、广东省民族研究所、海南省民委等单位调查黎区时，就描述过黎区这样的矛盾事实，"由于他们从汉族封建统治阶级那里学会了一套封建性的剥削人民的方式，所以他们的主要生活来源是地租和雇工（包括一部分'龙仔'）的剩余生产物。因此，他们和广大黎族农民之间有着封建性的从属关系。至于投靠他们的'龙仔'，也与

---

① 杜桐：《甘工鸟》，广东人民出版社，1960。

② 杜桐：《关于民间文学的加工创作问题——黎族叙事诗"甘工鸟"后记》，《理论与实践》1960年第1期，第47~52页。

'合亩'制中心地区一样，带有最早的奴隶——即债务奴隶的残迹"[1]。虽然关于"合亩制"，研究角度不同，观点也存在差异，[2] 但"合亩制"背后蕴含的是科技落后与生产力水平低下，这就是阶级社会时代黎族地区的经济发展事实。此外，封建剥削还带有一种农奴和奴隶性的方式，这些也造成黎族地区矛盾重重。

总之，作为一种族群社会历史文化，黎族民间文学从族群历史和社会出发，在不同的发展阶段，用不同的艺术手法去记录历史和社会文化。1950年中国民间文艺研究会成立大会召开，郭沫若在会上提到民间文艺才是研究历史最真实、最可贵的第一把手的材料。[3] 黎族民间文学中关于黎族族源的传说，或是关于黎族大迁徙的传说，以及反映不同社会发展阶段中重大事件的传说与历史上杰出人物的传说等，都有极其重要的历史价值，为研究黎族的社会历史、民族关系、风俗习惯、民俗文化以及黎族人民反帝反封建的斗争，提供了极有价值的材料，具有丰富的科学价值。早期的黎族民间文学作品通过史诗、神话和传说的方式，去追溯族源。此外，神话还作为一种把握世界的方式，在后续的民间故事和歌谣中延续，继续书写黎族社会和历史。黎族民间文学有自己的文化书写个性，它为我们呈现了一个有着浓郁母系氏族文化传统和二重社会矛盾冲突的黎族社会。我们也注意到，进入20世纪后随着黎族地区经济的发展，在中国无产阶级革命的推动下，黎族社会的二元结构矛盾才不断被消解，新中国成立后，这种二元式结构的黎族矛盾社会格局被冲击。而黎族文化最终将随着黎族社会的发展，融入海南区域文化共同体的建设中。

---

[1] 中南民族学院本书编辑组编《海南岛黎族社会调查》，广西民族出版社，1992，第73页。

[2] 目前学术界普遍认可"合亩制"为具有明显原始公社残余的社会经济组织，但早期学者更多强调其中蕴含的压迫与剥削关系，后来的研究者阐述点更为多元，譬如重申其中所蕴含的文化意义和协作精神等。

[3] 郭沫若在1950年《民间文艺集刊》第一册上发表的《我们研究民间文学的目的》一文中提到："民间文艺给历史家提供了最正确的社会史料。过去的读书人只读一部二十四史，只读一些官家或准官家的史料。但我们知道民间文艺才是研究历史的最真实、最可贵的第一把手的材料。因此，要站在研究社会发展史、研究历史的立场来加以好好利用。"

第四章

当代人类学视野中的黎族民间文学

第一节 当代人类学与黎族民间文学

人类学是研究人类的体质和社会文化的学科，其核心概念即文化。虽然有关人类文化的知识从古代起就有大量积累，但随着近代西方的"地理大发现"，落后与发达地区出现交集，才有更多人关注区域性群体的体质形态差异和文化差异。而这些现象研究热潮的兴起，终于在19世纪中叶形成一门新的学科——人类学。作为一门兼有自然科学和社会科学属性的交叉学科，在社会科学方向上，文化人类学最初与民族学、语言人类学、考古人类学相关。"文学人类学是在20世纪后期的跨学科研究大潮中涌现出的一门新兴交叉学科。孕育其生长的学术潮流可概括为两个学科领域的研究转向：一是文化人类学研究的文学转向，又称人文转向；二是文学研究的人类学转向，又称文化转向。"①有学者对文学人类学的两大转向进行了研究，并提到当前中国学者在研究中国文化与文学问题时的理论尴尬，即依赖于西方理论体系的习惯与创新理论的强烈希望之间的矛盾。可以说，当前中国的文学人类学者正酝酿着一股理论涌动，他们将是解构和重构文

---

① 唐启翠、叶舒宪编著《文学人类学新论——学科交叉的两大转向》，复旦大学出版社，2019，第1页。

学人类学的一股重要力量。

在这股研究力量中，有越来越多的人重视和关注 21 世纪少数民族文学与文化研究。少数民族民间文学作为族群口耳相传的民间文学，除具有审美意义之外，更多是作为族群文化记忆的载体代代相承，有学者在探讨中国少数民族文学研究的人类学转向时，提到其中"积淀着丰富的文化意蕴。正是由于少数民族文学的这种特殊性，不断有研究者深入田野之中，采用人类学理论和方法对其收集、整理和进行解读，'神话思维''文化功能''仪式''图腾''结构'才成为少数民族文学批评中频频出现的术语"①。可以肯定，当前少数民族文学研究的文化转向，为少数民族文学研究带来了新的研究视角，也产生了许多成果。黎族民间文学研究也迎和当前研究和发展的时代需要，走上了文学人类学之路。

黎族一直没有形成自己的文字，但是黎族人民一直以口代笔创作了许多内容丰富、形式多样的民间文学。当前，黎族民间文学作品多已被收集整理，用文字记录，成为与书面文学并行的一种语言艺术。同时，黎族民间文学的传播方式也有所改变，这一改变带来的重要影响，就是为黎族民间文学的传承提供了一个较为稳定的传播可能。正是因为传播媒介的改变，黎族民间文学得到了更广泛的传播，人们无须前往黎族生活区，无须面对黎族艺术家，就可以欣赏黎族民间文学作品。越来越多的人能够接触到黎族民间文学作品，同时，也有越来越多的人可以研究黎族民间文学。由于区域文化和文学研究的支持，以及黎族地区培养出大量本族人才，有越来越多的学者能更好地从文化与人类学角度探讨黎族民间文学，相应的文学与文化的理论研究成果也陆续问世。

近二十年，在探究黎族民间文学活动，审视其文化属性的研究方面，相关成果有：王海、江冰著《从远古走向现代——黎族文化与黎族文学》（2004），陈立浩、范高庆、苏鹏程三人合著《黎族文学概览》（2008），王海、高泽强著《探寻远去的记忆：生态文化视角下的黎族民俗与民间文

---

① 唐启翠、叶舒宪编著《文学人类学新论——学科交叉的两大转向》，复旦大学出版社，2019，第 164 页。

学》（2018）等。但从人类角度，特别是从当代人类学"结构—功能论"角度，以一种动态分析的研究路径去审视黎族民间文学发展问题的研究则鲜有。

张继焦是人类学、民族学和社会学领域的著名学者之一，他在试图解读中国文化遗产转型现象时，打破"传统—现代"二元理论，从马林诺夫斯基的"文化功能论"①和拉德克里夫 – 布朗的"结构—功能论"出发，以费孝通的"文化开发利用观"②、李培林的"另一只看不见的手"③、联合国教科文组织的"内源型发展"④、迈克尔·波特的"竞争优势"等四种理论为基础，建构新古典"结构—功能论"理论⑤，以一种动态分析的研究路径去审视文化遗产：分析其为何变化、何时变化、如何变化等问题。黎族民间文学也是一种文化遗产，援用当代人类学新古典"结构—功能论"研究动态黎族民间文学的发展结构，是文学人类学在黎族民间文学研究上的理论开拓。要促进黎族民间文学的发展，就要在把握结构的同时，回归到文学发展环境中，去反思黎族民间文学的传承和发展问题。

动态化审视黎族民间文学的发展历程，我们会注意到几千年以来黎族文学发展的艰难。作为一种弱势族群的审美意识记录，黎族民间文学一直在各种对立与矛盾中挣扎与发展，经历着诸多的"变"与"不变"，形成了自己的发展特点。黑格尔在阐释认知和思维逻辑时提到：辩证法是现实世界中一切运动、一切生命和一切活动的原则。同样，辩证法也是一切真正科学认识的灵魂。⑥恩格斯与黑格尔对辩证思维的认识在不少观点上是一致的，但他在强调辩证法是科学认识对象重要方法的同时，对于辩证的思维方式也有自己的论述。恩格斯基于对辩证法的认识，睿

① 〔英〕马林诺夫斯基：《文化论》，费孝通等译，中国民间文艺出版社，1987。
② 费孝通：《西部开发中的文化资源问题》，《文艺研究》2001 年第 4 期。
③ 李培林：《另一只看不见的手：社会结构转型》，《中国社会科学》1992 年第 5 期。
④ 联合国教科文组织编《内源发展战略》，社会科学文献出版社，1988。
⑤ 张继焦：《当代人类学：新古典"结构—功能论"》，中国社会科学出版社，2021，第 8 页。
⑥ 〔德〕黑格尔：《逻辑学》，梁志学译，人民出版社，2002，第 156 页。

智地提到，"人们远在知道什么是辩证法以前，就已经辩证地思考了……否定的否定这个规律在自然界和历史中起着作用，而在它被认识以前，它也在我们头脑中不自觉地起着作用"①。审视黎族民间文学个体，我们除了要了解其外延和内涵，梳理清晰其特征，还需要进入其动态的文学发展历程中，以辩证思维方式，用知性思维的对比来审视黎族民间文学的发展问题。

黎族民间文学有着悠久的历史，从漫长的原始社会中缓慢走来；进入阶级社会，与中原文化逐渐接触，兼收并蓄，并参与到中国文学发展的进程中；后又积极融入主流文化，在新中国的建设浪潮里，成为社会主义社会少数民族文学中的瑰丽宝库。它经历千百年的不断发展，每一次变化都与黎族社会历史发展休戚相关，每一个新文学表述的出现，都是对黎族民间文学类型的一种丰富。以辩证的思维方式审视黎族民间文学的千年发展历程，我们发现黎族民间文学在发展的历程中，多有固本，也有变通，其中，重要的"变"与"不变"主要有以下三点。

第一，客体有变，但主体不变。

黎族民间文学活动中的客体即其所呈现的对象——黎族社会，主体即黎族群众。黎族社会在千百年的发展进程中，发生了很大的变化。黎族民间文学客体对象的变化，生动地体现在文本审美对象的时空差异上。但在漫长的黎族民间文学发展历程中，文学客体有变，主体却一直未变。一直到20世纪，在黎族民间文学融入社会主义文学浪潮之前，黎族民间文学活动的主体，无论是创作者，还是欣赏者，一直局限于黎族群众。

一方面，黎族文学创作客体"依时而变"。

作为海南岛上最早的居民，黎族先民先是在沿海生活，后迁居海南岛中部和西南部的盆地河谷和滨海平原。千百年来，黎族社会一直在不断地变化，在黎族社会还没有产生阶级之前，社会的主要矛盾当然是人与自然

---

① 《马克思恩格斯文集》（第9卷），人民出版社，2009，第150页。

的矛盾，因此，当时的黎族民间文学主要反映人类跟大自然的斗争——认识自然、改造自然、征服自然。这个时期的黎族口头文学，通过文学的形象，叙述宇宙万物和人类的起源，解释洪荒时代充满神奇的世界，有《洪水的故事》《螃蟹精》《吞德剖》等。随着黎族地区私有制的产生，阶级、阶级矛盾的出现，黎族社会又有了新的变化。在这样的社会背景中，黎族民间文学作品更多的是反映这个时期的阶级矛盾和社会斗争，揭露剥削阶级的各种丑态，歌颂劳动人民的勤劳和智慧，在题材和内容上都体现出与前期作品很大的区别。该时期的作品《阿丹与邬娘》和《乞丐》表现的就是黎族"豪奥哇"（穷人）和"豪奥门"（官人）这样勤劳善良的黎族人民和贪婪冷酷的财主即对立阶层之间的矛盾。

《阿丹与邬娘》讲的是椰树村的邬娘和槟榔寨的阿丹由青鸠鸟做媒，相知相恋，并以死抗争，捍卫爱情的故事。在这个故事中，塑造了一个负面人物——七指山下的波勒。波勒是个大"豪奥门"，他看上了邬娘。"豪奥哇"对这个大"豪奥门"是又怕又恨，"听了他的名字，都把舌头伸，把耳朵掩"[1]。波勒有钱有势，诡计心眼多，强抢邬娘当新娘。在这个故事中，我们可以看到黎族社会阶级的矛盾，"豪奥门"贪财好色，无恶不作，"豪奥哇"对"豪奥门"敢怒而不敢言。黎族文学的描述客体，随着黎族社会矛盾的转移而转移。此外，黎族文化随着社会历史发展，还不断接触和吸收汉族及其他民族文化，黎族社会在交流中不断变化，这使黎族民间文学表达对象必然变化，呈现的内容和形式也有变化。

另一方面，黎族文学活动主体基本未变。

与此同时，在相当长的历史时期内，作为非主流民间文学，黎族民间文学作品并没有引起更多的关注。黎族民间文学活动中的客体在变化，但主体——无论是创作主体，还是审美主体，主要都是黎族群众，黎族文学活动主体基本未变。黎族学者王海曾提到，"黎族民间文学面对汉文化的影响和渗透，并不是一种完全被动的接受。所谓交流，实际上是

---

① 王越：《五指山传说：海南岛黎族民间故事选》，广东人民出版社，1980，第107页。

一种双向的互动关系。在汉文化影响着黎族民间文学发展的同时，黎族民间文学也同样对汉族民间文学产生影响"①。在漫长的中国封建王朝时期，作为非主流文化，黎族民间文学在历史上并没有得到主流书写的重视，未曾有详细的记录和表达。而受限于缺乏族群文字，黎族先人也没办法用文字来记录自己的文化。因此，黎族民间文学不仅被中原文化所忽略，就连在海南范围内，作为主流文化圈的海南沿海族群也对黎族民间文学知之甚少，主流文化圈在审视黎族文化和黎族民间文学时，往往带有一定程度的猎奇心理，也存在一些不解与误解。清代陈伦炯《海国闻见录》言："（五指山）内山生黎，岚瘴殊甚，吾人可住熟黎，而不可住生黎；生黎可住熟黎，而不可到吾地。熟黎夹介其间，以水土习宜故也。"② 陈伦炯的这段话，就代表着主流文化圈对黎族文化的误解。这种先入为主的态度，导致黎族民间文学无法进入主流文化圈。主流文化圈鲜少关注黎族民间文学，在少许的黎族民间文学作品的记录中，我们可以看到辑录者并不着意强调黎族文学作品的价值与文学性，更多地呈现一种猎奇心理。宋代《琼州图经》中记载：雷破蛇卵，中有一女，居此诞生黎类，因名曰黎母。清代的《古今图书集成·职方典》卷一三九二《琼州府》中录有：定安县故老相传，雷摄一蛇卵在黎山中，生一女，号为黎母，食山果为粮，巢林木为居。岁久，交阯蛮过海采香，因与结配，子孙众多，开山种粮。这些记录的文本，无论是在言语的誊写上，还是在情感的记录上，都没有呈现黎族民间文学作品的审美价值和文学性。

黎族文化作为非主流文化，面对主流文化，其毋庸置疑必然具有一定的"臣属性"。在民族大融合的过程中，黎族文化的"臣属性"促使黎族文化向主流文化靠拢。黎族头人或其他有条件的人，还直接送子弟入汉人学宫读书，"宋代时，岛内的各州县开始设立学宫，至明清时岛内已经有

---

① 王海：《艺术的发展与精神的传承——汉文化影响下的黎族民间文学》，《广东技术师范学院学报》2006年第3期，第17页。
② （清）陈伦炯：《海国闻见录》卷上，台湾学生书局，1985，第95页。

许多书院授学。黎族子弟不仅有许多人入学宫读书，有的人还通过科举制度登第"①。

在这样的文化环境中发展的黎族民间文学，同样具有鲜明的"臣属性"。黎族民间文学的"臣属性"对黎族民间文学发展的影响深远。首先，黎族民间文学未能进入主流文学圈中，未被正视，因此没能得到有效的传播。其次，因为缺乏交流，黎族民间文学发展非常缓慢，且作品整体上显得比较简单与粗糙，故事逻辑、情节编设和审美水平也多有瑕疵。最后，黎族文学自觉自愿融入主流文学的元素，汉族文学作品中的人物和情节直接影响黎族民间文学的设置，甚至汉族的语言内容和文学结构直接转化成了黎族民间文学书写中的一类。《梁山伯与祝英台歌》就是直接化用汉族民间故事编写黎族歌谣的典型。

梁山伯与祝英台歌

（节选）

行行就到土地公，
半世分离想不通，
双脚跪下求公保，
保他二人得相逢。

请兄转头弟起身，
送镜一个兄年面，
不见弟味多看镜，
镜内有个弟面形。

弟有名话讲兄知，
请兄下日到宅拜，

---

① 张跃、周大鸣主编《黎族：海南五指山市福关村调查》，云南大学出版社，2004，第427页。

弟宅有个小妹妹侬，

兄味不嫌跟后来。

……

英台再三忐不肯，

无外猜测英台心，

不知英台思个乜，

莫非抗情有人添。

就叫良心讲我听，

你陪英台行出外，

一定知她个心事，

照直讲来不稳瞒。①

　　黎族民歌《梁山伯与祝英台歌》在内容上化用了汉族经典民间故事，虽语言中的"侬"是海南话中常用的亲密称呼，而"乜"则是海南话中常用的语气词，但这些都无任何违和感地融入了这首黎族民歌中。此外，《哥不挂你还挂谁》和《待客歌》也是直接援用汉族方言传唱的歌谣，它们都是黎族民间文学臣属性本质的具体表现。

　　历史在变，黎族民间文学的描述客体在变，但黎族民间文学的主体一直不变，生产者和消费者都是黎族群众。黎族民间文学就是这样，一直处于非主流文化地位，具有"臣属性"，主要影响黎区，在世代黎族人民间口耳相传，传播局限于黎族文化圈，是族群内部"自娱自乐"的文学。黎族民间文学这样的境况，一直延续到20世纪，随着少数民族文化被重视，黎族人民当家作主，境况才得以缓和和改变。

　　第二，文学体裁有变，创作本质不变。

　　黎族民间文学首先是一种文化现象，然后才是一种审美艺术活动行

---

① 苏庆兴主编《三亚黎族民歌》，学林出版社，2011，第420页。"照直讲来不稳瞒"中"稳"字疑误，当为"隐"。

为，它是黎族审美意识形态之一，它的发展与黎族社会的发展密切相关。黎族千年偏居南海岛屿，与中原文明具有天然的区位性疏离，再加上受限于以前的科技发展水平和交通运输能力，黎族社会发展缓慢，社会经济结构落后，文化发展也落后。王国全[①]在其所编的《黎族风情》中，对黎族原始生产模式"合亩制"进行介绍时，说自己"是'合亩'制地区中一个'亩头'家庭的子孙，又是'龙子'家庭的后代，曾在'合亩'制中生活了十八年"[②]。作为当代学者的他，曾有十八年生活在黎族原始农业生产模式之中，由此可见，黎族社会发展的缓慢和落后。

经济基础决定上层建筑，落后的经济社会决定了黎族文化和文学的发展水平。从黎族民间文学的发展历程出发，审视黎族民间文学创作问题，我们注意到作为一种集体创作的活动，黎族民间文学艺术自觉性并不高。黎族民间文学虽然缺乏文人个人创作那样精致的谋篇布局，也较少在创作过程中反复推敲，但作为一种时代精神和文化的表达，不同人在创作的过程中，会结合时代和文学发展的要求，去进行相应内容和形式的选择。黎族民间文学的文学体裁发展有变，但黎族民间文学归根结底是黎族群众集体创作的，其创作本质不变。

一方面，黎族民间文学体裁类型丰富。

黎族群众创作民间文学作品的过程，也是作品传播的过程，随着黎族民间文学的发展，黎族民间文学体裁类型一直不断丰富和变化。早期黎族民间文学的主要体裁有神话、史诗和传说，这个时候，想象是黎族先民认知世界最重要的方式。后来，随着黎族社会文明进程的推进，黎族先民开始通过抽象思维去思考自然和自身，此时，表现黎族社会生活和矛盾，抒发黎族先民情感的文学类型越来越丰富，民间故事、民间歌谣相继出现。黎族文学是黎族群众认识和把握世界的一种方式，社会发展的同时，相应的文明发展水平决定黎族民间文学的表现手法越来越多样化，文学体裁类

[①] 王国全，海南省民族博物馆原馆长，黎族人，1939 年生于海南黎族苗族自治州通什镇报隆村，他是土生土长的黎族学者，被尊称为"黎族奥雅"。

[②] 王国全编《黎族风情》，广东省民族研究所，1985，第 8 页。

型日渐丰富。除此之外，汉族文学作品传入黎族生活区，对黎族文学体裁的发展也具有一定的借鉴作用，"四句歌仔"就是在汉族文学影响之下，黎族歌谣形式的新拓展。此外，我们注意到黎族还有丰富的民间谚语、谜语和歇后语，民间谚语总结的是黎族人民的生活和生产经验。黎族谜语是黎族人民在长期的生活实践中，对事物进行细致的观察和分析，将朴素的科学观念巧妙地同艺术想象相结合的产物，主要分为物谜、事谜和字谜三类。其中，字谜是颇为有趣的黎族民间文学现象。黎族字谜对唱，又称"谜歌"，是具有谜语性质的对唱，可以归属于谜语，但黎族没有文字，因此黎族字谜就直接以汉字为对象。如下文中选取的黎族字谜，谜底就是"村"和"群"字，这就是用黎语，猜汉字。

> 问：苍公传下书一本，啥字合来变成村？
> 汉语诗书谁能识？何字合来变成群？
> 答：苍公传下书一本，木字合寸变成村；
> 汉语书诗人人识，君字合羊变成群。[①]

黎族字谜既得益于汉语，也受限于汉语，由于黎族在新中国成立前教育水平非常落后，因此识字的群众非常少，黎族字谜作品也很少。同样，歇后语是民间智慧的一种表达方式，黎族人民也有自己的歇后语，但就目前收集整理的黎族歇后语情况来看，对比汉族和其他民族的歇后语情况，相对于其他类型的民间文学作品而言，黎族歇后语在数量上显得有些单薄。将所有黎族文学体裁类型对比汉族民间文学体裁类型，我们发现，黎族民间文学除了没有民间曲艺和民间戏曲，其他文学体裁都随着黎族社会的发展，相继成为某一个时代黎族民间文学的发展重镇，代表了一定时期黎族民间文学的发展水平。

另一方面，黎族民间文学创作一直坚守初心，未改人民性本质。

---

① 中央民族学院少数民族文艺研究所编《中国民族民间文学》，中央民族学院出版社，1987，第376页。

黎族民间文学的文学体裁一直随着时代发展发生变化，但作为一种集体创作行为，其创作本质未曾发生改变。时至今日，黎族民间文学的传播方式，虽因为出现文字记录而发生改变，但文字记录只是改变了黎族民间文学的传播媒介，并未改变其集体创作的本质属性。民间创作的本质"是劳动大众在不断调节本体与自然、个体与社会关系的实践中，升华出来的一种主动精神的艺术表现"①。作为集体创作的艺术活动，人民性就是黎族民间文学的创作本质。所谓人民性，主要是强调黎族民间文学作品来自黎族人民，表达黎族人民主体的情感和意志。

　　黎族民间文学的创作，是黎族人民集体参与的文学活动过程。从古至今，黎族民间文学作品都是发自族群的声音，其创作本质未变，人民性未变。黎族人民在创作过程中，一直基于本民族的角度，去反映本族人民的社会和生活问题，表达黎族群体的情感和需要。最早的黎族神话、史诗和传说，有《大力神》《狗与公主结婚》《约加西拉》《葫芦瓜》《虫变人》《洪水的故事》等，这是黎族童年时期的产物，是黎族族群解释天地、日月形成和各种自然现象的智慧集合。

　　《大力神》说的是远古时候，天地相距只有几丈远。天上有七个太阳和七个月亮。大地被烧得发烫，像个大热锅。无论是白天还是黑夜，都炽热难耐，人和万物都无法存活了，大家叫苦连天。有一个大力神，他觉得这样挨日子，叫人实在无法生活。因此，他在一夜之间使出了他的全部本领：把身躯伸高一万丈，把天空拱高一万丈。天空被拱高了，但天上还有七个太阳和七个月亮，仍然威胁着人们的生存。于是，大力神做了一把很大的硬弓和许多支利箭。大力神把太阳和月亮各射下六个，为百姓除了害。那时大地一片平坦，大力神便用七彩虹作扁担，从海边挑来大量沙土，造山垒岭，继而用脚踢群山，造成深溪大河。大力神完成开创世界大业后，便欣然离世。

　　在《大力神》这个神话中，黎族先民延续了南方骆越族群的日月想

_____

　　① 李惠芳：《中国民间文学》，武汉大学出版社，1996，第23页。

象。通过对比同为骆越族源的仡佬族神话《太阳和月亮》，我们可以看到来自同一族群的宇宙想象。在仡佬族这个神话中，天上也有七个太阳、七个月亮，"晒得没有个完，把地上的人和飞禽走兽晒死了不少，山林草木也被晒枯了，从山里流出来的水也晒干了，只有洞头淌出来的水没干。后来，有个叫阿鹰的汉子，拿着一根长竹竿爬到高山上，又从山上一棵大树爬到天上，用竹竿打掉了六个太阳和六个月亮"①。黎族神话延续着族群的情感、人类的起源、祖先的传说和万物的起因等，这些是当时黎族神话的主要内容，也是黎族先民原始情感的流露和表达。《大力神》表达了他们对自然的敬畏，同时，也呈现了他们为了生存，坚强与自然斗争的决心和英勇行径。在这样的认知中，他们自觉而又浪漫地把握了自然，也鼓舞了整个族群。

稍后出现的记载人物和史事的传说，如《马伏波与"白马井"》《李德裕的传说》《黄道婆的故事》等，还有生动有趣的民间故事，如《蜈蚣的故事》《牛为什么犁地》《山兰稻种》等，这些民间文学作品所描述的内容和对象，已经处在复杂的阶级社会和族群矛盾中，但难得的是，这些黎族民间作品没有任何"谄媚"的表现。言辞之间，都是来自人民的审判与裁决，从不讨好某个权贵，也从未昧着人民的立场去迎合主流文化。它们不是颂扬先祖的伟业和创世英雄的功勋，就是赞美黎族人民朴实善良、勤劳为本的生活观念；不是歌颂忠贞不渝的爱情，就是鞭挞压迫者、剥削者的残酷恶毒。黎族民间文学的人民性本质，就体现在其作品所流露出来的是非观、道德观以及许多传统心理中，集中反映了黎族人民同情弱者、扬善惩恶、追求幸福的理想和愿望。从古至今，黎族民间文学的人民性一直未曾改变。

第三，整体发展有变，局部不平衡一直未变。

黎族人民朴实而可爱，对自己的故乡——海南宝岛，有着深沉的爱，黎族优秀民间文学作品的字里行间写满了他们对海南岛的热爱，木棉树、

---

① 王光荣：《仡佬民间文学探索》，广西人民出版社，1994，第51页。

槟榔树、椰子树、五指山、万泉河、鹿回头等，写满了海南的山山水水，历史变迁。随着黎族族群认知的不断拓展，他们对世界的解释方式越来越丰富，这一切纷纷都呈现在黎族族群的记忆中，进而以口头的方式，加之审美艺术加工，以更为动情的表述，浓缩在黎族民间文学作品里。

一方面，黎族民间文学随着黎族社会的发展而变通，成果斐然。

"根据碳十四测定，南海诸岛大部分岛屿露出水面时间距离现在约5000年。"① 黎族早期移民大约出现于该时期，通过陆行或使用独木舟进入海南岛。黎族民间文学自产生一路缓慢发展，先秦时期属于黎族民间文学的口语成长初期。黎族神话在其口语成长初期广泛流传，是黎族最古老的口头创作之一。黎族是移民族群，黎族神话内容虽包罗万象，但除《大力神》之外，其他作品较少涉及创世记想象。从故事内容和数量来看，黎族神话相对缺乏开天辟地的创世神话，更多的神话内容，由探讨族群来源开始。这个时期的文学作品主要是对族群和环境的认识和理解，这方面的内容主要表现在远古神话和创世古歌里，代表作品如《黎族祖先歌》《人类的起源》《南瓜的故事》《雷公根》《山区和平原的由来》《苍蝇吃日月》等，不过初期想象虽然丰富，但作品数量和质量都有待提高。

至汉初，随着中原文化影响深入海南岛，汉族经济文化的影响在海南不断扩大，黎族民间文学进入汉化口语发展期。此时，黎族仍未形成自己的文字，因此，民间文学仍以口语的方式创作和流传。黎族民间文学在汉化口语发展期回归黎族群体生活本身，反映黎族社会出现的问题，这方面的内容主要表现在民间故事和民间歌谣中，代表作品有黎族"早发的神箭"故事系列《落笔洞》《烧仔山》《绣脸的传说》《蛤蟆黎王》《阿坚治黎头》《猎哥与仙妹》《阿德哥和七仙妹》《甘工鸟》《黎武称王》《烧炭人》等，作品无论是在数量上，还是在质量上，都有了一定的飞跃。

到19世纪末20世纪初，黎族民间文学开始进入文字记录的文艺觉醒

---

① 司徒尚纪：《岭南海洋国土》，广东人民出版社，1996，第79页。

期。所谓"文字记录的文艺觉醒期",一是指黎族民间文学创作进入了自觉时代;二是自该阶段开始,有越来越多的文字记录黎族民间文学作品;三是作为一种文学活动,黎族民间文学开始被正视,学界开始给予关注和开展研究,至此黎族民间文学作品和研究取得了一定发展。而新中国成立后,在民族团结和民族平等政策之下,黎族文化和民间文学备受重视,虽经历"文革"等的冲击,但作为中国少数民族文学重要的组成部分,黎族民间文学被记录,被谱写,被研究,并随着黎族社会的发展取得了长足的发展。

另一方面,黎族民间文学的局部不平衡一直未变。

纵向审视黎族民间文学,作为一种族群艺术,黎族文学整体上发展有变。但受海南历史发展限制,海南社会发展的地区性差距非常大。黎族作为一个族群,由五个分支组成,他们分别居住在不同区域。横向审视黎族民间文学,我们可以注意到其局部的不平衡一直未变。

自原始社会起,海南各民族移民便开始建设这荒凉偏远的南海岛屿。在岛上移民不断的实力较量和民族融合之下,海南的发展呈现环岛沿海一带,尤其是北部平原地区,经济、文化较为繁华,而岛中部地区,尤其是五指山山区一带,经济、文化相对落后的局面,这就是海南区域文化发展的历史与地理条件。而环海沿海、北部和东部地区相对富裕的地区,主要为汉族等民族聚居地,中部和南部经济相对落后的地区,主要为黎族人民的聚居地。这样的民族分布格局,这样的区域文化背景,对黎族民间文学的发展具有深远的影响。

詹贤武在《黎族文化主体性问题研究》一书中,明确提到"黎族文化并不是以单一的形态存在的。从民族文化的整体性而言,黎族文化体现出文化上的一致性,但是由于历史变迁和地理环境的差别,在文化进程中又体现出文化内部结构上的差异性"①。因之黎族社会发展存在地域性和社会性的差异,黎族地区也分别形成不同的文化圈,黎族具有哈、杞、润、美

———

① 詹贤武:《黎族文化主体性问题研究》,海南出版社,2016,第55页。

孚、赛五种方言,五个方言区依托不同的社会历史条件,形成发展水平区别较大的五个黎族文化圈。由于处于五个不同的文化圈中,黎族民间文化发展呈现鲜明的不平衡性。

哈方言文化圈地域范围大致是在五指山的南部、东南部和西南部山区,包括乐东黎族自治县除沿海地带外的大部分地区,三亚市除南部部分沿海外的大部分地区,东方市东部,昌江黎族自治县的中部和南部,陵水黎族自治县的东北部、中部和西南部,保亭黎族苗族自治县、白沙黎族自治县的外围地区,琼中黎族苗族自治县西北角,万宁市西南角。哈方言分布的地区较广,人口约占黎族总人口的58%,族源复杂。"哈"对外自称为"ɬai⁵³(赛)",但在黎族内部又自称为"ha¹¹(哈)",故而得名。哈方言圈与汉族接触密切,受到汉族文化影响较大,被称为"熟黎",该地区相对重教育,习汉字。该地区民间作品数量众多,神话、传说、民间故事、歌谣等类型丰富,还有鸿篇巨制,如创世史诗《黎族祖先歌》。此外,在民间文学中,还有鲜明的黎汉融合特色,其中"汉词黎调"的作品较多。

杞方言文化圈地域范围主要在五指山山区,包括五指山市全境、保亭黎族苗族自治县的西北部、琼中黎族苗族自治县(除西南部地区)、昌江黎族自治县和东方市的东部、万宁市西部三更罗一带。杞方言分布较广,人口仅次于哈方言。"杞黎"对外自称"ɬai⁵³(赛)",但在黎族内部又自称"gei¹¹(杞)",故而得名。杞方言聚居地为五指山腹地,崇山峻岭,交通不便,被称为"生黎","生黎"是比较纯粹的海南世居居民,没有混入其他民族成分,[①] 与汉族接触相对较少。封闭的地理环境造成该地区经济发展缓慢而落后,但外部社会对本地区的影响较弱,因此,杞方言文化圈保留的文化更富有民族特色,一些黎族古老的文化现象保存得更为完整。该地区多从事山区农耕,因此,黎族人民常举行传统农耕祭祀仪式,如砍山兰园时,要举行传统的祭祀山鬼仪式,是以该地区流传下来许多诀术歌,如《劈园先问地》《问山歌》《砍山歌》等。

---

① 王献军:《黎族历史上的"生黎"与"熟黎"》,《海南大学学报》(人文社会科学版)2010年第1期,第2页。

润方言文化圈地域范围大致是鹦哥岭的北麓,包括白沙黎族自治县的中部、东部。"润黎"对外自称"ɬai^{53}(赛)",使用哈方言罗活土语的黎族称呼他们为"hjɯːn^{53}(尊)",使用杞方言通什土语的黎族称他们为"zɯːn^{53}(润)",故而得名。润方言文化圈在历史上属古儋州之地,因此在文化进程中受儋州文化的影响较深,儋州一带的汉族认为"润"是最早来到海南岛居住的黎族,故又称呼他们为"本地黎"。润方言黎族在与儋州汉族人民的长期交往中,亦不断接受汉族文化的影响,儋州调声对其民间歌谣艺术影响深远,儋州调声在润方言地区亦广为传唱。

美孚方言文化圈地域范围大致是昌化江下游两岸,包括东方市的东部,昌江黎族自治县的中部、西部。"美孚黎"自称"ɬai^{53}(赛)",但又被使用哈方言的黎族称为"moːi^{53}fau^{53}(美孚)",故而得名。该地区在历史上开发较早,与汉族聚居地靠近,有些村庄甚至是黎汉杂居,因此受汉族文化影响极大,民间文学作品中也多有汉族文化元素。

赛方言文化圈主要在保亭、陵水与三亚三地交界地区。20世纪50年代民族专家在保亭加茂地区进行调查时才发现该方言,故使用该方言的黎族被称为"加茂黎"。赛方言与其他四种方言有很大的差别,亦称"德透话"。赛方言文化圈比较靠近汉族聚居区,受汉族文化的影响较深,一些黎族传统文化现象消失得比较早。

20世纪30年代,史图博在黎族生活区考察时,曾经定义过"本地黎",提到本地黎包括哈黎和润黎,他认为由于商业交换兴盛,黎族和汉族多有沟通,在交流的过程中,黎族人是多少懂得一些汉话的,[①]除此之外,他还提到白沙峒交界的新开田村人都多少懂得一些儋州话,还有许多人懂一些客家话或临高话。而经济文化得到较好发展的黎族地区,其民间文学活动也较为活跃,史图博记录的"本地黎"就懂得许多歌谣,在节日和举行重要仪式(如催春的节日,订婚、结婚仪式)时,他们就在村前的小屋内集合,一起来唱歌,有时也在工作时集体唱歌。相比之下,对于其

---

① 〔德〕史图博:《海南岛民族志》,中国科学院广东民族研究所,1964,第77页。

他分支的黎族文艺，史图博鲜少记录。由此可见，史图博所考察的黎族地区，在文艺发展上存在差距。

黎族人民生活在不同的地域环境中，其社会经济文化类型也有所不同，社会经济和文化发展水平存在区域性差距，黎族民间文学发展也同样存在不平衡。因此，我们在解读黎族民间文学发展问题时，除了注意到纵向时间维度上，黎族民间文学随着黎族社会的发展而变通，整体性获得了相应的发展之外；还要强调横向上，由于地域性文化圈发展的不平衡，黎族民间文学局部发展存在不可忽视的不平衡现象。

由黎族民间文学的发展历史出发，反思其发展的演变问题。我们注意到张继焦在研究中国的变迁与社会经济结构转型问题时，分别于2014年和2015年提出了"伞式社会"和"蜂窝式社会"这对概念。"伞式社会"用于解析"政府"主导型社会经济活动，"蜂窝式社会"用于分析"民间"自我开展的社会经济活动，两者不但共同构成了中国的社会经济结构，而且作为"另一只看不见的手"的两个重要组成部分，分别推动着社会经济的发展。① 虽然最初在提出这两个概念时，张继焦是用于分析社会经济结构问题的，探讨的是经济文化，但该对概念不仅适用于探究经济文化，也适用于分析文化遗产问题，基于该对概念的文化遗产探讨成果有：《"蜂窝式社会"：移民社会结构的形成及其功能——基于对海口府城祠堂、庙宇的考察》②、《新古典"结构—功能论"视域下民族文化产业化发展研究——以湖南省凤凰县为例》③、《苗族的文化转型：一种关于民族文化变迁的新古典"结构—功能论"——访中国民族研究团体联合会副会长张继焦研究员》④ 等。审视黎族民间文学这一黎族社会文化活动，在它的"变"

① 张继焦：《当代人类学：新古典"结构—功能论"》，中国社会科学出版社，2021，第83页。
② 刘仕刚：《"蜂窝式社会"：移民社会结构的形成及其功能——基于对海口府城祠堂、庙宇的考察》，《贵州民族研究》2020年第5期，第58~64页。
③ 刘诗谣、刘小珉：《新古典"结构—功能论"视域下民族文化产业化发展研究——以湖南省凤凰县为例》，《贵州民族研究》2020年第12期，第163~169页。
④ 张继焦、张小敏：《苗族的文化转型：一种关于民族文化变迁的新古典"结构—功能论"——访中国民族研究团体联合会副会长张继焦研究员》，《贵州民族大学学报》（哲学社会科学版）2018年第1期，第56~71页。

与"不变"之间，结合其动态发展结构，我们注意到在其不同的发展阶段，同样存在这样的结构与功能。

第二节 "蜂窝式"发展结构与主体解构

黎族民间文学发展的民间文化本质，决定其发展中最重要的主体力量是民间力量。"蜂窝式"发展结构强调的就是民间社会文化形态，是民间自觉构建的个体文化圈，在这个结构体系中，民间主体会形成各式各样的文化关系网或交往圈（蜂窝），依据区域形成不同中心蜂窝。然后再由这些区域蜂窝通过文化关系网和交往圈，构建整个黎族区域的民间文学发展形态。黎族民间文学作为海南区域性地方少数族群的文学，在其发展的最初两个阶段——口语成长初期和汉化口语发展期，"蜂窝式"发展结构占据主要地位。

传统黎族社会一般以小聚落呈现，通常以峒为单位在一个地方发展。聚落各自依据自己的族源发展历史和社会生活环境，建构自己的文化空间。这就好比峒主为蜂王，族人为蜜蜂，这个峒的所有人共同构建这个蜂窝的文化空间。以"蜂窝式"结构发展的黎族民间文学，显得自由而任性，但作为"另一只看不见的手"，在催促着以"峒"为单位的个体民间文学表达走向群体化的集体表达。于是原本黎族民间文学中的个人记忆，慢慢成为区域性族群的记忆。

黎族的《大力神》就是这样一个由"峒"的个体文化表达，逐渐发展成为集体记忆，最后成为黎族共同记忆的民间文学现象。《大力神》是五指山地区的民间故事，讲述了类似于盘古开天辟地的神话故事。这个故事最初只局限于五指山地区，但随着黎族民间神话的不断传唱，黎族地区的"蜂窝式"个体民间文学表达在文化交流和渗透中，逐渐转换成为黎族的"集体记忆"。关于"集体记忆"和"记忆的社会框架"问题，社会学家莫里斯·哈布瓦赫（Maurice Halbwachs）在 20 世纪 20 年代进行过系统的阐释，他还在他的代表作《论集体记忆》中深刻论述了记忆的集体性/社会性建构问题。[①] 这种集体记忆是一种民间力量自我涌动的融合，在这个集体记忆的整合过程中，"蜂窝"不断突破与扩张。我们注意到黎族民间文学的"蜂窝式"发展结构，也是一种扩张和包容的发展结构。这样的扩张，不仅发生在黎族内部，甚至无限扩张，突破黎族族群，与外来的族群在交流中，发生文学的互动和融合。

随着黎族社会的现代化转型，黎族民间文学的现代化是文化发展的必然，黎族民间文学正在经历剧烈的转变，传统黎族民间文学的消亡，已经不是一个设想，而正在成为一个个事实。露丝·本尼迪克研究发生在北方城市的美国黑人文化被白人文化同化这一文化现象时提出，"自人类历史开端以来，在整个世界上都可以看到各民族有能力吸收另一血缘民族的文化"[②]。黎族文化作为一种社会文化，也陷入了这样的危机。虽然民间自觉的区域性蜂窝式结构在集体记忆的建构过程中，依据潜在的社会力量进行交流，并曾经促进黎族民间文学不断发展，但"蜂窝式"结构发展不断扩充的过程，也是优势"文明"建构新的主体的过程。就目前的黎族民间文学发展状态而言，黎族文化的自发性发展会因为"蜂窝式"发展结构的无限扩张，而导致文化被稀释，黎族民间文学的"蜂窝式"结构功能终究造成其主体性消亡。其中，黎汉融合现象和黎族民间文学主体的解构，就是这种"蜂窝式"发展结构的重要特点。

人类现代化的过程是自觉之后，不断追求文明的过程。黎族民间力量的"蜂窝式"发展结构促使黎族民间文学不断向更为"文明"，更为现代的文学发展和扩充。黎族民间文学活动中的主体作为个体，在"蜂窝式"结构中自由发展，随着民间个体之间文化交集增多和不断渗透，黎族民间文学会不断扩张，作品中会出现越来越多的黎汉融合迹象。

一方面，在表现形式上，黎族民间文学的语言和话语结构形式都受到汉族文化的影响。

---

① 〔法〕莫里斯·哈布瓦赫：《论集体记忆》，毕然、郭金华译，上海人民出版社，2002。
② 〔美〕露丝·本尼迪克：《文化模式》，何锡章、黄欢译，华夏出版社，1987，第10页。

生活于经济较发达区域的黎族群体，一般都与汉族关系较为密切。由于长期以来同汉族的密切接触，黎族传统文化与汉族文化形成了双向的交流与交融。因此，在该发展阶段，由自然形态发展而来的黎族传统文化受到汉族文化诸多方面的影响，黎族民间文学发展在这个阶段受到黎汉文化交融最明显的影响就表现在语言上。

《土地庙为什么这么小》的传说流行于海南黎族苗族自治州，全文整理如下：

> 土地神因为看守村寨有功，玉皇嘉奖，决定要大大赏赐他，叫凡间修大庙给他住。大庙怎样大法呢？任凭土地神自己射一箭，箭矢落地方圆，就是庙堂的范围。
>
> 玉皇摆布好了靶场，准备叫土地神来射箭。土地神听到这个消息后，笑得合不拢嘴，喜欢得坐也坐不稳、睡也睡不着，想：我是天下最了不起的神了。
>
> 射箭的时候，土地神更是得意忘形了，他哈哈地放声大笑，笑得四肢无力，瘫软在地上。箭头离弦就掉下来，落在他的脚下。玉皇上前一量正好二尺方圆，所以，土地庙就只有这么大。①

这个传说涉及黎族社会重要的民间信仰空间——土地庙，回答了土地庙为什么这么小的问题。土地庙在海南几乎随处可见，是海南全域性的民间信仰空间，这是黎汉文化融合过程中形成的海南岛文化现象，黎族的土地庙信仰就是其文化受到汉族文化影响的一个结果。甚至在《土地庙为什么这么小》一文中，我们无法辨识出它是黎族民间文学的作品，除了"村寨"一词具有少数民族称谓特点之外，通篇看不到黎族特有的原始文化。"土地神""玉皇"这两种称谓都是汉族文化称谓。可见，由于黎族与汉族长期频繁地交往接触，大多数黎族人都兼通汉语，靠近沿海一带黎汉杂居

---

① 广东民族学院中文系编《黎族民间故事选》，上海文艺出版社，1983，第238页。

地的部分黎族群众，甚至已经以汉语取代了黎语。语言的变化就是黎族民间文学与汉族文学在交流的过程中，受到汉族文学影响的重要体现。

话语结构形式呈现文化融合的形态，也是黎族民间文学语言出现的文化融合现象之一，其中，黎族民间文学语言呈现汉族文学特征，就是黎族民间文学发生文化交融现象的重要表现，这种语言形态上出现汉族文学特征的情况突出地表现在黎族民间歌谣出现的"四句歌仔"这一口头文学形式上。"四句歌仔"是一种以海南汉语方言咏唱，按照汉族常见的七言一句、四句一首的格律创作，随着黎族社会的发展，同其他民族文化交流、融合，派生、创制出来的新黎族歌谣。"四句歌仔"一般以七音节为一句，四句为一首，较长的以四句为一节，可以多节续唱下去。除了独唱、对唱之外，还有齐唱、轮唱、合唱等方式，《哥在这坡妹那坡》就是典型的"四句歌仔"。

哥在这坡妹那坡①

（侾黎调）

男：哥在这坡妹那坡，
　　中间隔条清水河，
　　面对面来影对影，
　　不知阿妹情如何？

女：妹在这坡哥那坡，
　　中间隔条清水河，
　　河水几清心几清，
　　河水几长情几长。

从《哥在这坡妹那坡》中可以看到，这类"四句歌仔"在语言、韵律、格式、体制等方面都明显地带上了汉族民歌的特点，是黎族民歌受汉

---

① 中国民间文学集成全国编辑委员会编《中国歌谣集成·海南卷》，中国 ISBN 中心，1997，第 223 页。此歌谣的演唱者为罗秀清、采录者为王隆伟，1957 年 7 月采录于三亚市南山村。

族文化影响的产物。"四句歌仔"这种形式的民歌在黎族各地区都十分流行，是黎汉民歌艺术交融的结果，它已经成为黎族民间艺术的一个重要组成部分，深受黎族大众欢迎，有些黎族群众虽然不懂得说汉语，但是能唱出优美的"四句歌仔"。

黎族民歌受到汉族文化影响的历史悠久，只是时至今日，才有人对其进行收集和研究，相关作品才又获得了新的生命力，如热门曲目《久久不见久久见》，就是依据曾流传于五指山、乐东一带的黎族民歌《久久不见久久见》整理改编的，是典型的"汉词黎调"。该歌曲曲调优美，歌词富有生活情趣，在流传时，就有黎语和汉语两个版本。而黎族民间歌谣出现的"四句歌仔"这一口头文学形式也说明，随着汉黎民族的杂居和交往，"汉词黎调"在黎族民歌当中其实是很常见的现象，受到汉族文化影响，黎族民歌用"汉词（海南话方言）"来演绎更是屡见不鲜。可以想象，作为深入群众日常娱乐生活的一种通俗的民间艺术形式，"汉词"与"黎调"的相遇，其实就是汉民与黎民生活的相遇与交集，虽无从考据，但我们可以猜测"汉词黎调"应该自汉代大汉移民和黎族群众的民族融合之始，就已初显端倪。

此外，黎族民间故事也对汉族民间文学形式有所借鉴。如黎族民间故事中，有"长工斗地主型"的《聪明的小长工》《地主买寒衣》、"田螺姑娘型"的《宝筒》、"巧女型"的《娜艾干》、"蛇郎型"的《麻雀的故事》、"七仙女型"的《阿德哥和七仙妹》等，都显现出与汉族民间故事相同的类型和模式。通过对黎族民间文学的语言和形式进行分析，可以看到该阶段的黎族民间文学作品，无论是民歌还是传说故事，都借鉴和吸收了汉族民间文学的语言和形式。

另一方面，在表述内容上，黎族民间文学也受到汉族文化的影响。

汉族民间文学对黎族民间文学的影响，除了表现在语言和形式上，还表现在内容上。黎族字谜对唱，是具有谜语性质的对唱，可以归属于谜语，但这种谜语主要用于吟唱，故又可称为"谜歌"。自汉以后，虽王化下及黎乡，但受限于落后的经济发展和社会发展，黎族地区教育发展滞后。能识文断字的人不多，因此，黎族字谜对唱作品并不多。黎族没有文字，宋祝穆辑《新编方舆胜览》卷四三就提到李德裕《穷愁志序》中言"地僻无书"。正因为黎族地区没有文字，其民间文学形态就是直接以汉字为对象，所以黎族的字谜对唱才显得颇为特别。无字使黎族的字谜颇为有趣，就是用黎语，猜汉字。黎族学者王海曾就该点提到，"受汉文化影响，早期的少数黎族人也有了读书识字的机会。黎族没有文字，学的自然是汉字，因此民间'猜谜歌'中也出现了以汉字为谜底的字谜对唱"①。

　　问：坐下围四方，乜合来就成昌？

　　圣贤诗书咱都识，乜字合来就成人？

　　答：坐下围四方，日字日字合成昌；

　　圣贤诗书咱都识，八字通头就成人。

　　"谜语是民间文学中一种特殊的韵文形式作品，它是表现人民智慧、培养和测验人民智慧的民间语言艺术。"② 我们常说语言是思维的工具，黎族字谜对唱是黎族直接用汉字思考的一种方式，它的内容是汉字，逻辑推理的基石也是汉字，黎族字谜对唱就是黎族文化受到汉族文化影响的一个产物。

　　此外，黎族民间故事在内容上，也多有汉族民间故事的影子。如汉族民间故事《聚宝盆》《田螺姑娘》《董永的故事》等，随着黎汉杂处，也广泛在黎族地区传播。在传播的过程中，这些民间故事因颇受黎族群众欢迎，多被改编为叙事诗或民间歌谣广为流传。黎族学者王海在其论文中就提到，"如在广东民族学院中文系采风队1980年搜集到的不同的情歌里就有：'双双坐下学讲古，讲到前朝人过路，讲到英台与山伯，山伯英台一

──────────

①　王海：《艺术的发展与精神的传承——汉文化影响下的黎族民间文学》，《广东技术师范学院学报》2006年第3期，第15~18页。

②　钟敬文主编《民间文学概论》，上海文艺出版社，1980，第327页。

样模'；'七月来到初七早，织女牛郎作亲家'等。……这些都体现了汉文化对黎族民间文学内容上的影响和渗透"①。

　　汉族民间故事内容还直接影响黎族民间故事的内容。《宝筒》和《宝锣》就是黎族民间故事中属于"聚宝盆系列"的作品，而其中的《宝筒》则是融合《聚宝盆》和《田螺姑娘》这两则故事的一个"合体"作品。《宝筒》故事开头讲的是五指山下有一个百发百中的青年猎手亚丹，一天，他在五指山上打猎时，忽然听到野林里传来了一阵阵凄凉的呼救声。他马上向着这个呼唤的声音奔去，看见在茂盛的大黑墨树旁有一条三丈多长的大黑蛇正要吃一只大猴子。他搭弓射箭，救下猴子。于是猴子送给他一个神奇的宝筒，并告诉他，他想要什么，宝筒里就有什么。故事开始的内容，亚丹施救获得宝物，与《聚宝盆》内容相似，而后文红鱼变美女为亚丹做饭并成为亚丹的妻子，在内容上，又与《田螺姑娘》相似。且看下文《宝筒》节选部分：

　　　　亚丹又依旧上山打猎为生。但是每天回到家里，都看到锅里已经烧好了菜和饭。他走到村子里去问邻居，是谁那么好心天天帮他烧饭作菜的；可是全村没有一个人承认。他感到这事情多么奇怪呵！

　　　　又一天，亚丹吃完早饭，自言自语地说："我该上山打猎去了！"边说边带了弓箭出门去。聪明的亚丹出门后，没有上山，却躲在大树背后，一双眼睛注视着屋子里面的动静。这时，山中百鸟齐唱，山下流水潺潺，周围片片奇花异草，一阵微风掠过，飘来了阵阵的馥郁清香，亚丹忽然看见红鱼跳出了水缸，脱去鱼鳞，变成了一个又年青又漂亮的姑娘。②

　　在该选段中，《宝筒》的人物和情节等方面，都与《田螺姑娘》有相

---

① 王海：《艺术的发展与精神的传承——汉文化影响下的黎族民间文学》，《广东技术师范学院学报》2006 年第 3 期，第 15～18 页。

② 王越：《五指山传说：海南岛黎族民间故事选》，广东人民出版社，1980，第 64 页。

似性,作品都设定了勤劳善良的男子遇到仙女化身帮助的情节。黎族民间故事与汉族民间故事不仅具有相近的故事类型,还有相似的叙述模式,这就是黎族民间故事受到汉族民间故事影响的鲜明体现。

黎族民间文学"蜂窝式"结构自由发展,黎族民间文学的表述语言不断丰富,内容不断扩张。自汉代对海南设治以来,黎族社会的发展与中原王朝的统治休戚相关,但黎族各地区受到汉文化影响的程度存在巨大差异,这种巨大差异首先表现在对黎族内部称谓的不同上。自宋代开始,不少文献辟有专论介绍黎族,并有"生黎"与"熟黎"论述。周去非《岭外代答》卷二之"海外黎蛮"条中有载:"海南有黎母山,内为生黎,去州县远,不供赋役;外为熟黎,耕省地,供赋役,而各以所迩,隶于四军州。"可见,是否接受封建统治阶级的统治和控制是区分"生黎"和"熟黎"的标准。而到了清代,封建地主经济在黎族生活区得到进一步发展,黎族内部分出"生黎""熟黎"乃至"半生半熟黎""三星黎""四星黎""生铁黎"等。这些区别鲜明的称谓,呈现了不同少数民族群体与汉族群体关系间存在的巨大差距,这些差异化称谓,体现了黎族社会内部受到汉族文化影响的差异。

海南岛的少数民族由于移民属性和落后现实,在融入以汉族为代表的社会主体时,民族心理表现得非常复杂,黎族也同样如此。从黎族文学创作走向黎族文学研究的学者王海,在谈论黎族文化心理时曾说过,"氏族制经济基础上的黎族生活方式,世代相袭,形成了特有的民族文化心理积淀,产生了文化遗传:完全闭塞的山区腹地生活,形成单向直觉思维的认知方式;宽阔的亚热带山地生存空间,塑造出平和温顺、自卑重客的情感形态;低下的社会生产力水平,产生了血缘集体互济互有的价值观念。所以,黎族文化是一种自然形态的民族文化,具有原始淳朴的文化特质"[1]。"自卑重客"虽是在概括黎族文化心理表现,但其不仅仅是黎族的文化心理,还是所有边缘文化在遭遇主流文化时的普遍表现。在这个过程中,黎族群体的语言、姓

---

[1] 王海、江冰:《从远古走向现代——黎族文化与黎族文学》,华南理工大学出版社,2004,第33页。

名、婚恋、节日、民间信仰等，都因为受到汉族文化影响而发生改变。

面对汉文化，黎族人无论是自觉还是不自觉，个体文化都在不断地突破与扩充，逐渐吸纳中原华夏文化，黎汉文化发生融合。黎族民间文学在发展过程中，接触到汉族文化后，被汉族文化和汉族民间故事所影响，因此，我们可以在黎族民间文学的语言，或结构形式，或表述内容上，找到汉族文化元素。而黎族民间文学中出现汉族文化元素，正是民间主体自愿选择的一个结果，是"蜂窝式"结构发展无限扩充的必然。在这一过程中，黎族民间文学活动的主体——黎族人，正在不断被汉文化所影响，传统意义上的黎族民间文学活动主体不断被解构。上文我们提到黎族民间文学的主体一直未变，这里必须补充一下，未变的是主体的限定，无论是创作、传播还是接受黎族民间文学的主体，在传统上一直都是黎族人。但黎汉融合之后，这个传统的"黎族人"正在不断被解构，内蕴上已经发生改变，成为新的"黎族人"。

现代性是20世纪社会发展的一个重要内容和特点界定。现代科技的发展带来各种文化交流的可能。区域交流的便捷与推进，使现代性的推进过程形成全球趋势，蒙昧与原始之地、疏离与封闭之所终将在现代资本运作之下一一瓦解。黎族社会也在这样的现代化发展浪潮之中，特别是新中国成立后，随着黎族地区经济和社会的发展，黎族现代化进程更是不断推进。而其中，冲击黎族传统文化空间的不仅仅是现代技术，精神场域的新建构对黎族传统文化的冲击更大。此时黎汉人民在社会呈现整体性发展的现代化过程中，与外来文化长期相处与往来、互助与共进，给曾经孤立的黎族文化蜂窝结构主体以更多向外联系和交流的机会。这除了必然会促进黎汉民族之间文学的广泛交流，推动黎汉民间艺术的融合和发展之外，还会造成黎族文化主体发生巨大改变。特别是随着现代教育的推行，越来越多的黎族人离开村庄，融入现代教育体系中。社会现代化发展过程所推行的义务教育，更是完全改变了黎族社会的知识传授途径和知识空间。本书项目组在对黎族地区的现代教育开展情况进行调研的过程中，获得以下数据，见表4-1。

表 4－1　五指山市水满乡方龙村文化教育程度调查统计一览（2016～2022 年）

单位：户，人

指标	2016 年	2017 年	2018 年	2019 年	2020 年	2021 年	2022 年
全村户数	90	92	94	94	94	94	94
全村人数	359	370	372	392	396	396	399
大学学历人数	39	54	65	72	78	82	89
高中（中专）学历人数	43	59	57	67	58	61	68
初中学历人数	97	104	101	104	111	111	108
小学学历人数	23	27	39	38	31	31	40

注：该数据为本书项目组 2022 年 10 月 5 日在五指山市调研时，由方龙村书记谢坚提供，方龙村分为方龙上村和方龙下村，该组数据为合村数据。填表时间：2022 年 10 月 23 日。

表 4－1 是调研组在黎族传统村落方龙村进行调研时对方龙村文化教育程度进行的统计，呈现的是 2016～2022 年方龙村的文化教育情况。调研数据显示，方龙村接受过现代教育，具有小学及以上学历的人数占比，2016 年为 56%，到 2022 年上升至 76%。当前，随着海南经济建设的发展，在自由贸易港理念指引之下，黎族社会必将实现全局性现代化转型。现代理性思维模式和现代科技所支撑的现代文化环境，加之黎族人融入的现代教育体系，都注定黎族民间文学的发展进入了一个主体"完全解构"的时代。

现代文明世界在反思人类社会发展时，曾经历由尼采提出上帝之死到后来福柯感叹主体之死的过程。整体上看，人类社会的主体解构是一个过程，而且是可以分阶段的过程，先由启蒙开始肯定主体，才到现代性注意到主体不断被解构。对比之下，黎族民间主体解构的过程，则是同步推进的过程——"上帝之死"与"主体之死"同期进行，共时推进。进入 21世纪，传统意义上的黎族民间文学活动的主体已经被解构。

第三节　"伞式"发展结构与主体重构

在分析"伞式社会"概念时，张继焦提到"中国未来'全面深化改革'的目标和方向是市场或市场主体充当'运动员'和起决定性作用，政府主要充当'裁判员'的角色。40多年来，中国的经济社会结构发生了巨大转型，但是，推动中国经济崛起的主要力量之一却是：政府主导之下基于各级政府与各级国有企业之间的关系而展开的资源配置"①。在此，他以"伞式"发展结构强调政府主导型作用。而此处援用"伞式"发展结构探讨黎族民间文学发展问题，也是试图把黎族民间文学置入动态历史中，去审视"外力"观照之下黎族民间文学的发展情况。

早先黎族民间文学的发展更多是一种自发自觉的文化活动，而进入文字记录时代，随着黎族民间文学进入文艺觉醒期和全面繁荣期，越来越多的"外力"影响着黎族民间文学的发展，特别是新中国的成立。在社会主义社会建设开始之后，随着黎族生活地区经济的发展、政治建设的推进、教育文化的普及，有更多的"政府/组织"力量介入并引导、保护黎族传统文化的发展，同时也影响着黎族民间文学，"伞式"发展结构是当前黎族民间文学发展的事实呈现。当前社会发展对传统文化和文化产业潜在价值开发的重视，给"伞式"发展结构之下的黎族民间文学带来显著影响。在政府相应顶层设计的辐射之下，这种"伞式"发展结构成为一股进行中的复杂社会力量，对此问题的研究可以从多维度生发，但本文仅从"主体建构"问题出发，从两个方面去审视：一方面是政府引导之下黎族民间文学创作主体的重构，另一方面是政府引导之下黎族民间文学新的接受主体的不断重构。

追溯政府引导对黎族民间文学影响的历史，20世纪二三十年代出现的黎族民间革命歌谣无疑是不可忽略的典型。在海南革命史上，黎族是主动追随中国共产党的少数民族之一。1926年3月，中共琼崖地方委员会成立，中共陵水县委也宣告成立，党组织开始在五指山区四周开展革命活动。1939年初日本帝国主义铁蹄踏进海南岛，海南的国民党军畏战退入五指山山区，"奸淫掳掠，横征暴敛，强令每保每月必须上缴猪肉、牛肉，

① 张继焦：《当代人类学：新古典"结构—功能论"》，中国社会科学出版社，2021，第83页。

笋干各七十斤；鸡四十只，木耳四十斤，酒三十斤，蜂糖、烟叶各一百二十斤；白麻四百斤，光洋一百个，还有壮丁费和其他用费。国民党宣布：'国难当头，官吃主粮，民吃杂粮；官吃杂粮，民吃野菜。'黎族人民处于水深火热之中"①。由于承受着多层压迫，具有反抗意识的黎族人民自觉投入激烈的反抗斗争中，成为海南解放历史上一股重要的革命力量。在这股新的革命力量中，新的擅长革命歌谣创作的民间文学创作主体由此形成。曾经流行于黎族群众中的革命歌谣《打仗不论男与女》《逼偭上山拿起枪》《我们都是解放军》《红军来到莺歌岭》等，就是该阶段新的黎族民间文学创作主体的集体结晶。

在早先的反抗斗争和革命斗争中，这些在无产阶级革命进程中成长起来的黎族民间文学创作主体，具有鲜明"民族性"。这些黎族民间歌谣的创作主体都是接受革命思想的新时代黎族人民，他们具有新时代革命精神，同时有自觉的民族意识，他们把黎族人民的民族性融合到大时代背景中，以主人翁的使命感，在当时革命的感召之下，激情高歌，为革命吹响号角。他们在时代潮流中，张扬着黎族人民的力量；在新的时代文化中，诠释着黎族社会和黎族问题。这些新的创作主体的形成，虽也是黎族民间文学发展与传承的必然，但更与中国共产党对黎族革命文学的鼓励和支持有关。毛泽东的《在延安文艺座谈会上的讲话》传达了无产阶级革命文学的核心观点，在文艺与社会政治和经济的关系上，"一定的文化（当作观念形态的文化）是一定社会的政治和经济的反映，又给予伟大影响和作用于一定社会的政治和经济"②。无产阶级革命推进的过程，也是无产阶级文学发展的过程。在这样的无产阶级文化引导之下，在全国范围内，来自民间的创作力量得到了极大的鼓舞和肯定，越来越多的黎族革命歌谣问世，作为创作主体，黎族人民的创作激情被激发。黎族革命歌谣创作主体出现自觉创作的热潮，就是

---

① 韩伯泉、郭小东：《黎族民间文学概说》，广东民族学院民族研究所，1984，第74页。
② 毛泽东：《新民主主义论》，载《毛泽东选集》（第2卷），人民出版社，1991，第663～664页。

这样的"伞式"发展结构促成了当代黎族民间文学的发展事实。在这个"伞式"发展结构之下，黎族民歌新的创作主体出现。他们具有革命思想，还接受了革命的教育，作为自由的革命主体，其创作初显自觉。

我们都是解放军①

（哎罗调）

我们都是解放军，

解放琼崖奏凯歌，

齐斗争呀同生活，

不分你我乐呵呵，

老同志呀新同志，

共同建设新中国。

该民歌是采录者对一位老战士唱诵的记录，据说其曾是琼崖纵队的队歌。这首歌谣表现了黎族人民在革命中的主人翁意识，在琼崖纵队中，黎族人民与其他民族人民不分民族，协作抗争，共同为建设新中国而奋斗。这是20世纪40年代，以王国兴为首的黎族革命群众与以冯白驹为首的革命队伍团结协作的印记，书写了中国解放战争中优美的民族大团结篇章，它是琼崖纵队在五指山斗争中的口号，更是黎族人民族觉醒之后对民族力量的一种呼唤。这些黎族群众在抗争的同时，有意识地用黎族歌谣这一传统的口头文学形式，传唱当时最新的内容，呈现最新的风格，表达最新的时代主题，显示新时代黎族的"民族性"和民族精神。

在社会主义新文化建设过程中，黎族民间文学新的创作主体越来越自觉地张扬黎族"传统"和"文化"。十一届三中全会以后，黎族

---

① 此歌谣的演唱者为先谟（本人记录）。

文学创作又进入了一个崭新的发展阶段。1979 年，邓小平《在中国文学艺术工作者第四次代表大会上的祝词》中指出："我们的文艺属于人民。"① 人民只有拥有自己的艺术，才可能充分反映和表现人民改造世界的伟大历史进程，才有可能使艺术成为人民自己的精神食粮和武库。20世纪 80 年代，随着群众艺术路线获得肯定，加之中国百业逐渐复苏，中国文学迎来了新的发展机遇，民间文学获得了新的发展动力，黎族民间文学发展进入了全面繁荣期。黎族地区文学艺术受到相关部门的重视，获得全面发展，多姿多彩的民间文学活动复苏。同时，政府多年对黎族生活地区教育事业的发展，使黎族人民的文化水平得到了极大的提升。教育的普及使黎族民间书写力量逐渐崛起。对于崛起的成熟的黎族民间文学创作主体，我们需要分为两个群体去审视。一个是被政府鼓励的，甚至是直接肯定的"黎族民间文学传承人"群体；另一个是黎族作家群体。

"黎族民间文学传承人"作为一个群体，有的被政府部门授予了相应的文化身份，有的只是被时代文化感召，自觉地进行相应的民间故事传诵。无论是前者，还是后者，在当前，随着基础教育的普及，特别是普通话的普及，具有创作和传诵黎族民间文学能力的传承人越来越少。随着经济力量增强，政府越来越重视文化的传承与扶持。黎族民间文学作为海南区域文化中极具地域特色的组成部分，也受到政府特别的项目支持。"黎族民间文学传承人"的身份界定，就是政府直接支持相应的黎族民间文学创作主体的一项举措。但在此问题上，我们也注意到"伞式"发展结构中相应各级政府作为一股外在力量的有限性。表 4 - 2 是 2010 ~ 2015 年五指山市被授予"黎族民间文学传承人"称号的黎族民间文学传承人名录，我们注意到了各年授予人数的差异性，也注意到 2016 ~ 2022 年无新的名录。"黎族民间文学传承人"在当前黎族民间文学活动中的作用和意义，也是一个有待深入研究的选题。

---

① 《邓小平文选》（第 2 卷），人民出版社，1994，第 209 页。

表 4 - 2　五指山市"黎族民间文学传承人"名录

序号	姓名	性别	授予时间	级别
1	黄启辉（已故）	男	2010 年 6 月	省级
2	王传权	男	2012 年 7 月	市级
3	朱德江	男	2012 年 7 月	市级
4	石金元	女	2015 年 7 月	市级
5	黄才珍	男	2015 年 7 月	市级
6	黄秀兰	女	2015 年 7 月	市级
7	王碧连	女	2015 年 7 月	市级
8	王月生	男	2015 年 7 月	市级
9	黄玉妹	女	2015 年 7 月	市级

注：相关资料为 2022 年 11 月 9 日五指山市文化馆提供。

　　而作为成熟的黎族创作主体——黎族作家，其貌似与黎族民间文学创作活动无关。作为来自民间的黎族新的创作主体，黎族作家在新时代民族文学使命的感召之下，记录族群和表达族群，他们不再以传统民间文学的口头方式传唱文本，而是以书面表达的方式，用文字记录和表达黎族社会。当口头表达方式转变为文字记录的方式，当一本本专著出版之际，就是新时代黎族文学创作主体成熟之际。这些新的创作主体，不再是黎族民间文学创作主体。但这些作家在创作时，其形式或内容无疑都借鉴了这些传统黎族民间文学作品。所以，毋庸置疑，他们也是新时代黎族民间文学新的传承和延续。

　　当前，探究新时代的黎族民间文学发展问题，就必须审视黎族民间文学新的创作和传播的主体问题。黎族民间文学必须依托他们，也只有依托他们，才能够得以延续。在"伞式"发展结构中，黎族民间文学的接受主体正不断被重构。现代文明发展促成文化视野的全球化。如果说在 20 世纪以前，作为蒙昧而孤立的存在，黎族文化鲜少获得外界的关注。那开始于 20 世纪初的外国表述，则把黎族文化融入世界文化之中。这是全球文化融合的必然，也是人类文明对比与交往过程中，自身发展的必然。这样的文化挖掘与文化对比，更多是在相关组织或政府的指导与支持之下进行的，属于"伞式"发展结构系列，黎族民间文学的发展，也融入了这样的文化发展过程中。在这一活动进程中，黎族民间文学的接受主体被扩展。

首先，黎族民间文学的接受主体被重构，实现了"国界"的突破。

19世纪初，国外力量开始进入黎族文化圈研究黎族社会和文化，这也是黎族民间文学第一次进入全球视野。如英国的史温侯、美国的香便文、德国的史图博、英国的约翰·怀特黑德等，这些外国学者进入海南的使命不一样，在记录时，其目的也不一样。虽大部分不以文学为目的，更多是基于植物学、动物学、人类学、地理学等方面的考量，但他们的作品涉及的学科十分广泛，有民族学、人类学、语言学、建筑学、美学、文艺学等，因此他们对黎族群体进行描绘的时候，不可避免地会关注到黎族的民间文学作品。这就决定了这些外国学者在研究黎族社会文化时，个别黎族民间文学作品会被做相应的记录。

史图博就曾于1931年、1932年两次到海南进行民族学调查，并撰写著作《海南岛民族志》，其中就有对黎族民间文学作品的记录。他提到妇女文身时，说"纹身这种风俗是否在今天仍与巫术信仰有什么关系，但直到今天，他们还流传着这样的故事来说明这种风俗：黎族祖先生有一个女儿，她的母亲在她出生后不久就去世了，其后'约加西拉'（鸟名）就含着谷类来养育这个婴儿，为了不忘记这个养育之恩，黎族妇女直到今天还要纹身，涂上名种颜色来仿效鸟的样子。这种纹身可能是表现'约加西拉'的翅膀花纹，——这个传说，毫无疑问是起源于图腾（totem）信仰，明显地显示了母权制的特征"①。在探究黎族文身文化产生的缘由时，史图博记录了黎族民间传说《纳加西拉鸟》，除此之外，他还记录了黎族"狗和公主"的传说。另外，史图博表示他喜欢黎族歌谣。因此，虽然对于黎族的音乐，他几乎全不能理解，但他还是在他的论著中提到黎人在音乐舞蹈方面有特殊的艺术造诣，在催春的节日，订婚、结婚仪式时，往往都唱

---

① 〔德〕史图博：《海南岛民族志》，中国科学院广东民族研究所，1964，第48页。为保留原文风貌，本书引文中"纹身"一词一仍其旧，不改作"文身"。另，"约加西拉"似误，应为"纳加西拉"。

歌谣。考察时，史图博记录下来了三首黎族民间歌谣。

歌谣一

我和可爱的姑娘坐在一起，

我和姑娘亲密地坐到天明，

我相信，你可以嫁给富裕的人家。

你像蜂蜜那样甜，

你像客家妇女那样漂亮，

你像甘露那样明净，

如果能和你永远在一起，我将多么幸运。

我和可爱的姑娘坐在一起，

我和姑娘亲密地坐到天明。

歌谣二

上山砍水车用的竹，

要使稻子不会枯死，就得把水引来，

野外道路稀绝，早稻要栽种了，

吃饭的时候，留点给自己的亲戚吧！

歌谣三

是母亲赐给你的美丽，

你生出来就是美丽的，

我只望了你一眼就朝夕想念，

嫁给我吧！去求求你的双亲。

你的小而可爱的咀，就像叭叭夏兄弟那样圣洁。

你的眉弯得那样美妙，

你有小而可爱的咀和美丽的嫣红脸颊。①

第一首和第三首是白沙黎族的恋歌，第二首是该地黎族的劳动歌。史图博虽全然不解，但仍能对黎族歌谣表示欣赏，他认为黎族的民间歌谣旋律像吟唱，和欧洲人喜欢的教会歌相似，他觉得十分优美，听了之后让人心情愉快。

而萨维纳在《海南岛志》中也记述了他在考察时，当地人给他讲的关于黎族来源的民间传说：

很久以前，在海南北部的大陆，有一个高贵的王腿上有伤。他把国中有名的大夫都召来，许诺说，如果有谁能治好他的腿伤，就赏给大量金银。大夫用了各种方法都没有治好，他们只好承认自己无能为力。于是王召来另外一批大夫，许诺说，如果有谁能治好他日渐恶化的伤，就把自己的独生女儿嫁给他。所有的人最终还是无能为力。他们离开时，一条狗出现在王宫门口，要求见王，说如果把公主嫁给它，它就能立刻治好王的腿伤。王答应了。这狗进来舔王的伤口，伤口立刻就痊愈了。但王不守承诺，把狗赶出门外。他遭到报应，伤口马上复发，比以前更痛。见此情形，王又把狗叫来。狗对王说："如果你遵守承诺，我可以把你重新治好。"这一次王遵守承诺，用女儿换他的腿。但他在嫁女儿的时候对狗说："我把女儿嫁给你，但你要带着她离开我的国。"于是王让人造了一艘有篷的小船，装上食物，把他的女儿和狗带上船，然后让人把船推进大海。

北风吹起了，船向南走，最后到了海南的南部，来到现在崖州河的入海口，公主和她的狗在那儿下了船。那时候，岛上还没有人住，这两个刚下船的孤零零安顿下来。公主开始种地，狗在一旁捕猎。过了些时间，公主生了个男孩。这男孩很快就长大了，不久就跟狗一起打猎。但

---

① 〔德〕史图博：《海南岛民族志》，中国科学院广东民族研究所，1964，第78、203 页。

是，有一天狗生病了，不想打猎。年轻人发现他不得不空手而归，于是发怒，把狗打死了。回到家里他把发生的事情告诉母亲。知道狗死了，她大声喊："天哪！你杀死的是你父亲！"这孩子自然不知道实情。母亲就对他说："我生来是公主，我的父王在北部的一个地方，我离开那儿是为了再回去。现在你要独自留下，但如果以后你遇到一个女人，你就娶她，与她成家。"这样嘱咐之后，她就向北走，回她的故土。但是，到了岛的中部，她就停下来文面，好让她的儿子跟她结婚时认不出来。文面结束后她返回向南，见到她的儿子，儿子认不出她来，就娶了她。①

萨维纳记录的"公主与狗结婚和文面的起源"，把《黎族祖先歌》故事的大体内容记录了下来。虽然他在记录时存在语言的阻阂，且他听的版本是汉人叙述的，②但作为黎族口语化的民间文学记录，仍弥足珍贵。

国外学者在开展黎族文化记录时，虽然他们的目的不在于记录文学作品，但他们在研究的过程中，深入黎族社会生活中去收集资料，这就为他们进行黎族文学作品记录带来可能。毋庸置疑，国外学者的黎族民间文学作品记录，开外国文字记录黎族民间文学的先河，迈出了黎族民间文学作品走向世界的第一步。国外读者的出现，无疑也扩大了黎族民间文学的接受主体。

其次，黎族民间文学的接受主体被重构，实现了"民族"的突破。

随着19世纪人类学社会学研究的兴起，不仅国外学者，国内也有不少学者开始书写黎族和研究黎族族群。19世纪20年代，在世界人类学和民俗学研究的触发下，出现了研究黎族社会的国内学者。作为最早从民族学角度对海南黎族进行研究的社会学家和将军，黄强③凭借自己独特的军政地位和便宜条件，亲自进入黎区开展调研，并于1928年在香港出版《五指山问黎记》一书。此外岑家梧、林惠祥、罗香林等人，也对海南黎族问题开展系列研究，但与同期的少数民族研究情况相似，他们更多的是关注黎族的历史社

① 〔法〕萨维纳：《海南岛志》，辛世彪译注，漓江出版社，2012，第38~39页。
② 根据黄强的记述，给他们讲述故事的是一位久居当地的乐会籍汉族老商人。
③ 1928年至1929年，黄强出任南区善后公署参谋长及琼崖实业专员。

会问题，较少谈及黎族民间文艺。得益于五四新文化运动后各界对群众启蒙的重视，1918年北京大学在《北大日刊》上发表简章，征集歌谣，紧接着由蔡元培发起，由刘复、沈尹默等人编辑的《歌谣》周刊创刊，中国民间文艺学开拓出第一块园地。但由于海南经济文化相对落后，距离核心文化区域又远，且黎族社会历史上从未出现过职业性的民间艺人，因此在新中国成立前，国内民间文艺学研究鲜少涉及海南民间文学和黎族民间文学。

1950年3月中国民间文艺研究会成立，为民间文艺、民间文学和文艺学的研究和发展带来新的风貌，黎族民间文学也迎来了发展的新机遇。党和政府开始组织黎族传统文化的发掘整理和专门性的研究工作，有更多的学者和民族工作者参与到民族识别与调查中。同时，在政府的指导下，文化部门、相关组织以及艺术家走入黎族生活区，收集黎族民间文学作品，特别是黎族歌谣，它们作为来自人民的鲜活艺术，被重视和记录。黎族民间文学作品作为人民的艺术受到重视，其开始被搜集整理和研究的过程，就是黎族民间文学接受主体实现"民族"的突破的过程。

在"伞式"发展结构之下，黎族民间文学走出海南。如黎族民间艺人符其贤，他被称为"黎族歌王"，新中国成立后，他在党和人民政府的关怀下，积极投身黎族歌谣的表演和创新改造工作。学者韩伯泉提到符其贤时评价道，"思想觉悟迅速提高，视野豁然开朗，身居五指山，眼望北京城，他把对党的深情化作无穷的创作力量，热忱地为党为人民为新中国而创作、歌唱。在此期间，他多次参加省及全国性少数民族民间艺术的观摩会演，到过广州、上海、北京、武汉等十多个地区，演唱了百多首黎歌。同时，他还作为我国的文化使者，到过东南亚一带邻邦访问演出，使得黎族这一古老而多姿的演唱艺术为人们所注意，在国内外获得了较高的声誉"①。在符其贤这样的优秀黎族民间艺人的传唱下，黎族歌谣唱响中国，甚至走出国门，唱响世界。

不可否认，黎族群众仍然是黎族民间文学最为主要的接受主体，但黎

---

① 韩伯泉：《黎族歌手符其贤》，《民族文学研究》1983年第0期，第101页。

族民间文学活动中的接受主体，已经不仅仅局限于黎族群众，任何对黎族民间文学感兴趣的人，不管来自哪个民族和国家，只要其加入黎族民间文学的接受活动中，就是黎族民间文学的接受主体。正是这样的"伞式"发展结构发挥作用，使黎族民间文学"越是民族的，越是世界的"。特别是在当前，黎族文化已经被定义为海南特色区域少数民族文化，国家和地方都大力支持黎族文化建设，积极促进黎族地区的发展。黎族文化的地位决定了黎族民间文学的地位，它不仅是黎族的，更是海南的，不仅是中国的，更是全世界的。

党的十九大报告指出，"文化是一个国家、一个民族的灵魂。文化兴国运兴，文化强民族强。没有高度的文化自信，没有文化的繁荣兴盛，就没有中华民族伟大复兴。要坚持中国特色社会主义文化发展道路，激发全民族文化创新创造活力，建设社会主义文化强国。中国特色社会主义文化，源自于中华民族五千多年文明历史所孕育的中华优秀传统文化，熔铸于党领导人民在革命、建设、改革中创造的革命文化和社会主义先进文化，植根于中国特色社会主义伟大实践"①。非物质文化遗产和民间文学是我国优秀传统文化的瑰宝之一，黎族民间文学是海南重要的区域文化宝藏之一。如何更好地传承黎族民间文学，是时代给予我们的一个重大历史使命。

在融媒体时代，科技力量在现代文化产业发展中的作用已经不容小觑，且科技手段对黎族民间文学的传承也具有重要作用。而随着现代教育的普及，尤其是义务教育的推进，曾经的家长式教育、族群式教育模式已经在黎族生活地区瓦解。因此，曾经作为黎族地区重要的传承黎族文化的教育方式之一的黎族民间文学活动，显然已经不再具有宽广的舞台。现代教育的科学化与规范化，貌似已经不需要讲黎族民间故事的人来为黎族后代开展教育工作。此外，普通话的普及，也使黎族语言越来越边缘化。目前，不少黎族生活地区的儿童和青少年只能使用流利的普通话，黎语表达能力欠缺。而融媒体时代的传媒与娱乐、交流与沟通，也完全改变了黎族社会的交流方式。

① 《十九大以来重要文献选编》（上），中央文献出版社，2019，第29页。

这一切使得越来越多的年轻黎族人自觉或不自觉地放弃了对传统文化的学习和继承。黎族民间文学创作主体，以及文学接受主体都越来越少。这其实不仅是黎族民间文学发展自身的问题，而且是所有区域传统文化发展都会遭遇的问题，也是当代许多少数民族文学发展共同面临的重大挑战。

以新古典"结构—功能论"研究动态黎族民间文学，我们注意到"蜂窝式"发展结构中，民间力量在社会发展背后的"任性"扩充，它呈现为黎族民间文学主体认知的改变、审美的改变、追求的改变。人是社会的产物，只有黎族社会曾经的文化圈和生活圈，才能孕育出能歌善舞、性格豪放的民间文学创作主体和传承主体。但当前黎族传统社会正在转型，曾经黎族把握世界，教化族群，甚至在劳作、樵牧、渔猎、聚会、祭祀、婚娶、游戏等生活场合交流和表达的需要都已不复存在。黎族民间文学创作主体的"现代化"是不可阻挡的潮流。随着"蜂窝式"发展结构的无限扩充，黎族民间文学传统活动主体终将走向消亡。可以肯定，"蜂窝式"发展结构中的黎族民间文学主体消亡的同时，其孕育的那一部分黎族民间文化也将随之消亡。在这里，我们要注意到，传统意义上的黎族民间文学主体消亡的同时，黎族作家文学正在兴起。

以新古典"结构—功能论"研究动态黎族民间文学，我们还注意到"伞式"发展结构的作用中，黎族民间文学"传统"的坚持和"民族性"的张扬。的确，当前仅仅期望于发挥"蜂窝式"发展结构的功能，强调黎族民间文学主体的自我建构，是没办法解决黎族民间文学的现代性转型问题的。要更好地发展黎族民间文学，还必须积极发挥由"伞式"发展结构所形成的"外在"力量，引导黎族民间文学的发展与转型。

2002年初，以中国民间文艺家协会主席冯骥才为首的一批文化人，深察民间传统文化的生存危机，向社会发出《抢救民间文化遗产的呼吁书》，当时，冯骥才、刘魁立、乌丙安、刘守华等近百名民俗学家、民间文艺学家在《抢救民间文化遗产的呼吁书》上签名，著名学者季羡林、于光远、启功等也纷纷签名表示支持。呼吁书得到政府部门的肯定，2003年初，相关部门启动中国民族民间文化保护工程。2004年8月，中国政府签署加入联合国《保护非物质文化遗产公约》之后，国务院办公厅于 2005 年 3 月印发《关于加强我国非物质文化遗产保护工作的意见》，确定在全国实施一项规模宏大的非物质文化遗产保护工程。2006 年又设立"文化遗产日"（每年 6 月第一个星期日）。① 后续的近 20 年，还在全国范围内开展普查、申报和专家评审等活动，多次分批公布了列入国家级保护名录的非遗代表作和这些项目的主要传承人。在全国保护非遗的大环境下，海南于 2005 年至 2012 年，也先后分 4 批公布省级非物质文化遗产代表性项目名录，后于 2012 年 11 月 27 日进行清理和调整，经海南省政府同意，调整后的省级非物质文化遗产代表性项目名录共 72 项，其中，黎族民间故事、黎族民歌（琼中黎族民歌）、黎族赛方言长调等占据重要位置。当前，得益于政府的引导作用和科研支持，黎族民间文学保护工程正有序推进，同时，黎族民间文学研究的学者和专家也积极开展相关研究，另外，也有越来越多的黎族文化爱好者加入黎族民间文学的保护工作中，为海南黎族民间文学的传承和发展出谋划策。这是当前黎族民间文学在"传统—现代"转型过程中，"伞式"发展结构发挥重要作用的体现。

当然，我们不否认"伞式"功能结构的作用复杂，需要用辩证的方法去审视。对民间文学发展持乐观态度的学者高丙中在谈论民间文学保护问题时，态度也极为谨慎，他在《民间文学的当代传承与非物质文化遗产保护》一文的最后就提到，"对于民间文学类非物质文化遗产的保护，要充分地认识到民间是生生不息的，民间文学也是生生不息的。在这样的认识里边，我们要乐观地看待民间文学在当代的命运。我们要有一种警醒，因为出现了各种各样的妨碍民间文学传承的现象……对待民间文学的作品，或者是体裁，列入为非物质文化遗产国家保护的对象，确实是专家参与并完成工作的，本来就是基于对民间文学的理解。我们不能只是基于对民间文学在总体上源于生活的活力而乐观。保护工作既然是可以发挥积极作用的，我们还是要勤于调查研究，在保护的具体操作层面做到最好，为特定

---

① 刘守华：《非物质文化遗产保护工程与中国民间文学》，《华中师范大学学报》（人文社会科学版）2011 年第 5 期，第 103～107 页。

民间文学项目的传承发挥助益"①。他对于引导型的民间文学传承与保护除持肯定的态度之外，还特别强调有"调研"的保护、"可操作性"的保护。

当前，随着中国国力的提升，经济的发展，人民文化水平的提高，国家越来越重视区域文化的发展与保护。黎族民间文学不仅是黎族的宝贵财富，更是中华民族重要的精神财富。2014 年 5 月，习近平总书记在第二次中央新疆工作座谈会上的讲话中首次提到"中华民族共同体"概念，并号召"要高举各民族大团结的旗帜，在各民族中牢固树立国家意识、公民意识、中华民族共同体意识，最大限度团结依靠各族群众，使每个民族、每个公民都为实现中华民族伟大复兴的中国梦贡献力量，共享祖国繁荣发展的成果"②。在当前构建中华民族共同体的感召下，随着科技的发展与进步，黎族民间文学也追随时代脚步，进入融媒体时代。在新的发展契机和新的技术裹挟之下，黎族民间文学如何更好地实现"传统—现代"转型，还是一个未结的研究课题。

① 高丙中：《民间文学的当代传承与非物质文化遗产保护》，《民间文化论坛》2014 年第 1 期，第 21～23 页。
② 《习近平关于社会主义政治建设论述摘编》，中央文献出版社，2017，第 148 页。

下编

黎族作家文学研究

第五章

黎族文化与黎族作家文学

第一节　黎族历史文化与作家文学

黎族是海南岛最早的居民。"一万多年以前，海南岛与大陆还没有分离，黎族先民从广西通过陆桥进入海南地区，也有些可能是从广东方向进入海南地区的。……黎族跟我国南方古代的越人、俚（里）人、僚人等都有密切关系。"① "黎族的远古祖先大约在新石器时代中期或更早一些从两广大陆沿海地区（特别可能是从雷州半岛）陆续迁入海南岛，其年代相当于中原地区殷周之际，距今已有 3000 年以上的历史。"②

作为海南的世居民族，黎族是海南少数民族中人口最多的民族。海南省第七次全国人口普查结果显示，截至 2020 年，海南全省黎族人口共有 1454234 人，占全省人口 14.43%。在中国 56 个民族中，黎族人口排名第 18，是中国人口较多的民族。黎族人口主要分布在海南省，大多数聚居于海南岛中部、南部的琼中黎族苗族自治县、保亭黎族苗族自治县、白沙黎族自治县、陵水黎族自治县、昌江黎族自治县、乐东黎族自治县以及三亚市、东方市、五指山市等。这九市县土地面积约有 1.66 万平方公里，约占

---

① 周伟民：《前言》，载原中国科学院民族研究所广东少数民族社会历史调查组、原中国科学院广东民族研究所编《黎族古代历史资料》，海南出版社，2015，第 3 页。
② 广东省民族研究所编《黎族简史》，广东人民出版社，1982，第 14 页。

海南省总面积的 46.9%。

与中国其他少数民族相比，海南黎族的独特性在于生活在祖国的热带海岛之上，独特的地理位置和自然环境形成了黎区与内地迥异的人文风貌。黎族聚居的地区是我国热带资源最为丰富的地区之一。充沛的阳光和雨水、丰富的森林资源和矿产资源、热带丛林里栖息的珍禽异兽、广阔海域里盛产的珍珠玳瑁、高大的椰子树和秀美的槟榔林，构成了山海之间独特的黎乡风景。古朴厚拙的船形屋、灿若云霞的黎锦和龙被、多彩多姿的民歌和舞蹈、黎族文身与民族服饰、民俗节庆与自然崇拜，诉说着古老而神秘的黎家风情。黎族祖先起初主要生活在海南岛沿海地带，西汉以后分散在全岛各地，宋元以后向以五指山腹地为中心的海南岛中南部汇集，在五指山、黎母岭、鹦哥岭、霸王岭等山区地带以及群山环绕的丘陵性盆地和河谷台地之间居住。在浩瀚的南海边，在繁茂的热带雨林里，黎族先民繁衍生息，有着源远流长的历史，创造了灿烂的民族文化。"据考证，海南至今已发掘的遍布全岛的 200 多处文化遗址，呈现一种规律性的分布，即从沿海至中部以至五指山区域，新石器时代遗址的年代，愈深入岛的内年限愈晚。这表明，黎族先民最先在沿海地区生活，后来才逐渐向岛内迁移，形成一个遍及全岛的人文布局。"①

黎族历史文化悠久，也有民族语言，但是因为没有本民族文字，黎族古代的历史资料都是由汉族知识分子记录，保存在汉文的典籍史料之中。而汉文史籍关于黎族的记录大多简略不详，且因为由历代封建统治阶级组织编写，具有一定的阶级局限性，史籍中不乏对黎族的歪曲和误解。因此，在某种意义上，我们今天所掌握的史料，是由汉族知识分子代言的，是来自"他者"的评价和言说，并不能完全复原黎族人民本来的历史面貌，在表达黎族人民的自我民族想象和文化认同方面也有所欠缺，这不能不说是一种遗憾。20 世纪 80 年代渐成规模的黎族作家文学，正是从这里起步的，以为民族代言的自觉，追溯民族历史和文化记忆，完成民族自我想象与身份认同。

---

① 王海、江冰：《从远古走向现代——黎族文化与黎族文学》，华南理工大学出版社，2004，第 32 页。

"南溟浩瀚里，一掌地孤悬。"海南岛地处偏远，地理上与内陆地区相隔较远，古时交通落后，信息交流不畅，使海南岛成为一个相对独立也闭塞的历史单元。现存古代典籍中对黎族在远古时代的族源记录比较复杂。多数学者认为，黎族源于"骆越"人。自春秋战国时期至公元 3 世纪前后，"各有种性"的越人广泛分布于华南和东南沿海地区，史称"百越"。其中，居住在今广东西南部、广西南部、海南岛以及越南北部地区的越人被称为"骆越"。黎族以黎语作为民族共同语。但在黎语内部，又包括哈、杞、润、美孚和赛五大方言。所谓"黎"，一般认为始见于唐，普遍应用于宋，是汉族对"赛"人的称呼。黎族称汉族为"美"，意思是"客"。黎族自身也是多民族多部落的共同体，对应五大方言，学术界普遍认为黎族族源包括五大分支："侾黎是由内地渡海而来的一支。……杞黎横渡海峡或北部湾以后，在岛北停留一段，后进入五指山区腹地，并非原始山居部落。……本地黎虽习惯上被认为是岛上最古老的居民，但也不是土生土长，很可能是最先进入海南岛的黎人，现深处白沙县山区，支系完整，至今不散。……美孚黎。所谓'美孚'，黎语原意指'客生'，因为他们自认为非黎族，是由内地过来的汉人，风俗近于汉人。……加茂黎……在岛内经历了从岛北部、西北部向东南迁徙的过程。"① 因为黎族跟我国南方古代的越人、俚（里）人、僚人等关系密切，远古时期越人的古越族文化在黎族文化中得到继承和发扬。黎族人生产、生活、风俗、信仰、语言、建筑等诸多方面都可以见到古越族文化深刻的影响。水稻种植、树皮布、踞地式纺织、贯头衣、筒裙、犊鼻裈、儋耳、凿齿、断发文身、椎髻、猎头、契臂为盟、男女混浴、不落夫家、竹排、独木舟、干栏式建筑、鸡卜、占卜、二次葬、蛙蛇鸟等图腾崇拜、善行舟、铸铜器、咀嚼槟榔、食蛇蛤海产、黏着型语言、几何印纹陶等文化形式都来自古越族文化。而自西汉在海南岛设立二郡十六县以来，来自中原的汉族文化开始进入海南岛，中原地区先进的农业耕作技术和金属冶炼技术促进了海南经济的发展和生产力

　　① 王海、江冰：《从远古走向现代——黎族文化与黎族文学》，华南理工大学出版社，2004，第 16 页。

的提高，中原地区的儒家文化和礼教制度也一直试图在思维方式、行为方式等方面影响黎族文化，希望能以儒家思想为核心的中原文化教化和改造黎族先民。千百年来，黎族文化与古越族文化、中原文化在历史发展的进程中不断地冲突、碰撞与融合。

秦汉以来，封建王朝的统治始及海岛。宋代郑樵在《通志》卷四《秦纪四》中记载："始皇帝……三十三年（前 214）发诸尝逋亡人赘婿贾人略取陆梁地为桂林、象郡、南海，以适徙民五十万戍五岭。"① 但秦始皇平定岭南后，虽将海南岛划入中央政权，却并未实际施行统治。汉高祖十一年（公元前 196 年），汉高祖立南海尉赵佗为南粤王（即南越王），并派大夫陆贾出使招抚。赵佗接受诏封，奉汉称臣。汉文帝元年（公元前 179 年），"南粤已平，遂以其地为儋耳、珠崖、南海、苍梧、郁林、合浦、交阯、九真、日南九郡"②。其中儋耳、珠崖二郡即在海南。一般认为，海南岛的治理与开发始于汉武帝元鼎五年（公元前 112 年）。元鼎五年，南越王相吕嘉发动叛乱，杀害汉朝使节及南越王赵兴和王太后，汉武帝派遣伏波将军路博德与楼船将军杨仆等率十万大军会师番禺，进击岭南，平定南越国，将其属地分置九郡，海南岛的珠崖、儋耳二郡即在其中。《汉书》卷二十八下《地理志》八下记载："自合浦徐闻入海得大州，东西南北方千里。"③

宋代赵汝适《诸蕃志》载："海南，汉朱崖、儋耳也。武帝平南粤，遣使自徐闻渡海略地，置朱崖、儋耳二郡。昭帝省儋耳，并为朱崖郡，元帝从贾捐之议罢朱崖。至梁、隋复置。唐贞观元年，析为崖、儋、振三州，隶岭南道。五年分崖之琼山置郡，升万安县为州，今万安军是也。儋、振，则今之吉阳、昌化军是也。贞元五年以琼为督府，今因之。"④ 自

---

① 中国科学院民族研究所广东少数民族社会历史调查组、中国科学院广东民族研究所编《黎族古代历史资料》，海南出版社，2015，第 131 页。
② 中国科学院民族研究所广东少数民族社会历史调查组、中国科学院广东民族研究所编《黎族古代历史资料》，海南出版社，2015，第 132 页。
③ 中国科学院民族研究所广东少数民族社会历史调查组、中国科学院广东民族研究所编《黎族古代历史资料》，海南出版社，2015，第 132 页。
④ 中国科学院民族研究所广东少数民族社会历史调查组、中国科学院广东民族研究所编《黎族古代历史资料》，海南出版社，2015，第 141～142 页。

西汉起，封建朝廷在海南岛设置郡县，结束了海南"化外之地"的历史。汉武帝设朱崖、儋耳二郡，在政治上加强中央集权统治，经济上要求黎民交纳珍珠、玳瑁、广幅布等贡品，文化上采取"徙民"措施以达到"礼化"的目的，开始有意识地向海南岛移民传播汉王朝的文化，移民中"颇徙中国罪人使杂居其间，乃稍知言语，渐见礼化。……教其耕稼，制为冠履，初设媒聘，始知姻娶，建立学校，导之礼义"①。但"罢黜百家独尊儒术"的汉王朝过于强势，其对黎族文化的改造不由分说，对黎族百姓缺乏必要的尊重与包容，加之存有"贪其珍赂，渐相侵侮"的私心，因此不断激起黎族人民的反抗，竟至"数岁一反"。② 在这种情形下，汉昭帝登基后对海南的治理逐渐力不从心，遂废止儋耳郡，并入朱崖郡。及至汉元帝即位，汉室更显衰微。元帝听从贾捐之的建议，放弃朱崖郡，海南自此脱离中央王权 500 余年。直至南北朝时期杰出的俚人首领冼夫人治理岭南，安抚百姓，护国佑民，"海南儋耳归附者千余峒"③，并于梁武帝大通年间上书朝廷在儋耳故地重新设置崖州，海南全境才重新归顺中央王权，中央开始推行教育，发展生产，教导俚人"使从民礼"，促进了民族团结和社会进步。唐宋时期，朝廷采取了"绥抚""劝谕"的方针，发展经济生产，传播儒家文化。李德裕、李光、苏轼等朝廷命官被贬官或流放至海南，客观上也促成了中原文化和儒家思想的传播，为海南教育和文化的发展做出贡献。汉族移民的逐渐增加，带来了民族文化的交流、碰撞与融合，也带来了海南岛民族分布格局的改变。海南省民族学会副会长王建成认为："东汉以后，中原移居海南的人逐渐增多，移民成分主要包括商人、逃亡者和官吏守卒后裔，但其分布仅限于北部沿海的部分地区。此时黎族的先民在史籍中被称为'俚人'，全岛逐渐形成了'汉在北、俚在南'的民族

---

① 原中国科学院民族研究所广东少数民族社会历史调查组、原中国科学院广东民族研究所编《黎族古代历史资料》，海南出版社，2015，第 133 页。

② 原中国科学院民族研究所广东少数民族社会历史调查组、原中国科学院广东民族研究所编《黎族古代历史资料》，海南出版社，2015，第 133 页。

③ 原中国科学院民族研究所广东少数民族社会历史调查组、原中国科学院广东民族研究所编《黎族古代历史资料》，海南出版社，2015，第 385 页。

分布格局。到了唐代，海南岛的移民之风更盛。这些移民除了分布在沿海以外，部分已随着新县的设置而深入岛内。随着环岛建置的完成，'汉在北、俚在南'基本上变成了'汉在外、俚在内'的新的民族分布格局。汉族人口由岛北向岛西南、岛东南伸展。这是今天民族地理分布的基础。宋元明清时期，海南岛的开发较以前更加深入广泛。宋代，除积极经营沿海地区外，还开始开发黎族聚居区，在西部山地设置镇州。元代，又在岛东北内地设会同、定安二县，逐渐向山区推进。从宋代开始，形成了从沿海到内地的汉族—'熟黎'—'生黎'三个地带的环形地理分布。所谓'熟黎'是指官府管理并纳入户籍的黎族，而'生黎'则在政府管辖范围之外，不纳税，不服徭役，主要生活在五指山腹地。明清两代，海南开发进一步深入山区，封建生产方式在黎族社会中已占统治地位，五指山腹地的开发大大加快。清代黎族基本编入户籍，'生黎'之说逐渐消失。"[1] 总的来看，黎族传统文化的影响以黎族聚居地五指山腹地为中心向外辐射，靠近中心的地区传统文化的传承较为完整，远离中心的地区传统文化的传承减弱，但多民族文化的交流融合加强。白沙、保亭、琼中、乐东等县属于前一种情况，陵水、三亚等市县属于后一种情况。

新中国成立以前，黎族人民屡受历代统治阶级或轻或重的阶级压迫和民族压迫。新中国成立以后，中国共产党领导各族人民团结一致建设社会主义祖国。随着民族平等、民族团结、区域自治等民族政策的实施，黎族人民结束了被压迫、被歧视的历史，在政治、经济、文化上翻身，过上了当家作主的幸福生活。黎族传统文化也在党的领导下开始了有领导、有组织、有计划的搜集、整理和保护工作，摆脱了长期以来受歧视、被边缘化的命运。

黎族历史文化与古越族文化和中原文化有着密不可分的联系。黎族学者高泽强认为，黎族历史文化的特点可归纳为"传承性与多样性、缓慢性与不平衡性、萎缩性与融合性"三点。首先，传承性体现为黎族历史文化

---

① 王学萍主编《琼岛守望者——黎族》，上海锦绣文章出版社、上海文化出版社，2017，第31页。

对古越族文化的传承，多样性则体现为黎族历史文化中反映的华南地区和东南亚地区的史前文化（壮侗语和南岛语远古文化）。其次，秦汉以来，黎族逐渐从海南岛北部和岛四周向岛南部、岛中部迁移，明清时期海南岛确立了汉族分布在海南岛北部和岛的周边沿海地区，黎族分布在岛的中部、南部和岛周边的小部分地区的格局。而这种格局对黎族社会、经济和历史文化的发展产生了重大影响。自明清时期至新中国成立前，陵水、三亚、万宁、儋州、屯昌等市县的部分地区仍处于封建经济状态，琼中、白沙、乐东、昌江、东方、保亭等市县大部分地区处于半封建半原始社会经济状态，原白沙、保亭、乐东三县交界（即今天五指山市辖区大部、保亭县的毛感乡、琼中县的什运乡）处于原始社会父系氏族公社的"合亩制"经济状态。同一地域、同一民族中同时存在三种社会经济发展模式，体现了黎族地区社会发展的缓慢性与不平衡性。最后，黎族地区社会发展的特殊状况决定了黎族文化的萎缩性与融合性。在中原文化持续而深入的影响下，黎族文化中每一种文化现象的萎缩都伴随着对中原文化的融合，而未能融合的文化现象将随时间流逝而不断被摒弃直至消失。黎族文化中的语言、姓名、龙被、医药、剪纸、婚恋、节日、峒组织、民间文学、音乐舞蹈、民间信仰等是较好地融合中原文化的例证，制陶技艺、树皮布制作、钻木取火、铜锣铜鼓、算术知识、行为符号等则因为跟不上社会发展脚步而被黎族社会漠视逐渐萎缩，文身、儋耳、船形屋、"合亩制"、血缘部落氏族等则逐渐淡出社会发展潮流。[①]

　　文化是一个民族的思维方式、情感方式和生产生活方式的积淀，体现在一个民族的物质文化、制度文化和精神文化之中。黎族传统文化是黎族人民在数千年的生产和生活实践中创造出来的，凝结着黎族人民的民族认同、民族思维、民族心理、民族信仰和民族情感，传达出黎族人民对于自然、人生、世界的理解和认识，体现了黎族人民的精神追求和行为准则。黎族文化是海南文化的重要组成部分，也是中华民族优秀传统文化的组成

---

①　王海、高泽强：《探寻远去的记忆：生态文化视角下的黎族民俗与民间文学》，暨南大学出版社，2018，第 8~11 页。

部分。如今，黎族传统纺染织绣技艺、黎族原始制陶技艺、黎族钻木取火技艺、黎族树皮布制作技艺、黎族船形屋营造技艺、骨器制作技艺、黎族民歌、黎族打柴舞、黎族竹木器乐、黎族三月三节、黎族服饰、冼夫人信俗等都被列入国家级非物质文化遗产项目名录，在政府和社会各界的推动下得到有效的保护、传播与传承。

洪荒时期，黎族先民涉海而来，定居海南岛。唐宋以后，黎族又开始从海南岛沿海地区向山多林密的五指山腹地迁徙。无论是海岛还是山区，都是相对隔绝闭塞的自然地理单元，有着大片未经开垦和开发的原生态森林和海滨。地理环境的特殊性、生产力的低下使得数千年来黎族的社会发展进程缓慢，形成文化上的超稳定结构，自然崇拜和祖先崇拜是其最突出的特点。但是这种崇拜与原始宗教的结合并非以一种明确的等级关系或者权力秩序展开，常常没有集中统一的权威，而是呈现多元的样态。

在人与自然的关系上，黎族亲近自然、崇拜自然，形成了万物有灵的原始信仰。在数千年的民族发展史上，黎族的生产生活一直是返璞归真融入自然的。"牛踩田""砍山兰"的农事耕作，赶山围猎的狩猎方式，黎锦、树皮布等取材自然的服饰，"栏房"和船形屋等融入自然的建筑，竹筒饭、鱼茶、山兰酒等原汁原味的饮食习惯，都是黎族亲近自然与自然和谐相处的具体体现。对自然的尊崇使黎族对大自然的态度不是索取、征服和掠夺，而是亲近、感激和敬畏。在黎人心目中，人的现世之外都是鬼的世界。天地山川、鸟兽虫鱼，宇宙万物都是有灵性的，可谓"万物有灵"，也由此形成了原始宗教及禁忌文化。天鬼、地鬼、山鬼、水鬼、火鬼、灶鬼、石头鬼、动物鬼、植物鬼……万物不但有灵，还可以左右现世的人的生活和命运，因而需要道公、娘母和老人在宗教活动或祭祀仪式上与"鬼"交流沟通，保佑现世的人平安顺遂。与此相关，黎族的图腾崇拜也来自自然，他们将图腾视为民族的保护神，这一点在建筑、服饰、佩饰、生活用具甚至文身上多有体现。蛇、鸟、狗、蛙、牛、猫、龙、鱼、葫芦瓜等自然界中的动植物构成了黎族多元图腾崇拜。

从人与人的关系以及人与社会的关系来看，黎族社会早期是以血缘关系为主要纽带建立起来的氏族社会，祖先崇拜是其特点。但是在实际社会生活中，对血缘关系的看重又泛化为对亲缘、地缘等关系的看重，形成群体内部的互济互助关系。祖辈去世，黎人要举行隆重的葬礼，程序十分烦琐。安葬祖先后，要在家中建祠堂供奉祖先。婚礼、节日、出征打仗等重大事件发生之前要祭拜祖先。久病不愈时，要请道公、娘母或老人"做鬼"，高唱"祖先歌"，祭拜"祖先公"，祈求祖先鬼保佑后代子孙痊愈安康。认宗追祖是连接黎人的精神纽带和情感纽带，共同的祖先、相同的血脉使黎人产生民族身份认同，在现实生活中团结协作，民族的向心力和凝聚力也由此得到增强。黎族的"峒"是一种有上千年历史的以血缘关系为主要纽带的氏族部落组织。"峒"在黎语中的意思是"人们共同居住的一定地域"，峒有大小之分，小峒起初是由单一血缘构成的，随着外部血缘成员的加入，逐渐拓展为大峒，成为带有地缘关系的部落组织。峒内土地公有，共耕分收，如遇外敌闯入，则同仇敌忾群起攻之，形成原始的共同体组织。在白沙、乐东、保亭交界的五指山腹地黎族聚居区，20世纪50年代之前一直存有原始社会遗留下来的"合亩制"社会组织形式。"合亩"的意思是"有血缘关系的集体"，在黎语里原称"合袍"或"家袍"（袍即祖公）、"番茂"（意为同姓）。"合亩"以血缘为纽带，亩众同宗同姓同血缘。每一个"合亩"有一个"亩头"，负责协调和管理农事。"亩头和亩众并肩劳动，关系平等，分配产品也平等，合亩内成员盖房子、婚丧、疾病等情况，亩众均无偿帮助，帮工不计酬，借粮不用还，形同家人，保留了原始社会中人与人之间平等协作等关系和传统美德，留有原始社会末期父系氏族公社的遗迹。"① 黎族学者符镇南曾指出黎族氏族群体的同祖同宗关系："黎族氏族群体的增殖是沿着氏族—分锅（胞族）—家庭的形式扩展的。各锅（胞族）从氏族分出来后，即成为独立的锅（胞族），各自有其锅头和祖宗，不认为是兄弟关系，只自认为'同群'。从锅（胞族）

---

　　① 王海、江冰：《从远古走向现代——黎族文化与黎族文学》，华南理工大学出版社，2004，第25～26页。

分出来后即成各独立的家庭。各家族互认为同祖，是兄弟关系，并且有一个可以认可的同一祖宗。"① 这样的社会结构有些接近于费孝通所说的"团体格局"，而不是中原儒家文化靠"一根根私人联系所构成的网络"形成的"差序格局"。费孝通分析："在团体格局里个人间的联系靠着一个共同的架子；先有了这架子，每个人结上这架子，而互相发生关联。……这种结构很可能是从初民民族的'部落'形态中传下来的。……生活相依赖的一群人不能单独地、零散地在山林里求生。在他们，'团体'是生活的前提。"而中原文化的乡土社会里，"每个人可以在土地上自食其力地生活时，只在偶然的和临时的非常状态中才感觉到伙伴的需要。在他们，和别人发生关系是后起和次要的，而且他们在不同的场合下需要着不同程度的结合，并不显著地需要一个经常的和广被的团体"②。因此黎族自然崇拜中的"万物有灵"观念和祖先崇拜中对于"祖宗的规矩"的尊崇，是近乎宗教的信仰。在象征着"团体"的"自然"和"祖先"里，个人与"团体"的关系就像是神与信仰者的关系：每个人（甚至宇宙万物）在"自然"和"祖先"面前都是平等的，"自然"和"祖先"对每个人也会一视同仁施以博爱。这与儒家强调的有"差等的次序"的人伦观念是存在很大区别的。《礼记》强调"亲亲也，尊尊也，长长也，男女有别"，儒家文化看重的是"人和人往来所构成的网络中的纲纪"，也就是"差序"和"伦"。自然崇拜、祖先崇拜、万物有灵、众生平等观念作为民族文化心理积淀在黎族作家文学中多有体现，呈现了与中原儒家文化的差异。

黎族文化遗产和民俗文化是黎族作家创作的素材宝库，成为当代少数民族文学创作中独特的风景，记录着民族的历史与当下，承载着民族的记忆与情感，传达出民族的文化心理和身份认同。对于黎族作家来说，文学作品既是文学也是史料，是黎族民族性的鲜活体现。黎族文学记录民族历史和社会生活，反映风俗习惯和宗教信仰，因而既有文学价值，也有历史

---

① 符镇南：《黎族姓氏、氏族、部落峒的组织、地位和作用》，载海南黎族苗族自治州民族研究所编印《民族研究》，1986，第17页。

② 费孝通：《乡土中国 生育制度》，北京大学出版社，1998，第31页。

学、民族学、人类学的价值。

20 世纪 70 年代末期，黎族作家文学开始起步，作家们有通过文学创作保护和传承黎族文化的自觉。创作黎族首部长篇小说《黎山魂》的龙敏坦承其创作初衷："作为一个黎族作家，有责任去弥补曾经被遗漏的本民族的习俗风情。基于这个原因，这本书中所有的奇风异俗都是真实的，且它们在历次的搜集和发表的资料中是绝对没有的。我不想让它们在无形中消失，决心把濒临失传的本民族的习俗风情介绍给读者，用文学的手段来存留、再现本民族昔日的原始风光和甜酸苦辣。同时，也能为研究黎族的专家学者提供他们一时了解不透的资料，这就是我创作这部长篇小说的初衷。"① 高照清在散文集《黎山是家》的后记中说："这些作品，大多是上个世纪九十年代前后创作的，述说的是那个时代的社会背景和时事。如作品中的黎族传统茅草屋，古老的狩猎习俗，神奇的山兰稻文化，用情歌牵线搭桥的爱情，以及山歌作媒的婚俗等等，这些奇异的，独特的，充满民族韵味的民间习俗，在城镇化快步进程的今天，已经随着岁月的流逝而消失了。此次结集出版，集子中所有的文章，我没刻意去改动，也不想有意去修改，我要保留作品原来的面貌，保留原先的韵味，保留一份业已灰飞烟灭的黎山传奇和记忆，也许许多年以后，有人想了解一个民族的习俗、历史进程或社会变迁，可以通过我这本集子，探究出一二来。"② 反之，民族文化意识的淡漠则阻碍了黎族文学的发展："对本民族生活的文化思考方面也比较薄弱，这是黎族文学未能取得应有的重大突破的一个原因。"③ 龙敏的长篇小说《黎山魂》、王海的短篇小说《芭英》介绍了黎族女性文身习俗的由来。王海的短篇小说《帕格和那鲁》《弯弯月光路》描写了黎家少男少女"玩隆闺"的习俗。龙敏的中篇小说《黎乡月》描绘了青年男

① 龙敏：《自论创作长篇小说〈黎山魂〉的初衷》，载韦勇、武耀廷主编《2015 年琼台少数民族文化论坛论文集》，云南民族出版社，2016，第 250 页。
② 高照清：《黎山是家》，团结出版社，2018，第 250~251 页。
③ 引自王海《当代黎族文学成绩与问题》，此文为王海在海南三亚中国当代少数民族文学研究会第十二届年会暨黎族文学研讨会上的发言。"黎母山文学"微信公众号 2022 年 6 月 8 日推送。

女定情赠送腰带、月夜中跳竹竿舞的习俗。亚根的长篇小说《婀娜多姿》和王海的《芭英》则都写到黎族"禁母""道公"作法占卜和驱鬼的民间信仰。而在龙敏历时八年完成的长篇小说《黎山魂》中，作者对黎族的原始宗教、婚嫁习俗、丧葬习俗、恋爱习俗、埋锣启锣习俗、击鼓习俗等黎族传统文化作了集中的展现。

在散文和诗歌的创作中，对于黎族传统文化有更细致的描写。邢剑华的散文《黎裙花赞》赞叹黎家姑娘的筒裙是"结构严谨、线条细腻、色调点缀明快的艺术珍品"[①]，而黄仁轲的散文《最后一条筒裙》则讲述了母亲辛苦织就的艳丽筒裙被姐姐和嫂子嫌弃的故事，伤感地叹惋"这是黎家人的最后一条筒裙了"[②]。韦海珍在散文《船形茅屋》中深情赞美"小巧玲珑结实无比的船形茅屋""象征着我远古祖先创世业绩"[③]，而王蕾在散文《远去的船形屋》中则坦然面对船形屋"完成了它的使命后又回到古老原始的年代，最终消失在全球化浪潮中而成为历史"的命运，黎族人民告别了船形屋茅草房，住进了整洁的瓦房和楼房，但船形屋所代表的"黎族人自身才能理解的那种与生俱来的民族内心深处的情感世界"却驻留在人们心中。[④] 苏庆兴的诗歌《黎锦颂》赞美黎锦是"中华民族的文化瑰宝""天下纺织的神奇"，黎族的锦技描绘了"一个民族从远古迈向今天"的故事，成为"中华民族大花园里的纺织之花"。[⑤] 刘国昌在诗歌《五月，微笑的康乃馨》中借与母亲的对话表达了对传统文化的眷恋与珍视：

> 你还能看到
>
> 黎母山脚下
>
> 外公的山兰园吗
>
> 你还能听到那些年的三月三节

---

① 邢剑华：《黎裙花赞》，《民族文学》1982 年第 8 期。

② 黄仁轲：《最后一条筒裙》，《中国民族报》2010 年 7 月 23 日。

③ 韦海珍：《船形茅屋》，《民族文学》1991 年第 1 期。

④ 王蕾：《远去的船形屋》，《海南农垦报》2009 年 6 月 2 日。

⑤ 苏庆兴：《黎锦颂》，《三亚晨报》2010 年 9 月 9 日。

你们穿着花短筒裙跳竹竿舞

唱欢快的歌吗

海边不会再有长鼻箫的声音

不会再有人纺花腰带

不会有人再唱《帝拜扣和帝帕曼》①

　　海南独特的自然环境和历史进程造就了独特的黎族传统文化，20 世纪 70 年代末期海南黎族作家的文学创作是在黎族传统文化的滋养下开始的。然而，虽然黎族历史悠久源远流长，先民们创造了精彩而丰富的黎族文化，但因为黎族只有语言没有文字，书面语言使用汉语，在一定程度上妨碍了黎族人民的自我表达和历史记录。新中国成立后，1956 年党和国家曾组织语言专家对黎语进行全面调查，创制拉丁字母形式的黎文，并在通什、白沙、乐东等地开设黎文班，但遗憾的是，黎文推行不久便由于多种原因搁浅，至今未得到有效的推广和应用。黎族人民接受现代教育的情况对黎族作家文学的出现和发展具有重要意义。汉语书写能力的获得与教育直接相关。据统计，1952 年，海南黎族苗族自治区（1955 年改为海南黎族苗族自治州）共开办黎族小学 452 所，在校学生 15400 人，占当时黎族总人口的 9.05%。而 20 世纪 80 年代，黎族聚居地区已经建立起以汉语教学为主的幼儿园、小学、中学、中专、技校和成人教育网络，实现了乡镇有中学、村有小学、偏僻山区有教学点的教育资源布局。1954 年 3 月，海南黎族苗族自治区初级师范学校在自治区首府通什镇成立，重点培养黎苗少数民族地区教师。1955 年初，自治区改为自治州，学校更名为海南黎族苗族自治州师范学校。不仅如此，自治州所辖各县、市也陆续开办县级民族中学、重点中学、师范学校等，促进了教育的普及。海南民族师范学校开设的四年制民族师范班，在"练教"活动中加强应用知识的教学，针对黎苗学生方言重、说普通话困难的特点，增加普通

① 刘国昌：《五月，微笑的康乃馨》，《三亚晨报》2011 年 5 月 23 日。

话课，开展普通话口语训练活动。[①] 1977 年以后，在全国恢复高考的背景下，黎族学生有更多机会考取高等院校尤其是民族高等院校，在接受现代高等教育的过程中，他们不仅提升了汉语书写能力和表达能力，更具备了现代主体的自觉意识和反思精神，为黎族作家文学的起步做了创作主体上的准备。

第二节　黎族民间文学与作家文学

在海南岛解放之前的漫长历史岁月里，黎族地区政治和经济不够发达，黎族文化在很多时候是受到歧视和排斥的，遑论黎族民间文学。在新中国成立之前，黎族民间文学只是以口头文学的形式在民间代代相传，没有书面记载，更未得到系统的收集、整理和出版。新中国成立之后，民族平等、民族团结、区域自治的政策不仅保障了各族人民在政治上的平等，也促成了各族人民在经济和文化上的互助和交流。社会制度的根本变革带来了少数民族文化和文学的繁荣，黎族民间文学的收集和整理受到空前重视。1955 年，海南民族歌舞团编印的《海南民歌选》出版。1956 年，收录 109 首黎、苗族民歌的《海南民歌》由长江文艺出版社出版。20 世纪 60 年代，中南民族大学杜桐在七仙岭下搜集整理长篇叙事诗《甘工鸟》，华南师范大学饶游龙、王春煌在保亭地区搜集整理传说《温泉湖·仙人湖》。20 世纪 70 年代末期以后，广东民族学院中文系、华南师范大学中文系师生组织田野调查，搜集整理了一大批民间文学作品，保亭、乐东、白沙、陵水、琼中等黎族自治县文化部门也多次编印民间文学文献。20 世纪 80 年代以后，广东民族学院中文系编《黎族民间故事选》由上海文艺出版社出版，《五指山传》、符桂花主编的《黎族传统民歌三千首》《黎族民间故事大集》、苏庆兴主编的《三亚黎族民歌》等陆

---

① 谢越华等：《海南教育史》，南方出版社、海南出版社，2008，第 278 页。

续出版。王文华搜集整理的叙事长诗《甘工鸟》、张跃虎译注的黎歌集《五指山风》、王月圣的《黎族创世歌》等都产生了一定影响。在民间文学研究方面，韩伯泉、郭小东著《黎族民间文学概说》，陈立浩、范高庆、苏鹏程著《黎族文学概览》，王海、江冰著《从远古走向现代——黎族文化与黎族文学》等有相关章节论及黎族文学。

值得注意的是，与第一代黎族作家的文学创作相伴随的，是黎族民间文学的搜集、整理与研究工作。龙敏、王海、亚根等黎族作家在进行文学创作的同时，也自觉地从事民间故事、民歌民谣的搜集和整理工作。在《黎山魂》的前言中，龙敏坦言："书中所有的民间故事、传说、民歌、谚语等均在本地区广为流传，为本地区的黎族同胞所熟悉及认可，是他们酒前饭后的消遣话题。我想，这也能为从事民间文学工作的同志提供一些参考资料。"[1] 1980 年，王海在琼中什运什统黑番板村采录整理了《巴定》和《吞挑峒》两首黎族民间长诗，后被韩伯泉、郭小东撰写的首部黎族文学研究专著《黎族民间文学概说》收入附录。龙敏与黄胜招在 2002年编著出版的《黎族民间故事集》，收录了部分编者在 1978 年与广东民族学院中文系采风队搜集整理的故事，以及 1987 年乐东县文化局编印的《黎族民间故事集》中的故事。作为黎族第一代作家的代表人物，龙敏表示，出于"让大家知道黎族是怎么一回事"等责任感和使命感，"想把创作放一放，先整理黎族历史和黎族民歌"[2]。这些在黎族传统文化的熏陶下成长的作家，很多在从事文学创作之前就已在刊物上发表了搜集整理的神话传说、民间故事、民歌民谣。黎族民间文学承载着作家的民族情感、民族认同和民族自信，同时启迪着作家的文学创作，涵养着黎族作家创作的底气，是黎族作家文学创作的源泉和宝库，是黎族作家文学之"根"。

在《文艺报》"当代少数民族作家系列访谈"专栏组织的对海南黎族作家的访谈中，亚根曾说："民间文学对我的创作有很大影响。我的

① 龙敏：《写在前面》，载《黎山魂》，南海出版公司，2002，第 2 页。
② 《"离开黎族，我就不是一个作家"——黎族当代作家访谈》，《文艺报》2013 年 4 月 3 日。

每一部长篇小说里面都有民歌，还有民间故事。民间文学就是我的母乳，培育我，给我精神食粮，我才能走到今天这个地步。我觉得很多优秀的民间故事都可以改编为长篇小说或者史诗，比如《鹿回头》等。"高照清谈道："每个民族都有自己的民间故事，都是很丰富多彩的。我们黎族有民歌，很多都是五言，也有七言、九言的。另外，黎族是有族谱的，我们的族谱就是民间故事。家族要传承，就得有家谱。家里有白事的时候，就会念家谱，从上祖开始念，要念一天一夜的。但是只念男丁，即便是刚出生的小孩，随便给取个名字，也会念到。其实念的都是故事，一代一代人的故事。"龙敏认为："如果没有本民族的这些东西散落在我的作品中，我的作品跟其他民族作家的作品就没有太大区别。每个民族的文学都有自己的'根'，作家的创作只有立足于这个'根'，才可能写出特色，才能得到大家的认可。"王蕾表示："我平时的工作就是下乡，所以会接触很多民间的东西。我的很多作品都是来源于民间文学。这些故事都是非常优美的，以后可能会往小说这方面写，根据民间故事传说来创作。我想写的小说应该会以爱情为主，黎族文化中有很多凄美的爱情故事。"①

相对于用汉文创作的黎族作家文学来说，黎族民间文学直接来源于黎语的口头文学，因而更接近黎族文化的本来样貌，更接近黎族的母语文化记忆，体现黎族的民族特色、民俗趣味、思维方式和审美观念。黎族作家文学的创作会随时代和社会环境的变迁而改变，黎族文化会随时代和社会的发展而不断变化，但黎族民间文学作为历史的承载者，始终保留着民族文化的精魂和心灵密码，记录着先辈们的生产、生活和生命样态。这些宝贵的民间历史文化记忆因出版而得以用文字的形式留存和传播，将转化为促进民族文化发展的动力，为黎族作家提供创作的源泉和动力。

黎族民间文学体裁多样，种类丰富，具有古朴、神秘、浪漫、粗放的

---

① 《"离开黎族，我就不是一个作家"——黎族当代作家访谈》，《文艺报》2013年4月3日。

民族特色。黎族民间文学是黎族人民民族气质和心理特征的表达，也是黎族人民审美趣味和文化心理的体现，是黎族作家从事文学创作的灵感源泉和精神家园。黎族民间文学包括韵文类和散文类。韵文类黎族民间文学包括黎族古歌、黎族歌谣、民间长诗、谜语、谚语等。例如黎族口传史的"祖先歌"，《姐弟俩》《甘工鸟》《巴定》《龙蓬》等民间叙事长诗，《四季歌》等民间抒情长诗，黎语咏唱的"黎谣正调"和"四句歌仔"的汉化黎歌，黎族谜语谚语等。散文类黎族民间文学包括黎族神话、民间故事、童话、寓言、笑话等。例如《大力神》《雷公根》《鹿回头》《山兰稻种》《雷公马与乌龟》《纹面的传说》《鼻箫的传说》《黎母山的传说》《五指山的传说》《七指岭的传说》《三月三的传说》《"营根镇"来历的传说》《"保亭"来历的传说》等黎族神话传说、《槟榔的故事》《椰子壳》《阿坚治黎头》《勇敢的帕托》等黎族民间故事、《狐狸和乌龟》《猪与狗》《木耳与毛鸡》《水族舞会》等寓言故事。

　　民歌在海南话中也被称作"山歌"、"土歌"或"渔歌"，海南岛上几乎每个民族都有自己的民歌。民歌具有群众性和普遍性，是各族人民表达思想感情和理想愿望的重要方式，有组织劳动、表情达意、娱乐消遣的作用。海南民歌的四大主流是黎族民歌、崖州民歌、儋州调声和临高哩哩美。黎族是能歌善唱的民族。黎族民歌属于山歌类型，声调比较陡峭，劳动、恋爱、婚嫁、丧葬、祭祖、待客等社会生活的各个方面都可以用民歌来表达。对此王泽亚在《黎歌采风随笔》中有详细的介绍："黎族民间歌谣，就其内容而言，大体可分为古歌、劳动歌、仪式歌、情歌、生活歌等五大类。传统黎歌是用黎语咏唱的歌谣，歌调古朴粗犷，每首句子结构无一定格式。有五字句、七字句，甚至多字句，不分段节，一气唱完，其韵律非常独特，无规则。另一种为汉化黎歌，是用海南方言咏唱的黎调歌谣，多以七言四句为节或一首，韵律同海南方言歌，这是黎汉文化交融的产物。""黎族人民在劳动生产、婚宴喜庆、哭丧祭祀、迎宾送客时，往往都用歌声来表达自己的感情。他们善于触景生情，遇事而歌，把生活中的悲痛和欢乐、理想与追求、憎恨和钟爱，都化作一首首歌谣，洒向蓝天和大地。"① 黎族民歌沉潜在黎族文化的血脉中，高照清在《蛙声萦绕的村庄》（组诗）的《黎家山歌》中写道，"在黎家村寨/无论是大人还是小孩/人人都盛满一肚子的山歌/只要一张口/山歌就落满一地/山歌哟/沾染上大山的灵气/年年岁岁、岁岁年年/把黎家人反复喂养"②。

龙敏创作的 50 万字长篇小说《黎山魂》，讲述了清末海南乐东地区黎族两大部落几代人的爱恨情仇，描绘了他们最后联合起来反抗官府而又悲壮失败的历史事件，全景式地展现了黎族地区的民风民俗以及政治、经济、生产生活状况。让人印象深刻的是，小说中对多彩多姿的黎族民歌、民谣的记录，不仅为小说增色，也使小说具有民族学、民俗学的史料价值。《黎山魂》充分地记录了黎族人民在不同场合下吟唱的民歌，可以分为童谣、劳动歌、情歌、习俗歌、生活歌等。

孩子们放牛时，唱的是童谣《牛调》：

> 长角老公牛，牙脱难啃草。
> 东啃一把嫩，西啃一把老。
> 啃呀啃呀喂，天黑还不饱。
> ……③

那改一家耕田劳作时，按黎家的种植方式骑牛踏谷，唱的是《踏谷谣》：

> 牛儿快快走，牛儿快快移。
> 一圈又一圈，一蹄接一蹄。
> 莫得乱脚步，莫得乱跳踢。
> 鼻子接尾巴，从东转向西。
> ……④

---

① 王泽亚：《黎歌采风随笔》，《今日海南》2007 年第 6 期。
② 高照清：《黎家山歌》，《蛙声萦绕的村庄》（组诗），《民族文学》2011 年第 4 期。
③ 龙敏：《黎山魂》，南海出版公司，2002，第 28 页。
④ 龙敏：《黎山魂》，南海出版公司，2002，第 89 页。

猎人们打猎时，唱的是《赶山调》：

> 喂喂喂喂……
> 一头大灰鹿，戴着花头角……
> 角又挂茅草，狗啊快快咬……
> 喂喂叫叫喂喂……
> ……①

孩子们的童谣《围猎歌》则是这样唱的：

> 狗儿叫汪汪，人们叫喂喂。
> 父兄执刀弓，遍山把鹿追。
> 鹿飞越草丛，跃过沟两回。
> 飞越两重山，蹦过三条水。
> ……②

黎族民歌中数量最多也最有特色的是情歌。小说里那改的妹妹阿练与恋人阿真相爱时，阿真用情歌表达对阿练的爱慕：

> 三月天的天，无限晴空。
> 三月天的地，热气烘烘。
> 三月天的水，秀气玲珑。
> 三月天的云，飘彩长空。
> 三月天的风，阵阵清爽。
> 三月天的藤，如龙如凤。

---

① 龙敏：《黎山魂》，南海出版公司，2002，第166~167页。
② 龙敏：《黎山魂》，南海出版公司，2002，第175页。

三月天的树，郁郁葱葱。

三月天的姑娘啊！

怎么隐没在繁花丛中？

三月天的姑娘啊！

怎不露出你哪美妙的笑容？①

阿练则用两情相悦的情歌回应阿真的真情：

斑鸠立枝头，声声叫孤单。

山鸡路边啼，不招人惹眼。

默默水中鱼，独游清水间。

黄黄孤藤芯，无树来牵连。

春日红棉花，漫山都红遍。

多情采花女，无人来可怜。

置身花丛中，无人来相伴。

山上砍树郎，情歌一遍遍。

句句敲心门，声声入心田。

歌声引情欲，欲联为亲眷。

问声砍树郎，要等哪一年？

……②

阿真的情歌从三月里的天、地、水、云、风、藤、树写到爱恋的姑娘，描绘出姑娘动人的风采。阿练的情歌则用斑鸠、山鸡、鱼、孤藤"托物起兴"，表达姑娘思念情人的孤独感，新颖贴切。用漫山红遍的木棉映衬采花女的形单影只，不落俗套。比兴手法在情歌中应用广泛，它能够生动传神地表情达意。

---

① 龙敏：《黎山魂》，南海出版公司，2002，第195页。
② 龙敏：《黎山魂》，南海出版公司，2002，第196～197页。

黎族在各种节日庆典和祭祀时，都少不了民歌的旋律。

祭祖时，祭司唱的是：

　　……

　　树莫拦，藤莫阻，有人拂，有人洗，拂在胸，拭在额，拭干净，清如水，紫如锅，白如缸，摘树叶，吃亦香。

　　换来好兆头，让他甜如蔗。

　　听我念完整，各归各路吧！①

那改父亲去世后，"道公"在葬礼上唱的是：

　　啊呀！天呀！神呀！

　　首先吃上生，

　　供上颚，奉上腿。

　　供上肋，奉上骨，

　　供上串，奉上尾。

　　奉上肚和舌，

　　吃在中，吃五回。

　　吃喝已安排，

　　大家来相会。

　　天呀！神呀！

　　大家来相会。②

那改在父亲葬礼上唱的《哭父调》则是：

　　黎明还有迷蒙的月色，

---

① 龙敏：《黎山魂》，南海出版公司，2002，第115页。

② 龙敏：《黎山魂》，南海出版公司，2002，第218页。

峒里静悄悄的没有狗吠声。

只见栏前站着一头老公牛，

料想你要进山下岭。

又见谷仓前站着一头老公牛，

更确信你要与祖先同行。

父啊！我敬爱的父！

因为你已经离去，

就没有犁头遍田的人。

因为你已经离去，

再也没有耙头遍草的人。

不能抚养这苦难的——

我这孤苦的人。

父呀！我慈爱的父！

……①

　　在黎寨的婚礼上，新郎新娘及家人要唱《迎亲调》和《嫁女歌》，亲朋好友则聚在一起唱和《喝酒调》《劝酒调》《醉酒调》《情歌》《讨婚调》等。黎峒的猎人打到猎物后要将份肉分给峒老们，并请全峒的男人到家里喝"兽首汤"，煮"兽首汤"前，要唱《兽首咒（生）》，煮好后，要唱《兽首咒（熟）》。这些民歌朴实无华，直白简洁，形式多样，内容丰富，富有音乐性，生动地表现了黎族古代社会的风俗习惯和生产生活场景。

　　在民间歌谣之外，韵文类黎族民间文学还包括民间长诗。从内容上看可以分为两类。其一，带有创世性质的叙事长诗。例如《姐弟俩》《阿丢阿藤的故事》，都是讲在父亲遭受蒙骗的情况下，被继母虐待的姐弟俩逃到深山密林之中，在鸟兽仙人的帮助之下顽强生存，并遵雷公旨意结为夫妻繁衍后代。《黎族祖先歌》（后整理完善为《五指山传》）则对黎族的起

---

① 龙敏：《黎山魂》，南海出版公司，2002，第 220 页。

源和先民的创世经历进行全面的描述。其二，反映古代社会现实生活题材的长诗。如《龙蓬》中通过讲述姑娘不愿嫁给"蓬着头发的富人亚龙"的原因，反映了"黎族合亩共耕经济末期剥削者与劳动者之间的对立、矛盾和斗争的社会现实"①。《甘工鸟》则讲述了凄美的爱情故事。勤劳美丽的黎族姑娘甘娲不堪忍受家人的逼婚，偷偷把银项圈做成双翅与恋人比翼齐飞化鸟而去。《巴定》讲述的也是爱情悲剧。已有心上人的黎族姑娘巴定被父母逼迫远嫁，受尽婆家欺辱后历尽艰辛返回娘家，却在娘家遭到父兄的冷落和驱赶，最终只能返回夫家。这些黎族民间长诗在艺术表现上有叙事和抒情、记叙与描写相结合的特点。

　　民间文学与黎族作家的创作存在密切的联系。黎族文学研究者曲明鑫以王海为例，阐述了搜集整理民间长诗《巴定》对其创作短篇小说《芭英》的启发。"在故事情节上，巴定与芭英的命运非常相似"，"芭英的遭遇显然是巴定的命运在黎族现代生活的延续"。"在艺术手法上，《芭英》和《巴定》都有着浓郁的抒情色彩"，"王海对《芭英》的创作几乎延续了他对《巴定》艺术手法的解读，整篇文章同样是以女主人公为主要视角进行叙述，母亲、比献、洛佬等人物形象都是以芭英的认识为基础刻画的，层层深入的心理描写把芭英内心的渴望、矛盾、痛苦、绝望等复杂的情感淋漓尽致地表达出来，特别以海南热带壮绝的森林景色来衬托芭英被压抑的生命力的艺术手法，更是展现出一种酣畅的审美感染力"②。龙敏自述创作《黎山魂》的心得是："得益于我的叔父、母亲以及许多父辈的讲述与传教，他（她）们毫无保留地给我灌输经典的故事和民歌，给我讲述古典的天文、地理、人物、事件以及各种各样的奇风异俗。特别是他（她）互相补充地给我讲述比较丰富的'乐安城'的经典故事。我的长篇小说《黎山魂》就是从这里开始的。"③

　　与韵文类黎族民间文学一样，散文类黎族民间文学也滋养着黎族作家

① 王海、江冰：《从远古走向现代——黎族文化与黎族文学》，华南理工大学出版社，2004，第159页。
② 曲明鑫：《黎族作家文学研究》，中国书籍出版社，2019，第81~83页。
③ 龙敏：《成就的中年》，"黎母山文学"微信公众号，2020年10月14日。

文学的创作，是黎族作家创作的源泉和扎根的土壤。黎族神话传说既是代代相传的口头文学，也是黎族先民处于萌芽状态的哲学、道德、历史、宗教、文学等原始意识形态的统一体。黎族神话具有地方性和民族性，这也与很多南方少数民族神话有相似之处。例如"人从葫芦出"的葫芦神话、雷公的"卵生"神话、作为洪水遗民的兄妹（或姐弟）结合再造人类的神话等，均可在苗、瑶、壮、彝等少数民族神话中找到近似内容。黎族神话内容丰富，有讲述天地起源的《大力神》《万家》，讲述人类起源的《黎母山的传说》《纳加西拉鸟》《姐弟俩》，讲述洪水神话的《洪水传说》《葫芦瓜》《螃蟹精》，讲述人神斗争神话的《雷公根》《兄弟星座》，异彩纷呈，不胜枚举。黎族神话在表现人与自然的关系时，体现着对自然的尊崇与热爱。《黎母山的传说》认为黎人由黎母所生。雷公将蛇卵放在黎山上，九千九百九十九天后蛇卵中跳出一个女孩，名唤"黎母"，而后她在雷公的支持下与渡海而来的采沉香的男青年成婚，繁衍黎族后代子孙。《纳加西拉鸟》讲述黎族祖先的女儿在母亲去世后，靠一只被称作"纳加西拉"的鸟衔来的谷子长大，因而纳加西拉鸟被看作黎族的保护神，妇女要在脸上文鸟的花纹。《葫芦瓜》讲述远古洪荒时代，人类因洪水肆虐而濒于灭绝，兄妹俩躲进葫芦瓜里才幸免于难。洪水退后，他们在雷公的主持下成家立业繁衍后代。黎族神话也反映了黎族先民认识自然、改造自然的意愿和坚强不屈的精神。《大力神》中的黎族祖先大力神"为万物生息而万死不辞"，创立了天地日月、高山峻岭、江河湖海。《雷公根》讲述凶神恶煞的雷公被勇敢顽强的黎族青年打占斗败，雷公的一只脚被剁烂并沤在田里，变成了野菜雷公根。黎母山和纳加西拉鸟的神话中将女性作为黎族始祖，反映了黎族对母系氏族时代的文化记忆，成为黎族作家文学中反复咏叹的对象。

　　如果说神话表现的是人类早期的生活和斗争，尤其是人与自然的关系，那么民间传说则反映相对晚近的社会生活，尤其是社会生产力已经有一定提高之后的现实生活。例如关于黄道婆、冼夫人等的人物史事传说，关于五指山、七指岭、鹿回头等的地名传说，关于文身、鼻箫、三月三等民风民俗的传说，以及讲述牛、猪、狗、蛇、乌龟、山兰稻、槟榔、椰子等的动植物传说。《鹿回头》讲述勤劳勇敢的黎族猎手上山打猎时发现一只梅花鹿，九天九夜跋山涉水穷追不舍，一直追到三亚湾的珊瑚礁旁，梅花鹿无路可逃。正当猎手张弓搭箭时，鹿变成了美丽的黎家姑娘，倾诉对猎手的爱慕之心，两人海誓山盟结为夫妇，过上了幸福美好的生活。《纹面的传说》讲述黎族姑娘乌娜有青梅竹马的恋人，却被皇帝看中，皇帝派追兵追赶。乌娜用荆棘刺脸，血迹满面，避免了皇帝的迫害。为使自己的命运不重复上演，黎家女儿代代绣脸。《刺脸》的情节与《纹面的传说》相似，也是讲美丽的黎家女子荷仙有心爱的恋人，却被黎峒峒主觊觎美貌。为了打消峒主抢亲的念头，荷仙用荆棘在身上刺出斑斑血迹并用木炭涂黑，峒主见荷仙美貌已被破坏，便放弃了荷仙。从此，为了防止恶人抢劫，黎族就有了刺脸文手脚的风俗。

　　传说多以历史上实有的人物、事件、地点为基础进行创作，民间故事则大多为虚构，并且大多有程式化的故事情节。黎族民间故事种类繁多，有《勇敢的帕拖》《星娘》等神奇故事，有《槟榔的故事》《甘工鸟》等爱情故事，有《阿坚治黎头》《色开的故事》等现实生活故事，还有《水族舞会》《老树与乌鸦》等寓言故事。《勇敢的帕拖》讲述老鹰精强抢海国和人间美丽的女子，龙王的女儿和国王的女儿都被掳到山洞里，帕拖的未婚妻也即将被抢去。帕拖一路不畏艰险，克服重重困难杀死老鹰精，救出被掳的女子。而当海国和人间的公主愿意以身相许的时候，忠贞不渝的帕拖却谢绝了她们的求婚，回到自己的未婚妻身边。《槟榔的故事》讲述勤劳美丽的黎家姑娘佰廖不愿嫁给富有的求婚者，只愿嫁给勇敢忠贞的青年，许诺只嫁给能摘到五指山山顶上的槟榔的青年。众多求婚者都知难而退，只有黎寨家境贫穷却真诚的猎手椰果勇敢地出发，九死一生摘回了山顶的槟榔。佰廖和椰果终成眷属，象征爱情忠贞的槟榔也作为黎族订婚的礼物代代相传。《水族舞会》讲述珍珠贝和虎斑贝参加海底水族舞会时，珍珠贝谦虚谨慎，虎斑贝盛气凌人。但在太阳收起阳光之后，珍珠贝的夜明珠银光四射流光溢彩。虎斑贝羞愧难当，从此再不骄傲自大。

勤劳、勇敢、真诚、善良、执着、忠贞、尊长爱幼、互助团结等作为黎族美德在作家文学创作中被一再强调。高照清在散文《黎山写真》中写道:"那是一群憨厚朴实的山民,出生在绵绵大山的怀抱中,是大山精心地塑造,给他们勤劳,给他们朴实,给他们智慧,给他们勇敢,给他们山一样的形象山一样的豁达山一样丰富的感情。哦,我的父老乡亲很醇厚,醇厚得像自家酿造的山兰酒,品上一口,那个甜沁肺腑,那个香沁人心扉。我的父老乡亲很质朴,质朴得就像是他们朝夕相处的土地,坚持守望一年一茬的春华秋实,日子过得清贫而平淡,却很充实,生活过得幸福而平静。""黎家人都拥有一个热情好客的美德,无论是男男女女老老少少在接人待客时,那份热情一直写在脸上,脸庞上绽开的笑容犹如二月里盛开的木棉花,红红艳艳的光彩夺目。""黎家人的民风很独特,也很浓厚,一家有事百家帮忙是千百年来一直沿袭至今的好习俗。村子里无论是哪家人,若碰上红白喜事时不用去喊叫,全村寨的人会自觉主动地放下手中正忙碌的活儿,纷纷地赶到去帮忙。""'有难百家助,有福百家享。'这又是体现黎家人集体观念的一个说明。"① 王海在小说《吞挑峒首》中说:"黎乡民风淳朴,自古不知世间有偷盗之事,故从来不曾有过这方面的防范心理。"② 龙敏在小说《黎山魂》中写:"祖先立下的规矩太平等了,有工大家干,有肉大家分。"③ 龙敏在小说《年头夜雨》中写:"黎家那种'路不拾遗,遇难相助'的美德,又在家乡人民的身上重放光彩。"④

神话传说和民间故事是先民社会生活的反映,是民族自我想象的投射,是形成民族共识、凝聚民族共同体的重要力量。在黎族作家文学中,写作者有意把这些传说和故事融入小说的叙事之中,或者作为民族的象征在诗歌或散文中展示。亚根的长篇小说《婀娜多姿》以"山与海"的传说和鹿回头的传说开篇。龙敏的《黎山魂》中,奥雅那根在夜晚纳凉时给黎家孩子们准备的是《武轼》《阿翠守麻》等民间故事,长辈们在酸豆树下

---

① 高照清:《黎山写真》,《海南日报》1997 年 1 月 30 日。
② 王海:《吞挑峒首》,《天涯》1988 年第 4 期。
③ 龙敏:《黎山魂》,南海出版公司,2002,第 172 页。
④ 龙敏:《年头夜雨》,《五指山》1982 年第 4 期。

给孩子们出有关椰子、木瓜等黎寨植物的谜语，讲黎族神话传说，是孩子们民族身份自觉和民族认同的最初启蒙。[①] 阿练文身的时候，母亲给她讲述黎族女性文身的传说。黎人进山围猎之后，奥雅在分食兽首汤的时候讲述老祖宗打猎的传说。这些传说和民间故事不仅构成了故事情节的组成部分，也凸显了小说的民族色彩和文化底蕴。

唐崛的散文《南美岭品绿》在描写白沙县南美岭的醉人美景时引入了南美岭的传说：黎族青年男女阿南和阿美相恋，恶霸"毒乌蛇"因妒生恨，百般阻挠，两人最后离开家园到光秃秃的山岭上开山种田，把荒山变成绿林，黎苗同胞为纪念他们从他俩名字中各取一字，将山命名为"南美岭"。作者从传说中不仅品味到忠贞爱情，更领会到黎苗同胞对自然的热爱和对生态环境的重视："他们用民间文学的形式，教育一代代人保护自然，保护大山的绿，培植大山的绿。"[②] 亚根则在散文《蓝色与绿色之间》以现代视角阐释鹿回头传说的象征意义："应该说，传说已经改变了应该改变的内涵，因为它本来就一直处在不休止的变换状态，关于它的讲述就是因人而异适时而变的。那么，我们可以说传说中的猎手已经不是纯粹的猎手，因为和平替代了战乱，友善替代了杀戮，同样，鹿姑娘也不是纯粹的鹿姑娘，因为大美大爱渲染了所能渲染的时代旋律，多时封闭于山间的民族业已跃身跳荡在斑斓的辽阔的海空。那位小伙子俨然是善恶分明的美好生活的执着追求者，因为他付出了跨越七七四十九条溪的艰难的转轨与置换，而那回眸一笑的姑娘业已包揽了属于科学范畴的世界之真、属于道德范畴的世界之善、属于艺术范畴的世界之美，因为她付出了征服九九八十一道山的血与汗的巨大代价呀！"[③]

黎族民间文学对作家文学的创作有许多有益的启发。第一，人与自然和谐相处的观念。农耕、渔猎的生产生活方式使黎族人民敬畏与爱护自然，人与自然、人与动植物和谐共存的生存样态蕴含着最朴素的生态环境

---

① 龙敏：《黎山魂》，南海出版公司，2002，第 76～77 页。
② 唐崛：《南美岭品绿》，《今日海南》2000 年第 12 期。
③ 亚根：《蓝色与绿色之间》，《人民日报》2010 年 10 月 6 日。

保护观念。第二，万物有灵的宗教信仰，为修复现代社会中趋于竞争和对立的人与自然的关系、人与人的关系提供了反思的角度。征服自然、改造自然固然体现了人的主体力量，但敬畏自然、保护自然，守护那些科学尚未抵达的美好与神秘，才能实现人类的可持续发展。第三，民间文学中对勤劳、忠贞、团结等传统美德的赞美与功利主义、金钱至上、利己主义等现代文明的弊端形成对比，价值褒贬不言而喻，从而在现代社会功利主义和消费主义盛行的时代里提供了再造共同体的可能。第四，从艺术形式上看，民间文学清新明快、简约朴拙的文风对于繁缛的文风具有纠偏作用。

民族语言和民间文学，对于有语言无文字的黎族族群确立主体意识来说特别重要。黎族民间文学体现了作为族群的黎族的审美观念，是黎族集体记忆的重要载体，更是黎族人的精神家园和信仰根基。口耳相传的民间文学有着"为民族代言"的传统，对于黎族作家的创作具有永恒的启示意义，激发他们自觉地把文学写作看作为民族代言的方式，承担起追溯民族历史、传承民族文化、建构民族形象、认同民族身份的责任。在黎族作家的创作中，少有娱乐化、趣味化、商业化的写作，少有为追求语言实验叙事技巧而进行的形式上的先锋探索。他们常用现实主义的手法，以最质朴的语言书写民族价值观和伦理道德观，表述民族经验和民族情感，对抗他者文化冲击下逐渐碎片化的民族记忆、逐渐模糊化的民族身份和逐渐被侵蚀的民族传统文化。而民间文学就是作家建构民族主体身份实现民族认同时所能寻求到的重要叙事资源。

第三节　黎族作家文学概况

黎族作家文学是指具有黎族民族身份的作家创作的文学作品，是中国少数民族文学中的一种。而少数民族文学，是除汉族以外其他少数民族创作的文学的总称。虽然作为文学存在的事实，少数民族的神话、传说、民间故事、民歌民谣、叙事长诗等源远流长且丰富多样，但"少数民族文学"的概念却始于中华人民共和国成立的 1949 年，是随着具有国家主体地位的"少数民族"① 的建构而出现的。"黎族文学"的命名也是从 20 世纪 50 年代对民间口头文学进行整理开始的。

自秦朝以来，中国就建立了统一的多民族国家。然而在数千年漫长的历史岁月里，无论是汉族还是其他民族掌握统治权，所实施的民族政策都存在程度不一的民族压迫和民族歧视。直到新中国成立，以各民族平等作为国家民族政策的基本原则，实行民族区域自治制度，开展民族身份识别和认定工作，才形成了各民族平等、团结的社会环境，奠定了少数民族民族意识觉醒的现实基础，为少数民族文学的生成与发展提供了制度和创作主体上的保障。正如刘大先所说："少数民族文学是一个社会主义文学现象，伴随着民族历史调查、民族识别和族籍学学理认定的当代学术实践与人民代表大会制度确定的政治与文化平权举措而产生。"② 这是黎族文学产生的时代背景。黎族文学伴随着新中国的成立而产生，黎族文学与汉族文学以及其他民族文学在新中国具有平等的主体地位。

黎族文学包括口头文学和书面文学、民间文学和作家文学。黎族民间口传文学的整理始于新中国成立。1950 年，中国民间文艺研究会成立，提出在全国范围内采集民间文学作品的计划和具体要求。1956 年，少数民族民间文学的收集与整理工作正式启动。海南黎族民间文学的搜集和整理工作也从这时起步。1958 年，海南黎族苗族自治州文联干部苏海鸥搜集并主编的《五指山民歌集》由广东人民出版社出版。苏海鸥为搜集、发掘黎族民间文化，深入琼中县黎村采风。当时琼中尚未通公路，苏海鸥从万宁牛漏墟出发，跋山

---

① 1986 年，国家民委规定了"少数民族"在中国境内的具体含义为"一个在人口多寡上与汉族相对应的数量概念，在我国不带有歧视少数民族或民族不平等的含义"，"这个称谓作为除汉族以外其他各民族的统称，我党自一九二六年开始使用，至今已有整六十年的历史，早已约定俗成，为全国各族干部、群众所接受。但是，'少数民族'的称谓，在欧美资本主义国家，是带有权利不平等、受歧视、被统治的含义"。中共中央统一战线工作部、中共中央文献研究室编《新时期统一战线文献选编（续编）》，中共中央党校出版社，1997，第 21 页。

② 刘大先：《千灯互照——新世纪少数民族文学创作生态与批评话语》，暨南大学出版社，2017，第 2 页。

涉水步行两天，自划藤筏渡万泉河，到达琼中县城，又步行两天到达营根，往返300里，搜集翻译了数百首民歌，后收录在《黎族民间故事集》《黎族情歌选》等书中，为黎族民间艺术文化的传承与弘扬做出了重要贡献。新中国成立后，少数民族作家创作的书面文学也硕果累累，蒙古族作家玛拉沁夫的《茫茫的草原》、彝族作家李乔的《欢笑的金沙江》、满族作家老舍的《正红旗下》等都是20世纪50年代至60年代少数民族作家文学的重要收获。相对于满、蒙、藏、回、维、彝等少数民族文学的创作历史，黎族作家文学起步较晚。新中国成立前，黎族地区政治经济发展缓慢的历史状况、黎族只有语言没有文字的现实情况、黎族使用汉文进行书面表达的能力不足以及海南岛较为偏远的地理位置等，都是制约黎族作家文学产生和发展的因素。

"文革"时期，负责实施民族政策的国家机构几乎处于全部瘫痪状态，党的少数民族文化政策的施行也一度停滞，给少数民族文学的搜集、整理和创作带来很大挫折。20世纪70年代末期，随着"文革"的结束和党的十一届三中全会的召开，在思想解放、改革开放的历史潮流中，国家民族事务委员会及相关国家工作机构陆续恢复工作，促进民族平等和团结的一系列民族政策得到恢复，少数民族的文化传承和保护受到重视，少数民族的身份识别与认同得到强化，这些因素都成为促进新时期少数民族文学发展的现实原因。例如，在少数民族宗教信仰方面，1979年全国统一战线工作会议强调要执行"宗教信仰自由政策，是我们党正确处理群众宗教信仰等一项根本政策"[①]。在少数民族婚丧习俗方面，1980年颁布的《中华人民共和国婚姻法》强调"少数民族婚姻问题可视具体情况制定变通条例的规定"，1985年颁布的《国务院关于殡葬管理的暂行规定》强调"尊重少数民族的丧葬习俗。实行土葬的，应当指定地点埋葬，对自愿实行丧葬改革的，他人不得干涉"[②]。这些政策的实施促进了少数民族文化的传承和保护，也有效推动了少数民族的身份认同以及对民族文化的认同，从而

---

① 国家民族事务委员会、中共中央文献研究室编《新时期民族工作文献选编》，中央文献出版社，1990，第20页。

② 国家民委办公厅等编《中华人民共和国民族政策法规选编》，中国民航出版社，1997，第356页。

获得了民族文化的自信，萌生了书写民族文化、助力民族文化复兴的渴望。

文变染乎世情，兴废系乎时序。海南黎族作家文学的起步正是在这样一个思想走向开放、少数民族文化受到重视的历史语境中发轫的，通过黎族文学的书写表达民族身份的自觉和建构民族文化的自觉。

首先是黎族作家队伍的培养。1977 年高考的恢复、高等学校尤其是民族院校对少数民族学生的培养、文联和作协举办的文学培训班和进修班为黎族作家文学的起步做了创作主体上的准备。1950 年，国家颁布的《培养少数民族干部试行方案》提出，建立中央民族学院及其他地方民族学院等高等院校，以培养高素质的少数民族干部人才，以促进各民族在政治、经济、教育、文化等方面的真正平等。开办本科教育、专科教育和预科教育，扶持少数民族教育发展，是民族学院的优良传统。1977 年恢复高考后，一些黎族学生尤其是中文专业的黎族学生就是通过考取民族学院走向文学创作和文学批评道路的，以挖掘和传播黎族文化为己任。以广东民族学院为例，王海、叶传雄、王艺、黄学魁、亚根（李荣国）等比较活跃的黎族作家都曾就读于广东民族学院中文系。在 2014 年中国作协组织出版的《新时期中国少数民族文学作品选集·黎族卷》收录的 88 篇作品中，有 22 篇作品的作者曾就读于广东民族学院。广东民族学院自 20 世纪 70 年代末期以来，一直是挖掘与整理、创作与研究黎族文学的根据地，为黎族文学的发展做出了重要贡献。1979 年 11 月，粤桂湘闽四省少数民族文学作品讨论会在通什的广东民族学院举办。来自厦门大学、广西民族学院、吉首大学、广东民族学院、海南师专等八所高校的老师和有关单位代表为抢救濒临灭绝的少数民族作品和资料，以编选作品为主要任务考察了黎、壮、瑶等 9 个民族共 20 万字左右的文学作品。1984 年 8 月，韩伯泉、郭小东撰写的《黎族民间文学概说》由广东民族学院民族研究所出版，对黎族神话传说、传统歌谣、摇篮曲、革命歌谣、民间叙事长诗、谜语谚语等黎族民间文学进行了比较全面的介绍和探讨。广东民族学院回迁广州并于 1998 年更名转型之后，以及同样位于通什的琼州学院（现海南热带海洋学院）

在一定意义上承担了培养新一代黎族作者的使命。在海南黎族作家群中，胡天曙、王蕾、洪章峰、唐鸿南、李星青、李枕威、刘圣贺等都曾就读于琼州学院。

培养少数民族文学骨干作家的另一途径是文联和作协举办的培训班和进修班。成立于 20 世纪 50 年代的中国作协主办的中央文学讲习所（现称中国作家协会鲁迅文学院），在 70 年代末恢复举办培训班和进修班，对各省市从事文学创作的骨干分子进行专门培养，包括少数民族作家。第一代黎族作家的领军人物龙敏创作上重要的转折点就是在中央文学讲习所的学习生涯中开始的。1981 年 3 月，当时尚未加入作家协会的龙敏经中国作协广东分会推荐，到中央文学讲习所开办的"少数民族作家班"进行为期一年的学习，学员中有 40 多位作家和诗人，分别来自藏、回、白、瑶、苗、侗、布依、黎、景颇、土家、朝鲜、蒙古、维吾尔、哈萨克、满、壮、彝、纳西等少数民族。一直以未接受高等教育为憾的龙敏在这个培训班里系统地学习了文学、哲学、美学、文艺理论、创作理论等知识，并且研读《巴黎圣母院》《红与黑》《基度山恩仇记》《红楼梦》等经典作品。玛拉沁夫、邓友梅、秦兆阳、徐刚等当代作家和文艺理论家在中央文学讲习所的授课使龙敏受益匪浅。正是通过这次培训，龙敏读到了我国少数民族三大史诗——藏族的《格萨尔王传》、柯尔克孜族的《玛纳斯》以及蒙古族的《江格尔》，并为黎族尚未发现同样规模的长篇史诗而遗憾，深感发展黎族文学"任重而道远"。不仅如此，中央文学讲习所开办的培训班还为龙敏提供了在国家级平台上发表作品的机会。1981 年 12 月 5 日，龙敏在《人民日报》《大地》副刊上发表短篇小说《老蟹公》，是这一期培训班学员创作的被选中的四篇优秀作品之一，后被收入《人民日报》农村题材短篇小说选《水东流》之中。1982 年第 2 期的《民族文学》刊发了龙敏在培训期间创作的短篇小说《卖芒果》，后来被收入《中国新文艺大系（1976—1982）少数民族文学集》。特别值得一提的是，在中央文学讲习所指导教师蒙古族作家特·达木林的悉心指导下，龙敏在这一年完成了中篇小说集《黎乡月》的初稿。1986 年 4 月，13 万字的《黎乡月》由云南人民出版社出版。小说浓郁的生活气息和民族色彩深受好评，获得全国少数民族文学作品二等奖。这是有史以来第一部由黎族作者撰写的书面著作，在黎族文学史上具有里程碑意义。除龙敏之外，韦海珍、高照清、胡天曙、王蕾、唐鸿南、李星青、郑朝能、王谨宇等黎族作家都曾被选送到鲁迅文学院主办的少数民族文学创作培训班学习。

其次是文联和作协等文学机构为黎族作家文学的起步提供了制度和组织上的保障。"文革"期间，中宣部、文化部、中国文联和作协以及其他文艺家协会一度处于瘫痪状态，失去了国家文化和意识形态的领导权。因此"文革"结束后，修复被破坏的文学体制成为20世纪70年代末期文学的首要任务。1978年5月，中国文联第三届全国委员会第三次扩大会议宣布恢复中国文联、作协和其他的文艺家协会活动，中国作协主办的《文艺报》《人民文学》等期刊恢复出版。1979年10月，全国第四次文代会召开，选举了全国文联新的领导机构。同年，中国作协改选理事会，选举主席和副主席。这意味着文学的权力机构及组织方式仍然延续"文革"前的格局，文联和作协是文学界的核心权力机构。各省份的文联、作协和研究机构也恢复职能，主办文学刊物，举办文学评奖活动，召开文学研讨会，对文学生产进行规范和引导。

1982年8月，海南黎族苗族自治州文联召开第一次文学艺术工作者代表大会，成立海南黎族苗族自治州文联。自治州文联成立后，大力推动少数民族文学创作，龙敏、王海、马仲川、符玉珍等是这个时期有代表性的黎族作家。黎族作家从事文学创作热情高涨，反映中国共产党领导下黎村剧变、讴歌黎家新生活、赞美黎家一代新人的文学作品不断涌现，黎族文学创作取得丰硕成果。自20世纪80年代开始，云南人民出版社、中华文化出版社、作家出版社、花城出版社、光明日报出版社、内蒙古人民出版社陆续出版了黎族作家创作的中篇小说和长篇小说，黎族作家文学初具规模。1982年，海南黎族苗族自治州文联成立后，举办了系列文学评奖活动。龙敏的小说《忏悔》《老蟹公》获海南黎族苗族自治州文学作品一等奖。小说《买芒果》在乐东年度文化工作表彰大会上获特等奖。同年，龙敏的散文《年头夜雨》获广东作家协会新人新作奖、第二届全国少数民族文学作品二等奖。1986年，龙敏的中篇小说集《黎乡月》获全国少数民族文学二等奖。制度性的文学评奖活动的举办可以看作国家意识形态以权威形式对文学创作的引导与评判，而奖项的获得有助于确定黎族作家文学的价值和意义，明确作家的创作方向。

黎族作家文学研讨会的举办对黎族作家文学的产生和发展起到积极的促进作用。1996年11月，第六届当代少数民族文学研讨会在海口市举行，其间在通什的琼州大学举办了黎族作家文学研讨会。这是黎族作家在文学研讨会方面的首次集结。2010年5月，海南省作家协会在澄迈召开当代黎族文学研讨会，这是海南省作协首次举办的黎族作家文学研讨会，《民族文学》杂志社主编叶梅，以及蒋子丹、孔见、李少君、崽崽等作家出席研讨会。龙敏、亚根、高照清、黄仁轲、董元培等黎族作家分别介绍自己的创作情况，黎族作家队伍已初具雏形，黎族作家文学作品已渐成规模。2014年7月，中国当代少数民族文学研究会第十二届年会暨黎族文学研讨会在三亚南田召开，与会黎族作家近30人，且每位作家都有多部作品出版，这是规模最大的一次研讨会。2017年5月，海南大学人文传播学院和海南省文艺评论家协会联合主办"黄明海与黎族文学的当代性研讨会"，对黎族作家黄明海及黎族文学的发展进行研讨。学术活动的举办使创作者与评论者有交流的空间和平台，促进了文学写作与文学评论的良性互动，有助于黎族作家视野的开拓和写作能力的提升，同时强化了黎族作家群的身份认同和民族认同。

最后是现代传播媒介为黎族作家的起步提供了作品发表的空间，这对于作家的成长和成熟非常重要。在黎族作家文学从无到有的发展历程中，文学期刊的作用不可小觑。《五指山文艺》是其中最具代表性的期刊，见证了黎族文学最初的发展历程，功不可没。1979年，海南黎族苗族自治州文化局主办的《五指山文艺》正式创刊，确定为季刊，由韩任元担任主编。王海、龙敏、王艺、符玉珍、王平（白帆）、董元培、陈国轩、王国全、邢关英、王文华、王斌等第一代黎族作家都曾在该刊物上发表作品。

当时还是大学在校生的王海 1979 年在总第 2 期上发表了处女作《酒到醉时歌更多》，在总第 3 期上发表了短篇小说《采访》，1980 年在总第 7 期上发表了小说《鬼影》，在 1980 年总第 8 期上发表了散文《爸爸和酒》。1979年总第 2 期上发表的黎族民间故事还有龙敏搜集整理的《砍刀的故事》《兄弟星座》、林尤华搜集整理的《聪明的亚坚》、陈大平搜集整理的《雷公根》等。1980 年 12 月，《五指山文艺》从总第 9 期起更名为《五指山》，由陈运震担任主编。《五指山》依然注重对少数民族作者的扶持，每期都会发表一部分少数民族作者创作的作品，其中又以黎族作者占大多数。以总第 9 期为例，刊登的 89 篇作品中有 11 篇少数民族作者创作的作品，其中黎族作者作品 9 篇，包括王斌的小说《是我爱他》，王艺的诗歌《万泉河》、王平的诗歌《五指山，我的母亲》、黄斌的诗歌《鱼和网》、罗进登的诗歌《水调歌头·游桂林》，此外还有陈桂香搜集整理的民间故事《雷公和乌龟》、文明英搜集整理的民间故事《狗和猪争饭吃》等。《五指山》是当年海南仅有的两种公开发行的文学杂志之一，被誉为扶植自治州文学创作的园地、培养自治州少数民族作家的摇篮、助推自治州精神文明建设的基地。《五指山》有明显的海南地域特色和民族特色，有扶持海南写者文学创作的自觉定位，更名后发表各类体裁文学作品 1300 多篇。1981 年，在《五指山》上发表作品的黎族作者逐渐增多，马仲川、关正平、卓克云、黄斌、关进敏、王积权、李斯雅、符永进、高青、李美玲、邢剑华等当时都在《五指山》上发表过作品。以 1981 年总第 10 期为例，发表的 76 篇文学作品中少数民族作者创作的作品有 13 篇，其中黎族作者作品 10 篇，包括梁润姣的小小说《抉择》、符玉珍的散文《年饭》、王春兰的散文《五指山晨曦》、张玉美的散文《秋槟榔》、王海的诗歌《苦恋者的光明》、吉熙运的诗歌《轻舟》等二首、龙敏搜集整理的《聪明的媳妇》、陈国轩译编的《黎母山的化身》、陈桂香搜集整理的《蛇郎》等民间故事、王文京搜集整理的《黎族情歌》等民歌。符玉珍的散文处女作《年饭》感情真挚、文字清新，反映了黎族人民在新时期的生活风貌，该散文发表后入选全国少数民族创作获奖作品丛书《散文·报告文学·儿童文学集》，获全国少数民族文学作品三等奖，在国家层面上发表作品和获得奖项，给予作者极大的鼓励和信心。此后，符玉珍又一鼓作气在《广东妇女》1982年第10期发表散文《没有想到的荣誉》，在《民族文学》1983年第4期发表小说《大表姐》，是第一代黎族作家中较有代表性的女作家。《五指山》在作家龙敏的成长中发挥了不可取代的作用。1981年，龙敏从搜集整理黎族民间文学开始转向小说创作，陆续在《五指山》上发表了《同饮一江水》《卖芒果》《年头夜雨》《忏悔》《桥》《同名》《青山情》《路遇》等短篇小说。表现黎苗情深的小说《同饮一江水》在国家级刊物《民族文学》1981年第2期上发表。而当时的在校大学生王海，毕业留校后从事学术研究的同时依旧不忘文学创作，20世纪80年代至90年代其先后在《海南日报》《天涯》《广州文艺》《鹿鸣》《广东农垦》《桂林文学》《民族文学》等发表诗歌、散文、小说等各类作品20余篇，从海南岛的五指山腹地走向了广阔的文学天地。谈及黎族作家文学的起步，不能忘记《五指山文艺》的滋养和哺育，黎族作家正是在这个文学爱好者的园地里试笔、锻炼、成长、成熟，一步步走向山外的世界，一次次飞向岛外的天空，在少数民族文学的大家庭里为民族代言，发出来自山海之间的海南黎族的声音。

除了《五指山文艺》，海南一些市县主办的文艺期刊也为黎族作家提供了成长园地。这些文艺期刊多为市县文化馆主办，在20世纪后20年群文系统最活跃的时期，刚好是对文联的补充。20世纪70年代末至80年代初，海南岛内多个黎族自治县都曾创办自己的文学期刊，登载县内以及岛内一些文学爱好者和少数民族作家的作品，营造出20世纪80年代特有的朝气蓬勃的文化氛围。例如，昌江黎族自治县文化馆主办的文艺期刊《昌江文艺》，主要刊登反映昌江黎族自治县风土人情的作品，包括小说、散文、诗歌、报告文学、文艺评论等。保亭黎族苗族自治县文化馆主办的《七峰文艺》，也是一份具有保亭地方特色和民族特色的文艺杂志，既刊登文学作品，也刊登歌曲、美术、书法、摄影等作品。20世纪90年代初，海南诗社黄流分社（黄流镇诗文社前身）社刊《流韵》创刊。乐东黎族苗族自治县文化馆主办的文艺综合刊物《天池》创刊，至此乐东已有《流韵》《天池》《龙沐湾》《望楼河》《逸韵》五种刊物。2005 年 6 月，保亭黎族苗族自治县的综合性文艺刊物《七仙岭文艺》创刊，以季刊形式出版，是原文艺刊物《七峰文艺》的复刊。2010 年，三亚市群众艺术馆主办的综合性文艺刊物《三亚文艺》创刊，发表具有三亚本土文化特色的小说、散文、诗歌、纪实文学、民间文学、文化研究、文学评论等作品。起初为季刊，后改为双月刊。2011 年 6 月，陵水黎族自治县文联主办的文艺刊物《凌河文艺》创刊。设小说在线、美文社区、凌河诗踪、印象黎水、黎族风韵、陵水艺苑、文艺评论等七个栏目，每年两刊。这些刊物不仅是沟通黎族、苗族等少数民族文化与汉族文化的纽带，也是黎族作家切磋写作经验提升写作水平的平台。

海南黎族作家 40 余年的文学创作，大致可划分为三个阶段。黎族学者王海认为：20 世纪 70 年代末至 80 年代为创作发轫期，也是创作活跃期；90 年代为相对沉寂期；进入 21 世纪后，黎族当代文学进入沉实发展的时期。① 研究者詹贤武亦持相近观点，其将黎族作家的创作分为诞生时期（1978—1988）、沉寂时期（1989—2000）、发展时期（2001—）三个阶段。② 这一分期基本概括了黎族作家文学的发展历程。

20 世纪 70 年代末至 80 年代是第一阶段。这是黎族作家文学的发轫期。早在黎族作家群体尚未成型的 20 世纪 70 年代初期，就已有黎族作者创作的零星的诗歌等文学作品散见于国内报刊。例如，文明英、苏儒光 1972 年在《人民日报》上发表的歌颂毛主席的诗歌《国庆佳节想念您》，龙敏在《乐东文艺》上发表的歌颂黎寨新人新事的诗歌《拖拉机来了》《黎寨新曲》。陈文平、黄文泽、杨文贵等黎族作者在《广东文艺》1975 年第 1 期发表的一组总题目为《五指山头唱颂歌》的诗歌。这些作品受当时政治形势的影响，带有浓重的政治色彩，多为赞歌和颂歌，尚未达到较

①　王海、江冰：《从远古走向现代——黎族文化与黎族文学》，华南理工大学出版社，2004，第 171 ~ 172 页。
②　詹贤武：《黎族文化主体性问题研究》，海南出版社，2016，第 232 ~ 235 页。

高的文学水平。1979年，党的十一届三中全会的召开，对于黎族作家文学来说是具有里程碑意义的历史事件。在思想解放、改革开放、文化复苏的社会环境中，在20世纪80年代以理想主义精神为感召的文学黄金时代里，随着国家民族政策的落实和深入，黎族作者有了前所未有的以文字表达民族心声和时代感悟的愿望，第一代黎族作家应运而生。龙敏、王海、王艺、董元培、符玉珍、马仲川、符日开等一批黎族作者，开始以汉文为媒介表达自己对生活的观察和思考。他们从《五指山文艺》起步，发表小说、诗歌、散文等文学作品，逐渐走出岛外，在《民族文学》《人民日报》等国家级报刊上发表作品。20世纪80年代之前，口耳相传的民间文学是黎族文学唯一的文学样态。而第一代黎族作家的文学创作完成了黎族文学从口头文学向书面文学的历史性跨越。这一时期，龙敏的短篇小说除《同饮一江水》《卖芒果》《老蟹公》之外，还有《路遇》《忏悔》《青山情》《同名》等，题材上以表现黎乡风光和黎族人民生活为主。1986年由云南人民出版社出版的中篇小说集《黎乡月》是黎族文学史上第一部正式出版的小说集。王海的小说题材较多样化，有表现黎族生活的《帕格与那鲁》《吞挑峒首》《弯弯月光路》《五指山上有颗红荔枝》等，有以农场青年男女爱情为题材的《他们都在爱》《走过了那个路口》等，还有反映校园及都市生活的散文《卖鸡蛋的小男孩》《未及升起的新星》《朋友阿年》等。王艺发表了小说《纯心浴》、散文《迎婚坡》《洗衣歌》、诗歌《因为，我是在爱……》等。董元培发表了诗歌《火红的荔枝》《清晨，锯工在锉锯》、散文《南叉河道情》等。符玉珍发表了小说《大表姐》和散文《年饭》等。至于获奖情况，符玉珍的散文《年饭》获首届全国少数民族文学创作奖，龙敏的短篇小说《年头夜雨》获得第二届全国少数民族文学创作奖以及1983年度广东省"新人新作奖"，黄学魁的诗歌《东方夏威夷》获得第三届全国少数民族文学创作奖，标志着黎族作家的创作在全国范围内得到了认可，迈出了可喜的一步。

黎族文学创作发轫期的作品，在小说、诗歌、散文等方面都取得了较大的收获。总体来看，这一阶段的文学作品有两类，一类是响应时代主旋律的作品，不少作品与主流文学的"伤痕文学"潮流同步，看得出"伤痕文学"对黎族作家创作的影响。龙敏的《老蟹公》、符玉珍的《年饭》和《大表姐》等，都是对比今昔生活，讲述过去的黑暗和现在的光明，表达忆苦思甜的主题。另一类是描写黎族现实生活和黎乡风物的作品，王海的《帕格和那鲁》《吞挑峒首》《弯弯月光路》表现新中国成立后五指山腹地黎峒里的人们在生产、生活、观念、风俗等各方面悄然发生的巨大改变。龙敏的《同饮一江水》则是以黎苗两族青年男女的爱情故事为线索，讲述新中国成立前黎村苗寨"黎汉不娶苗女"的民族隔阂以及新时期黎苗青年摒弃旧俗在事业和爱情上双丰收的故事，凸显了民族团结的主题。中篇小说集《黎乡月》表现了新中国黎族农村生产方式和人际关系的变化。在社会主义新时代，黎族人民翻身做主人，思想情感、精神面貌、风俗习惯都产生了质的飞跃。赞美党的民族政策、歌颂各族人民大团结，是该小说集的主题。总的来看，这一时期的文学创作通过对现实生活的书写表达了强烈的国家认同，歌颂新时期黎族人民治愈"伤痕"后的新生活，并通过文学表述强化民族团结、国家统一的主题。虽然深度不足，艺术表现也稍显稚嫩，但真诚素朴的感情以及民族自我表达的欲望是很能打动人的。

20 世纪 90 年代是第二阶段。这是黎族作家文学的沉潜期，文学创作的主要收获是散文和诗歌。第一代黎族作家中的王海、董元培等是为数不多的几位还在坚持创作的作家，而亚根、高照清、黄学魁、韦海珍等在 80 年代接受高等教育的第二代黎族作家则在此时登上文坛，为晦暗的黎族文苑增添了一抹亮眼的新绿。出生于 20 世纪 60 年代的他们，从古老的黎族村峒中走出，在大学里接受了现代教育，有较高的文学素养和汉语书写能力，更有传承和反思民族文化的自觉，为黎族文学的薪火相传做了创作主体上的准备。现代知识的训练和现代文明的熏陶使他们具有开阔的视野和文化比较意识，既能带着民族情感和民族思维自内向外地观察外部的现代世界，又能以现代视角自外向内地审视黎族极具地域特点和民族特色的历史文化传统，从而形成民族文化身份的自觉表达。

董元培的《白沙陨石坑记》《白沙有座卧佛山》、亚根的《筒裙谣》

《寮火》《告别茅屋》、韦海珍的《船形茅屋》《雀鸣声声》、高照清的《黎山春》《童年山兰地》《黎山篝火》《家住黎山》《黎山绿》等，都是这一时期散文方面的收获。诗歌方面成绩比较突出的是兼具黎族文化研究者和黎族诗人双重身份的黄学魁。20世纪90年代，他在《海南日报》《三亚晨报》《五指山报》等报刊上发表《热带的恋曲》《中部的恋曲》《寄梦，于如诗如画的三亚》《通什情思》《老迈乡亲》《天涯的情潮》《漂泊的思绪》《大海组诗》等组诗，反响较大。他在《民族文学》1985年第4期上发表的《东方夏威夷》获得了第三届全国少数民族文学创作奖。这一阶段，高照清、谢来龙、符胜芳等诗人也在进行诗歌写作。高照清在散文创作之外，还在《海南农垦报》《海口晚报》等报刊上发表了《垦荒人》《山间独兰》《黄昏·鼻箫》《昌化江》《春日胶林》《收胶归来》等诗歌。谢来龙这一时期在《五指山报》《鹿回头》《昌江文艺》等报刊上发表了《南方的岸》《古海滩》《南国》《赛龙舟》等诗作。符胜芳在《贵州日报》《海南农垦报》等报刊上发表了《塑料花》《迟升的月》《弯弯的收割》《夜的话儿》等诗作。值得一提的是，1999年，王海的文学评论《印象与思考——当代黎族文学发展浅议》获首届全国中青年当代少数民族文学研究优秀论文奖，标志着黎族作家文学创作与文学评论开始了良性互动。

20世纪90年代黎族文坛创作陷入沉寂的原因是多重的。1988年4月13日，海南建省办经济特区，撤销自治州，原自治州文化局主办的《五指山文艺》随之停刊，黎族作者由此失去了发表作品的重要平台，创作热情随之消减。同时，在时代主流是以经济建设为中心的20世纪90年代，文学生产领域受到市场化的冲击，文学期刊的改版和停办在全国范围内是普遍现象，文学创作在商品社会中处于日趋边缘化的境遇，海南不能自外于这一形势。黎族作家文学在这一时期进入沉潜期，小说创作低迷，散文和诗歌作品较多。作品中的民族意识主要体现在热带海岛的黎乡风光和具有民族特色的奇特风俗上，黎族人民行为观念的变化也体现在行文之中。

21世纪以来是黎族作家文学发展的第三个阶段。2002年龙敏用现实主义手法创作的《黎乡魂》出版，对黎族生活、民族心理和风土人情进行全景式呈现，是黎族作家创作的首部长篇小说。亚根创作的《婀娜多姿》，取材于民国时期黎族人民抗击外辱的反抗斗争，是黎族作家创作的第二部黎族题材的长篇小说。黎族作家黄明海创作的长篇小说《楔子》反映共产党领导下海南各族人民团结抗日的可歌可泣的斗争，黎族的主人公和场景中的黎族元素为小说增添了民族色彩。此外，黎族作家黄仁轲创作的《张氏姐妹》《大学那些事》《猫在人间》等长篇小说、黄明海创作的《你爱过吗》《色相无相》《书给狗读了吗》等长篇小说虽然不是以黎族生活为题材，却是 21 世纪以来黎族作家长篇小说创作多元化的标志。除此之外，王海、龙敏、符永进等创作的中短篇小说也颇具特色，《吞挑峒首》《青山情》《一夜归根》等中短篇小说集先后出版。2003 年，亚根的文学评论《滞后的民族文学批评》获第五届全国当代少数民族文学研究创作新秀奖，为少数民族文学批评注入活力。

散文在这一时期蓬勃发展，题材丰富，风格多样。2009 年，亚根的散文集《都市乡村人》获 2009 年中国散文学会和中国纪实文学学会联合举办的"中华之魂"优秀文学作品征文比赛一等奖，散文《大山月色》获全国少数民族创作奖三等奖，《竹缘情悠悠》获海南首届青年文学创作奖，《七仙岭神泉韵》获 2002 年全国报刊副刊作品年赛二等奖。董元培的《旅路足音》、唐崛的《南渡江源》、邢曙光的《春雨》和《黎山彩锦》、胡天曙的《溶溶黎山月》等相继结集出版。董元培的《三月水满》获得了 2009 年度中国百篇散文奖，为黎族散文走出海南迈出可喜的一步。散文篇幅短小，文体自由，相对来说创作难度较小，再加上适合直接表现思想感情，便于表现民族风情和审美心理，因而是 21 世纪黎族作家收获较多的文体。

在诗歌方面，21 世纪以来黎族诗人结集出版的诗集不断涌现，引起较大反响。黄学魁的《热带的恋曲》、董元培的《放歌五指山》、叶传雄的《黎山放歌》《黎母山神韵》《美好加林》、郑朝能的《木棉花开的声音》《钓一池好时光》《橄榄集》等，都是这一时期较有代表性的诗集。诗歌文体短小凝练，不仅有利于抒情写意，也便于在报刊上及时发表，一直以来颇受黎族作者青睐。

龙敏、王海与亚根堪称第一代黎族作家中的三驾马车，但三人又各有特点。其中龙敏最年长，1951 年出生；王海次之，1956 年出生。亚根最年轻，1964 年出生。因为时代原因，龙敏两次考取大学而未能如愿就读，但他来自黎村，热爱文学，从事黎族民间文学的搜集和整理工作多年，对民族传统文化和黎族乡村生活有深厚的情感和细致的观察，在中国作协文学讲习所的进修经历又使他获得了理论的自觉和写作的训练，从而形成扎根乡土立足传统描写黎乡风物的写作风格，长于对民族传统文化的深情描述和对具有民族特色的生活细节的捕捉。龙敏的小说蕴含着对黎族传统文化和黎乡风物的热爱，传达出强烈的民族情感和民族身份意识。王海是恢复高考后的第一届大学生。其虽然是祖籍在琼中县什运乡的黎族人，但从小随父母在内地生活，对故乡和黎族文化并没有深入的了解。直到考上大学后，他从广东赴当时在海南通什的广东民族学院上学，才产生强烈的民族认同感和将民族文化发扬光大的责任感。通什离什运不远，王海在上大学时经常回老家，对黎族文化逐渐有了真切的感性认知和理性思考，并开始以强烈的使命感整理黎族民歌民谣，搜集黎族文化资料，体验黎家生活，为文学创作做准备。王海的经历使他的文学写作呈现理性和感性交织的特点，既有从外部审视本民族文化的理性思考，又有着深切的民族认同和民族情感。亚根与龙敏同样来自黎族乡村，但 1964 年出生的他与龙敏的成长环境已有很大不同，没有像龙敏那样经历过时代因素导致的曲折坎坷。亚根从黎村走出，20 世纪 80 年代到理想主义光辉笼罩的大学中文系读书，在文学素养和写作能力的培养上接受系统的训练。这使他满怀热情地书写黎乡的民族特色和地域特色，却没有 20 世纪 50 年代出生的一代人所背负的历史重担，因而能够以更加开放包容的态度面对现代文明。亚根最初的小说创作，主题多为城乡对立所隐含的现代与传统的碰撞，展现出以现代视角对黎族传统文化进行的观照和反思。既然注定要在现代化的道路上一去不返，亚根就不会一味沉溺于怀旧的伤感之中，而是以一种积极而非对抗的姿态坦然迎接时代的剧变。

值得注意的是，黎族作家在海南岛内的分布具有地域性特点，乐东、陵水、三亚、保亭等市县的作家比较活跃，创作也各有特点。乐东籍作家以龙敏、符永进、韦海珍、邢曙光、唐鸿南、刘国昌、黎欢、羊许云、容师德等为代表。陵水籍作家中比较活跃的有马仲川、卓其德、黄仁轲、黄明海、李其文、胡其得、万才胜、陈道飞、符胜芳、李星青等。三亚籍作家主要以黄学魁、亚根、高照清、李美玲等为代表。保亭籍作家以王蕾、王平、金戈、胡天曙等为代表，白沙籍以符玉珍、董元培、卓和平等为代表，琼中籍以王海、叶传雄、王斌等为代表。20 世纪 70 年代末期以来，乐东籍作家在长篇小说、散文、诗歌等方面的创作表现不俗，为黎族当代文学的发展做出了重要贡献。而陵水籍作家则是 21 世纪的后起之秀，新人辈出，收获可喜。值得注意的是，在创作题材的选择和处理上，乐东、三亚、保亭等地的作家和陵水作家有较大区别。王海指出，前者的创作“大多是根植于本土，取材于本土，反映的多是本民族的社会生活”，陵水籍作家的创作则一方面包括反映黎族生活和历史文化的作品，另一方面又包括并非表现典型的黎族民俗事项和黎族文化意象的“非黎族题材”的作品。陵水籍黎族作家“非黎族题材”创作的普遍被称为“陵水现象”，与陵水所处的黎汉杂居地区以及黎汉民族长期以来的通婚有关。

　　改革开放的 40 年也是海南岛经济社会发生剧变的 40 年，现代化的进程带来日新月异的变化，黎族文化中一些与现代社会发展异质的部分正在萎缩甚至消逝。在黎族作家群体内部，依然能感到明显的危机感与“影响的焦虑”。危机意识与焦虑情绪一方面来源于汉语及汉语言文学的深厚积淀，另一方面也来源于现代社会中工业化城市化的进程。这些都反映在黎族当代作家创作的小说、诗歌、散文之中。黎族作家中以龙敏、王海、亚根等为代表的“50 后”“60 后”作家，成长在黎区，学习工作在黎乡，会讲黎语，谙熟本民族生活，有强烈的传承民族文化的使命感和责任感。但是对于更年轻的“80 后”“90 后”作家来说，形势悄然变化。他们接受城市化和工业化的现代文明浸润，在全球化时代和现代社会中成长，从小接受普通话教育，学习汉文书写，对黎家风俗和民族信仰不够熟悉，对黎族传统文化了解不深。他们的作品不执着于典型的民俗事项的描摹，却在对当代社会的敏锐观察和书写中体现了多民族文化的交往、交融和交流。

第六章

黎族作家文学的主题意蕴

第一节　中心与边缘：历史叙事与创伤叙述

世代居住在海南岛上的黎族自有其悠久的历史和灿烂的文化，但较为偏远的地理位置决定了海南岛相对孤立隔绝的状态。所谓"天高皇帝远"，海南在历代封建统治中都是相对薄弱的地区，游离于权力中心之外，长期居于边缘。千百年来，与权力中心和主流文化的疏离客观上延缓了海南黎族社会的发展进程，但却奇迹般地保留下来有原始共产主义特征的"合亩制"和平均分配制度、刀耕火种的原始生产方式、文身绣面敬神怕鬼的古老习俗、船形屋等古老建筑以及女子"隆闺"、已婚妇女不落夫家的带有母系氏族社会遗风的民俗。从现代启蒙视角看，海南黎族地区是化外之地，生产技术不发达，礼教制度不完善，在政治、经济、文化等诸方面都处于一种前现代的蒙昧状态，亟待现代文明的启蒙。但如果站在海南黎族地区自身的立场来看，边缘位置却带来了风轻云淡的自由与宁静，自有"不知有汉无论魏晋"的桃花源般的悠然自得。因为地处边缘，政治斗争的云谲波诡和改朝换代的腥风血雨对海南影响不大，百姓少受战乱之苦，少有流离失所之痛。温暖湿润的气候和得天独厚的自然环境使海南岛上的黎族具有随遇而安的条件，虽然生产方式落后却少有饥寒冻馁之忧。亲近自然、简朴豁达、随遇而安、散漫自由，少有等级森严的礼教，少为功利算计所牵绊。黎族文化对生命与自然的独特理解，提供了与中原文化互补的可能。

20世纪80年代以来，在思想解放改革开放的宽松环境里，随着少数民族作家对民族身份的认同，主流文坛的文学创作开始呈现鲜明的文化自觉意识。很多少数民族作家从"文革"时期带有鲜明意识形态色彩的创作开始转向对民族文化的书写。"85新潮"中寻根文学的思潮则启发了少数民族文学的"文化寻根"。以现代意识照亮民族历史，从民族历史和边缘文化中挖掘文化之根，在20世纪90年代以后一度成为少数民族文学创作的潮流，张承志、阿来、叶广芩等少数民族作家在《心灵史》《尘埃落定》《采桑子》等小说中梳理回族、藏族、满族等民族历史发展的轨迹，建构民族文化的自我，取得了引人注目的成绩。相对于这些民族，黎族作家的民族历史书写起步较晚。但这些书写民族历史的小说的问世，为黎族作家的民族书写做出了示范。21世纪以来，陆续有书写黎族历史的长篇小说问世。龙敏、亚根、黄明海分别以清末、民国、抗日战争三个时期的黎族民族历史，讲述黎族人民反抗压迫抵御外辱的斗争，彰显出勤劳勇敢、质朴善良的民族精神，以及黎汉团结携手共进的主题。这些长篇小说描写了黎族地区少数民族历史上经历的深重苦难以及创伤记忆，对黎族地区的社会结构、生存样态和文化特征的全景式描绘使小说具有民族志特色。凝重的历史叙事可以看作作家与祖先和民族传统的一次对话，以小说的形式重建民族文化身份，弘扬民族文化传统。

第一部讲述海南黎族历史的长篇小说是龙敏于2002年出版的《黎山魂》。小说以《崖州志》所载震撼崖州的攻破乐安城的多港峒黎首吕那改为原型，塑造了黎族农民领袖那改的形象，讲述了清末海南乐东地区黎族巴由、波蛮两大部落几代人的爱恨情仇，以及他们联手反抗实施民族压迫的崖州府最终悲壮失败的历史。巴由峒和波蛮峒两大部落历史上积怨甚深，势不两立，曾经发生过惨烈的械斗。但当共同受到官府的残酷压迫时，两大部落尽释前嫌，歃血为盟，团结一心投入反抗官府的斗争。不畏强权、英勇无畏、朴实善良、向往自由的黎家儿女群像跃然纸上。小说还塑造了虚构的汉族孤儿那高的形象，那高受统治阶级迫害而流落黎山，黎族同胞热情而宽容地接纳了他。那高在黎寨完成了成长蜕变，最终成为黎族群体中的重要人物。作者借助虚构的那高形象，表达了民族团结的主题："在特定的时间与环境中，族际之间的关系与民族相溶可能性是合理合情的。"① 对巴由峒和波蛮峒世仇的描写，隐含着作家对民族内部由经济落后利益纠纷等引发的隔阂与矛盾的反思。而清末崖州府以暴力强迫黎人搬砖筑营、派重兵镇压捕杀黎人的暴行，则从清末黎人所经历的深重苦难折射出封建社会中残酷的民族压迫。《黎山魂》由此提出既有区别又有联系的民族问题和阶级问题，暗示出以残酷镇压实施黑暗统治的反动官府终将自掘坟墓的必然结局，歌颂了黎族人民不向反动官府屈服、用生命捍卫民族尊严的精神。

龙敏以清代黎族生活和斗争为书写对象，从中可以看出为民族历史树碑立传的自觉意识。在《黎山魂》扉页，龙敏写道："凡是我祖先走过的脚印我都要写，这是我作为黎族后代的责任。无论这些脚印是大是小、是美是丑、是善是恶，都曾经在这块土地上走过，留下了无数悲欢离合的故事，这些故事无不在黎族子子孙孙的心灵中代代相传。作为他们的后代，我们引为自豪。"② 与以虚构为特点的长篇小说不同，龙敏有意将民族历史的史料和民族信仰风俗融入叙事之中，使小说具有民族志和风俗史的特色。龙敏在小说中细致地记录了赶山围猎、刀耕火种、禁忌祭祀、婚丧嫁娶等生产生活样态，具有民族学意义。黎族人民在漫长的历史岁月里创造了独特而灿烂的民族文化，这些文化质素已经成为一种强大的集体意识，沉淀在每一个民族成员的深层心理结构中，融化在民族的血液之中。

作为第一代黎族作家中的代表，龙敏自觉地成为黎族史料的搜集整理者和民族文化的继承宣传者，以文学的形式完成对民族非物质文化遗产的抢救和展示。《黎山魂》对黎族文学乃至黎族民族文化建设的贡献正在于对黎族文化和民族精神独特性的呈现以及由此表达的民族认同，其通过对

① 龙敏：《写在前面》，载《黎山魂》，南海出版公司，2002，第 2 页。
② 龙敏：《写在前面》，载《黎山魂》，南海出版公司，2002，第 1 页。

黎族民族起源、历史、文化、信仰、风俗的梳理和赞美，表达强烈的民族归属感、认同感，以及对民族文化的自信心和自豪感。在龙敏的笔下，山寨中黎人的耕作与渔猎、互助与争斗，与南岛氤氲水汽滋润的繁茂热带雨林、五指山地区独特的草木鱼虫飞禽走兽，自然和谐地融为一体。黎族文化中尚武善斗、亲近自然、重义轻利、豁达乐观、互帮互助的民族精神，黎族人民直率、豪放、质朴、好客、勤劳、坚忍、刚强的民族气质，在对五指山腹地黎族山寨中人们生产生活、衣食住行、婚丧嫁娶的诸多细节描写里得到淋漓尽致的呈现。

第二部讲述黎族历史的长篇小说是亚根于 2004 年出版的《婀娜多姿》。这部 24 万字的长篇小说讲述了民国时期海南黎汉人民团结一致抵抗外辱的故事，从题材上延续了《黎山魂》反抗斗争的主题。黎寨寨主诺木德才兼备，心系百姓，率领黎人建设家园守护黎寨，深受黎人信任拥戴。不仅如此，他胸怀大局，有黎汉团结的远见卓识。他率领黎族同胞与汉族游击队并肩作战，在守卫家园抗击敌人的斗争中成长为名副其实的黎族英雄。通过描写诺木率众浴血战斗奋勇杀敌的历史，《婀娜多姿》歌颂了黎族人民不屈不挠的反抗精神和勤劳、善良、勇敢的优秀品质。

《婀娜多姿》在人物塑造上也颇为用心。作者不仅生动形象地塑造了英雄诺木，在描写诺游仁、诺游武、昭里等外贼帮凶时也没有生硬地将他们脸谱化。亚根自述："那一种人对家园刻骨恒古的特殊情感是永远也不能被轻易掠夺的，那一种不论何时都不会逊色的黎族人的善良与勇敢也不允许否认的，即使它们时时与被作者调侃或揶揄的对象同处。民族宗派阴影之下的蛮横、狡诈、贪婪、放荡、吝啬和弱智、迟钝、麻木、自卑、自虐等等奇怪的人物动态，也只是作者所极力宣扬的勇敢与善良人性的一定程度的陪衬。"①普遍意义上的人性弱点并非为某个民族所独有，作者在试图以启蒙主义立场批判人性的弱点与缺陷的同时，又以悲悯之心写出这些沦为内奸败类的人物的性格成因和行为逻辑，以哲学的视角对人类

---

① 王海、江冰：《从远古走向现代——黎族文化与黎族文学》，华南理工大学出版社，2004，第 189 页。

的历史"投注否定之肯定与肯定之否定的情绪",通过记取"人类的琐屑的生命形式"回顾与检视"人类的文明过程"。这样的写作目标使亚根的小说在一定意义上超越了狭义的民族视角,以现代意识阐释了人性与历史的内在联系。

《婀娜多姿》将故事发生的背景设置在深山中的黎族村寨,情节的推进和人物的行动自然地在黎族山寨的空间中展开,由此带出原生态的黎族民俗、信仰和黎寨风光,并自觉地对黎族历史和文化心理进行梳理和概括。小说对道公作法驱鬼、惩罚禁鬼附体的"禁母"等细节的描写,与《黎山魂》对民风民俗的呈现存在相似之处。亚根的历史叙事有着自觉的民族意识,他希望借助小说书写民族历史,树立民族文化自信,彰显民族文化身份。他在小说的《后记》中写道:"这部小说……也许算不上是佳作,如果能被人们当做黎族历史故事,一则则曾经发生的生动而多彩的人生,也就是够了。这些故事是我的早已过往了的祖辈人生。""从人生的道理上说,淡忘昨天,也许就会麻木于今日,也许很难振作于明朝。"①亚根有意通过自己的文学创作充实黎族作家文学的成绩,作为56个民族中平等的一员参与中华民族的文化建设。"中华民族由56个兄弟民族组成,这56个兄弟民族从生态到心态以至于生存方式和价值取向等等都各具特色各含真谛各领风骚。他们也因此而早已各自积淀与奠定了一片片深厚的文化底蕴的沃土肥田,他们有理由并有权利在每片沃土肥田上栽种他们喜爱的树木花草,并让那些树木花草开花结果,从不同的位置和不同的途径为中华民族这个文学大景点扮绿添彩。我现在孜孜以求的为之付出代价的黎族文学没有理由不能成为哪怕是大景点中的一棵小树一撮嫩草。"②

亚根曾在《文艺报》的专访中表示:"我离不开黎族,离开黎族我就不是一位黎族作家,就没有前进的明确方向。站在黎族的土地上,站在黎

---

① 陈立浩、范高庆、苏鹏程:《黎族文学概览》,海南出版社、南方出版社,2008,第180页。

② 陈立浩、范高庆、苏鹏程:《黎族文学概览》,海南出版社、南方出版社,2008,第181~182页。

族的生活的基础上，我才能展现出自己作为黎族作家应有的风格和特色。在创作中，不要与别的少数民族或汉族作家作品雷同，要有自己的一条路。"① 第一代黎族作家普遍将文学创作看作传承民族文化传统的有效途径，执着于对民族文化身份的构建，认为少数民族作家应该专注于讲述民族故事，表现民族生活，抒发民族情感，彰显民族特色。黎族作家从民族文化中汲取营养进行文学创作，黎族作家的作品反过来又助力于培养民族自信，建构黎族民族共同体。

出版于 2009 年的黄明海的《楔子》，也是较有代表性的讲述黎族民族史的长篇小说。小说讲述 20 世纪 40 年代初期海南岛东南部各族人民在中国共产党领导下英勇反抗的抗战历史，讴歌了琼崖青年在面临外敌入侵时的牺牲精神和民族气节。小说中的黎族青年董光略和祝新是党培养的一代新人。他们有胆有识，在党的指挥下组织抗日武装力量，建立抗日根据地，以游击战的方式与敌人英勇作战，最终夺取了抗战的胜利。黎族学者王学萍称赞《楔子》的新意表现在"题材的新颖"和艺术上的"自我超越"："黎族是个具有优良革命斗争传统的民族。为了摆脱历代统治阶级的奴役，求得民族生存的权利，黎族人民与汉族人民及其他民族一道，进行前仆后继、不屈不挠的反抗斗争。特别是中国共产党成立后，黎族人民积极参加党领导的革命斗争，为海南岛的解放和中华人民共和国的建立作了重要贡献。黄明海的《楔子》，正是其中一个辉煌历史片段的真实写照。……既有对敌浴血的搏杀，也有同事温情的相持；既有牺牲的悲壮，也有胜利的狂欢……内容波澜壮阔，回肠荡气；故事曲折迂回，扣人心弦。"② 黄明海在后记中表示，《楔子》为纪念新中国成立 60 周年而创作，是在向以冯白驹和王国兴为杰出代表的琼崖纵队致敬，"在党的领导下，在海南各族人民的支持下，为琼崖抗日战争的胜利作出了卓越的贡献。先烈们为民族尊严、国家独立而英勇献身的精神，是中华民族不断发展壮大的思想

---

① 《"离开黎族，我就不是一个作家"——黎族当代作家访谈》，《文艺报》2013 年 4 月 3 日。
② 王学萍：《序》，载黄明海《楔子》，花城出版社，2009，第 3~4 页。

根基"①。《楔子》是黄明海加入广东作协之后创作的小说，作者明确表示"作家应当了解历史、贴近生活、融入社会，自觉地、有独创性地使自己的文学作品同社会历史、时代发展、民族命运有机地结合起来，努力选取独特的题材，以独特的简介，采取独特的视角和叙述方式，充分地反映伟大时代以及伟大时代中非凡的人物和非凡的事件，使作品具有震撼力、感染力，从而引领人们弃恶从善，净化心灵，陶冶性情"②。在《楔子》中，黄明海有意以作家的身份参与主流意识形态的文化建构，指明革命道路是民族解放的根本出路。黎族人民要想摆脱旧社会经济上的剥削和政治上的压迫，实现民族解放，必须依靠中国共产党的领导。黎汉团结抗战的主题强化了少数民族对多民族国家的国家认同观念，体现出"中华民族多元一体格局"的视野。

有语言无文字，也造成了黎族作家历史叙事的困难。毕竟仅凭本民族口耳相传的民间文学，黎族作家很难抵达民族更久远的历史和更精细的文化记忆。而汉文典籍所记载的民族历史虽可参考，但毕竟是来自他者的观照，并非民族的自我言说。在黎族作家的历史叙事中，常常可以看到民族自豪感与创伤叙述的交织，集中地体现在对船形屋、文身等黎族传统文化意象的描述上。

被选送到鲁迅文学院少数民族文学创作班学习的黎族作家韦海珍，在散文《船形茅屋》中讲述了这种历史悠久的自豪感与处于文化边缘的痛楚感兼具的复杂感受："当我准备将我远古祖先的丑陋和灿烂辉煌公诸于世时，在北京鲁迅文学院一个房间里，我已经和那两位东北女作家足足谈了一个下午，她们不听则已，一听却都惊讶地瞪着我，象骤然间看见从远古走来的神，我说：'我不是"旧约"中创造天地的神，我不会立伊甸园或按神的形象创造亚当和夏娃，我只不过是一个黎族女人，用现代语言向你们述说我的祖先。'"③

黎族传统民居船形屋，在当地也叫"草寮""茅草屋"，是黎族祖先在

---

① 黄明海：《楔子》，花城出版社，2009，第251页。
② 黄明海：《后记》，载《楔子》，花城出版社，2009，第253~254页。
③ 韦海珍：《船形茅屋》，《民族文学》1991年第1期。

恶劣自然环境中生存智慧的结晶。《黎岐纪闻》载："居室形似覆舟，编茅为之，或被以葵或藤叶，随所便也。门倚脊而开，穴其旁以为牖。屋内架木为栏，横铺竹木，上居男妇，下畜鸡豚。"[1] 传说黎族先民在昌化江口登陆之后，把渡海的木船倒扣，放在木桩上做屋顶，再割茅草遮住四周，用藤条箍住屋顶。在台风频繁、雨水丰沛的海南岛，船形屋可以有效地抵抗台风，排泄雨水，保持居住环境的相对干燥和安全。祖祖辈辈的黎人就在船形屋的庇护下繁衍生息。光阴流转，岁月流逝，当很多民族远古时的建筑被历史的尘埃所掩埋，船形屋却奇迹般地保存下来并一直被使用。新中国成立后，黎人先后搬进砖瓦房，船型屋才逐渐消失。因为位于群山环抱的峡谷形盆地，沙砾土质不适合修路，交通不便，三面环山的东方市江边乡白查村村民直至 20 世纪末还居住在船形屋里。直到 2005 年省道修好，白查村村民才迁入新建的瓦房。留在原址的船形屋 2008 年被列入国家级非物质文化遗产保护名录。千百年来，茅草葵叶覆盖的船形屋为黎人遮风挡雨，庇佑一代代黎人成长。

古老的船形屋里诞生了一个民族。

船形屋既是黎人现实生活中的家园，也是黎人魂牵梦萦的精神家园，寄托着黎人的民族情感，是黎人共同的文化记忆，也是民族意识的象征。

在韦海珍的《船形茅屋》中，船形屋是黎族悠久历史的象征，是海岛民族的祖先聪明智慧的结晶。也许船形屋所代表的黎族文化相对于主流文化处于从属、边缘的位置，但其却是海南所独有的区别于其他地域的文化。文化上的差异性正是它亟须被呵护保存的理由。"虽然无法知道是哪年了，也很难说是哪日了，但有谁敢断言那时我祖先的思维发展还没有趋向于近代人，对于生的渴望和死的恐惧还没有真正的认识？那时太阳、星星和月亮，山川河流肯定已经存在了，天地不再是混沌黑暗一片。祖先们意识到对他们生命最大威胁的不但是强大的外族掠夺和野兽的袭击，而且日晒雨淋和寒冬的煎熬更让他们痛苦不堪。象征着我远古祖先创世业绩的

---

[1] 原中国科学院民族研究所广东少数民族社会历史调查组、原中国科学院广东民族研究所编《黎族古代历史资料》，海南出版社，2015，第 613 页。

船形茅屋就在这时候诞生的。"① 从工业化的现代文明来看，船形茅屋是粗糙甚至丑陋的，但从海岛的特定环境和发展历史来看，它就是涉海而来的祖先的创世伟绩，是黎族民族创造性的表达。

在王蕾的笔下，有千年历史但终究随时代变迁而逝去的船形屋是神圣的，与黎族人内心的情感世界和文化记忆密切相连。"黎族人民爱盖'船形屋'，不仅是因为它适应海南岛自然环境，而是它还是黎族崇拜、纪念祖先、祈求祖先保佑平安的精神寄托。……黎族人民为了纪念乘船漂洋过海来到海南岛定居的祖先，都依着木船的模样盖起了船形屋。……船形屋带着这样富于幻想和充满浪漫神奇的色彩而来，它寄托着黎族人民对安居乐业、生活美好的梦想和渴望。黎族人民视它为繁衍后代、人丁兴旺的神灵，因而对它的建筑十分地讲究……船形屋在它的建造过程中无不体现了黎族人民的智慧以及原始的宗教信仰。黎族人世世代代在船形屋里孕育爱情和繁衍生息。"②

白查村的船形屋在诗人唐鸿南的笔下是让人念念不忘的母亲。在《千年新娘——致白查村船形屋》《船形屋的记忆》《白查黎寨》等诗中，他反复地倾诉对船形屋的深情与眷恋，满含骄傲的民族自豪感，又隐含历尽沧桑的忧伤。穿越历史风尘而来的船形屋，恰如饱经忧患却永远慈爱宽厚的母亲，在为后代子孙竭尽所能地奉献了所有之后，在全球化的浪潮中心甘情愿地退场成为历史。唯其不言，方为大爱。在《千年新娘——致白查村船形屋》中，诗人以对话的姿态倾诉对船形屋的真挚感情：

> 你，仿若昌化江远涉的激流，在江尾的浪头之间，端详的盘坐在远足的方舟上，穿越岁月的脚步……
>
> 叫你一声新娘！你，一位古稀的新娘。飘舞的发丝好似洒落的情网于深水中吟唱，流动着一个民族千年的身影。
>
> 喊你一声新娘！你，一位黎人的新娘。千年漂泊的身影在江流的

---

① 韦海珍：《船形茅屋》，《民族文学》1991年第1期。
② 王蕾：《远去的船形屋》，《海南农垦报》2009年6月2日。

浪潮上休憩，寂寞的虫鸣与鸟叫，解说着你千年不变的乳名。

难道，你真的孤独了么？你丰满的肉皮覆盖的是黎人远古的巨乳。

在那里，你挂起山谷的欢笑。在那里，你扬起传世的童谣。在那里，你的乳汁酿制的是闰洞里铁骨铮铮的誓言……

遥望你远去的背影，你挤出的鲜奶被结绳记事的故事拉长。你滴落的乳汁陷入刀耕火种深沉的裂缝，永不分开！

时代的鼓钟敲醒了，敲醒了的不是你三月远嫁的情思，牵走的却是你远去的骨髓。此时，昌化江的狂澜依旧是你日夜闪跳奔放的容光！

新娘哟，那道光的踪影，可能否醉倒你千年享亭屹立的壮歌！①

船形屋能在海岛的特定地域环境中传承千年，成为热带海岛上的文化记忆，体现出热带海岛黎族文化与众不同的特性。全球化的潮流中的民族平等，不应以取消民族文化的多样性和差异性为前提，不应以现代工业社会的"文明"为唯一标准抹平差异，而应该在尊重各民族文化的差异的基础上追求"以不齐为齐"的实质上的平等。

在《白查黎寨》中，诗人对白查日趋"僵硬""孤零"的处境忧心忡忡，感伤、悠长的叹息承载着对黎族民族精神家园消失的担忧。

那些惧怕疯长的时间，在此真的变成苍老了。

砖瓦的情结，一层叠着一层，白查摇晃着僵硬的脸。

尘埃里穿上泥巴的茅屋，早在钢筋和凝土的奔跑中，从远古走进现代。

倾听白查孤零的夜，水油灯里微微颤抖的光影，和着忙碌的狗叫声，瞬时溜向苍茫的天籁。

---

① 唐鸿南：《千年新娘——致白查村船形屋》，《南岛晚报》2010 年 7 月 29 日。

圣洁的白查黎寨，滑落在民间故事的嘴上，段落不再生动前行。

还有阿爸那把站在茅屋门上的水烟筒，总是无烟无火的迁移。

倒入时光流转的源头，山兰架下迎风招展的图腾，依旧清风光鲜。

我却看不到砍山刀和山歌的挥舞中，那些熟悉的火堆里声声燃烧的笑脸……①

今天，以现代性为特征的全球化潮流势不可当，所有民族概莫能外。在现代化和全球化的进程中，作为传统农业文明遗迹的船形屋势必随着时光流逝而退出历史舞台。从使用功能上看，现代社会人们不再需要船形屋来抵御自然灾害和野兽蛇虫的侵袭。从居住条件上看，现代社会中用钢筋水泥建起的瓦房和楼房整洁坚固，采光通风都远胜于船形屋，显然更适合居住。然而在黎族民族文化记忆中，船形屋在凝聚民族情感、承载文化乡愁方面的象征意义却很难被取代。船形屋诞生于黎族先民的生产生活实践，昭示着一个海岛民族筚路蓝缕艰苦创业的发展历程，记录着黎族人民从远古走向现代的历史轨迹，具有不可取代的人文价值和精神力量。

李星青写道："我住了整个童年的房子，称为'茅草屋'。沿着时间的河流追溯，我的族人在很多年前住的更古老的房子叫'船形屋'。船形屋太古老了，整个海南岛只有我的族人居住，他们生活在海边，传说他们渡海而来，漂过茫茫的大海，终于停靠在北纬十八度这个小岛上，在那个茹毛饮血的原始社会，从此他们在这里燃起最初的烟火，没有衣服穿树上的树皮，而且还挑选了最毒的见血封喉树，没有遮风避雨的地方他们住进了山洞，把船倒扣过来，形成最早的船形屋模型。船形屋太简单，就像黎族人纯朴的性格一样，在热带小岛上，三千年前成为黎族人庇佑风雨的家。"②

---

① 唐鸿南：《白查黎寨》，《海口日报》2016 年 7 月 11 日。
② 李星青：《远去的船形屋》，《椰城》2022 年第 1 期。

对于黎族作家来说，对船形屋的保护不仅是对黎族民族文化记忆的守护，还是对黎族民族精神家园的守护，有助于增强民族共同体的凝聚力和向心力。

黎人的绣脸绣身，即文脸文身，是黎族的传统习俗。文身是古代百越民族和东夷民族的标志，在《山海经》《庄子》等古代典籍中均有记载。据考证，古百越族的文身、黎族的文身、壮侗语族诸民族的文身等有文化上的传承关系。黎族先民涉海而来，在海南岛繁衍生息，也沿袭了文身的习俗。黎女绣面文身习俗的由来，在史料和民间传说中大致有以下三种说法。一是相当于黎族大户人家女孩的成年礼。宋代范成大《桂海虞衡志·志蛮》载："绣面乃其吉礼，女年将及笄，置酒会亲属女伴，自施针笔，涅为极细虫蛾花卉，而以淡粟文遍其余地，谓之绣面女。婢则否。"[1] 二是临嫁绣面，并以绣面为记号使黎女不得再嫁。清代屈大均在《广东新语》卷七《人语》中记载："其绣面非以为美，凡黎女将欲字人，各谅己妍媸而择配，心各悦服，男始为女纹面，一如其祖所刺之色，毫不敢讹，自谓死后恐祖宗不识也。又先受聘则绣手，临嫁先一夕乃绣面，其花样皆男家所与，以为记号，使之不得再嫁，古所谓雕题者此也。题，额也；雕，绣也。"三是防止恶人抢劫。《刺脸》《纹面的传说》等黎族民间传说，都言及黎族女孩为了防止恶人抢劫或敌人掳掠而去绣面文身。美丽的黎女与恋人真心相爱，却被恶人觊觎美貌。为了打消恶人抢亲的念头，黎女用荆棘在脸上和身上刺出斑斑血迹并用木炭涂黑，使恶人认为容貌尽毁而放弃抢亲。《岭外代答》载："盖黎女多美，昔尝为外人所窃，黎女有节者，涅面以砺俗，至今慕而效之。"[2] 值得注意的是，第一种说法和第二种说法皆出自汉族文人及官员的视角，或将黎女绣面比作汉女的及笄之礼，或认为黎女绣面是出嫁后作为丈夫家私有财产的记号，是以中原文化立场对黎族文化的解读，也带有封建父权制社会的深刻印记。而在黎族自己的民间传说

① 原中国科学院民族研究所广东少数民族社会历史调查组、原中国科学院广东民族研究所编《黎族古代历史资料》，海南出版社，2015，第569页。
② 原中国科学院民族研究所广东少数民族社会历史调查组、原中国科学院广东民族研究所编《黎族古代历史资料》，海南出版社，2015，第632～633页。

中，绣面文身却是因为对强权的反抗和对婚恋自由的向往。无独有偶，在龙敏创作的长篇小说《黎山魂》中，母亲以民族审美的视角劝说 15 岁的阿练文脸文身。也就是说，黎族祖祖辈辈都认为脸上身上"纵横交错的花纹图案"是"美丽动人"的。"姐妹们认为，姑娘在脸上画上花纹，更加显得娇美妩媚，更能招来男人们的喜欢和追逐。反之，脸上没有花纹的姑娘就受到冷落。为了让花纹永远地留在脸上，她们摘来山上的白藤刺，规则地点刺在脸上，使脸上渗出血渍。又采来山上多种树汁，涂在花纹上，让树汁与血渍混在一起，黑蓝色的图纹便永远留在姑娘的脸上。"不仅如此，文绣的图案后来还成为区分黎族部落和支系的标志。"女人们又根据自己的爱好，设计出本支系、本部落的图案，使外人一目了然，一看就能分辨出是那（哪）个支系、哪个部落的女人。"①小说中母亲讲述的故事提供了古代文献资料之外的一种理解文身习俗由来的别样视角。黎族是一个热爱美并善于创造美的民族，黎族居住的热带海岛与其他民族聚居地区在气候、环境等诸多方面都有地域性的差别，在本民族历史发展的进程中也逐渐形成了具有民族差异性的文化，黎族人民的审美感知、审美心理与其他民族既有共性，也独具个性。文身的习俗产生于古代黎族人民的文化实践之中，体现了黎族独有的审美心理和审美情感。

黎族有本民族的语言而无文字，因而现存黎族古代历史资料都由汉族知识分子或者汉族官员记录并保存在汉文史籍之中。而中国历代封建王朝多以儒家学说为治国基本理念，以华夏正统自居。为巩固其中心统治地位，统治阶级多将少数民族边缘化，以征伐或怀柔的策略实现对少数民族的统治，其中不乏民族歧视和民族压迫。历史上虽有苏轼等持民族平等思想的文人士大夫，但也不乏对黎族等少数民族抱有偏见和误解的文人和官员。这一点是今人查阅黎族古代史料时应该注意的。

龙敏的《黎山魂》中，阿练的母亲为了说服阿练文身，在讲了文身的好处之后又讲了反抗者悲惨的结局："古时候，有一个性情刚烈的女孩子，

---

① 龙敏：《黎山魂》，南海出版公司，2002，第 187 页。

同龄的女伴全都文了脸，只有她誓死抗争，决不文脸。无论什么威逼引诱，都丝毫动摇不了她。长大后，她依然是清白一脸，莫说是同族同地的后生嫌弃她，就连外地外宗的鳏夫也看不上她。虽然她长得美丽动人，但是，在众男人的嘲讽下，她美丽的容颜慢慢地枯萎了，变成一个憔悴的老太婆。……后来，她在凄苦中死去。在阴间，因为她脸上没任何部落图纹，她的魂得不到祖公祖婆的认领，到处被赶受骂，不得安宁，成为一个孤苦伶仃的游魂野鬼。所以，这种人死后，不能与父母兄弟姐妹葬在一起，而埋在孤魂坟里，永远不能与亲人团聚。每当黄昏，她的魂儿便四处啼哭……"① 这段文字写出了文身作为影响黎族人生活数千年的特殊文化形态代代相传的原因，也反思了现代文明进入深山黎寨之前民族文化发展的缓慢与停滞。

在王海的短篇小说《芭英》中，母亲告诉芭英黎家女孩十一二岁就要开始文身文脸，理由就是以上三种说法的综合。母亲告诉芭英，文身文脸对黎族女孩来说是一件神圣且值得自豪的事情："不光是脸上，全身都要绣的，女人生时不绣身绣脸，活着没人要娶，死了以后祖宗也不认的。……女人绣身绣脸就是教人不忘祖先。"② 芭英以新中国成立后文身习俗在政府宣传阻止下被禁绝的事实质疑母亲，母亲则回答："不管什么时候，女人都要过这一关的。生时不绣脸绣身，死了也要用炭灰在脸上和身上画出线样，然后才能入土去见祖宗的。这规矩就是政府也不敢迫我们改的，政府不会叫我们不认祖。"③ 出于对民族的热爱以及对民族文化的笃信，母亲仍然遵循着祖辈传下来的风俗。但新中国的少数民族政策让母亲切身感受到尊严与幸福，因此母亲也热爱与信任政府。信奉"祖宗的规矩"的母亲在传承或废止旧俗中犹豫不决，而叙事者则以现代理性立场对母亲所象征的前现代社会做出了明晰的判断："母亲无法解释这旧俗规被破除的合理性，又绝不怀疑人民政府的每一次宣传号召的正确性。愚昧和

---

① 龙敏：《黎山魂》，南海出版公司，2002，第 187～188 页。
② 王海：《芭英》，《民族文学》2007 年第 7 期。
③ 王海：《芭英》，《民族文学》2007 年第 7 期。

质朴的混合，是整个民族的一种普遍特征。"① 这是传统民俗遭遇现代文明
所引发的"创伤性"体验。当现代性以同质化的逻辑将一切不符合"现
代"的民俗都简单粗暴地判定为"愚昧"，当"美"被固化为一种放之四
海而皆准的标准，那么民族传统习俗及其承载的文化记忆或将面临解体和
消亡的悲剧命运。民俗的消失将引发民族文化的解体、民族归属感的消失
等创伤性体验。而黎族作家一再将文身作为文学书写的对象，正是为了修
复民族文化心理的创伤性体验。于"质朴"中找到属于民族自身的令人骄
傲的美的创造，正是黎族独特民族情感、审美心理的所在。来自"边缘"
的"质朴"，正是要重新定义"中心"所认定的"愚昧"。

　　然而文脸文身的习俗终将随着时代前进的脚步而被淘汰，作为标本从
现代社会中遁出，陈列在黎族历史的橱窗里。在《芭英》中，作者借芭英
的视角说出了现代社会中文脸习俗终将废止的理由。首先，文身是对于女
性身体和精神上的伤害。"待到芭英通晓人事，故事中亚贝那为捍卫爱情
而毅然毁容的壮举成了她梦中的憧憬，那血淋淋的面孔常常感动着她；而
母亲当初被人紧按四肢，强将刺条往身上脸上扎去时，那徒劳的挣扎，那
声声的惨叫，那发肿的伤口……又常常使她从梦中惊醒。当她带着想象中
的壮美和恐惧开始了她从少女到妇人的生命历程时，她实实在在地体验出
了母亲那句'女人是苦鬼投胎'的感慨。尤其是当她发现母亲在无怨无恨
的生活后面，仍然深深地掩藏着对自己前夫——芭英的生父的一段恋情之
后，芭英对母亲对命运似乎又有了一种更深的理解。"其次，从母亲的恋
爱和婚姻来看，文身也是一种前现代社会习俗在现代社会不被接受的象
征。母亲与芭英的生父离婚，是因为芭英的生父外出参军并且得到了现代
社会主流价值观念的认可，当了"带领一百几十人的大官"。芭英生父离
婚再娶的是个"好白，好嫩，好娇气，天天要刷嘴，弄得满口都是白泡
泡"的女教师，白嫩、娇气、刷牙的习惯与教师的职业，显然有别于黎族
山寨内评价女性的标准。然而，虽然城里的女人"脸相和腰身"都没母亲

―――――――――――

　　① 王海：《芭英》，《民族文学》2007 年第 7 期。

好看，芭英生父还是离婚再娶了。芭英继父的回答一语破的："你当然比她好看，但是你绣了脸，人家没绣，人家外面的人是见不得你这一脸花线的。"① 文身在这里成为一种前现代社会中愚昧落后的标志，山里的黎人与"外面的人"的对峙隐喻着文明与愚昧的冲突、前现代与现代的冲突、农业文明与工业文明的冲突。

随着现代化进程的加速，海南黎族原有的生存空间和文化传统受到前所未有的冲击，类似于船形屋这样的原初生存空间正在加速消失，文脸文身这样的传统风俗习惯正在被黎寨的年青一代逐渐遗忘。从文化的意义上看，这必然导致黎族族群对民族传统文化承续的忧虑和对民族文化记忆消失的恐惧。现代化城市化对民族文化的"同化"加深了黎族民族身份认同的危机。这种现代性冲击引发的创伤性体验成为黎族作家文学创作的一个主题。

第二节　主体与他者：民族想象与身份认同

黎族文学是黎族民族文化的审美表达，是黎族民族历史、生活环境、生产方式、文化心理、审美趣味、民族性格等因素的综合体现，体现了在热带海岛的山林深处居住的民族特有的地域特色和文化品格。因为有语言而无文字，黎族文学自古以来基本上以口耳相传的民间文学的形式存在，直至 20 世纪 70 年代末才涌现出用汉语写作的第一代黎族作家。

20 世纪 70 年代末，思想解放的潮流和民族政策的拨乱反正促进了少数民族文学的复兴，高考制度的恢复和对民族教育的重视为黎族作家文学的兴起做了人才上的准备。1979 年，党的十一届三中全会召开后，在思想解放、改革开放、文化复苏的社会环境中，以文字表达民族心声和时代感悟成为黎族作者的共同愿望，第一代黎族作家应运而生。70 年代至 80 年代的黎族文学有较强的意识形态色彩。70 年代末期主要以赞美中国共产党

---

① 王海：《芭英》，《民族文学》2007 年第 7 期。

领导的社会主义祖国、促进民族团结、实现国家认同与民族认同的统一等
为主题。龙敏的小说《同饮一江水》《老蟹公》、符玉珍的散文《年饭》
等是黎族文学最初的代表作品。20 世纪 80 年代初，国内奔涌着思想解放
和改革开放的时代潮流，追求现代化的热情在新启蒙主义的思路里空前高
涨，成为作为多民族国家的中国内部最大的共识。王海的小说《帕格和那
鲁》《弯弯月光路》《吞挑峒首》、叶传雄的散文《矿山听声》等都集中地
表现了黎家山寨对现代文明的渴望与向往。这一时期黎族作家创作的主体
意识体现在对民族生活的描写和民族情感的抒发上，但对于自我民族文化
独特性的强调还不够明显。

20 世纪 80 年代中期以后，改革开放政策和市场经济转型携带的巨大
能量推动中国社会急速发展。在思想解放的潮流里，少数民族作家民族身
份自觉和文化自觉意识日渐清晰。"85 新潮"中寻根文学的出现启迪了少
数民族作家以现代意识照亮民族历史，开启"文化寻根"之旅，于是，彰
显民族主体意识，强调民族文化的独特性，在 20 世纪 90 年代前后成为少
数民族文学创作的主流。国内少数民族文学对于民族想象和身份认同的热
情，经由对各少数民族作家作品的宣传推介、作协组织的少数民族作家的
培训班和研讨会，以及高校中文系对"文化寻根"的持续关注与研究，潜
移默化地影响着海南，对海南黎族作家文学的创作产生了示范和促进的作
用。但正如此前很多政治运动和文化事件对海南的影响都经过时间和空间
的缓冲一样，这种影响的结果要到下一个十年才逐渐显现。

经历了 90 年代的沉潜期，21 世纪黎族作家文学迎来了创作的繁荣期。
《龙山魂》《婀娜多姿》《楔子》《老铳·狗·女人》《槟榔醉红了》等多部
书写民族历史和现代生活的长篇小说接连问世，中篇小说集也有较大收
获，如《黎山月》《蛙声萦绕的村庄》等。《在山那边》《木棉花开的声
音》等诗集、《黎山是家》等散文集不断结集出版，描绘黎山风光、表现
黎家生活、抒发民族情感的作品层出不穷。作家们对民族身份、民族意
识、民族文化的自觉表现出前所未有的热情，逐渐从 80 年代之前的同质化
中国书写走向民族身份主体的自觉建构。王海表示："民族文学的特色显

现，是民族文学存在价值的根本显现。而何为民族特色？那就是有别于其他民族的独特的生活展现，特别是特定民族的共同心理素质的发掘和把握。我在对黎族当代文学发展现状的考察中，充分肯定了它在特定层面上显示出来的特定意义，肯定了它在整个中国文学格局中所具有的特殊价值；同时也指出了黎族作者普遍存在的以汉族作家的创作为蓝本、以流行的主流文化观念为评判标准因而迷失了自己的不足。我认为黎族作家要有自审意识和自省意识，要勇于面对自己的民族，勇于正视自己的民族文化，包括那些优秀的和落后的传统。而何为优秀何为落后，不能以别的民族尤其是占主流地位的汉族文化的标准作为尺度，必须要有切合本民族社会生活实际和民族共同心理的辨识和评判。"①王海盛赞《黎乡魂》，乃因其不急于不加分辨地依附主流文化观念，而能以作家对本民族的认识和理解去描绘黎族社会历史生活，唯有强烈的民族意识才是民族文学的精神支柱。

然而，黎族作家在建构民族主体性的同时又感到前所未有的焦虑，既担心民族传统文化被覆盖或改写，更担心民族意识淡漠和民族自卑心理导致的自我放逐。"黎族文学要获得长足的发展，必须寻回自己，认识自己，而且还要走出自己；要有自己的民族意识，有对自己民族的认识和理解，有属于自己民族的精神支柱。只有这样才能显现出自己民族的文学特色，这样的文学才是真正意义的民族文学。""什么是特色？别人没有而唯你独有者，这就是特色。黎族作家的创作活动，最大的优势就是讲述自己民族的故事，描写自己民族的生活，抒发自己民族的情感。然而，要表现自己的民族就必须真正熟悉自己的民族、认识自己的民族。"②

在世界范围内，全球化的进程在加速，经济的全球化之下，美欧发达国家尝试主导文化的全球化，形成新的文化政治。在这样的现实语境中，黎族与很多少数民族一样在生产生活方式等方面面临着巨大的转型压力，原有文化也因剧烈的转型带给黎族作家身份认同的压力。一方面，黎族作

---

① 王海、江冰：《从远古走向现代——黎族文化与黎族文学》，华南理工大学出版社，2004，第 270 页。

② 王海：《黎族文学漫话三题》，《黎母山》2018 年第 1 期。

家文学与其他少数民族作家文学一样，体现了中国文学的多源流性和美学风格的多样性，承担着多民族国家内部传承、发展多元文化的重任。另一方面，黎族作家文学与很多少数民族文学一样，因其存在的长期边缘性而遭到主流话语的遮蔽与放逐。在中国文学史主流话语的建构中，少数民族文学一直是边缘性的存在，而像黎族这样有语言无文字的少数民族的文学更是长期作为缺席的他者，游离于文学权力中心之外。

　　李长中曾分析："对于有语言而无文字的人口较少民族的人们来说，他们不掌握现代社会的文化资本（即使掌握，相较其他较大民族，特别是主流民族也远为薄弱），在这种情况下，他们的民族文化很显然存在被强势民族所书写，'声音'被强势民族所'代言'的风险，甚至会被不同的'有色眼镜'过滤而沦为强势民族的对立物或没有确切意蕴的能指。特别是当以文化一体化取代文化多样性、文化同质化取代文化多元化为典型特征的文化全球化步伐日益加速，那些文化创造意识不足、文化更新意识不强、文化保存能力薄弱、文化根基不扎实的人口较少民族，在全球化语境下更是存在着民族文化被强势文化所冲击，被他者文化取代或代言的可能。"① 虽然黎族不在28 个中国人口较少民族之列，但因其有语言而无文字，长期游离于主流文化中心之外，居于中华多元文化系统的边缘。黎族文学所遭遇的文化危机和文化焦虑与李长中所说的人口较少民族文学遇到的困难是相似的。

　　身处偏远的热带海岛，深居海岛中心的热带雨林，使黎族的生产生活与极富地域特色的自然环境密切相关，黎人的狩猎、耕作、渔猎等与大自然中的动植物息息相关。他们对热带的风雨和茂密的森林、高耸的山峰和辽阔的大海有着非同寻常的亲近。他们倾听鸟声蛙声、风声雨声，他们凝视日出月落、万物生长，山兰稻、翠竹林、椰树、槟榔、猎狗、耕牛、茅草屋、布隆闺……这些意象永远保存在他们的记忆中并被反复深情咏唱。神秘瑰丽而又色彩斑斓的大自然，是他们现实的生存环境，更是魂牵梦萦的精神家园。正如李其文在第31 届青春诗会上的发言："我试图在肉眼所见的世界里构

---

　　①　李长中：《当代人口较少民族文学的审美观照》，社会科学文献出版社，2015，第126 页。

建一个我所熟知的世界。那里有我亚热带故乡的大海、山脉、雨林、海湾、沙滩、岛屿、湖泊、瀑布、温泉、村庄、田野以及万物生长的跫音与气息。在这些物象里，我依然能找到来时的路，打开臆想中的一扇扇门，再没有仿佛梦魇般无法驱散的焦虑、压抑与虚妄。我对自然和本真的信赖，如同信赖在脉管里流淌的血液。"①

　　黎族在热带海岛的深山密林之中生存，相对隔绝的地理位置对外界的变化起到了缓冲的作用，黎族社会在相当长的历史时段中缓慢地发展，少有突飞猛进的剧变。直至 20 世纪下半叶，政治上的解放、经济上的发展、交通上的发达、科技上的进步，使海南岛与外界、五指山腹地与海南岛沿海地区的交流日趋频繁，黎族社会由此汇入现代化建设的潮流。现代社会科技的创新和物质的丰富使黎人的生产生活水平迅速提升，现代文化当下已经毫无疑问地深入黎族山寨深处并为黎族人民所认同和接受。但与此同时，现代化发展进程中所造成的生态环境的破坏和以商业化娱乐化为特征的大众文化的步步紧逼使黎族文化难以按照固有逻辑发展。黎族单纯古朴的传统文化在现代化的冲击下很难不受影响。这也可能导致民族文化主体地位的丧失和民族自信心的减退，使民族传统文化在现代转型的过程中陷入断裂的困境。目前，有些黎族青少年已不会讲民族语言，不愿穿戴民族服饰，对黎族传统技艺、民间习俗、传统节日、宗教信仰、民间文学等不感兴趣，使民族文化面临失传的风险。这种他者文化强势进入导致的对民族文化主体地位丧失的担忧，在小说里大多比较委婉，在散文中则是直抒胸臆的表达。在《消失的隆闺》里，到县城打工的黎家姑娘，"十八九岁的样子，蛋形的脸，嫩白的皮肤，染了微黄的头发，牛仔裤，紧身的 T 恤。穿着打扮很时尚，完全失去了黎族姑娘的本色"，她没有"隆闺"，对"隆闺"抱有的是外来者的"好奇"，并且认为"隆闺""哪有城里的舞厅、卡拉 OK 好玩"。② 在《最后的一条筒裙》里，母亲织出的筒裙"最漂亮"，过去"要出嫁的姑娘，都喜欢来跟母亲借筒裙"，而如今，村里的姑

　　① 李其文：《亚热带追寻》，《诗刊》2015 年第 23 期。
　　② 唐嵩：《消失的隆闺》，《海南日报》2005 年 3 月 12 日。

娘都穿衣穿裤后，母亲保留最后一条筒裙"要给你姐姐出嫁用的，可是她不喜欢"，"想给你哥娶媳妇当嫁妆，可是你嫂子也不要"。最后，"我"珍藏了这也许是"黎家人最后的一条筒裙"。①

　　黎族学者高泽强曾说："如今的政府十分重视对黎族传统文化的挖掘整理，但本民族人热情好像不太高，特别在一些黎族干部和知识分子中表现最为突出。比如：相对汉语来讲黎语虽有方言但区别很小，但本民族的人却认为区别很大，能说标准的汉语是光荣的而说标准的黎语是不可取的，带有黎族特点的姓名已消失并全改用汉名汉姓，带有民族特点的地名随意改变，家谱胡乱编造，民族语称谓不断消失，节日也可以创造等等。他们就习惯于以'他者'的思想、'他者'的文化来衡量自己的民族文化，所以在他们否定自己民族传统文化的同时，没办法只得将别的民族的文化来当做黎文化来演绎。"② 高泽强在出席会议及发表文章时，经常同时采用黎名"昂·德威·宏韬"和汉名"高泽强"介绍自己，表现出强烈的民族文化保护意识。

　　溯源"黎族"这一族称，来自汉族对黎族的称呼，而非黎族的自称。王国全、邢关英、王学萍等黎族学者都先后指出过这一问题。"黎族的'黎'不是本民族语，是汉人对黎人的称呼。"③ "黎族之间或与汉族和其他民族交往时，都普遍自称为'赛'。"④ "'黎'是他称，即汉民族对黎族的称呼。黎族一般都自称为'赛'，'赛'是黎族固有的族称。"⑤ 2008 年，高泽强在《海南黎族研究》中进一步说明："黎族的族称有两种情况，一种是其他民族对黎族的称呼，即他称；另一种是黎族自己的称呼以及内部之间的互称，即自称。……黎族有自己本民族语称呼的族称，'黎'只是汉族对它的称呼。"⑥ 除黎族之外，海南还有汉、苗、回三个世居民族。汉族对黎族的称呼是"黎"，苗族对黎族的称呼是"嘟唉"，回族对黎族的称呼

①　黄仁轲：《最后的一条筒裙》，《中国民族报》2010 年 7 月 23 日。
②　王海：《走出认知的误区——当代黎族文学创作的文化反思》，《昌江文艺》2022 年秋季刊（总第 87 期）。
③　王国全编《黎族风情》，广东省民族研究所，1985，第 2 页。
④　邢关英：《黎族》，民族出版社，1990，第 8 页。
⑤　王学萍主编《中国黎族》，民族出版社，2004，第 2 页。
⑥　高泽强、文珍：《海南黎族研究》，海南出版社，2008，第 5、7 页。

是"阿徕",而黎族的自称是"赛"。最终,黎族的族名确定为汉族的称呼。从语言交流的工具功能来看,选择"黎族"更符合生产生活实际,毕竟从古代典籍到现代政策,"黎族"都更广为人知。但从语言所承载的文化功能来说,放弃"赛"而改称"黎",隐含着边缘文化对主流文化的认同。"在与其他民族交往时,黎族人都一律自称为'赛',而把其他民族一律称为'美'或'迈',因此'赛'才是黎族的自称。'赛'也有写作'筛',含有'主人、土著、本族人、自己人'的意思,而'美'即是'客人、外人、外族'之意。"① 从上述黎族学者的解释中,可以看出黎族族群强烈的主体意识和民族归属感,无论是汉族还是苗族、回族,在黎族看来都是他者的"美"或"迈"。就此,詹贤武指出:"这个族称是自外而来的,并非由黎族人民自己决定而选择的。……这样的族称形成,并非遵循'名从主人'的原则由黎族人民处于民族的主体意识而主动给定,因此并不能体现出黎族人民的集体意愿。从 20 世纪 80 年代开始,本土成长起来的黎族学者逐渐在本民族文化的表述上获得了话语权,他们对这个被动接受的族称,从本民族文化的主体立场出发对之进行了文化追问。"② 这段对民族命名权的讨论体现了黎族作为一个族群对民族身份的自觉。对外来文化中他者命名的质疑和抵制,体现了黎族对民族身份的坚守和对民族文化主体意识的表达。

类似情况还有"隆闺"的命名,以及命名背后隐藏的主体与他者的文化冲突。"隆闺""布隆闺"源于黎语发音的直译。"隆闺"指"不设灶的房子",一般建于主屋附近或谷仓附近,是黎族青年男女从相识到定情的房子。夜晚,"巴曼"(小伙子)会跋山涉水到外村"帕扣"(姑娘)的隆闺里去与人对歌,寻找心上人,被称作"玩隆闺"。20 世纪 30 年代,德国学者史图博调查黎村时,有感于黎族两性关系的自由平等,以及隆闺中优美欢快的氛围,称"隆闺"为"青年之家"③。然而,"玩隆闺"在古代社会有悖于"男女授受不亲"的封建礼教,允许未婚怀孕生子的习俗与现代

---

① 高泽强、文珍:《海南黎族研究》,海南出版社,2008,第 7 页。
② 詹贤武:《黎族文化主体性问题研究》,海南出版社,2016,第 228 ~ 229 页。
③ 〔德〕史图博:《海南岛民族志》,中国科学院广东民族研究所,1964,第 95 页。

社会的婚姻法也有抵牾。长期以来，主流文化称"隆闺"为"寮房"，称"玩隆闺"为"放寮""夜游"，这是因对黎族文化不了解而产生的带有歧视和偏见的命名。[①] 黎族作家在进行文学创作时会特别强调隆闺在黎族婚俗文化中的重要地位，以及它在维系民族情感、凝结民族共同体意识、认同民族身份中的重要意义，抵触"寮房""放寮""夜游"的命名。高照清在散文《船形屋、隆闺与情歌》中说："黎族人的'隆闺'与汉族人的'闺房'没有什么区别，都有生活起居场所的功能。……黎族伦理道德是不允许同一宗族，同一姓氏成员相互通婚的，未婚男子不得不跋山涉水，到别的部落，上别的村寨，找未婚女子对歌，寻觅异姓心上人，他们要找的就是被黎族青年称为爱情伊甸园的圣地——隆闺。……在黎家的礼俗中，自有一套严格的伦理道德，来约束和规范人们的行为准则。如未婚女子的隆闺，是严禁已婚男子或者行为不端的人登门入内的，谁若胆敢违背这一社会公德，会遭受到整个黎族社会的谴责、唾弃，甚至最严厉的罚处，行为极为恶劣，造成严重后果的，将以生命为代价。"[②] 唐崛在《消失的隆闺》中无限怅惘地感叹"它的消失是一个美丽的遗憾"[③]。在王海的小说《帕格和那鲁》里，还写到了帕格和那鲁的"兄弟隆闺"。对"隆闺"的命名，是对民族文化阐释权和话语权的争夺，是黎族文化主体意识的体现，是求得对民族文化的理解和尊重的一种急迫的呼吁。

海南地名的修改则涉及黎族历史文化记忆与现代社会商业利益对命名权的争夺。现代社会的商业利益也是黎族民族想象和文化身份建构遭遇的另一个他者。海南黎族地区的很多地名，在黎语中都有生动形象的寓意，或与黎族民间传说密切相关，有一种潜在的亲和力和凝聚力，是地域文化

---

① 如 1955 年《海南黎族苗族自治州婚姻单行条例（草案）》中称："黎族由于有'放寮'习惯，花柳病尚多。"1958 年《海南黎族苗族自治州人民委员会关于几种落后的风俗习惯的改革和修改几项旧的不合理的规定的方案》中称："'放寮'（自由性交关系）对人民身体健康危害很大。乱婚不但妨碍人民身体健康，而且还会引起纠纷。"韩立收：《天涯海角的老规矩——海南少数民族传统习惯法研究》，法律出版社，2018，第 371、375 页。

② 高照清：《船形屋、隆闺与情歌》，载《鹿回头 一个永恒的主题》，中国华侨出版社，2021，第 216、219 页。

③ 唐崛：《消失的隆闺》，《海南日报》2005 年 3 月 12 日。

的载体和民族文化的象征。出于发展旅游等商业目的去修改地名，由此带来的商业收益固然有助于黎族地区经济的发展，然而，却可能损害民族的文化记忆，导致黎人祖辈生长的家乡名称在地图上消失，黎族民间文学中相关的地名传说无所依傍。黎族学者王海在多个研讨会和多篇文章中都谈过21世纪以来黎族地区为了发展旅游产业更改地名的遗憾：将原"通什市"改为"五指山市"，将"七指岭"改为"七仙岭"。"通什"是黎语的海南话音译。在黎语中，"通"意为树下，"什"意为田地，"通什"意为高山上许多古树包围着的田地。将"通什"改名为"五指山"，或许可以借"五指山"的名气发展旅游产业，却可能淡漠了千年传承的古老记忆。与之相似的情况还有保亭的"七指岭"，七指岭在黎族民间传说中由杞黎祖先从大海里搬石头堆成，承载着黎族的历史文化记忆。将"七指岭"改名为"七仙岭"，并牵强附会地将汉族文化中"七仙女"的传说与"七仙岭"相联系，在王海看来是"黎族的原生性文化"在"与其他民族交流过程中被外来文化主要是汉族文化渗透、影响的结果"，是将他者的文化标签贴在了黎族身上。"一个地方的地名所承载的往往是一种特殊的文化或一段特定的历史，胡乱改换地名其实就是粗暴地践踏文化割断历史，是很无知很恶劣的行为。"①

"七仙岭"更名后，不少黎族作家创作了以"七仙岭"为题材、意象的诗歌和散文，多将"七仙岭"的美景进行了女性化的描写。例如，亚根在散文《七仙岭泉韵》中，称赞七仙岭"婀娜、秀美。站在她的前面有一种张大的魅力迫使你倒退几十米，再抬起头，直把脖子抬酸伸累了才能看到她挥动于蓝天之上的那纤纤的七指。她在干吆？那朵朵飘动的云彩是她撒给人间的醇香花瓣吗？那潺潺荡漾的清泉是她向远方来访的亲朋好友捧上的美酒吗？"②金戈的散文《七仙岭我家的后花园》赞美七仙岭上"七座'苗条'的石峰并肩而立，富有女性的柔美与娟秀，有别于泰山的雄伟壮丽"③。作者曾在"七仙岭开发成旅游景区"后的管理处工作，对于七仙

---

① 王海：《根系热土的文化坚守——序〈黎山是家〉》，载高照清《黎山是家》，团结出版社，2018，第5页。
② 亚根：《七仙岭泉韵》，《三亚晨报》2002年1月7日。
③ 金戈：《七仙岭我家的后花园》，《南岛晚报》2010年6月3日。

岭的更名与作为旅游景点开发后的变化有独到的理解。从保护民族传统文化的角度考虑，王海的呼吁是发人深省的："一些作者对自己身处的生活环境缺少思考缺少分析，对自己民族传统文化的认识和理解完全是以外人的眼光作为确认标准……没有对自己民族文化的明确认知，没有自己独立的民族精神守护，又如何能够写出真正具有民族特色的作品？"① 然而，从现代社会的实际境遇来看，现代化进程是不可逆的，人类社会注定在现代化的征程上越走越远。在全球化的商品经济发达的时代中，每个人都不能自外于时代，黎族传统社会走向现代化是历史的必然，黎族人民也在现代化的进程中受益于物质的丰富、经济的富足和生产生活方式的改善。如何做到既保护黎族传统文化，又与现代化的进程同频共振，是每个黎族作家在 21 世纪面临的选择，每个黎族作家都在尝试调和两者之间的分歧。

黎族作家高照清的散文集《鹿回头 一个永恒的主题》收录了多篇反映现代社会中海南黎村变迁的作品。其中《博后故事》记载了"亚龙湾"和"博后村"的更名，也反映了这种既维护民族主体意识又肯定现代文明的矛盾心理。

亚龙湾原名"琊琅湾"，"琊琅"字音出自黎语，"琊"意为伯母，"琅"意为漂泊，"琊琅"意为伯母漂泊的地方。相传，远古时一位仙女下凡，沉浸在一处海湾的美景中流连忘返，决定定居于此。当地的孩子们很喜欢她，称她为"阿琊"。后来"阿琊"与一位帕曼相爱并结为夫妻，从此男耕女织，安家立业。"琊琅湾"就此得名。而"牙龙湾"之名是从"琊琅湾"演变来的。1986 年，牙龙湾被规划为三亚市旅游开发区，三亚市委、市政府决定将牙龙湾更名为亚龙湾。"第一，从狭义来讲，'亚龙'是三亚之龙；第二，从广义来讲，'亚龙'是亚洲之龙；第三，中华民族都是炎黄子孙，是龙的传人，而'龙'又是中华民族最崇敬的吉祥物。""1992年 10 月 13 日，海南省政府正式批准将牙龙湾更名为亚龙湾。'亚龙湾'命名，一锤定音，尘埃落定，实现了从远古走向现代的时空跨越和历史性变

① 王海：《根系热土的文化坚守——序〈黎山是家〉》，载高照清《黎山是家》，团结出版社，2018，第 4～5 页。

化。而'国家旅游度假区'的定位，更使得'不是夏威夷，胜似夏威夷'的亚龙湾，成为世人瞩目的焦点，不仅谱写了新的历史篇章，而且还浓墨重彩抒写了改革时代新的故事。""亚龙湾的开发，使得凯莱、喜来登、希尔顿等知名酒店纷至沓来，慕名进驻。亚龙湾凤凰涅槃，在短短几年里，'不是夏威夷，胜似夏威夷'的亚龙湾，一跃成为人人神往的旅游天堂和度假胜地。"① 高照清认同"亚龙湾"更名后所具有的更深刻的寓意以及由此为亚龙湾旅游景区带来的商业价值。更名在这里寓意着从远古走来的黎族传统文化正在敞开怀抱走向更广阔的现代文化。

而在博后村的更名中，黎族作者的矛盾更是跃然纸上。他们不认同 20 世纪 80 年代将该村落更名为"博后村"的做法，认为这是强加给黎族村落的命名，没有尊重黎族文化主体的意愿。博后村原名"抱落盆"，"抱落盆"是黎语，"抱"是村寨，"落盆"是村名，"盆"指宽广、开阔、平坦的坡地。"博后村"的更名"追根溯源没有历史厚度，能彰显人文地理和文化底蕴的，非'抱落盆'莫属"。"在海南岛，在黎族人居住的地方，即便每一个峒寨，或者每一个村庄，追述起名字来源，均含有一个久远的传说和故事。人们只要揭开被岁月尘埃遮掩的面纱，你就会惊奇地发现，那些被挖掘出来的传说故事，不仅寓意深远，而且包罗万象，因为它们讲述的是黎族部落长途跋涉迁徙的传奇，同时也述说黎族族群逐水而居的历史。"② 但是同时，他们也无比欣喜地赞许现代化进程中博后村在建设美丽乡村和脱贫致富中的蜕变："历经了反省与阵痛，博后人卸下陈规陋习走出家门，大胆打破传统的生产方式，利用好土地资源优势，以租赁承包的方式，向社会招商。优越的地理环境，吸引来亚龙湾风景高尔夫文化公园有限公司、兰德国际玫瑰谷发展有限公司等等，博后村热闹了，昔日埋头田间劳作的泥杆子，成为今日各大公司企业的员工，时代变了，环境变了，村民生活质量也发生了巨大变化。"③

---

① 高照清：《博后故事》，载《鹿回头 一个永恒的主题》，中国华侨出版社，2021，第 4、6 页。

② 高照清：《博后故事》，载《鹿回头 一个永恒的主题》，中国华侨出版社，2021，第 4、5 页。

③ 高照清：《博后故事》，载《鹿回头 一个永恒的主题》，中国华侨出版社，2021，第 6 页。

黎族文学的主体焦虑一部分来自传统文化。新中国成立后少数民族地区实施的优惠的民族政策，有利于促进民族团结，却无形中使"少数民族"与"汉族"处于并置的位置。汉语言文学占据中国语言文学的主体位置，少数民族语言文学处于他者的位置，从而带来"影响的焦虑"。但其实，不应该以本质主义凝固不变的视角看待民族文化，民族文化是发展的、变化的，是在交往交流中逐渐融合的，历史上每一次民族文化交流所带来的民族融合都使各民族文化面貌焕然一新，最终形成中华民族你中有我、我中有你的共同体格局。在中华民族从多元到一体的发展过程中，中原文化的价值观念、伦理道德、科学技术、典章制度等是各民族学习和模仿的对象，而各民族的生产技艺、审美观念、道德信仰、文学艺术等又为中原文化注入了生机与活力，正是在双方互相学习借鉴的过程中，缩小了经济、文化、科技等的差距，形成了一个共同发展繁荣的同呼吸共命运的整体。少数民族的重要属性不在于少数，而在于人民性。少数民族文学与主流文学具有共同性，在同一个时空内经历着工业化、商业化、城市化和信息化的现代化进程。少数民族文学与主流文学又具有差异性，民族心理、民俗文化、审美趣味、思维方式、情感表达等方面的差异性构成了中华文明内部的多元性和丰富性。从中华民族共同体的角度来看，中华文明哺育了包容、开放、热爱和平的中华民族，各民族共同创造了人类历史上唯一不曾中断的灿烂文明，各民族交往交流交融是中华民族形成、发展和繁荣的动力，也是中华文明能成为人类历史上唯一绵延千年不曾中断的文明的密码。

　　黎族文学的主体焦虑一部分也来自现代文明。作为一种人类社会从传统向现代转型过程中形成的以理性主义为核心的价值观，现代性借助时空观的重构，以"放之四海而皆准"的普遍标准试图抹平地方性文化的差异性。"当现代性的文化诉求与地方性文化相遇时，不同的民族或国家必然会以地方性文化来应对现代性的文化诉求。同时，因为全球化的来临势必削弱民族的文化向心力，甚至导致本土文化的消亡。在这样的境况里，为了避免民族文化走向消亡，倡导本土文化的复兴就会成为一种必然，从而形成与'全球化'相抗的'本土化'趋势。"① 但事实上，民族交融的实质不是强制融合，更不是消除差异，而是在尊重差异的基础上包容多样性，增强共同性，实现"美人之美，各美其美，美美与共，天下大同"的交往、交流和交融。

因此，多民族国家中一种真正平等的文学观的建构，全球化世界中一种真正平等的文化观的建构，不在于确立一种抹平差异的标准以弥合主体与他者的隔阂，而是应该在承认现实世界中存在的差异并充分尊重差异的基础上，"以不齐为齐"，呵护多样性，保护差异性，实现各民族主体之间情感与意志的激发，建立一种真正的平等。"在自主的主体之间不存在普遍的统一性，因为这种统一性是以自主性的消失为前提的，或者说是通过对自主性的否定才能确立自己的普遍性和统一性的。"② 因此，取消了差异性，就是取消了主体性。黎族文学是黎族作家表达民族意识，建构民族主体的方式，是黎族作家民族创造性的表达，抹平黎族文学与其他民族文学的差异性，就是消解黎族文学的主体性。而建构一种多民族文学观，是要实现多民族主体的相互激发。如果拘泥于一种固化的标准去评论黎族作家的创作，那么就不能戴着有色眼镜以"先进"与"落后"去评判小说中有悖主流观念的情节和主题。谢来龙《海湾》、王海的《芭英》、龙敏《黎山魂》、亚根《婀娜多姿》等小说中对未婚生子、不落夫家、鬼神崇拜、祖先崇拜、"道公"、"娘母"、"禁公"、"禁母"等民俗文化、社会禁忌的描写，都是民族文化在漫长的历史发展过程中的一个侧影，在文化传统和民族信仰上其来有自，不能简单粗暴地贴上愚昧、迷信的负面标签。况且，很多习俗和禁忌也并非黎族所专有，不仅壮侗语族的各民族与黎族在文化上有密切的渊源关系，海南的汉、苗、回等民族的文化在某些方面也未尝不与黎族有相通之处。

因为黎族有语言而无文字，作家在从事文学创作时会遇到使用母语写作的作家不会遇到的困扰。首先，是语言转换技巧的问题，即语言与文化

---

① 杨红：《中国当代少数民族文学的文化寻根》，中国社会科学出版社，2019，第 135 页。
② 汪晖：《声之善恶：什么是启蒙》，生活·读书·新知三联书店，2013，第 51 页。

翻译的问题。对于黎族作家而言，不仅要解决黎语、海南方言、普通话之间的转换问题，还要解决口语言说习惯与书面语语法转换的问题、文学性表达与文化翻译的"创造性转化"问题。其次，是文学写作实践的问题。由于黎族没有文字，黎族作家从事创作时只能使用汉语。而文学语言与科学语言、日常语言的区别不仅在于"思想"与"情感"的不同，更在于其在历史过程中形成，"充满历史上的实践、记忆和联想"，"带有历史性语言的种种语境的变化"①。并且，文学与其他艺术形式不同，文学没有专门隶属于自己的媒介，因而"强调文字符号本身的意义"以及格律、音韵、双关、谐音等"语词的声音象征"，是"更加用心和更加系统的""诗化的语言"②。20 世纪 70 年代末，当黎族作家自觉地以民族意识从事文学写作时，才发现没有母语的文字可以依傍，不得不直接跨入汉语写作。这样一来，黎语自身所携带的历史记忆、生产生活经验、文学惯例、文化心理、思维情感、审美品格等横亘在母语思维与汉语写作之间，造成海南黎族作家进行民族自我言说的最大困扰。

　　黎族作家的汉语写作是一种跨文化、跨语言的文化现象。如何完成黎语思维向汉语写作的顺畅转换，是每一位立志为民族代言的黎族作家进行文学写作时首先要面对的问题。龙敏曾说："我创作时会'用到'三种语言。第一个是黎语，黎语是打腹稿。为什么要用黎语呢？就是如果你不用黎语打腹稿的话，那跟其他民族不是一样了吗？在修改中，用海南话，为什么用海南话呢？因为对海南人，你不讲海南话不行啊，他们听不懂啊，这是第二关。第三关是普通话，就是定稿了，这是得用普通话，因为它传播广。所以整个过程就是，黎语翻译成海南话，海南话翻译成普通话。"③事实上，龙敏所说的"黎语""海南话"的内部，还存在错综复杂的状况。海南素有"方言岛"之称。无论是汉族还是黎、苗、回等少数民族，使用方言土语都较多，汉族中不乏使用少数民族语言的人口，少数民族中也有

① 〔美〕勒克·沃伦：《文学理论》，刘象愚等译，江苏教育出版社，2005，第 12～13 页。
② 〔美〕韦勒克·沃伦：《文学理论》，刘象愚等译，江苏教育出版社，2005，第 12、14 页。
③ 《"离开黎族，我就不是一个作家"——黎族当代作家访谈》，《文艺报》2013 年 4 月 3 日。

使用汉族方言的人口，语言混杂使用的实际状况客观上反映出海南岛上各族人民在生产生活中的交流与融合。海南黎语既有汉藏语系壮侗语族的特点，也有南岛语族的特点。海南黎语可分为哈（侾）方言、杞方言、润（本地）方言、美孚方言和赛（加茂）方言，前三种方言内部又包括若干土语。宋元之后大批汉族移民陆续入岛，汉族方言也随之而来，形成了属于闽南方言系统的海南话、属于粤语系统的儋州话、属于西南官话系统的军话以及客家话、临高话等方言。黎族学者高泽强认为："哈、杞、赛（加茂）等方言的汉语借词主要来自'海南话'，美孚方言则来自'军话'，润发言和小部分哈方言借自'儋州话'。此外'客家话'、'临高话'对黎语也有一些影响。黎语各方言借词的这种混乱状况，直到中华人民共和国建立后才趋于一致，即黎语汉语借此以'海南话'语音为标准。"[1]1955年，以北京语音为标准音、以北方官话为基础方言的普通话作为国家通用语言被写入《中华人民共和国宪法》，并规定"国家推广通用的普通话"。以龙敏为代表的第一代黎族作家，在新中国成立之后出生、成长、受教育，在求学的过程中学习普通话，在报刊、广播、影视、网络上接触普通话，在工作的过程中使用普通话，具备用普通话从事文学写作的能力。正是他们的汉语写作为黎族作家文学的发生和发展奠定了基础。对于黎族作家来说，用黎语来描述本民族的历史、文化和当下生活，无疑更生动鲜活，具有民族文化的质感。但是，普通话却是黎族作家进行文学创作时唯一能依赖的书面语形式。龙敏以书写海南黎族民族史诗的抱负创作《黎山魂》，细致翔实地描摹了黎族社会的生产生活习惯、饮食服饰文化、民居建筑、婚丧嫁娶、节日祭祀、民俗信仰、神话传说等。小说中记录的大量海南黎族民歌、民谣、谚语、谜语、神话传说、民间故事以及人物富有生活气息和民族特色的对话，都只能以汉语记录和书写，无法以黎语的原貌呈现。大年初七是黎峒传统的围猎之日，《黎山魂》中曾描写黎人围猎出发前祭奉"昂"的场景，"昂"是"全峒人的命根子，本峒的人无不尊敬它"，但它其实"只是一块不起眼

---

① 高泽强、文珍：《海南黎族研究》，海南出版社，2008，第93页。

的石头"①，龙敏详细地讲述了"昂"的由来，以及围猎前祭奉"昂"的原因，但却找不到能与汉语对应的词语，只能按黎语的发音称这个祭拜仪式为"祭'昂'"，并在"昂"的后面标注"（山神公）"。以黎语的构思要借助汉语的表达来呈现，但在语言转换的过程中可能会导致文化意象的失落以及意义的错位，不能很好地传达民族精神和民族特点。毕竟，"只有语言才适合于表述民族精神和民族特性最隐蔽的秘密"②。

　　高照清表达过与龙敏同样的困惑："在海南岛，在少数民族聚居区，特别是黎族集中居住的山区，一个黎族人必须要懂三种语言：一是黎族语言，黎语是我们民族的母语，延续和凝聚着族群的血脉；二是闽南语，也就是海南方言海南话，这是生活在海南岛上各族群众进行沟通使用的语言；三是汉语，也是全国通用的普通话。要知道身为黎家人，从一降生落地听的第一句话是黎语，开口讲的第一个单词是黎语，跟人交流说的第一句话还是黎语。可以说黎语已经溶在我们血液中，根深蒂固地烙印在我们骨髓里。走出村寨，接触的语言是海南话，在海南岛民族地区，黎族人懂听懂讲懂说海南方言，他们用海南话进行交流和沟通，但在个别偏僻地区，黎族人是听不懂普通话的。等到上学读书了，他们才正式接触普通话，开始学讲普通话，学说普通话。……我们进行文学创作，我们所面临的是语言转换和思维转换问题，这就要求我们要提高驾驭语言和文字的能力。我们不仅要翻译，而且还要书写通顺，所付出的努力要比别人多些。"③ 黎语不仅是黎族人民交流思想感情的工具，更是黎族文化的载体，具有民族性和人文性。黎族作家的普通话写作不仅是跨语言的写作，还是跨文化的写作。德国语言学家洪堡特说："语言的特性是民族精神特性对语言不断施予影响的自然结果。一个民族的人民总是以同样的独特方式理解词的一般意义，把同样的附带意义和情感色彩添加到词上，朝同一个方向联结观念，组织思想，并且在民族智力独创性与理解力相协调的范围内

①　龙敏：《黎山魂》，南海出版公司，2002，第162页。
②　〔德〕威廉·冯·洪堡特：《论人类语言结构的差异及其对人类精神发展的影响》，姚小平译，商务印书馆，1997，第301页。
③　高照清：《鹿回头 一个永恒的主题》，中国华侨出版社，2021，第177~178页。

同样自由地构造语言。于是，这个民族便逐步地使其语言获得了一种独一无二的色彩和情调，而语言则把它所获得的这类特征固定了下来，并以此对该民族产生反作用。"① 黎语与黎族的民族性密切相关，黎语不仅是黎族人民日常交流的工具，更是通向黎族民族文化心理结构的重要途径，是黎族人民的文化财富和精神力量。虽然具体到每位黎族作家，语言风格各具特色，但是黎族共同语使他们秉持着相近的世界观，分享着共同的民族精神。正如德国语言学家魏斯格贝尔对语言民族性的分析："从个体来说，一个孩子从出生之日起就进入了民族语言流，他的母语决定了他一生的精神格局和语言行为。因此，对于一个民族来说，语言绝不是简单的交际手段。语言的这种精神与文化的内涵，使语言与语言之间在结构上的差异具有巨大的哲学、文化学、美学甚至法学的意义。"② 如果将语言看作人类观察和认识世界的途径，那么黎语提供了汉语之外观察、认识、表达世界的一种可能，是民族精神对外部世界的理解和观照，促成了世界观和民族精神的丰富多样性。但是，从黎语到海南话再到普通话的转换，存在较大难度，要尽量避免语言转换过程中的误用和遮蔽，促成不同语言之间的对话和交融。黎族作家先用黎语打腹稿再用普通话写作，必须要克服语言转换所带来的不适，最大限度地实现黎语与汉语在世界观和民族精神上的通约，这是很不容易的。

事实上，即便在有民族文字的少数民族中，用普通话创作文学作品的少数民族作家也占多数，因为普通话有更强大的传播能力和传承能力。中国是多民族、多语言、多文种的国家。我国是拥有 14 亿人的人口大国，人们必须依靠国家通用语言文字，才能有效沟通和交流。在当代中国，普通话是中华民族共同的母语，大多数少数民族都会使用普通话和规范汉字，与汉族及其他少数民族沟通。中华民族多元一体格局的形成和发展，有赖于各民族通过共同使用通用语言文字达成的国家认同、民族认同和文化认同。从这个角

① 〔德〕威廉·冯·洪堡特：《论人类语言结构的差异及其对人类精神发展的影响》，姚小平译，商务印书馆，1997，第 201 页。
② 申小龙：《汉语与中国文化》，复旦大学出版社，2003，第 44 页。

度来看，黎族作家运用普通话进行创作，正是以通用语言文字为纽带，达成国家认同、民族认同和文化认同，促进民族之间的交往交流交融。

学者李长中在分析民族文学的母语思维与汉语写作时指出，一方面，"对外来异质语言的普遍采用尽管扩展了本民族母语的表述范围和言说深度，却破坏了自我民族母语文化的原生态系统，特别是人口较少民族年青一代越来越注重对主体民族语言及文化的学习和掌握，熟练掌握并运用母语言的人群越来越萎缩，甚至有些人口较少民族母语处于濒临消失的境地，更加强化和加速了人口较少民族母语文化和母语的流失。与此相关，他们的言说系统、价值观念、思维方式等都可能随着母语的流失而烟消云散，由此不能不危及他们的民族认同和文化归属"①。但另一方面，"对他者语言的运用并不能完全根除自我民族语言言说方式的在场，自我民族语言及其言说方式的成规及其基因会以一种无意识形式渗透在对他民族语言的运用之中并使之与本民族语言之间形成语言间的疏离、审视和'变形'，或者是一种语言间的'换语'。即在对主流民族话语形式加以'改造'或'征服'中追寻自我民族属性和地域属性的隐性表述，在二者的相互'征服'或'改造'中形成了主流民族语言的另类形态"②。龙敏在 20 世纪 80 年代末期创作的中篇小说《黎乡月》中使用的语言是汉语，但其中有不少黎语的意译和音译，读起来有一种陌生感和滞涩感。但恰恰是这种滞涩感提醒着读者，这不是用作者的母语写作，而是一种"翻译"。作者在使用汉语的同时也在改造汉语，创造出一种带有黎族文化密码和文化精神的"黎族汉语"。黎族作家写作过程中从黎语口语到普通话书面语的创造性转换，也是文学与美学的跨文化传播。翻译过程中作家会把黎语中的差异性文化要素带到汉语之中，从而产生陌生化的效果，带来审美上的新鲜感，丰富中国文学的多元化构成和多样性特征。同时，汉语思维及其审美观念也会促使黎族作家以中立的身份反思民族文化，从而扩展表现的深度和广度，为语言的交流与交融带来新的可能。

---

①　李长中：《当代人口较少民族文学的审美观照》，社会科学文献出版社，2015，第 79 页。

②　李长中：《当代人口较少民族文学的审美观照》，社会科学文献出版社，2015，第 81 页。

第三节　传统与现代：文化乡愁与现代热忱

　　1978 年，党的十一届三中全会在北京召开，明确提出要把党的工作重心转移到经济建设上来。民族工作也开始走上正常化，促进民族平等与民族团结的民族政策得到恢复和落实，极大地激发了黎族人民的积极性，促进了黎族地区的经济发展，提高了黎族人民的生产生活及文化教育水平，第一代黎族作家开始崛起。在"新启蒙主义"成为主流思潮的年代里，黎族作家也沉浸在乐观的现代化想象之中。传承千年的农业文明将在现代化的工业文明的冲击下焕然一新，日新月异的现代化为热带海岛上有千年历史的古老民族许诺了一个明媚的未来。20 世纪 80 年代初期，黎族作家几乎无一例外地加入了时代的主旋律，唱出对现代化热切的渴望，以及对于自身蒙昧状态的批判与反思。追求民族的现代化，是黎族作家思考民族问题的起点。作家们兴高采烈地在小说中塑造符合现代化理想的黎族青年形象，诗人们热切真诚地呼唤现代文明的春光冲破"浓云覆盖"的"九重云霄"普照大地。

　　1981 年，黎族诗人王艺在《因为，我是在爱……》里深切地表达了对现代化征程中"缓缓前行的黎寨山乡"的忧虑以及对现代文明的热切向往：

　　　　我真想变成一只狂奔的野鹿，
　　　　驮走我缓缓前行的黎寨山乡；
　　　　我恨……恨那浓云覆盖的五指山，
　　　　僵硬的五指死死地挡着她的胸膛。

　　　　我真想变成九重云霄上的雷公，
　　　　劈断五指山那冷漠的指掌。
　　　　我恨……恨那空有虚名的美称，

只能使人陶醉在仙境般的梦乡。

因为，我是在深深地爱呀
爱得不忍离去，揉碎了胸膛。

我真想变成一个聋子，
不愿再听见舂米那沉重的声响。
我恨……恨那笨重的木杵，
声声恰似舂在我脆弱的胸腔。

我真想变成一个瞎子，
不愿再看见恰像不该是我的家乡。
我恨那诗人笔下永恒的意境——
简陋的小茅屋，高瘦的槟榔。

因为，我是在深深地爱呀
爱得不忍离去，揉碎了胸膛。

我真想化作一团火，把万壑焚烧，
播下理想种子——金色的"山兰"。
我恨……恨那装腔作势的布谷鸟，
只会在天上高喊，从不飞下田园。

我真想变成一只百灵鸟，
衔一片文明的春光飞进黎寨深山。
我恨……恨那孤僻固执的蝙蝠，
这不祥的精灵又偏偏喜欢昏暗。

因为，我是在深深地爱呀

爱得不忍离去，揉碎了胸膛。

我真想成为一位自然主义的画家，

描绘一幅真实的黎寨画卷。

我恨那无形地渲染的浮艳色彩，

她的画面应该是新绿还是淡黄？

我真想变成落笔洞里的石笔，

把滚热、滚热的浓墨饱蘸，

写下我深深的爱和恨，

写下我美好的理想和祝愿。

啊！我许是对你怀过太多的奢望，

原谅我，原谅这帝帕曼的目光。

因为，我是深深地爱呀

爱得不忍离去，揉碎了胸膛。①

　　爱之越深，责之越切。全诗的字里行间都流露出期待黎寨山乡早日摆脱现状迅速走向现代、与现代文明接轨的渴望。"缓缓前行的黎寨山乡"、"僵硬""冷漠"的五指山、"舂米"的"笨重的木杵"，以及"简陋的小茅屋，高瘦的槟榔"，与"孤僻固执的蝙蝠"一样，都是诗人极度渴望摆脱的对象。诗人渴望变成一只"百灵鸟"，为黎寨山乡衔来"文明的春光"，实现对黎寨深山的现代启蒙。

　　如果把现代性理解为一种启蒙时代的共识，那么有上古遗风的海南黎族地区刀耕火种的生活就理所当然被视为一种前现代的蒙昧的生活，以及

---

　　① 王艺：《因为，我是在爱……》，《五指山文艺》1981年总第12期。

一种亟待被现代化拯救的前现代社会样态。在这种以科技进步、生产发展、生活富裕为核心追求的现代性焦虑的影响下，作家们急切地呼唤民族尽早脱离蒙昧，与以西方为中心的世界接轨。

20世纪80年代黎族作家的小说，集中地表达了对现代化的热忱。在王海的小说《弯弯月光路》中，在赶山狩猎、刀耕火种的生活中练就强壮体魄的黎族青年阿边，是黎族传统社会观念中出类拔萃的小伙子，他勤劳、勇敢、有力气、会打猎，这也是旧日黎家姑娘择偶时心仪的品质。然而，这些黎族传统社会看重的优势，在现代社会中已不再是优点，无法赢得黎族姑娘的芳心。掌握现代科学种田技术和拖拉机驾驶技能的阿波，最终赢得了黎族姑娘水妹的爱情。曾经与阿边情投意合的水妹，最后放弃了与她对歌的阿边，选择了阿波作为恋人。水妹的爱情选择折射出现代文明给传统黎家村寨带来的巨大冲击。阿波不会打猎，但是受过现代教育，懂得电影和艺术，会开拖拉机，会科学种田，是进步、文明的象征。而阿边膂力过人、喜欢打猎、擅长对歌等特点已经不再是现代社会中的优势，终将与"合亩制"一样被时代所淘汰。阿波以绝对性的优势战胜阿边，这里隐含着现代与前现代的交锋、工业文明对农业文明的冲击，以及现代文化对传统文化的碾压。在小说《帕格和那鲁》中，帕格喜欢的姑娘在恢复高考制度之后屡败屡战连考三年，"千方百计想飞出山沟沟"。帕格深受触动，最终选择用文学创作证明自己。那鲁则选择当兵，决心到山外的世界去闯荡。这里三个青年共同的想法都是"不能混下去了"，"认真干出点事情"。[①] 而走出闭塞的山沟，走向现代世界，是"干出点事情"的前提条件。在小说《吞挑峒首》中，王海写出了吞挑峒的三个寨子番板、班什、毛贵在20世纪80年代之后的现代化进程中发生的变化。"合亩制"时代的峒首帕赶阿公，在新时代里丧失了权威，心中自尊与落寞交织。帕赶阿公的小儿子亚通要自由恋爱，"一心只想去远方，一心只想去外乡"。帕赶阿公虽然无法理解儿子，却也隐忍地接受，没有发生激烈的代际冲突。小

[①]　王海：《帕格和那鲁》，《民族文学》1988年第1期。

说写出了民族古规古训遭遇现代观念冲击时的脆弱，以及传统观念习俗、思维方式和行为准则在现代观念的层层紧逼下黯然退场的悲剧命运。

1985 年，诗人黄学魁在获奖诗歌《东方夏威夷》中将海南岛比作"有过辛酸的泪珠"的"东方美人"，祈盼海南岛能在祖国"起飞的号角"声中化为一只鸟，不仅翱翔于"中国大地最南端的小岛"，也在"北中国的上空"闪过"坚实美丽的羽毛"，从而成为"黑眼睛黄皮肤人的骄傲"。

> 西方的夏威夷，
> 在太平洋的怀抱中，是
> 蓝眼睛白皮肤人的骄傲；
> 东方的夏威夷，
> 在南海的怀抱里，是
> 黑眼睛黄皮肤人的骄傲。
> 中国大地最南端的小岛……
>
> 微风吹来，
> 椰少女婆娑起舞，
> 椰男儿抿嘴微笑。
> 巨石、海浪、暮归渔船，
> 一幅迷人的风景画。
> 沙滩、细雨、唱晚的笛声，
> 一首心灵的诗篇。
> 海花、贝壳、一染晚霞，
> 大自然神奇的构思。
> 落笔洞、小洞天、妙龄黎女，
> 不是神话的神话世界。
> 哟，东方夏威夷，
> 你身披人间所有的珠宝，

阳光下，

发出光彩耀眼的骄傲。

你是东方美人，但你脸上

曾有过辛酸的泪珠。

历代贬臣，曾经

望着你满脸的疮痍而叹息。

失意的诗人，曾经

在你身上绝望地写下了"天涯"、"海角"。

啊，东方的美人，

起飞的号角已经响遍神州大地，

变作一只鸟吧，在

北中国的上空，时时闪过你

坚实美丽的羽毛。

噢，南中国的一个小岛，

祖国舒心的微笑。①

　　巨石、海浪、沙滩、细雨、海花、贝壳等意象是"西方的夏威夷"和
"东方的夏威夷"作为海岛所共有的自然美景，而"暮归渔船""唱晚的笛
声""一染晚霞"等意象则蕴含着中华民族特有的文化记忆和审美心理。
落笔洞、小洞天、"历代贬臣"和"失意的诗人"承载着这个"南中国的
一个小岛"悠久厚重的历史，而椰少女、椰男儿、妙龄黎女则显示出热带
海岛独具特色的风物特产和民族文化。在中国追求"现代文明"的征程
上，小岛作为"神州大地"的一部分将与"北中国"一起走向世界，融入

---

　　①　黄学魁：《东方夏威夷》，《民族文学》1985 年第 4 期。

"现代"，赢得祖国母亲"舒心的微笑"。黎族民俗文化中的典型意象在这里并未被刻意强调，诗人在"中国大地"的版图上定位"最南端的小岛"，以开阔的视野和开放的胸襟祝福海南岛成为"黑眼睛黄皮肤人的骄傲"，传达出诗人内心深处的中华民族共同体意识。

诗人马仲川的笔，饱蘸着讴歌新时代的激情，赞美着现代文明给黎家山寨带来的翻天覆地的变化。他在《20年，我在寻找答案——纪念党的十一届三中全会二十周年》中，真诚地表达了新时期黎族人民见证黎乡剧变的喜悦与幸福。在改革开放后的20年中，黎族人民生活水平大大提高、生活条件逐年改善、经济收入节节攀升，现代文明的福利惠及黎家山村的每一个人。

> 20年，
> 我们黎家唱着春天的故事，
> 打开山门把春风春雨牵引——
> 古老的山寨焕发春的活力；
> 无边的田园叠翠铺银；
> 贫瘠的土地举起金山座座；
> 百里黎山捧出万紫千红的春天！
>
> 送走贫穷的岁月，
> 我们建设美好的家园。
> 低矮的船形屋，
> 只能交给博物馆，
> 刀耕火种已是从前。
> 崭新的楼房绿树掩映；
> 富了的黎家，
> 拥有电话、冰箱和彩电……
>
> 不是神话，

不是梦幻，

这是改革开放带来的巨变！

不用寻找，

不再探问，

答案写满我们每一个黎家人的笑脸！

20 年，不过是历史长河的一瞬间！

来吧，远方的朋友，

五指山挥动臂膀，

欢迎你的光临；

老阿妈已备好山兰酒，

芳香又甘甜！

让我们一起举杯，

分享我们黎家的丰年！①

　　现代文明使"古老的山寨焕发春的活力"，"楼房""电话、冰箱和彩电"取代了"低矮的船形屋"和"刀耕火种"的生产方式。使物质生活极大丰富，社会经济发展加速，是发展现代化的初心和目标，马仲川的诗表达了对 20 世纪 80 年代现代化主流话语的认同。但与西方现代化不同的是，具有中国智慧的现代化所追求的是全体人民的共同富裕——"每一个黎家人的笑脸"，"我们黎家"一起"送走贫穷的岁月"，"建设美好的家园"。

　　黎族作家散文中也不乏对现代化的倾情赞美。亚根在散文《蓝色的三亚湾》中热情地拥抱现代化带来的福祉，正是现代化引导着三亚这个平凡小镇转型成为"中国最南端旅游都会"："战后以至较为漫长的一段时间，三亚确实是一处默默无闻的海边小乡镇，平平淡淡地将自身置于没有多少

---

　　①　马仲川：《20 年，我在寻找答案——纪念党的十一届三中全会二十周年》，载中国作家协会编《新时期中国少数民族文学作品选集·黎族卷》，作家出版社，2014，第 358～359 页。

亮点的沉寂状态，几乎要淡出历史舞台。一直到 20 世纪 80 年代末期，它有幸取代了藏于深山中的州府，一直到海南建省办大特区，一直到人们对它的小心捡回和重新审视，并把它像兵家必争之地一样倍加器重之后，它的巨大价值才得以凸显出来。于是，三亚按照自己的顺畅逻辑和精美规划，如诗如歌，如吟如诵，挥洒自如地开始抒写中国最南端旅游都会的壮丽诗篇。于是，三亚最具蓝色文化氛围的亮丽海湾，开始孕育巨大的利润和无限的商机，最大限度地拓展商业的想象力、吸引力，也不断地丰富了具有长远经济目光的投资者的情感系统。"① 高照清在散文《乡路弯弯乡路长》中，以对比的手法深情回顾作为现代化重要方面的交通的改善给黎家山寨带来的巨大变化。昔日的乡路"是一条狭窄而细小的山间小径，路径两旁尽是一片遮天蔽日苍苍茫茫的原始森林，有虫蚊蚂蝗毒蛇野兽经常出没山间，晴天里一路尘土，雨天里一路泥泞，人们在路上行走，既有蛇兽袭人之危，又有山洪滑坡之险。……每一次出山，人人都要自备干粮，在凌晨时出发，走上一天，直到月上林梢才千辛万苦从山外回来"。路通财通，"新中国成立后……有了公路山里通了车，人们出山搭上汽车，半天就可以来回。而到了改革开放年代……那条泥泞不堪的山路终于被载入历史史册，被日新月异的时代封存，从此一去不复返了。……家乡人用好政策，在致富的大路上，用勤劳的双手编织着生活的美好。"② 现代化带来了城乡人居环境的明显改善，也带来了物质生活的富足与精神生活的富有。经济的发展，人民经济收入的增加，交通的改善，公共服务水平的提升，是惠及全体黎族同胞的现代化成果，蕴含着中国式现代化的智慧。

然而，现代化就像一柄"双刃剑"，在带给黎族地区富足的物资、便利的交通和丰富的信息的同时，也在大规模开发森林、矿产等资源，由此带来黎族同胞居住环境、生产方式和生活习惯的改变。工业文明和商业文明侵犯了传统生存空间，由此引发黎族作家的心理焦虑和精神迷茫，以及

① 亚根：《蓝色的三亚湾》，载《新时期中国少数民族文学作品选集·黎族卷》，作家出版社，2014，第296页。
② 高照清：《乡路弯弯乡路长》，载《黎山是家》，团结出版社，2018，第58页。

民族文化根脉断裂的恐惧。1981 年，王艺在《因为，我是在爱……》中所渴望摆脱的"舂米"的"笨重的木杵"，在 21 世纪到来之际早已被电动碾米机完全取代。然而，21 世纪黎人开始怀念舂米的木杵和木臼，并在除夕的夜晚家家户户翻出被遗忘的木臼舂起糯米饼来。"舂米"，此时不再是前现代落后的生产方式，而是黎人永生永世不可割舍的文化记忆："'嘡、嘡、嘡'，在这充满野性的声音里，流淌出原始时期人们对生存的强烈欲望，展现出生命力的顽强，成为人们与洪荒岁月抗衡的强劲动力。""我是吃它槽里的米长大成人的，我的血液和生命已经和它融为一体，无论是岁月怎样变迁，时代怎样发展，对于它的热爱，依旧是一往情深。"① 古老而原始的木杵和木臼，对祖祖辈辈的黎人有养育之恩，因而有着无穷尽的生命力，成为实现民族身份认同的信物，凝聚着民族共同情感。

1985 年，叶传雄的《矿山听声》热情礼赞"矿山的美好的交响乐"，这是现代工业文明送给黎村的激动人心的礼物："近处，是潜孔钻机钻孔时发出的一声声嗯哨，电铲机装矿时发出咣当咣当的撞响；远处各种机动车穿梭飞跑时的急吼，这些声音混杂起来，搅和着，激荡着，向山峦沟壑漫去，又从山峰溢出，呼啦啦地飞向天穹，听之不由人不热血沸腾，激动万分。登上矿山顶端，鸟瞰山下的石碌镇，呈现在我们面前的是镶嵌在无边的夜幕中的闪闪烁烁的电灯，恰似天上银河抖落的无数星星，又好像无数颗璀璨夺目的珍珠。"② 20 多年后，青年诗人唐鸿南和金戈已经在质疑和警惕现代化的高歌猛进。2012 年，唐鸿南在《高山上的灯》中写到作为现代工业文明象征的采矿的灯，"昼夜不分，照应庞大的机器，深挖巨石"，"入春首场暴雨，扑灭不了灯光，进而颤动了病慌的山体"。"高山冷得发抖。青蛙啼喊。群鸟分飞。野兽逃亡。村庄翻脸。高山的命运，危急！山民的眼神，正向灯光提出交涉。"③ 在 2014 年出版的诗集中，金戈描绘了黎寨深山遭遇工业文明的掠夺性开采时的惨痛，无奈与愤怒的情绪充溢在诗的字里行间：

① 高照清：《从岁月飘来的舂米声》，载《黎山是家》，团结出版社，2018，第 74、77 页。
② 叶传雄：《矿山听声》，《海矿工人报》1985 年 12 月 12 日。
③ 唐鸿南：《高山上的灯》，载《在山那边》，团结出版社，2017，第 72 页。

那里躺着

被削去半边的山体，

一块绿翡翠，截口苍白。

它怒目圆睁注视你。

海上的山头，绿浪起伏。

隔着宽阔的海，大陆向这里凝望。

那边伸来巨大的铁手臂。

他们挖，城市狞笑不止。

山在喊痛。他们仍是不停地挖着！

他们挖向眼前的宝藏。

被削去半边的山体。

等待着暴雨。它在酝酿一个复仇的计划。[1]

　　与很多南方少数民族一样，因为地理位置的偏僻、交通的不便和与外界的隔绝，海南黎族地区最初对现代文明并没有迫切的需求，几乎没有征服自然、改造自然的渴望。这固然体现了黎族文化传统中人与自然和谐共存的思想底色，但也反映出黎族地区现代化程度不足以挑战自然的客观事实。海南黎族从远古时代就一直与大自然保持亲密无间的关系，享受海岛充足的阳光、茂密的森林和丰富的物产，也承受台风、潮湿、酷热、蚊虫瘴疬等恶劣天气和环境的伤害。这样的地域特点使黎族传统的世界观和宇宙观处于一种万物有灵、众神共生的混沌状态，并没有现代性启蒙话语中对未来那么理性明确的规划和对人类力量本身的自信。而当以现代化为特征的工业文明和商业文明长驱直入引发黎族生存空间和文化传统的改变时，作为族群的黎族就会对现代性产生一种自觉或不自觉的防卫心理，抵

---

　　① 金戈：《流泪的河山》（组诗），载《木棉花开的声音》，南海出版公司，2014，第234~235页。

制外来的他者文化，守护民族现实的生存空间和民族精神栖息的家园。这时，"传统与现代性之间的内在张力使传统与现代共时性被一种道德化的情绪所过滤，对民间历史/传统的文学书写异化为以一种极致的'怀旧'心态去建构的'审美乌托邦'，与之相对的'现代'则成为一种使人看不到前途的'绝望'化的生活前景，并对之加以质疑、抵制，甚至是反抗"①。而当以完全回归历史/传统的"怀旧"方式建构理想中的"审美乌托邦"时，黎族作家很希望能排斥他者的文化干预，在一个没有他者的世界里坚守纯净的黎族主体的自我。② 王海在总结当代黎族散文创作中存在的问题时就特别强调要捍卫民族文化的主体意识。他提醒黎族作者要独立自主地认识和理解"自己民族传统文化"，不能"以外人的眼光作为确认标准"，不能按照"别人惯用的套路布局行文"，对民族生活的表现仅仅"停留于表面的摹写"。一旦丧失民族文化的主体意识，那么黎族作家"原本熟悉的诸如船形茅屋、绣面文身、山兰稻、竹竿舞、鼻箫、山歌、隆闺、织锦以及某些标志性明显的山水风光等种种鲜活的事物和景象"，就有成为"表现民俗风情的标签而被肤浅生硬地粘贴在作品中"的风险。③

　　20世纪90年代末到21世纪初，沉默已久的对黎族民间神话、民间信仰、社会禁忌、民风民俗的文学书写开始出现在读者的视野之中。出版于2002年的龙敏的长篇小说《黎山魂》和发表于2007年的王海的短篇小说《芭英》不约而同地写到了黎族婚嫁、绣面文身等习俗。发表于2007年的谢来龙的中篇小说《海湾》，写到了黎族允许女子未婚生子的习俗。亚根于2004年出版的长篇小说《婀娜多姿》和王海的《芭英》写到了黎寨中对"禁母"的处置方式以及"道公"作法驱鬼的过程。《黎山魂》是黎族作家文学中记录黎族民间传说、禁忌、信仰等最多的小说，其开篇就描绘了黎族孕妇生产的诸多禁忌。例如，那改的祖母叮嘱儿媳生产时不能大哭大叫，否

① 李长中：《当代人口较少民族文学的审美观照》，社会科学文献出版社，2015，第196页。
② 王海：《根系热土的文化坚守——序〈黎山是家〉》，载高照清《黎山是家》，团结出版社，2018，第4~5页。
③ 王海：《根系热土的文化坚守——序〈黎山是家〉》，载高照清《黎山是家》，团结出版社，2018，第5页。

则会中"禁鬼或口邪"。不能喊男人的名字，否则会"冲忌"。一旦中了"口邪"，要以热米汤和鸡蛋供奉，方可安生顺生。生产后要将一根带叶的树枝插在门缝中表示忌讳，这样外人不会闯入。《黎山魂》还记录了黎峒里女孩织锦的习俗。从文脸之日起，黎峒的女孩就要用全部精力织绣大服，在出嫁前完工，否则会被男子嫌弃嫁不出去。小说中的阿翠从 15 岁起用几年时间日夜织绣，织进"花草月云"，绣上"鸟龙蝶蜂"，终于完成华美的"大服"。书中还有对黎峒的占卜习俗和丧葬程序的细致描写。奥雅帕当失踪数天之后，帕当的妻子担心他被红毛小鬼藏起来而用鸡蛋占卜。因为"黎族传说有一种红头发的小鬼群，它们有本事把伤害它们的人藏起来。用鸡蛋卜中就会把人放出来不加伤害"[①]。帕当的葬礼程序是，"要击鼓向附近的峒报丧"，"接着，杀一只白狗，净了牙血，进入宰八头牛和无数只猪鸡，终日哭声不断、鼓声不停、烟火不绝的大葬期"，"四十九天后，哭声、鼓声、烟火慢慢地平息下来"[②]。

当科学、理性、技术、民族—国家的现代性话语占据知识体系主导地位时，神话、宗教、民间信仰等关乎人类心灵和情感的知识体系则成为福柯所说的"被压制的知识"，被看作理性和启蒙的反面。以科学主义的世界观理解神话、传说等知识形态和文身、图腾、鬼神崇拜等民间习俗，其都是民智不开化所致，是蒙昧的前现代的标志。这些传统民俗信仰在现代化进程中是应该被淘汰的，而这一淘汰的过程就是从蒙昧走向启蒙、从传统走向现代的过程。来自黎族民间日常生活的非理性文化，例如咒语、风水、谶兆、占卜、禁忌等，由此被视为"迷信"。黎族传统的民俗文化、神话传说、宗教信仰和社会禁忌在启蒙叙事的线性时间观中成为现代性叙事的他者，无法以主体的身份自信地参与对话。

在现代性的视野中，黎族文学想要融入现代世界，就要改造自身的知识结构。对于黎族作家来说，想要融入现代性的主流，在一定程度上意味着知识范式的整体转换，即与 20 世纪以来西方"现代性"知识体系的全面接轨。然而，中国进入 20 世纪以来，虽然明确将鬼神之说定义为"迷

---

① 龙敏：《黎山魂》，南海出版公司，2002，第 390 页。
② 龙敏：《黎山魂》，南海出版公司，2002，第 392 页。

信"，但反"迷信"运动其实并没有真正摧毁海南的宗族组织、民间习俗和宗教信仰，这些民间传统文化的很多元素依然潜藏在民间。对于在相对静态稳定的环境中发展、与大自然休戚与共的黎族来说，抛弃民族的民俗、信仰、神话、宗教就意味着一种文化根脉的断裂。黎族文化因地处边缘而长期游离于主流话语之外，又因没有文字仅靠民间口耳相传延续传统而存续艰难，在"现代性"的收编之下，几乎没有招架之力。而放弃民族文化传统寻求转向，无疑意味着民族文化记忆的湮灭和民族主体意识的丧失。于是，在走向现代与回望传统之间，在不可避免的现代化境遇与担心被现代化所覆盖和改写的焦虑之间，出现了难以协调的紧张。

　　《黎山魂》的作者将这些对黎族传说、禁忌、民俗等具体细节的描写，设置在清朝的时代背景中展开，具有明显的民族志特色和民族史意义。因为故事不是发生在当下，所以巧妙地避开了可能招致的宣扬"迷信""蒙昧"的批评。而在以当代为时代背景的小说里，民间传统与现代秩序的纠缠就更显复杂。高照清的中短篇小说集《蛙声萦绕的村庄》里收录的小说，集中地表现了作家对当代社会中民族历史及民间传统的命运的关注。小说中的民间传统在现代意识形态的强势推进下或者遭到解构，或者以自我重构的方式调和传统与现代的矛盾，隐隐地指出现代文明及现代秩序的不可抗拒，以及现代文明对民间传统的收编与利用。与以防卫的心态面对"现代性"的黎族作者不同，高照清并不打算以完全回归传统的方式建构一个没有"现代性"他者的世界来消除现代性带给民族的压迫感。小说《婚乐》讲述了黎族乡村中在婚丧嫁娶仪式上吹拉弹唱的民间乐师"巴笛夫"在现代社会中即将失业。因为黎族婚礼从形式到内容已经发生了巨大的变化，曾经依靠"巴笛夫"吹奏的迎亲曲一度被录音机里播放的西洋的《婚礼进行曲》所取代。而现代旅游产业拯救了奄奄一息的民族音乐，不仅"黎苗族风情园"的建设需要用"巴笛夫"的"原生态民间音乐"彰显黎族文化特色，年轻人的婚礼也在时尚的号召下走上"返璞归真"之路，"拾起古而老传统的黎族婚俗"，请"巴笛夫"吹奏传统民间音乐，迎娶身着手工织就的筒裙的新娘，美其名曰"原生态婚礼"。古老的民乐与民俗由此被现代商业收编，在民乐与民俗"再地方化"的过程中探索延续和转化传统的新的可能。在《钱铃双刀舞——乡村纪事之四》中,传统与现代的矛盾冲突的解决主要依靠国家意识形态对民族文化的保护。根据古老的黎族民间传说改编的《钱铃双刀》,形式上介乎于民间舞蹈和民间体育竞技项目之间,在"文革"时期遭遇毁灭的命运,20世纪末期已经濒于失传。而借助政府对非物质文化遗产保护政策的支持,《钱铃双刀》被作为黎族优秀传统文化得到保护与传承。就像源于古老祭祀舞蹈的黎族打柴舞被列入国家非物质文化遗产名录而受到保护一样,《钱铃双刀》在现代社会中具备了传承的合法性。

鲁迅曾在《破恶声论》中说:"夫神话之作,本于古民,睹天物之奇觚,则逞神思而施以人化,想出古异,诙诡可观,虽信之失当,而嘲之则大惑也。太古之民,神思如是,为后人者,当若何惊异瑰大之;矧欧西艺文,多蒙其泽,思想文术,赖是而庄严美妙者,不知几何。倘欲究西国人文,治此则其首事,盖不知神话,即莫由解其艺文,暗艺文者,于内部文明何获焉。"① 自远古而来的神话、信仰、宗教、习俗,以启蒙主义的科学观来解释,是"迷信"和"蒙昧"的标志。但不由分说地斥之以迷信,又何尝不是对"科学"本身的迷信。中华民族祖先的神思妙想、对宇宙和自然的理解、对人及人类社会的认识,也都潜藏在中华民族自己的神话、信仰、宗教、习俗之中,并成为艺术、文学和文化之根。

对于黎族作家而言,从事文学创作本身就意味着对现代技术理性的一种反思。"诗和艺术"表达了对人与自然和谐共生的渴求,对人类中心主义征服自然的贪婪保持警惕。黎族诗人借助诗歌"唤醒"自然,寻找人类的"生存之根",在诗歌中表达对自然的尊崇与向往,批判"人与自然的分离与反抗"。黎族作家李其文曾说:"在这个快速发展的社会,在钢筋水泥的森林中,因生活盲目的驱动,很大一部分人离自然越来越远,对自然的渴求越来越迫切,以至对山野、雨林、溪流、大海、高山、野花、农舍和单纯的面孔、久远的农事、稀释的风俗等等这些被我们忽略或远离的事

---

① 鲁迅:《破恶声论》,载《鲁迅全集》(第8卷),人民文学出版社,2005,第32页。

物产生强烈的向往，就像虔诚的教徒渴望皈依宗教。……诗歌的一个基本功能便是唤醒原本被我们遗忘的小世界——自然。如哲人所言：'技术理性是人类文明的进步，但同时也导致了人与自然的分离与对抗，使人的存在成为一种漂浮无根的状态。于是人们追寻着诗和艺术，仿佛追寻着自己失去的生存之根。'因此，在诗歌里呈现自然和自然性、诗人的情绪和情绪之外的现实，可以让我们返璞归真，再次亲临业已消失的现场去追寻生命之根。诗歌给予我的，正是这样的一次次寻根之旅。"①意大利哲学家维柯在《新科学》中提出，诗性智慧是人类文明最初的智慧。诗性智慧引导着原始人类对周围环境的认识，激发了人类的感受力、想象力和创造力。隐喻、夸张、变形和象征等诗歌中常用的手法可以视为诗性智慧的展开，而诗人则是诗性智慧的直接表现者。虽然维柯将感性思维与理性思维绝对对立失之偏颇，但他对人类文化和文学的思考无疑是深刻的。

　　生存在全球化时代的现代社会，对现代文明保持反思并非开历史的倒车。探索西式现代化之外的新的可能性，是反对将固化的现代化概念作为放之四海而皆准的唯一标准，是要在借鉴各国经验基础上找到适合自身国情的现代化。对于黎族文学的发展来说，是要走出一条与传承民族精神相吻合的现代化道路。现代社会中的文化乡愁，给黎族作家带来身份的认同感和归属感，缓解了现代社会中民族精神被弱化、民族文化被误读的现实焦虑，因此成为黎族作家取之不尽用之不竭的创作源泉。但是，也应该看到，试图把回归民间传统及民族历史作为民族文学发展的唯一出路，对外部世界日新月异的发展视而不见，仅以一种对抗性的姿态拒绝现代性话语的做法也是危险的。现代性与消费主义、数码转型与信息爆炸，是后现代社会中所有人共同面对的处境。我们注定在现代化的道路上一去不复返，只有超越怀旧主义的顾影自怜和狭隘民族主义的故步自封，才能重构基于民族文化记忆的全球化视野，在民族文化传统中汲取未来发展的力量。

---

　　① 李其文：《亚热带追寻》，《诗刊》2015 年第 23 期。

第七章

黎乡书写与民族志写作

第一节　风景的发现：黎乡风物的文学书写

黎族社会的生产生活与大自然有非常密切的关系，亲山乐水是黎族文化中突出的特点。黎人长期在植被茂密的平原和山地里耕作、渔猎、繁衍生息，受益于大自然的丰富馈赠，与大自然中的山脉、森林、土地、河流、海洋融为一体。黎人向往的是人与自然和谐共生的状态，这与现代社会发展主义征服自然的思想是有区别的。大自然在黎人眼中不是被征服的对象，而是朝夕相处的朋友。黎人承认人类力量的有限，在自然面前一直保持谦卑敬畏的姿态，而不是要以人类之智慧和力量征服自然、改造自然。黎人信奉万物有灵，恪守禁忌，对自然、祖先、鬼神始终保有敬畏之心。顺应自然、崇拜自然是黎族文化的显著特征，在黎族人的衣食住行、民风民俗中都能看到这种亲近山水、尊崇自然的观念。

黎族崇尚自然的服饰文化是黎族传统文化的瑰宝，记录了黎族纺织文化的辉煌。"黎锦光辉艳若云"，黎锦和筒裙是黎族作家创作的诗歌和散文中频繁出现的意象。2006 年，五指山市、东方市、白沙黎族自治县、保亭黎族苗族自治县、乐东黎族自治县联合申报的传统纺染织绣技艺被纳入第一批国家非物质文化遗产名录。同时申报成功的还有保亭申报的黎族树皮布制作技艺。黎锦取材天然，黎人从大自然中采集木棉、树皮纤维、海岛棉等植物纤维纺织，从自然中汲取灵感设计图案，再用植物染料或矿物染料染色，体现了黎族与自然和谐共生的文化观念。史料记载，周秦时期，黎族织绣名人已在裙上织绣山水花卉、草木鱼虫和飞禽走兽。秦汉时期，珠崖郡的"广幅布"是进贡朝廷的珍品，崖州的"龙被"闻名遐迩。北宋时期，崖州的植棉纺织业已相当发达。南宋末年，上海松江府乌泥泾的黄道婆流落黎地崖州，为"崖州布被五色缲，组雾纴云絷花草"的精湛纺织技艺所折服，于是潜心学习，掌握了黎族先进的制棉工艺和纺织崖州布被的技术，并在返乡后推广改良，促进了我国棉纺织业的发展。黎锦织成的筒裙原料取自天然，纹样效法自然，是黎族女性智慧的结晶，展示着黎人服饰文化的自然属性。邢剑华在《黎裙花赞》中赞美黎裙说："五指山区的黎族有七十多万人，因语言特点和生活习俗的差异，服装样式也有所不同，筒裙花纹也就各有千秋……居住在五指山深处的白沙县黎族织绣名手，以白色的棉布为底，采用红、青、黄、绿等花线配色，绣出持弓带箭、抵抗侵敌、保卫乡土的勇武的琶曼（黎语：男子汉），还绣出清溪绿潭，荡（黎语：龙）漾波戏水的画面。坐落在平坦地带的乐东县的织绣能手，因多彩的大地对她们钟情，她们以白色的丝线为底，选用绿、黑、红彩线配合，在'千家毡'被面上勾画出大地的笑纹。其他各县的织绣名手犹如'八仙过海，各显神通'，在她们手下，百花争芳斗妍，百鸟扑翅争鸣，绿野蜂唱蝶舞！"①

黎锦、筒裙作为黎族织锦技艺的物质载体，也是黎族民族特色的物质呈现。从民族文化传承的意义上，黎锦和筒裙中凝结的黎族文化记忆和民族审美趣味，能有效地唤醒黎族人民的族群记忆、集体认知和身份认同，从而释放黎族传统文化在现代社会中被挤压、误读和改写的焦虑。与黎族民间文学、黎族民歌、黎族竹木器乐、黎族打柴舞等艺术形式相比，黎锦、筒裙这些触手可及的物质载体以更真切直观的方式让人过目难忘，具有民族性、地域性的文化意义和审美价值。唐鸿南在《黎锦》中借助文学

---

① 邢剑华：《黎裙花赞》，《民族文学》1982 年第 8 期。

的想象深情地讲述了伴随黎族神话、图腾、文身"三千年"的黎锦的故事,以及与多彩黎锦相伴随的民族厚重的历史:

> 脚步。一下子丈量来了三千年的身影。
>
> 一条线谱,追问一条长路。
>
> 一种色彩,想象一种梦幻。
>
> 跟随一个个美丽的神话与传说,站在人们的面前。
>
> 神态。仿佛心情沉稳,无声倾诉。
>
> 黎家妇人燃烧的生生不息的记忆,将心灵织缀巧手,来回摇摆。
>
> 神奇的图腾,神秘的脸。
>
> 同时创造了历史,也编织了苦难中的黎家人。①

　　生长于黎寨的诗人,对黎锦的心情是复杂的,既为它的美丽与梦幻而骄傲,也为它所沉淀的艰辛和苦难而忧伤。郭小东在为黄学魁诗集《热带的恋曲》所写的序言里,深深为"黎胞很苦,织一幅锦要好几个月,有的要好几年"的现实所动容,"黎锦确实是天下奇珍,一幅小小的黎锦,不是用简单方式来计算其价值。每一幅黎锦都是一段漫长的无望的时间结晶;是漫漫长夜与酷热白天的心情故事;是一个并不强大也不富有的民族,对自己历史一次又一次的重温与再现;是无数黎族女性,从年青到年老的青春约定,有些甚至就是一个女人生命的全部与全程"②。唐鸿南笔下的黎锦,是黎家妇人命运的象征,也是一个在苦难中铸就传奇的民族的象征。

　　在《筒裙》中,唐鸿南将黎族妇女特有的服饰筒裙看作"母亲"的象征。这里的"母亲"并非诗人个人的母亲,而是作为民族历史的创造者、抚育者的全体黎人的"母亲"。"母亲"的"筒裙"由此成为民族群体文化记忆和民族身份认同的象征物,浓缩了黎族族群的生活体验和审美

---

① 唐鸿南:《黎锦》,《南岛晚报》2013年8月12日。
② 郭小东:《以鹿的姿势》,载黄学魁《热带的恋曲》,南方出版社,2009,第2页。

情感：

> 自从呱呱坠地，我就学会了在筒裙的心窝里，聆听亘古不变的
> 童谣。
> 今天，我的魂灵，仍然萦绕着那份难舍的温存。
> 在醒时入眠。筒裙是母亲的温房，使我孩童的笑声回荡村寨的
> 腰鼓。
> 在梦里苏醒。筒裙是母亲的宽怀，助我踏上异乡的脚步坦途
> 无限。
> 我曾问过自己。为何总在筒裙每次摇荡中看见我母亲的笑颜？
> 流转的经纶告诉我，
> 依恋筒裙，那是今生对母亲不变的牵挂。①

　　唐鸿南的散文诗充溢着强烈的民族情感，以及欲为民族代言的使命感和责任感。诗人擅长在黎家生活中撷取黎锦、筒裙、船形屋、陶艺等极具黎族民族特色的物象，凸显黎人个体对民族共同体文化观念的认同和尊重。贯通民族文化从历史到未来的血脉传承，以此保护、修复和发扬民族传统文化。但是，对于民族古老而沧桑的历史的熟稔，以及对于民族文化被现代文明冲击而引发的担忧，使他在散文诗中呈现的深沉的眷恋与隐痛，远多于明朗的期待和赞美。

　　海南黎族的饮食文化与自然环境密切相关。所谓"靠山吃山，靠海吃海"，黎族的饮食取材天然，做法简单，原汁原味。邱濬《南溟奇甸赋有序》云："岁有八蚕之茧，田有数种之禾。山富薯芋，水广鲜螺。所生之品非一，可食之物孔多。"② 海南中部市县黎族聚居地区，分布着尖峰岭、霸王岭、吊罗山、黎母山和五指山林区等茂密的原始森林。山兰稻、玉

---

① 唐鸿南：《依恋筒裙》，《南岛晚报》2013年8月12日。
② 原中国科学院民族研究所广东少数民族社会历史调查组、原中国科学院广东民族研究所编《黎族古代历史资料》，海南出版社，2015，第687页。

米、番薯、木薯，是耕作获得的粮食；野菜、野果、蘑菇、蜂蜜，是采集获得的"山珍"；山猪、黄猄、野兔，是狩猎获得的猎物；牛、猪、鸡，是散养的家畜家禽。临海的市县，以捕鱼为生的黎人则接受了大海丰富的馈赠，鱼虾、螃蟹、海洋里的植物和动物，是黎人们的日常饮食。

在黎族作家文学中，对黎家朴素、清淡的日常饮食的描写反映出黎族质朴、简约的民族文化。在《吞挑峒首》中，吞挑峒的奥雅（峒首）帕赶阿公的下饭菜是简单的"两颗腌山果"："山果极酸，帕赶阿公每咬一口，满脸粗粗细细的皱纹挤歪在一堆，可他一张瘪嘴却咂得啧啧有声，帕赶阿公喜酸，干工时便时常顺路随手采些山果回来配饭。"① 黎人的吃食"十分简单"："一般是每天做一次饭，喜稀不喜干，大清早起身后，每家每户首先按量煮出一大锅稀饭，米粒刚熟马上端起，然后趁热兑进对半的生水，一日三餐便有了着落。如此泡制出来的稀饭，米、水分离，不粘不团，饥时捞粥米，渴了喝米汤，别有风味。至于配饭的菜就更不讲究了，黎人喜欢喝酒，又多在晚饭时才有时间坐下来慢慢喝，而且劳累了一天，也须补充一下体力上的消耗，所以晚饭时相对要多少弄些像样的菜。而早午两餐就十分随便了，一小撮盐末也配得一餐的。"② 黎人不种蔬菜，喜食山间野菜："山里黎人本无种菜习惯，平日里配饭以野菜为主。山里野菜品种多，俯拾即是，人们都不觉得有专门种菜的必要。"③ 在《海湾》中，渔民们所食用的美食也是简单到极致的做法，可谓返璞归真："私下将几条好的大鱼砍了，连同大虾、鱿鱼、螃蟹，通通倒进大锅里煮，先饱食一顿鲜味美味。"④

现代社会里，大队和生产队等组织行政机构取代了传统的黎峒，帕赶阿公在新时代里失去了黎峒奥雅的世袭权威，而传统的饮食也遭遇到外来文化的挑战，民族文化的他者化焦虑也存在于饮食之中。但小说里的帕赶

---

① 王海：《吞挑峒首》，《天涯》1988年第4期。
② 王海：《吞挑峒首》，《天涯》1988年第4期。
③ 王海：《吞挑峒首》，《天涯》1988年第4期。
④ 谢来龙：《海湾》，载中国作家协会编《新时期中国少数民族文学作品选集·黎族卷》，作家出版社，2014，第92页。

阿公并不是自我封闭与隔绝的，而是调适自己去适应外来文化和时代变迁，虽然内心也隐藏着深深的失落。小说里的帕赶阿公一改黎人不专门种菜的传统，向在黎寨种菜的汕头菜农学习种菜技术。当他吃到"猪肉切碎，配好料"的香肠时，也会承认"那酒，那菜，好够味道"。①

在唐鸿南《米汤的记忆》里，源于民间日常生活场景的冰凉微酸的米汤，成为黎族族群共同生活经验和人生体验的象征，传达出寄托在朴素饮食上的黎族群体自然淳朴的情感体验。这与"食不厌精，脍不厌细"的中原文化是迥然有别的，因而也是地域性、民族性日常生活经验的文学呈现。《米汤的记忆》中，祖父去世前最后的愿望是喝一碗有滋有味的米汤。"米汤是他最爱喝也最常喝的佳品，可以说是每天必备的饮料。印象当中他不论是外出劳作还是在家闲玩，喝的水都是米汤，所以我家每天从早饭到晚饭煮的也是汤一样的稀饭，米投得多水也会放得多。即使是锅里的米汤喝完了，他也会冲入一些生水再打起来喝。他时常对家人说，这样的米汤喝来容易解渴又利于身体清凉。"② 祖父去世后葬在了水库边的山丘上，祖父生前曾说圆圆的山丘是"天堂的饭桌"，而在作者心中，黎寨的这方山水"应该是他在天堂里那一碗冰凉微酸的大大的米汤，与他日夜共饮同唱的米汤，时刻唤醒着他在天堂魂灵的米汤"③。

以散文见长的黎族作家高照清，擅长从黎寨日常生活、自然风光和风俗人情中发现美，在日常生活细节的审美呈现中勾勒黎山历史变迁，表达对黎族文化炽热而深沉的情感。他的散文细致地记载了黎家讲求天然、师法自然的饮食文化，赞美了黎人热情真诚的待客之道。在高照清的笔下，"生在黎山，住在黎山，吃山兰米，喝竹筒水"的黎家人，会将地瓜和木薯扔进篝火堆中烤熟，成就"一顿别有风味的早餐"；会在收获的季节选籽实饱满的苞米棒子放在火炭上烧，并将爆开的苞米花作为一年一度的

①　王海：《吞挑峒首》，《天涯》1988 年第 4 期。
②　唐鸿南：《米汤的记忆》，载中国作家协会编《新时期中国少数民族文学作品选集·黎族卷》，作家出版社，2014，第 318~319 页。
③　唐鸿南：《米汤的记忆》，载中国作家协会编《新时期中国少数民族文学作品选集·黎族卷》，作家出版社，2014，第 319 页。

"收山饭"，敬献给大山；也会在走山狩猎时把沟谷里的嫩竹子砍成几节，"装进山兰米，灌满溪水，再丢进几块山肉，撒上几粒盐巴，封住口，架到火堆上烧。饭熟了，剥尽竹皮，一根白白的、香香的竹筒米饭便呈现在你面前，趁热咬上一口，顿觉得那饭滑而不腻，酥而不烂，香喷喷的满嘴留香"①。现代社会中的黎寨农家饭菜的特点依然是新鲜与天然："午时收工回到绿树婆娑的家，女人立刻丢下锄具，风风火火下厨房生火做饭。女人采一把鲜嫩的青菜，摘一捧红润的西红柿，来一个油过青菜芯，鸡蛋炒西红柿，一顿色、味、鲜一应俱全的农家饭菜，让全家老小吃得津津有味。"② 黎家"别出心裁的待客美食佳肴"的首选要素依然是天然野生与手工自制，别具地域特色："一碟油煎野生石磷鱼，一碟山劳叶炒鸡蛋，一碟雷公笋炒猪腰，还有一份野生木耳菜，一份南瓜花叶菜另加一个雷公根炖排骨的汤……是黎家特色菜，用来待客的酒，也是咱黎家特酿的酒。酒，家里有现成，有春节前酿造的山兰糯米酒，有自蒸自酿的地瓜酒、米酒。还有自己泡制的蜂蜜酒。"③ 在《黎山写真》中，高照清将父老乡亲比作山兰酒，"我的父老乡亲很淳厚，淳厚得像自家酿造的山兰酒，品上一口，那个甜沁人肺腑，那个香沁人心扉"④，"黎家人都拥有一个热情好客的美德……让娃儿三蹭两蹭地爬上树顶，手三下两下地一钩一拉椰果便纷纷地落地有声，柴刀一挥削去椰皮，一泓清甜甘淳（醇）的天然椰子汁就捧送到客人面前，既消暑又解渴。正值客人们歇憩之际，我的父老乡亲早已经悄悄地动手准备起饭菜来，鸡鸭多是自己家养的，青菜也是自己家种的或是从山里采摘回的，酒亦是自家酿造的米酒或木薯酒，如哪个客人有口福碰巧遇上，宴桌上会摆上一碗'鱼茶'、'肉茶'，或是盘山猪腊肉干，还会有一坛散发着香甜味儿，色泽黄澄澄的山兰糯米酒。请客人就餐，我那憨厚朴实的父老乡亲十分客气，殷勤地劝客人吃菜的同时嘴上总是说：'没啥好菜，请慢慢吃。'山里人生性淳朴，总觉得饭菜不好心存内疚，好像对不起

---

① 高照清：《黎山篝火》，载《黎山是家》，团结出版社，2018，第121～122页。
② 高照清：《如水的黎山女人》，载《黎山是家》，团结出版社，2018，第22页。
③ 高照清：《乡村的细节》，载《黎山是家》，团结出版社，2018，第174页。
④ 高照清：《黎山写真》，《海南日报》1997年1月30日。

人家似的，很是过意不去"①，从而将黎家饮食与民族道德伦理、价值观念和文化性格相勾连。如果说现代性文化意味着文化的同质化，那么对民族饮食文化特色的强调则表达出对同质化文化的反抗，以民族性、地域性的日常饮食书写表达对民族文化的坚守。

黎族民居也反映出人与自然和谐共生的特点。黎族村寨大多依山而建傍水而居，以"山围村，村围田，田围水，有山有水"的热带田园风光为特色。以茅草竹木为材料，就地取材因地制宜地建筑房屋，房前屋后绿树成荫，绿水青山环伺左右。黎族作家的笔下常见到作家对家乡优美风光和淳朴民风的描绘，绿水青山的纯净与人情人性的纯朴美好是互相滋养的。琼中黎母山脚下的加林村，是高照清笔下"竹林萦绕的村庄"。"随意生长，生机勃勃"的竹丛、"张牙舞爪，肆无忌惮"的"蛇虫般的竹根"、"直冲云霄，傲视竹海"的新笋，都在这里自由自在地生长。清幽秀丽的青山绿水养育了纯朴热情的加林人，老人们"身体硬朗，人人心平气和，个个有说有笑，脸上流露出幸福的表情"②。宁静、简朴、散淡、清新，是山里人的生活日常特征。勤劳朴实、乐观开朗，是黎寨人的性格特征。

黎族人能歌善舞，"与大自然的熏陶是分不开的，蕉雨椰林是他们最好的自然老师"，"三月三，在那缀满露珠的田埂上，盛开野花的山道旁，处处闪现着英俊潇洒的黎族小伙子和袅娜娉婷的黎家姑娘那成双成对的倩影。小伙子吹着鼻箫、口弓，打着叮咚，唱起热情洋溢的恋歌。那缕缕清幽含情的箫韵，仿佛在倾诉爱慕之情，躲在绿树丛中的姑娘，手持着香树叶，半遮面，窥视情人"③。

原始制陶是黎族女性辈辈相传的技艺，2006年被纳入第一批国家级非物质文化遗产名录。在唐鸿南《穿上泥土的女人》中，黎陶的制作代表着一种民族的寓言。

---

① 高照清：《黎山写真》，《海南日报》1997年1月30日。
② 高照清：《竹林萦绕的村庄》，载《鹿回头 一个永恒的主题》，中国华侨出版社，2021，第15页。
③ 李美玲：《同醉黎家舞曲》，《三亚晨报》1994年9月19日。

又来到三亚天涯海角，走进一个叫黑土的黎村。

在岁月的打磨中，这里的黎族女人，性情还是那样的沉稳淡定。

唯有一种心态总想改变。

女人们说，女人一定要让女人的意志在泥土面前放声歌唱，使女人的想象孕育着一种天宽地阔。

然后，敲响沉睡的锄头砍刀，紧接着就去选土。挖土。晒土。

把汗水一样珍贵的淡水，混入深情的泥土里头。同时神往祖先的足迹，双腿不时跪地，双手不停抚摩。

穿上泥土的呼唤，一个个神采飞扬的黎陶便在燃放的烈焰中立了正身。

那是对脚下的泥土，表达淳朴的虔诚。那是对手中的梦想，表现根的敬意。

在穿上泥土的女人的身上，坚韧还在火堆里继续燃烧，带着祖先滚烫的叮咛，传授给前赴后继的新人。①

黎陶是坚韧、沉稳、淡定的黎族女性的象征，带有母系文化的远古遗风。制造黎陶的黎族女性，既是黎族文化孕育和生长的母体，也是黎族文化传承和创新的根源。没有文化记忆的民族是肤浅的民族，全靠外部文化书写的民族是虚弱的民族。黎陶凝聚着黎族人特有的文化记忆，是黎族精神家园的象征。而根植于泥土的黎族女性，是民族历史的真正创造者，她们将带着祖先的嘱托，生生不息，前赴后继，引领民族从远古奔向未来。

对于生活、成长在海南这个热带岛屿的黎族作家来说，他们对南国风光和黎乡风物的感情是复杂的。遮天蔽日生机盎然的原始森林，晴天丽日碧波荡漾的热带海岛，让南海别具风情特色鲜明。然而，这些现代人眼中神奇瑰丽旖旎动人的南国美景，在前现代社会中却是严酷艰难的生存环

---

① 唐鸿南：《穿上泥土的女人》，载《在山那边》，团结出版社，2017，第 13~14 页。

境。现代人眼中诗情画意的热带风光在漫长的历史中有它残酷严峻的另一面向。在尚未开垦的古代社会，这个南方海岛的自然环境也潜伏着危险。烈日的暴晒和湿热的天气，可能会带来疾病的困扰。频繁光顾的台风和肆虐的暴雨，随时可能带来严重的自然灾害。危机四伏的大海虽然馈赠给人们丰富的物产，但也可能吞噬靠海为生的先民的生命，青翠幽静的丛林虽然哺育了依山而居的黎家儿女，但山中的蚊虫蛇蚁和凶禽猛兽同样可能威胁先民的安全。大海的咆哮、台风的肆虐、毒蛇猛兽的攻击、热带雨林的瘴疠，在生产力水平较低的时代随时都可能给人们的生存带来威胁。唐鸿南在《聆听岁月流声》中记录了船形茅屋里百岁黎族老人回忆的往昔："那个年月，翻山越岭注定居无定处，食不果腹的日子都举起火棒迫于动物的降临。那个时候，南药、草根、树皮、野果……每次生命的垂危都要来试探一次生命的追问。山栏园里蠢蠢欲动的野兽，一把猎枪惊呼了人和狗蜂拥而至的久饿之餐。那段日子，饥寒交迫，炮火连天，横尸遍地。黎族同胞挥动五指山雄壮的巨手，黎峒合亩制连片波荡木棉花开的春潮。"①

　　作为第一代黎族作家的领军人物，龙敏一直执着于黎族历史及文化传统的找寻与书写。通过文学叙事建构民族历史和文化传统，是唤醒民族记忆、达成民族认同、建立民族自信、传承民族文化的有效方法。带着这样的文化自觉，五指山和上满原野在龙敏的散文中呈现的不是去历史化的自然美景，而是承载黎族久远历史的民族文化之根。上古时代的自然环境越险恶，越能展现黎族祖先的勇气、智慧和美德。"古老而雄伟的五指山像一位超级巨人，朝夕俯瞰着神奇亘古的上满原野。古的山、古的水、古的岩、古的木、古的道、古的藤、古的藓……这里的一切充满着原始古韵，古得稀奇、古得怪异，是一片亘古的净土，是黎族祖先拓荒之地——水满上村遗址。倘若，时光的隧道逆转若干年，在这片古老的原野上，蠕动着一群衣衫褴褛的人，他们为了远离喧嚣红尘，摆脱穷困病痛的折磨，拖儿带女来到这里。于是第一次出现毫无规划的茅草船形屋，第一次听到人类

---

① 唐鸿南:《聆听岁月流声》，团结出版社，2017，第69页。

的哭声。勤劳勇敢的祖先，操着最原始的劳动工具披荆斩棘、刀耕火种，一粒下土万颗归锅。时而，风调雨顺，大家温饱自足；时而，天灾人祸，众人饥寒交迫；时而猛兽来袭，大家共同抵御；时而，渔猎大获，人人享受均等。他们用山兰和山薯为自己解脱窘困与饥饿；他们用树皮和野麻为自己编造装饰与御寒；他们用竹竿和木叶寻找自己的欢愉与情爱。他们用虔诚的心境祭奉自己的祖先；他们用怪诞的意念抗击鬼魔的诅咒；他们用神奇的药草减轻自己的病苦……"① 自然环境的恶劣、物质上的清贫、生产力的低下、文化的闭塞使黎族祖先的生存极为艰难，但苦难中铸就的顽强坚韧的生命、平等互助的美德却又如此动人。"水满上村"的"水满"是黎语，原义是上古、古老，翻译成汉语是远古的村落。将黎族的古老等于落后，是西方现代性话语中的"时间语法"。然而，西方的现代化道路并不见得是人类走向美好未来的唯一出路，也不能作为衡量进步/落后的唯一标准，这在西方现代性屡屡遭遇危机的当下已经成为时代的共识。现代化是现代社会的必然方向，但现代化不止西方现代性一种。黎族作家对民族历史和传统的反复书写，是以一种地域性和民族性的表达质疑与反思同质化的现代性话语，从民族历史中汲取资源对抗外来文化的冲击，想象性地建构一个多元民族文化和谐共生的新世界。

黎族作家文学中对黎乡风土人情的描写并非纯客观的记录，对黎乡山水风光的描写也并非纯粹自然的描摹。日本学者柄谷行人在《日本现代文学的起源》中提出，"风景"是一种现代认知装置。"风景"作为叙述对象并不先于主体存在，而是主体叙述之物。对于黎乡风物的书写，不仅是对热带海岛上黎族地区风景的描写，更是作为认知主体的现代作家的思想观念和文化理想的投射。古老神秘的雨林、浪清沙白的海湾、青翠欲滴的竹林、灿若云霞的黎锦、绣面与文脸、鼻箫与筒裙、茅草屋与橡胶林、雷公马与槟榔树，都自然而然天长地久地存在着，无所谓美或不美。这些之所以在现代社会成为美丽的或奇特的风景，是因为现代人的发现。

---

① 龙敏：《黎族先祖拓荒地：上满》，《椰城》2009 年第 2 期。

20 世纪 80 年代，具有民族视野的作家开始崭露头角。一方面，他们在高校接受高等教育，参加作协、文联等组织的培训，对中华文明有较深的理解，并且能熟练使用现代汉语思考和写作。另一方面，他们有自觉的民族意识，希望通过写作追溯民族历史，弘扬民族文化，为中华民族多元一体格局做贡献。王海就是这些具有民族视野的作家的代表。王海自述："我的情况与土生土长的黎族同胞有所不同，我是在纯汉文化的环境中长大的，最初接触自己民族文化的时候，在本民族成员看来是习以为常的许多文化事象中，我能看到许多反差，有很多新奇的感觉，所以在对黎族文化的观照把握上会有一些比较敏感的发现。我的经历使我能够像汉族学者那样从外部走进自己的民族，在相对宽广的参照中分析研究自己的民族；而我的黎族血统，又使我具有一种强烈的黎族情感，令我在把握和研究自己民族的时候能够以充分的理解作为前提，较之于汉族学者的研究可能会更深入、贴近一些。"①

　　接受过现代教育的黎族作家，走出家乡再回望家乡时就具有传统/现代的双重视角。他们一方面作为民族共同体的成员对黎族传统文化有赤诚的热爱，另一方面又能以知识分子的视角对黎族风俗及黎族命运做出理性的反思。从新启蒙主义"现代叙事"的视角观察黎村，是为黎村在现代性话语进步/落后链条中的位置而忧心忡忡。而从民族情感认同和民族身份确立的视角观察黎村，又是为现代化冲击下传统习俗、日常生活方式和价值观念的传承奔走呼吁。

　　第一代黎族诗人黄学魁以黎族现代知识分子的诗心和慧眼观察古老的黎乡风物，从中提炼了富有民族特色和地域特点的意象，并赋予其深邃的民族文化底蕴和寓言意义，既有对民族日常生活风景的细腻感知，又有对民族历史与未来的理性审视。在《天之涯》中，他深情地写道：

　　　　不必再疑问摇曳海边椰树的年轮

---

　　①　王海、江冰：《从远古走向现代——黎族文化与黎族文学》，华南理工大学出版社，2004，第 232～233 页。

不必再疑惑守望海岸柱石的岁月

不必再疑虑漂泊海面的帆船的遥远

这一南国的景色

早已凝固，成为经典

出版于人世沧桑的书架

我曾读到你望穿双眼的篇章

我曾读过你辉煌灿灿的插页

海水长年咸涩的浸泡

台风累月狂暴的虐待

海南岛啊，你就是一只古老的独木舟

颤摇在这片滔滔南海的世界里

承受来自大自然的风风雨雨

或者人类双手的摧残和抚摸

沉沉浮浮，浮浮沉沉了多少年？

一万年，弹指一挥

而这对于我或者我的热带人

这样的漂泊，多么的漫长

我的每一个完美圆滑的好梦

我的每一段残酷缺憾的现实

都将与大海、帆船、椰风，和

海岸上伸延而去的歪歪曲曲的脚印

紧紧地相连，在一起①

在现代社会生活的诗人，越感受到现代文明所带来的繁华，越忧心民族能否顺利完成从传统向现代的转型，积极参与现代性的对话。诗人回顾

---

① 黄学魁：《天之涯》，载《热带的恋曲》，南方出版社，2009，第3页。

民族历史以认同民族身份，更以开放的胸襟和理性的思考来审视民族传统，打开"门窗"迎接"南风""北风""全方位的风"，祈盼民族能够走出"神秘和恐怖""悲哀和沮丧"的过往，在现代文明中汲取前进的力量走向光明的未来——"再度辉煌"。

> 于你，昨天的
>
> 神秘和恐怖
>
> 悲哀和沮丧
>
> 已经过去，成为文物
>
> 收藏人们记忆的库房
>
> 现在，阳光正初照
>
> 门窗正通过我们自己的双手，掀开
>
> 南风吹来
>
> 北风吹来
>
> 全方位的风，在吹来
>
> 为的是你啊，一艘康复的古船
>
> 那么，就请再一次创造沉浮吧
>
> 我将与新的传说，共同看你
>
> 看你的再度辉煌①

　　黄学魁在广东民族学院读书时的老师郭小东，在为诗集《热带的恋曲》撰写的序言中，深情地指出："学魁的诗歌，令人有一种阅读的不安，有一种悲剧的预期，他对生命有一种过于执着的想望，以至于渴望寻根究底，与未知的、神秘的祖先对话。这种艺术姿势下的文化冲动，与他对民族的生成与历史的深切关怀有关，与他对民族的文化现状，以及日渐坍圮的民

---

① 黄学魁：《再度辉煌》，载《热带的恋曲》，南方出版社，2009，第5~6页。

族文化焦虑有关。他的文化冲动不再是原始的冲动，而有着一种文化自觉，沉淀着人类文化的多种倾向。他诗中，凡与民族相关的物事，他都赋予文本以互文的、潜文的、多重的意义。他以鹿的姿势，行进在精神返祖与还乡的归途中。"[1] 对民族历史和传统的迫切寻找，反向折射出其在外部现代世界所遭遇的深重的主体危机。诗人越致力于回顾和阐释民族传统以认同民族身份，越折射出民族传统的消散可能正是诗人所处时代发生的现实。

唐鸿南在《故乡的脸》中，也以一个返乡的黎族知识分子的视角重新打量家乡。当黎族青年走出大山接受现代教育成为知识者之后，对故乡与外部世界有了整体性的观照，对生活的复杂性有了更深刻的理解，他对故乡的深情回望就充满了复杂的情愫：

> 离开故乡好多年，身影走得越深，故乡的脸就陷得越皱。
>
> 故乡的脸不长眼泪，安详如佛。
>
> 故乡的信仰时常撞击着我激动的心花，热泪盈眶。
>
> 山高水长。故乡的心知道，我更不能不知道。
>
> 于是，我沿路崎岖地走下去，把故乡的脸倚在头上，站在异乡的山的嘴角边，诉说自己的只言片语。
>
> 多少年过去了，眼镜的刻度助长着我的眼睛和故乡的脸，爬满了祖辈难能褪色的纹脸的线条。
>
> 故乡的脸在变，我别无选择。祝福故乡的脸像一棵槟榔树的性格挺直一方水土。
>
> 然后，让我学着诗歌走路的样子，用成千甚至上万年的诗句，跪拜在故乡青绿的脸颊上。[2]

随着"眼镜的刻度"的"助长"，接受现代教育的"我"开始学会用"只言片语"为沉默的故乡代言，开始"学着诗歌走路"。"祖辈难能褪色

---

[1] 郭小东：《以鹿的姿势》，载黄学魁《热带的恋曲》，南方出版社，2009。

[2] 唐鸿南：《故乡的脸》，《现代青年》（细节版）2011 年第 9 期。

的纹脸的线条"和"槟榔树的性格"所表征的"故乡的脸""故乡的心""故乡的信仰",永远是"我"的精神家园和动力源泉。"我"一方面受益于现代知识的启蒙和现代文明的馈赠,另一方面又流连于对故乡的深情和对民族未来命运的关切。

黎族有语言而无文字,千百年来仅凭民歌、民谣、民谚、神话、传说等民间口头文学形式传承文化记忆。20 世纪 80 年代初具雏形的黎族作家文学,开始学习用汉语书面语进行写作。然而,民族语言是一个民族的思维模式、审美趣味、历史传统和文化心理的综合体现,对于以传承民族文化为己任的黎族作家来说,汉语只是写作时所需的书面语中介,只有黎话以及黎话所承载的民族文化记忆和历史传统才能让作家具备与祖先对话的能力,产生民族认同感和归属感。黎话思维的自我言说能给予民族自信和尊严。在《告白》中,作为现代知识者的"我"尝试用象征现代知识的"笔"书写"诗章",借助民族语言"黎话",记录祖先"遥远的故事",以黎人的身份完成沟通"山里"和"山外"的使命。

　　　　关于你的身份,我深知,我一个人无法改变你的命运。
　　　　那就从改变我自己开始吧,我把书桌打造成你喜爱的港湾。
　　　　竖着一支会走路的笔,从山里迈向山外。
　　　　然后,让我们躺在纸张上,用黎话指挥风帆,划向琉璃色的大海!
　　　　倾听你诉说遥远的故事,来喂养我年轻的诗章。
　　　　如果有一天你突然累倒了,我会信守最初的告白。
　　　　我要让你——
　　　　我的民族,
　　　　在山歌嘹亮的召唤中,重新醒过来!①

①　唐鸿南:《告白》,《中国民族报》2015 年 1 月 30 日。

　　诗人希望以具有民族性、地域性特色的汉语为起点，以黎语思维和黎语文化扩展汉语表现的领域和空间，从而在黎语和汉语的碰撞交流中实现民族语言的再造。诗人的写作是一种积极的民族话语建构，希望能为古老的民族代言，完成黎人对黎族文化的自我展示和自我言说，唤起他者文化对黎族文化的了解和认同，同时完成诗人自我民族身份的建构。

　　现代文明给在深山中栖居的黎人带来福祉，但同时也引发生态环境和民族文化传承的危机。黎人敬畏自然热爱自然，将人类视为自然的一部分，相信自然的均衡和生态的循环，将人与自然置于平等对话的地位。现代文明改造自然开发自然，从工业革命开始直至全球现代化的今日，城市化和工业化使人类社会发生巨大变化，但也引发了环境污染、气候异常和生态危机。当物质条件渐趋丰裕时，人们反而出现精神世界的断裂，需要自然来治愈和抚慰，在与大自然的互动中确认人的位置，实现人与自然的和谐共生。一直以来，海南的生态环境质量都保持国内领先水平，以碧海蓝天绿水青山著称，黎族同胞居住的五指山一带又是海南岛生态环境最可称道的地区。然而，20 世纪末期以来，现代化开发与改造自然的速度已经超出了自然自我修复的能力，生态环境与自然资源屡现危机，这让很多心怀生态自然观的黎族作家忧心忡忡。龙敏的短篇小说《青山情》中，爱林如命的守林老人面对乱砍滥伐森林的现象忧心如焚，对不明来路的进山者心存戒备，表达了黎人真挚朴素的"青山情"和自发的保护自然的生态意识。在散文中，龙敏更直接地表达了对象征他者文化的"戴眼镜者"所代表的现代文明的质疑："有几位衣着朴素的戴眼镜者，带着设备和仪器，风尘仆仆地沿着古道来到上满原野。先是对这个充满诗情画意的境界大肆赞叹一番。然后，用仪器测测量量，比比划划，吵吵嚷嚷，仿佛是把现代的钢铁与水泥强加到这里亘古的上满原野来。禽兽们惊讶得目瞪口呆，生怕捣毁它们浑然天成的安乐窝。山民们也不解地问道：'要干吗？不能撕毁它的自然娇美的容颜，求求你们！'眼镜们回答：'不！决不！我们只是拂去蒙在它面容上的时光尘埃。让它更加璀璨亮丽。我们要秉承古上满人的意愿，将千年的黎族历史文化浓缩在这块亘古神奇的原野上。'山民们只能说，但愿如此……"①

　　20世纪末以来，发展主义和人类中心主义思维模式下对经济效益的功利追求所引发的生态环境危机和道德危机，以及以追求商业化、市场化为目的的大众文化的长驱直入，给原本就脆弱的黎族传统文化带来严峻的挑战。山民们面对现代社会的步步紧逼无能为力，这也反映出黎族作家对民族命运的潜在焦虑。

第二节　山海别恋：岛屿写作的独特表达

　　"琼崖千里环海中，民夷错居古相蒙。"② 海南岛位于祖国最南端，东濒南海，与宝岛台湾隔海相望，北临琼州海峡，与广东徐闻一海之隔。西部是北部湾，毗邻越南，南部是南海，遥望菲律宾、文莱、印度尼西亚、马来西亚等东南亚国家。自古黎苗回汉等民族世代居住其上。海南岛地势中间高四周低，五指山、鹦哥岭、雅加山脉一带位于海南岛的中心，越向外地势越下降，山地、丘陵、平原等多种地形构成了逐层降低的环形层状地貌。而在海南岛外部约200万平方公里的海域里，分布着西沙群岛、南沙群岛、中沙群岛等岛礁，使海南省成为当之无愧的中国海洋面积最大的省份。雄伟秀美的大山、辽阔无垠的大海，使海岛兼具山的沉稳厚重与海的开放包容。

　　在历代文人留下的典籍史料里，海南岛常常是"中州"的他者。于中原文化中浸淫已久的文人在写到热带海岛与"中州"迥异的地理、气候和环境时，语中多带畏惧。清代牛天宿所著《琼州府志》云："琼与中州绝异，素无霜雪，冬不冻寒，草木不凋，四时花果，水土无他恶，惟黎峒中有瘴气，乡人入其地，即成寒热。李西美《广南摄生方》论云：岭南濒

① 龙敏：《黎族先祖拓荒地：上满》，《椰城》2009年第2期。
② （宋）苏轼：《峻灵王庙碑》，孔凡礼点校《苏轼文集》卷十七，中华书局，1986，第511页。

海，地沉，燠阳之气常泄，阴湿之气常盛。阳气泄故四时常花，三冬无雪，一岁之间，蒸热过半，一日之内，气候屡变，昼则多燠，夜则多寒，天晴则燠，阴雨则寒，此寒热瘴疠所由作也。然琼内以坦下蓄岚蒸，外以海泄其菀气，气候较他郡颇善，大抵其热以炎蒸，其寒以风雨，其生常早，其肃常迟，天以阳施，地以温感，是谓炎蒸，其常也。"① 清代程秉铦《琼州杂事诗》云："岭南无地无炎瘴，海外由来瘴更深。莫羡山林厌城市，须知城市胜山林。（海南炎瘴最重，渡海者恒畏之。然郡城风土，与他郡亦不甚异，惟深山密箐中及陵水崖州诸属，则瘴气甚厚，以人烟较稀，且距黎山近也。）"在来自中原地区的文人尚未适应海南独特的气候与环境时，热带海岛上与中原地区迥异的海与山绝不是美妙的风景，而是神秘与陌生的风土，令人畏惧。

古代的海南，曾是历代朝廷贬谪流放官员之地。因海南四面环海，中有密林，交通不便，偏僻遥远，地处热带，溽热潮湿，被视为闭塞落后的蛮荒之地。流放于此的官员，多有生无还期客死天涯的担忧。唐代李德裕被贬崖州时，曾写下"一去一万里，千之千不还。崖州何处在，生度鬼门关"的凄凉，发出"独上高楼望帝京，鸟飞犹是半年程。青山似欲留人住，百匝千遭绕郡城"的感叹。因"乌台诗案"而遭贬谪流放海南的苏轼，在自琼州至儋州的途中，曾写下"四州环一岛，百洞蟠其中。我行西北隅，如度月半弓。登高望中原，但见积水空。此生当安归，四顾真途穷"②的怅然。

令中原文人望而生畏的，还有岛上夏秋季节频繁光顾的台风。在强烈阳光的照射下，温暖的海上会源源不断地生成水汽，产生降雨，最终形成台风。《投荒杂录》生动形象地记载了台风的破坏力："南方诸郡皆有飓风，飓风者具四方之风也。按琼夏秋间飓风或一岁累发，或累岁一发，或起东北而转西，或起西北而转东，皆必对时回南大作而后息。将起之前、

---

① 原中国科学院民族研究所广东少数民族社会历史调查组、原中国科学院广东民族研究所编《黎族古代历史资料》，海南出版社，2015，第8~9页。

② （宋）苏轼：《行琼儋间肩舆坐睡梦中得句云》，孔凡礼点校《苏轼诗集》卷四十一，中华书局，1982，第2246页。

海鸟预夜群惊飞投黎山，树叶皆向南，作翻转之状，或海吼声大震；或天脚有晕如半虹，俗呼破蓬，即《岭表录》谓之飓母；或逾时即大作，暴雨挟之，撼声如雷，拔木飞瓦，居民皆矮屋避之，人不能行立，牛马不敢出牧，或风雨中有火飞腾。回南又最大，伤损万物。"①

然而，在熟悉海南岛自然环境和风土人情的文人和官员看来，海南非但不是飘零在外的蛮荒孤岛，还是别有洞天的"南溟奇甸"。在自然环境上，海南"万山绵延，兹其独也；百川涨茫，兹其谷也"；在风土人情上，海南"民物繁庶，风俗淳美，贤才汇兴"，"无以异夫神州赤县"。明代武英殿大学士丘濬，"世家于海南，北学于中国"，尝撰《南溟奇甸赋有序》，赞美山海皆备的海南岛："爰有奇甸，在南溟中。邈舆图之垂尽，绵地脉以潜通。山别起而为昆仑，水毕归以为溟渤。……孰知一岛孤峙于瀛海之中，其地可苇而航，无以异于湖江之流水。海可度兮不逾百里，山可登兮不逾寻丈。舟之行也，朝斯往而夕斯返；人之游也，足可屐而手可杖。……蕞尔小方外之封疆，宛然大域中之气象。阳明胜而气之运也无息机，土性殊而物之生也多奇相。草经冬而不零，花非春而亦放。……通衢绝乞丐之夫，幽谷多耆老之丈。古无战场，轼语信夫有征；地为颇善，平言断乎非妄。民生存古朴之风，物产有瑰奇之状。其植物则郁乎其文采，馥乎其芬馨；陆摘水挂，异类殊名。其动物则彪炳而有父，驯和而善鸣；陆产川游，诡象奇形。凡夫天下之所常有者兹无不有，而又有其所素无者，于兹生焉。"②海南岛不仅物产瑰奇，且民风古朴。

苏轼初到海南时心灰意懒，曾悲叹"生无还期，死有余责"。而久居黎区，与淳朴善良的黎人为邻，受到并不富有的黎人物质上的接济，以及语言不通的黎人情感上的关怀，使人在天涯的六旬老翁苏轼对黎人和海南产生了亲密感情。《居儋录·书海南风土》中记载，溽热潮湿的海南虽物易腐坏，长寿老人却甚多，旷达的苏轼由此受到启发，以随遇而安的态度

①　原中国科学院民族研究所广东少数民族社会历史调查组、原中国科学院广东民族研究所编《黎族古代历史资料》，海南出版社，2015，第 3~4 页。

②　原中国科学院民族研究所广东少数民族社会历史调查组、原中国科学院广东民族研究所编《黎族古代历史资料》，海南出版社，2015，第 687 页。

对待生活。"儋耳颇有老人，年百余岁者，往往而是，八九十者不论也，乃知寿夭无定，习而安之，则冰蚕火鼠，皆可以生。"① 在《和陶拟古九首》中，苏轼记录了在黎山偶遇黎族男子的经历。虽然"问答了不通"，"形槁神独完"的黎人却以吉贝布相赠，帮助"儒衣冠"的苏轼抵御海风。"生不闻诗书，岂知有孔颜。翛然独往来，荣辱未易关。"② 至此，苏轼已经彻底改变了中原儒家文化对海南黎区惯有的傲慢与偏见，从黎人独来独往、宠辱不惊的人生态度中受到启发，以豁达乐观的态度面对贬谪后的生活。

海南岛是华南乃至太平洋上的战略要地，既是粤、桂两省的出入咽喉，又是中国南部海疆要塞，地理位置十分重要。近代以来，资本主义列强对海南岛实行残酷的经济侵略和文化侵略，晚清政府又把巨额军费和战败赔款引发的财政危机转化为苛捐杂税，横征暴敛，置海南人民于水深火热之中。19世纪中叶以后，琼崖各地农民起义接连不断，1897年爆发了崖州多港峒黎族农民大起义。起义的导火线是"陈庆昌被杀"事件。陈庆昌是崖州九所人，基督教徒，平日倚仗洋人冶基善在乐安一带为非作歹。他下乡催债时因强拉黎人耕牛被杀死，美国教堂的传教士乘机向崖州官府要求"偿命"。乐安城"苛求无厌"的清军把总何秉钺，借机多次派兵骚扰多港峒，胁迫峒民，激起义愤。在黎人首领吕那改的领导下，4000多名农民纷纷参加起义队伍。"在进攻崖州城的战斗中，吕那改中箭牺牲，起义军撤回多港一带坚持斗争。清政府被迫处决了何秉钺，直至1900年起义才告结束。"③ 崖州多港峒黎族农民大起义就是龙敏的长篇小说《黎山魂》后半部分的历史背景，小说主人公那改奥雅的原型就是黎人领袖吕那改，小说中"一要狠，二要凶，三要恶"的何秉越的原型就是清军把总何秉钺，

---

① 原中国科学院民族研究所广东少数民族社会历史调查组、原中国科学院广东民族研究所编《黎族古代历史资料》，海南出版社，2015，第4页。
② （宋）苏轼：《和陶拟古九首》，孔凡礼点校《苏轼诗集》卷四十一，中华书局，1982，第2266页。
③ 中共海南省委党史研究室：《中国共产党海南历史》（第一卷），中共党史出版社，2021，第10页。

"想从石头里榨出油"的"精骨虫"陈永昌身上则有横行霸道的陈庆昌的影子。

龙敏的《黎山魂》不仅对清末海南黎族社会生活进行了全景式的展现，也对海南黎族生活的黎山黎寨进行了细腻逼真的描绘，海南岛神奇瑰丽的热带森林景色宛在眼前。黎人穿戴的粗土布需要用麻加工成线织就，上山砍麻是黎族青年在晴朗春日里的重要活动，《黎山魂》中生动地描写了阿练和黎族姐妹们到南巴岭砍麻时所处的动人心魄的热带森林美景：

> 南巴岭是这一带最高最大的山脉，是千百年来人迹难于踏遍的原始森林。它像一群奔腾着的巨马，气势磅礴。最高的峰顶上，是一片陡峭的石壁。石壁上只长着生命力极强的石斛草，爬满了铁黑色的石壁。悬崖下面，生长着纵横交错的金不换蔓，南瓜般大小的金不换瓜，隐约结在石缝中。这是一种十分珍贵的药材。
>
> 山下，清澈见底的南巴河从叠谷重山中源源而来，拐了一个大湾（弯），河面便平静下来，青的是河水，白的是沙滩，绿的是叶丛，红的是藤心。那些亭亭的葵树，刚毅的英哥，婆娑的山榕以及各种各样叫不出名称来的奇树异木穿叉丛生，粗大的野藤纵横交错，万木争荣，堆青叠翠。在艳阳的辉映下，演变出千变万化的绿色来，如锦似绣。被南风一吹，又仿佛大海的碧波，翻腾起伏地涌上白云缭绕的峰巅。
>
> 在那万绿丛中，是一个鸟的王国：有像吹哨的、劈木的、摇铃的、击石的、敲锣的、啼哭的、狂笑的，各种鸟声应有尽有。高高的树梢上，成群的猴子攀枝跳跃，欢闹嬉戏。远处，不时传来一两声"叫——喂！"的黑猿的啼叫声。
>
> 南巴河，这条碧透的清流，从高高的南巴岭的大田（天池）流下来，九曲十八弯地汇入南盖江。这一带的部落黎民都尊称它为"祖先河"。它洁净，像天仙洒下来的甘霖；它甘甜，像母亲的乳汁，养育了两岸众多的部落黎民。它是善良的河，世世代代不曾危害过两岸黎民百姓的生命与家园。据老人说，那山上的大田，是祖先开垦出来的。河两

岸，是高大挺拔的林木：青梅、紫京、蓝柚、黄丹、红罗、绿楠，数不清的林木夹杂丛生，构成两道巨大的弯弯曲曲的绿色长廊。

河水叮咚轻鸣，注入一个碧透的大深潭里。深潭中央，是一块巨大的石头。那石头表面光滑，中间是一个凹进去的石窟，那石窟仿佛是一个巧夺天工的大椅子。这一带的人都称它为"龙椅"，传说是河龙王造出的椅子。它背靠着巍巍青山，显得十分雄伟突兀，在"龙椅"的前面，是一片狭长的洁白的沙滩，沙面平坦，沙质细软。这里是年轻人上山砍麻的理想驻地，谁抢先占领了这块沙滩，那么，他的情人就会感到十分惬意。①

丹纳在《艺术哲学》中说："一个民族永远留着他乡土的痕迹，而他定居的时候越愚昧越幼稚，乡土的痕迹越深刻。……在民族的事业和历史上反映出来的，仍然是自然界的结构留在民族精神上的印记。"② 海南岛地处热带，长夏无冬，黎人聚居的五指山、琼中、白沙、昌江、乐东、保亭、陵水等市县拥有独特珍稀的岛屿型热带雨林，这也是我国分布最集中、保存最完好、连片面积最大的热带雨林。陡峭嶙峋的悬崖绝壁、夹杂丛生的奇树异木、青葱葳蕤的草木、错综缠绕的古藤，鸟儿歌唱，河水叮咚，在鸟鸣猿啼声中，雨林植物千变万化的绿色波浪般涌向白云缭绕的峰巅。龙敏以生花妙笔为读者展示了繁茂、壮美、神奇、瑰丽的海南热带雨林风景长卷，为中国当代文学贡献了难得一见的海南热带森林美景图，也在对景物的描摹中赞美了"黎山魂"——黎族人民尊崇自然、淳厚善良、质朴率真的民族精神。

龙敏还在《黎山魂》中生动地再现了清末黎人春节前夕"一年一次出深山走汉地""换盐易货"的场景：

十几个佩刀携弓的结实后生雄赳赳气昂昂地在队伍的最前头开路。

---

① 龙敏：《黎山魂》，南海出版公司，2002，第233～234页。
② 〔法〕丹纳：《艺术哲学》，傅雷译，安徽文艺出版社，1998，第275、286页。

中间，是十几个骑在牛背上拉车的中年壮汉，车上装满谷米、黑豆、花生和一些山珍特产。而十几位年轻美貌的姑娘，那挂在胸前的银项环和吊在耳尖下的银耳圈以及手脚上戴的铜制装饰品的碰击，发出一连串悦耳的响声，她们还不时爆发出一连串甜美动听的笑声。队伍后面，又是一伙强弓硬弩的强悍大汉，他们的打份（扮）同前头的尖兵一样，额头那乌黑的发结上，一律交叉插着银铜两种头钗，在太阳光的辉映下闪闪发光。他们穿着清一色的灰的粗麻衣褊。他们边走边讲，有的讲危险的遭遇，有的讲套鸟抓鱼的趣闻，不时也爆发出一阵阵狂热的笑声。

太阳已经升上椰梢上了，普照着大地。大路两旁是望不尽头的青葱翠绿，簇簇团团的野生刺竹，那竹梢高尖而弯垂，在万绿丛（丛）中，在微风的吹拂下轻轻摆动，仿佛是无数只绿色的长手，热情地欢送远征汉地的队伍。而间杂生在竹丛之间无数棵高大的黑墨白茶、红萝、绿楠、紫京、蓝枝以及苦楝、甜桩、酸豆、辣丛等热带林木，密密麻麻地从大路两边伸延而去，遮天蔽日，一直伸延到眼望不到的山巅尽头。①

当代著名少数民族研究专家李鸿然高度评价龙敏"扎根本土，贴近母族"的创作特色："引文不但描写了作为海南象征的椰子树和漫山遍野的刺竹，还描写了黑、白、红、绿、紫、蓝众多色彩和苦、甜、酸、辣各种味道或气味的林木，林林总总，像是用素描笔法绘制的艺术长卷。其动与静、声与色、光与影互相融和，充分展现了海南热带林木的丰富性、多样性和强劲的生命力。这样的描写，应当说颇具艺术匠心，然而又不是有了艺术匠心便可以写好的。龙敏不仅是一位作家，而且是热带森林之子，生于斯长于斯，他对热带林木的认知程度和感情深度别的作家难以比拟，对热带林木美学品格的把握和艺术再现能力地出类拔萃。……海南热带森林浓密、混交、常绿、高大、广袤，让人感受到一种与北方森林不同的美。寒带冬季森林，大多枝干赤裸，呈现出疏朗的美；而龙敏这里描写的热带

_____

① 龙敏：《黎山魂》，南海出版公司，2002，第317页。

冬季森林，却依然郁郁葱葱，呈现的是茂密的美。前者于伟美刚健中透露的是坚韧与苍劲，后者于伟美刚健中透露的则是壮丽与苍郁。把海南热带森林之美呈现给读者，是龙敏的一大贡献。更难得的是，龙敏在全方位呈现热带自然美的同时，还多维度地呈现了黎族的人文美。引文中描写的佩刀携弓雄赳赳气昂昂的后生和年轻貌美英姿飒爽的姑娘，就是一例。他们从服饰、气度到心灵，都有一种与其他地区其他民族相异的美。小说取名《黎山魂》，从有关描写中，人们确实可以或隐或显地感到巍巍黎山的魂魄，即伟大的黎族人民的民族精神。"①

在《黎山魂》后半部里，面对官府的重重压迫，那改奥雅带领大难不死的巴由人到深山老林中的猕猴岭猕猴洞中避难。龙敏生动逼真地描写了热带岛屿雨林深处的植物与动物：

> 猕猴岭是一处山中有山、山外有山、山山重叠、山山环绕的山域，有人称之为无法进出的远古大山。山上，是无边无际的绿色世界，巨大的树木繁杂无章，红萝、绿南、白茶、黄丹、黑格、紫京、灰榕、橙楝、花梨、青梅、香楠、甜柑、酸梅、苦楝、辣核、臭丹、橄榄、山丝、水秧、石楣、沙竹、土丽、牛槟、猪榔、狗尾、猫骨、鸡角、鸭架、兔梨等大片大片的原始灌木、树木，一棵棵笔直地指向云天，遮得漫山遍野一片阴暗凉湿，惹来蚊虫乱飞。
>
> 林间，成千上万条粗细不一的藤条纵横交错，树顶上又缠绕着茂密无间的藤叶，形成网状，把所有的树枝都兜了起来，把大地盖得严严密密。潮湿的地上，枯死的木头上长满了五光十色的蘑菇，各色的花儿生长在奇形怪状的大小树根间隙。
>
> 林间，是鸟的王国，各种各样的鸟叫声扰乱了整个树林。那跳跃于树藤之间的猕猴，竟摘来野果互相攻击，叽叽喳喳吵个不停。硕大肥壮的黑猿攀着树枝权当秋千，无忧无虑地荡来荡去。地上一群尖嘴

---

① 李鸿然：《中国当代少数民族史论》，云南教育出版社，2004，第783页。

獠牙的野猪正在抢食。金钱豹卧在密叶丛中，静静地等待着食物来临随时突袭。笨重的黑熊躺在偶尔透来阳光的地上。呼呼大睡。弱小的黄猄和坡鹿，悠闲地在远离敌人的地方啃吃嫩草，稍有一丝动静，便叉开细小的四蹄飞奔得无影无踪。

山山之间，不时冒出白茫茫的烟雾，时而迷漫，时而稀薄。山风吹得漫山遍野的绿色像碧波，一层层地涌向阳光明丽的山巅。①

因为清末官府"对黎人十分苛刻，动不动就派兵进剿""派工派粮"，"稍有怨气，轻的捉进乐安地牢，重的押送崖州府，性命难保"②，巴由人被迫避难山中，在人迹罕至的"远古大山"中休养生息并且备战反抗。巴由人居住的猕猴岭上，数十种热带雨林中的植物令人叹为观止，出没于林间的各种珍禽异兽让人眼花缭乱，五光十色的蘑菇、花草和树木更是异彩纷呈。与深山中自由自在的生灵相比，现实中的黎人却是不自由的，受尽盘剥甚至惨遭杀害。巍峨耸立、亘古久远的黎山启发着身陷险境的黎人追求自由，谋求解放，也赋予黎人不畏强暴、勇毅顽强的民族精神。黎人是山之子，黎山为避难的巴由人敞开了博大的胸怀，黎山也是黎人誓死守卫的家园。

黎族在海南岛生存的历史，是从海岛四周沿海地带向中央的五指山腹地不断迁徙的历史。黎族的五个分支族群里，佬黎由内地渡海而来；杞黎渡海后，先是在岛北停留，后进入五指山腹地；很可能是最先进入海南岛的本地黎，深居白沙县山区；美孚黎很可能是来自内地的汉人，多生活在海南西部的丘陵地带；加茂黎则经历了从岛北部和西北部向东南部迁徙的过程。黎族的迁徙与海岛的自然条件有关，也可能与唐代以后的汉族移民有关。唐宋以后，"汉在北、黎在南"变成了"汉在外、黎在内"的民族分布格局，从沿海到内地形成了汉族—"熟黎"—"生黎"的环形地理分布。从沿海到山地的迁徙，与民族的苦难和历史的沧桑相伴随，但也是黎族先民生存智慧的体现。为了寻觅到一处可以宁静栖居的家园，先民们勇敢地迁居

---

① 龙敏：《黎山魂》，南海出版公司，2002，第512页。

② 龙敏：《黎山魂》，南海出版公司，2002，第515页。

到海岛中心的山区。黎母山，就是黎族人的母亲，黎族人共同的文化记忆，是他们灵魂得以栖息的家园。黎族画家、诗人黄培祯赞美穿越千年历史尘烟从远古走向现代的黎母山既是"祖先"的象征，也是黎人的"福地"："圣女神魂话祖先，生灵福地盖苍川。银河泻落青林谷，玉粒滴敲硌鼓泉。红雨催春翻箐浪，金风驱秽洗尘烟。尧天舜日观新地，回望祥云黎母山。"[1]

新民主主义革命时期，中共琼崖地方组织在海南多地陆续建立党的基层组织和苏维埃政权，领导海南各族人民进行艰苦卓绝的革命斗争。如果说清末黎人对官府的反抗更多乞灵于"远古大山"对黎人的庇护，那么，新民主主义革命时期母瑞山革命根据地、五指山革命根据地的开创则启发黎人走上了"农村包围城市"的中国式革命道路。冯白驹在总结琼崖革命斗争经验时指出，五指山"这个根据地的建立，虽然时间不久，但在支持与发展后期海南人民革命战争上是有重大作用的。没有这个根据地的建立，我们就不会有1948－1949年中秋春两季攻势的伟大胜利；没有这个根据地的建立，我们就会很困难或不可能应付国民党将在解放前夜那样压倒优势力量的进攻；也可以这样说，没有这个根据地的建立，对于配合大军渡海登陆作战解放海南的任务，非但受到影响，恐怕甚至不能起多大作用"[2]。

在革命最艰难的时刻，全国二十几个革命根据地一度只剩下陕北和琼崖两个。琼崖根据地在几乎没有外援的情况下英勇奋战，坚持到海南岛解放，创造了中国革命史上二十三年红旗不倒的光辉范例。抗日战争爆发后，中共琼崖地方组织在海南黎苗族地区进行了长期的组织动员工作，发动黎苗族人民参与到反抗日本侵略和国民党顽固派的革命中，坚持民族统一战线和持久抗战，产生了深远的政治影响。"不是山藏人，而是人藏人"，英勇奋斗的力量源泉不是黎山天险而是琼崖人民。五指山原始森林的掩护和养育固然重要，但黎苗回汉各民族人民团结一致参加和支援革命，才是二十三年红旗不倒的根本保证。冯白驹与王国兴、琼崖纵队与白

---

[1] 黄培祯：《祭拜黎母山》，《三亚晨报》2009年4月14日。
[2] 中共海南省委党史研究室：《中国共产党海南历史》（第一卷），中共党史出版社，2021，第418页。

沙起义，是海南人民共同的骄傲。"二十三"，也因此成为海南岛上"一个固定的名词"，成为海南各族人民的"自豪"与"专利"：

> 它是用土枪土炮构成
> 它是用火把弓箭构成
> 热带人披荆斩棘，将它
> 走成了火一样红色的历史风景
>
> 二十三不会再风化
> 它永远是绿色的
> 它属于五指山
> 属于万泉河
> 属于每一棵椰树，每一叶风帆
> 二十三年让海南人自豪
> 它是海南人的专利
>
> 二十三年，永远是年轻的
> 冯白驹，永远是年轻的
> 王国兴，永远是年轻的
> 黄振士，永远是年轻的
> 陵水苏维埃红军战士，永远是年轻的
> 白沙起义者，永远是年轻的
> 琼崖纵队将士，永远是年轻的
> 海南岛的二十三，紧紧地连接着祖国的二十八年
> 在风风雨雨的时间河流上
> 永远不会被淡化①

---

① 黄学魁：《二十三年，是属于海南的》，载《热带的恋曲》，南方出版社，2009，第66~67页。

白沙黎族起义和黎族领袖王国兴是当代黎族作家反复书写的主题。1943 年，王国兴领导五指山区白沙县黎苗族人民进行白沙起义，反抗国民党顽固派地方政府的压迫，一度将国民党势力驱逐出白沙县境。起义失败后，王国兴主动寻找共产党，接受党的领导，为五指山革命根据地的创建做出巨大贡献，为黎苗族人民指明了民族解放的正确道路。董元培在散文《南叉河道情》中详细地回顾了五指山地区"山变""水变"，黎苗人民翻身当家做主人的历史：

> 1939 年 2 月，日寇侵琼，国民党如惊弓之鸟，一枪不鸣，逃窜到五指山区，国民党守备部队、国民党琼崖专员公署自卫队及四县（临高、儋县、感恩、白沙）流亡政府纷纷龟缩白沙内地。白沙地区竟成为国民党避难的小"峨嵋"。他们闯入黎村苗寨，把黎民苗胞视为"野人"和"奴隶"任意污辱枪杀，胡作非为。1939 年底，国民党宪兵逃窜到居住在南叉河岸的白沙苗村，一次就抢走苗民黄牛 45 头，放火烧苗民茅屋，使苗民无法生活，有 29 户共 100 多人被迫逃到山上，靠挖山薯，种山兰度日，过着野人穴居的生活。更令人发指的是，1933 年 1 月，自命为"抚黎"专员的国民党旅长陈汉光，把几十名黎苗同胞绑架、胁迫到广州，在中心区永汉公园（现儿童公园）内，当作野人展览，受尽了人间罕见的凌辱。在万恶的旧社会，我们黎苗族受的阶级压迫、民族歧视又何止这些啊？奸商的盘剥压榨，也是冤耻难雪啊！那时，河两岸流传着一只大公鹅换得五枚针的故事，黎苗人民的这些辛酸日子，和南叉河一样，流过漫漫的长夜。
>
> 默默无闻的南叉河呀！究竟流过多少穷人的血和泪？当党的阳光照亮了河两岸的山山水水时，她才溢出了幸福的喜泪，唱出了欢乐的新歌。就在她岸边的什奋村，1943 年 7 月，我们黎苗人民在这里举行了著名的"白沙起义"。后来，在共产党的领导下，终于把国民党赶出了五指山。1948 年黎苗人民解放，1952 年成立了海南黎族苗族自治

州。从此啊，水变，山变，世代被压在底层的黎苗人民挺直了腰杆成了南叉河两岸的真正主人。①

马仲川在《深山木棉红似火》中，深情地讲述了王国兴带领黎族兄弟寻找中国共产党和红军队伍的传奇故事：

那是一九四三年秋天，就在我们脚下山谷的那片丛林里，王国兴发动的白沙起义失败了！壮士们的鲜血染红了山谷，染红了南圣河水……然而，革命的火种是扑不灭的。血腥的剿杀并没有吓倒英勇的黎族人民！一天夜里。王国兴抬头仰望夜空，望着那满天星斗，在心里喊："……救星共产党，你在哪里？红军，你在哪里?！快来救救我们黎家吧！"望着，喊着，他竟倒在草丛旁迷迷糊糊睡着了。黎明时分醒来，王国兴喊来身边的黎家兄弟，兴奋地告诉大家，夜里他做了一个梦，梦见五指山上升起五朵红云，一位银须飘拂的老者来到他跟前，指着缓缓飘动的红云对他说："国兴，五朵红云向北飘去，你带领黎家兄弟朝北边找红军去吧！"王国兴讲完，一把拉住弟兄们的手说："走！找共产党、找红军队伍去！"

带着不死的雄心，带着寻找救星共产党的希望，追赶着五朵红云，从五指山区丛林里一步步跋涉，历尽千辛万苦，终于在琼崖纵队宿营地，王国兴见到了红旗，找到了救星共产党！年方三十七岁的王国兴，带领十几个黎家弟兄，泪流满面地一把抱住纵队司令员冯白驹，声音颤抖地说："我……找到了！我终于找到你们了！"从此，一个民族的命运就交给了党，一个黎族人民的领袖就这样诞生了。父辈们说，当王国兴带领大军队伍一举歼灭五指山区国民党匪帮时，正逢春回大地，山上山下，到处盛开着一树树红艳艳的木棉花！②

① 董元培：《南叉河道情》，载《旅路足音》，海南出版社，2006，第 14 页。
② 马仲川：《深山木棉红似火》，《海南日报》2001 年 3 月 19 日。

王国兴在新中国成立后曾担任海南黎族苗族自治州第一任州长，在黎族人民心中享有崇高声望。国兴老人临终前"要尽快让我们五指山的群众过上好日子"的嘱托一直回响在黎人耳畔，成为鼓舞人们奋勇前进的力量。王国兴逝世二十一年后的 2000 年，黄学魁在拜谒首人之墓时写道："啊，首领/今天我以小卒的身份/来到你的站台之前/你在台上/我在台下/一柱黄香缕缕之烟/顿即消散了眼前的朦胧/我霎时看清你戎装的威武/看清了你手中三角长剑的闪光/看清了你身后迎风的'三山国王'之旗/剑影寒寒/旌旗猎猎/为了美丽的家园/为了足下的一山一水一草一木/你仿佛仍时刻准备挥动你手中的利剑：/出征！"[1] 2001 年，马仲川到琼中县红毛乡瞻仰白沙起义纪念碑并祭拜民族领袖王国兴，被五指山区怒放的火红木棉深深打动："我走上前，俯身下去用手轻轻地抚摸老人的墓碑，就在老人坟前不足 30 米处，一棵高大挺拔的木棉红艳艳开满一树花。那碗口般粗的花朵，像一团团火焰，在阳光下蔚为壮观。我突然想，也许是国兴老人长久地守望着那棵高大的木棉树，才使树干如此粗壮，花开得这般鲜红？抑或是那棵高大的木棉树就是国兴老人的化身，栉风沐雨，巍然挺立，一生辉煌！"[2] 黎家有一首唱了半个世纪的歌谣："木棉树哎英雄树，木棉花开英雄来；英雄就是侾大军，救侾黎家出苦海！"黎家把木棉树称为英雄树，是因为木棉树高大挺拔，一心向上，红色的花朵就像英雄流的鲜血。生铁般长满瘤刺的枝干擎起如火焰般熊熊燃烧的壮硕花朵，恰如革命的火炬生生不息。深山木棉直率、明艳、赤诚、热烈的特征也是黎族民族精神的写照。

新中国成立后，随着民族政策的落实和社会经济的发展，海南岛踏上了现代化的快车道，得改革开放风气之先，成为碧波荡漾的南海上的一颗璀璨明珠。1988 年建省办经济特区，2010 年建设国际旅游岛，2018 年建设自由贸易港，海南在 20 世纪 90 年代之后的发展更是日新月异。同时，海南明净清澈的山海成为现代都市中人人向往的所在。这个阳光灿烂、鸟语花香、山清水秀、生机勃勃的热带海岛，长夏无冬，阳光明媚，雨量充

---

① 黄学魁：《拜谒首人王国兴之墓》，载《热带的恋曲》，南方出版社，2009，第 17~18 页。
② 马仲川：《深山木棉红似火》，《海南日报》2001 年 3 月 19 日。

沛，四季花开，瓜果飘香。正如黄学魁在《通什情思》中所写："没有严冬/没有酷暑/你把北国所遣来的寒冷/拒之千里之外/你将热带所赐的全部炎热/巧妙蜕化，成为温馨/移植给你的每一个季节/移植给每一片丛林，每一朵野花/移植给我，给每一个市民/于是啊，这个小小的世界/城如春，人更如春。"① 黎族聚居的保亭、乐东、三亚、陵水等市县，更是堪称地处北纬十八度的热带雨林天堂。

　　高照清、谢来龙、黄学魁、董元培、叶传雄、唐鸿南、郑朝能（金戈）等黎族诗人，聚焦热带岛屿独特的山海风景，描绘别具一格的"五指山岚"和"南岛水汽"。五指山、鹿回头、船形屋、山兰酒、木棉、椰林等富有南国特色的热带风物充满神秘绮丽的气息，是诗人对黎家日常生活的书写，对北国的读者来说却充满陌生化的美感和瑰丽想象的空间。无须刻意雕琢粉饰，无意追求奇崛险怪，只需对山海之间的黎乡风光进行朴素真挚的描绘，便别有一番"清水出芙蓉，天然去雕饰"的清新可喜。评论家刘大先称赞这些生长于天涯海角的黎族诗人的创作是"不事玄言、摆脱颓靡、将清浅的口语转化为抒情性言词，别有一番南来之风的湿润气息"②。

　　位于海南岛中央的琼中县，境内有五指山、黎母山、鹦哥岭三大山脉，南渡江、昌化江、万泉河在此发源，可谓人杰地灵。王海、叶传雄、唐鸿南等都是热衷于书写琼中的黎族作家。青山碧水、竹林幽径、四季百花、山歌米酒，是诗人叶传雄笔下信手拈来的意象，在《黎山寻梦》中，他勾勒了一幅黎山里人与自然和谐共生的美丽画卷："田间及坡上的木棉花/一簇簇，一片片/如火焰，若天灯/经诗人轻轻地吟唱/便醉倒了十里烟霞。"③ 以散文诗见长的乐东籍作家唐鸿南，以记录黎寨生活、书写黎族历史、彰显民族特色、表达民族情感为创作目标，从黎族山区的自然风物中提取意象，注入民族精神和历史底蕴，再以拟人化的意象传达对民族文化

---

① 黄学魁：《通什情思》，载《热带的恋曲》，南方出版社，2009，第20页。
② 刘大先：《千灯互照：新世纪少数民族文学创作生态与批评话语》，暨南大学出版社，2017，第131页。
③ 叶传雄：《黎山寻梦》，载《八面来风·诗歌卷》，海南出版社，2018，第256~257页。

的珍爱与自豪。在《五指山睡意》中，唐鸿南将大自然中的五指山赋予历史的内涵，成为记载黎族悠久历史的"三千年的长卷"：

> 如果说五指山是爷辈们可以撑住蓝天流云的巨臂，那么阿陀岭算不算是山城睡意的母怀？
>
> 今天，我要匍匐生母的土地倾听！
>
> 我要倾听这个土著民族拓开树皮的历史画卷；
>
> 我还要倾听这个海岛先民跋山涉水风餐露宿的跫音；
>
> 我更要倾听这个山城的睡意是否已经拉回了祖先萌芽的会话……
>
> 三千年的长卷啊！总是在睡意的甜梦中慢慢舒展古老而年轻。钻石取火的热烈燃烧了，弯弓射鹿的刚烈咆哮了……山城的睡意也睁开了黎人先祖悠荡的源流。
>
> 从此，山城的睡意在五指山与阿陀岭的相抱中，伴随流淌不绝的山兰蜜液酿制了一个民族的血脉！①

唐鸿南有自觉为民族代言的意识，他将个体的"小我"与民族的"大我"相联系，关注全球化语境中的民族文化命运，既有深情的守望与赞美，也有理性的反思与追问。2012 年，唐鸿南在《他们》《你们》《我们》中从三个维度书写了现代化语境中黎山与黎人的关系，"大山偎依你们，需要我们，还有依靠他们，永远站立在一起"②。在"他们""你们""我们"的对比性叙述中，既有对山外世界的现代文明的向往与渴望，也有对山里家园故土亲人的钟情与守望。

《他们》中的黎人是学生，是"寒窗苦读的我的兄弟姐妹"，"砍木柴，找野菜，养家畜，去牧羊……/这些功课，他们每天都得复习。同样要紧的功课，他们还要废寝忘食地读书，学好家乡话，说好普通话。/大山，在他们脚下。山道九曲弯弯，他们的心，力求挺直。/他们知道，乡

---

① 唐鸿南：《五指山睡意》，《南岛晚报》2010 年 12 月 23 日。
② 唐鸿南：《你们》，载《在山那边》，团结出版社，2017，第 5 页。

亲在依靠他们，村庄在等待他们，大山在仰望他们"。① 对"他们"来说，山是"沉重"和"坑坑洼洼"的，是走向现代文明亟须逾越的屏障，走出大山才能奔向"未来的梦想"。然而，山里有"乡亲"，有"村庄"，是祖祖辈辈安身立命的家园，也将是走出大山的学子一生念兹在兹的故乡。

《你们》中的黎人是农人，是"每天和深山密林相互倾诉"的"山人"，"挺拔的性格仍是那么的诚实、稳重、淡定、坚韧。/你们多么好样，一片始终不渝的忠厚"，"采草药，煮清汤，喝白粥，酿甜酒……/自然的大山与自然的山人交流，欢天喜地，山欢水笑。/你们啊，也别无选择。今生注定匍匐大山的恩重情深，用大手和铁锄，把脉大山的历史风云"。② 对"你们"来说，大山在"引领"黎人"攀登绿水与青山的舞台"，"靠山吃山"哺育了"大山后代"和"子孙未来"。

《我们》中的黎人是返乡的游子，是"山的儿女"，是"奔走在山里山外"，"一身风尘而来"的知识分子。接受了现代知识洗礼的"我们"，对"他们"有深深的理解，对"你们"有无言的关爱，自己却注定漂泊在返乡又离乡的旅途中。只有在驻足回望的片刻，才能确认自己并非无根地漂泊，游子的根脉就在巍巍黎山的青山绿水之间。

渴望走出大山的"他们"、驻守大山的"你们"和沟通山里山外的"我们"构成了当代社会黎人生活的三种样态。当"城乡进程的车轮"滚滚向前，任何民族都不能自外于现代化的进程。面对无孔不入的现代文明，唐鸿南的诗中流露出对被改写的民族文化和被挤压的民族生存空间的担忧与隐痛，但同时也在试图以理性思考来面对现代文明，从而实现民族文化与现代文化之间的良性互动。《他们》中山里的孩子外出读书，《我们》中山外的游子重返故园，就是试图在传统文化与现代文明之间建立起沟通的桥梁，分享共同的知识体系，守护《你们》中那一片魂牵梦萦的绿色黎寨。

山有沉稳、豪迈的面向，也有停滞、闭塞的面向。高照清在《黎山

---

① 唐鸿南：《他们》，载《在山那边》，团结出版社，2017，第3~4页。
② 唐鸿南：《你们》，载《在山那边》，团结出版社，2017，第5~6页。

路》中写道："山寨地处偏远僻壤，被重重叠叠大山围困，唯独那条山路才连通山外的世界，沟通山内山外的人情世故，带进山外清新的风。……多少年来，山民们用宽厚的双肩，担起了大山慷慨的恩赐，在山路上艰难跋涉着，从山外担回了一家人热切的期望。……山民们就这样年复一年，日复一日在山路上攀爬，用大山一样深沉而执着的信念，诚挚地追求山外的文明。"① 山外的世界象征着现代文明。曾经，黎族先民为求得生存的安稳走进大山；而今，山里的黎人为了寻求山外的现代文明而走出大山。

山里的黎人总是向往海的广阔、灵动与奔放。唐鸿南的《向往大海》写出了大山里的黎族青年对并不遥远的大海的向往，表达了希望同时拥有高山和大海两个母亲的心愿，诉说着对山的雄壮与海的辽阔的双重渴望：

这一刻，我是不是要从船形屋的毛孔里窥视一种透亮的眼光？
并与此同行，一路荡过群山的屏幕，形成一道直线的风光。
年迈的老祖母说过，在我还很小很小的时候，山与海的那方，
我梦乡的摇篮曲，摇曳的都是大海的形象，还有高山汉子的雄壮。
如今我这般的样子，是高山的模样？是大海的形象？
于我而言，山是我旅行的胆量，海便是我赶路的眼睛。
为何我是那样的喜欢大海？
老祖母再三对我说过，
因为我只喝过高山的奶，还没有喝过大海的奶呀！②

在散文《黑夜里的灯光》中，高照清写过一段童年趣事，四个住在黎山中的 10 岁男孩，因为担心被老师惩罚而逃跑去看海。第一次看海的经历日后成为"向山里孩子夸耀的资本"："大海，对于我们这些生长在山里的孩子们来说，是一个令人心驰神往的地方。……面对一望无际，浩瀚无

---

① 高照清：《黎山路》，载《黎山是家》，团结出版社，2018，第 129 页。
② 唐鸿南：《向往大海》，载《八面来风·诗歌卷》，海南出版社，2018，第 214 页。

边，惊浪拍岸，风起云涌的海，此时才知道与大海相比，自己是显得多么的渺小，多么的微不足道。"① 大海给了山里的孩子一个参照系，恰似黑夜里的灯光，照亮了山外的世界。

艺术源于生活，海南黎族作家的文学书写也有地域性的特征。琼中、乐东、白沙、保亭等市县的作家多钟情于山，陵水、三亚等市县的作家则更乐于写海。被称作"从三亚走向大海"的诗人黄学魁，是"一位从广东民院学堂里开始以诗说着大海，又将大海的诗灌醉了五指山的诗人"，"依稀听见，来自山海的深处，他宣读心中那个永远的鹿回头，山的崇敬，海的胸襟"②。黄学魁笔下的黎山"熟红熟红"的热土，既是黎人生于斯长于斯的家园，也是黎人灵魂得以安放的精神故乡，"炎炎太阳烤熟的云朵面/土地肥美海涛起伏浪花滚滚击石/椰树于海岸垂首丛林于群山茵绿/野鹿林间的嘶鸣/山泉淙淙奔流的轻吟/踩踏在这块火热的黑土/总感到，所有的血脉/都不断地猛烈抽动和颤抖"，"在这热乎乎的世界中降生/翠绿灌木根须紧握的双手/群兽语言和交流的词汇/田野和海边传来放声嘶唱的号子/紧钉深山的茅屋飘袅升腾的炊烟/我都深深地俯下高昂的头/面对着这一片神奇的土地"③。学者杨兹举称赞黄学魁"把反复咏唱自己的民族和故土当成自己义不容辞的使命。正是这种使命感，使他精微地把握着这一切的精神气质并予以亲切动人的描画，从而展现民族文化的神采、故土的风流和生活的底蕴，透明炽烈中隐含着一股撼人魂魄的力量"，"故乡的一山一水一草一木，风物景观，在作者的眼中无不具有灵性，可以感应，可以交流，可以亲密无间地共处"④。

黄学魁曾在通什求学，其诗难掩对这个曾经作为海南黎族苗族自治州首府的城市的热爱。在诗人看来，这个位于五指山东南部的城市深得热带森林之精魂，颇有"世外桃源"之神韵，人与自然和谐共处，是一座"真

① 高照清：《黑夜里的灯光》，载《黎山是家》，团结出版社，2018，第109页。
② 唐鸿南：《读黎族诗人黄学魁的诗》，《南岛晚报》2012年5月15日。
③ 黄学魁：《热土》，载《热带的恋曲》，南方出版社，2009，第1页。
④ 杨兹举：《简论黄学魁的诗歌创作》，载黄学魁《热带的恋曲》，南方出版社，2009，第99页。

真诚诚纯纯朴朴自自然然"的城市:

> 伸延于绵绵群山郁郁葱葱的绿叶
>
> 一年到头
>
> 从没听说谁有焦黄飘零的倦意
>
> 鸟儿在林间欢歌载舞
>
> 沉醉于她们的卿卿我我
>
> 亮亮丽丽洁洁白白的山巅之云
>
> 团团片片堆堆积积游游弋弋
>
> 却从未想过翻脸怒目横眉相对
>
> 水牛群静静地在南圣河畔低头除草
>
> 偶尔还传来隐隐约约悠悠扬扬的牧笛之声
>
> 哟，你这一座起起伏伏高高低低的田园
>
> 把一种美丽
>
> 吟唱成今天这样清清纯纯无埃无尘①

对于家乡三亚，黄学魁则多次抒写这里的海。鹿回头、南天一柱、椰树、风帆、碧海青天，是他的诗中经常出现的意象。其诗在描摹三亚这片热带蓝海的独特风韵的同时，传达出对热带海岛旖旎风光的珍视和对民族文化的认同，"轻轻地穿越传说/我悄悄而来/伫立在你的高高山顶/以鹿的某种姿势/临风临海/临倚一段远古的传说""你的一种风景/不见经幡/没有祷语/铭刻在你风景之上的/椰树，柱石，风帆和蓝海/已展示成了你的全部形象和言语"②"我的形象，永远是/一叶椰韵，和/一片蓝色的海湾"③"天涯人在天涯/海浪在编写神话/巨石在塑造传说/椰树啊在描绘岁

---

① 黄学魁:《眷恋通什》，载《热带的恋曲》，南方出版社，2009，第12页。
② 黄学魁:《寄梦，于如画如诗的三亚》，载《热带的恋曲》，南方出版社，2009，第7、8页。
③ 黄学魁:《我是一个热带人》，载《热带的恋曲》，南方出版社，2009，第63~64页。

月"①"椰韵千千万/阳光千千万/共同组成热带行的诗/铸铸在那大海腾浪的平面/液化成蓝色液体不平静/不平静地日夜翻滚"②。

黄学魁在诗歌中以"热带人"和"天涯人"自诩,抒发对热带海岛上的家乡的挚爱与眷恋,表现出对勇敢、坚韧、淡定、豁达的民族文化精神的继承。在《天涯的情潮》(组诗)、《漂泊的思绪》(组诗)、《大海》(组诗)等诗歌中,人与大海是平等对话的主体。诗人认同传统文化赋予大海的辽阔、宽广、浩瀚、伟大的象征意义:"大海以它自身的宽度与博大/拥有如林的风帆和坚实的港湾/拥有所有的白云和飞鸟/拥有所有的过去和未来。"③ 同时,诗人也承认人在面对大海时的渺小与懦弱,以及漂泊海上的艰辛与忐忑,"海的长鸣如夜的笛声/令我的立场随即虚脱"④"船在岁月的大海上浮沉/在年轮的缠绕之中/漫漫地拉长命运的行程"⑤。虽然大海神秘而未知,但"天涯人"依然坦然接受命运的挑战,在与自然的对抗或者对话中彰显生命的坚韧与顽强,表达对待生活的豁达与乐观。"生命就如海中之舟/除了奋力操桨/谁还能评估风浪",诗人只"愿如一叶扁舟行驶/即使在辨不清海与天的界线上"。⑥"在遥远的天之涯/我站成一柱大石/一种饱经风霜的感觉/油然而生/以期盼的姿势/面对着大海/面对着来来去去的风帆"⑦"至爱的我,如果漂泊/能成为一次的传奇/那么,我愿以一切无比的力量/奔赴在那个传奇的旅途/为了生命中美丽的图腾"⑧,而之所以能让个体的"我"如此坚定而满怀信心,是因为"我"身后有个伟大的民族。"我""站成一柱大石"是因为"身后那棵与我并排而立的椰树"一直与"我"厮守。⑨"我"能度过"乘风破浪的日日夜夜",是因

① 黄学魁:《天涯人》,载《热带的恋曲》,南方出版社,2009,第77页。
② 黄学魁:《边地的诗》,载《热带的恋曲》,南方出版社,2009,第83页。
③ 黄学魁:《心》,载《热带的恋曲》,南方出版社,2009,第37、38页。
④ 黄学魁:《在天涯,我站成一柱大石》,载《热带的恋曲》,南方出版社,2009,第31页。
⑤ 黄学魁:《帆》,载《热带的恋曲》,南方出版社,2009,第30页。
⑥ 黄学魁:《飘渺》,载《热带的恋曲》,南方出版社,2009,第38、39页。
⑦ 黄学魁:《在天涯,我站成一柱大石》,载《热带的恋曲》,南方出版社,2009,第31页。
⑧ 黄学魁:《如果,漂泊能成为传说》,载《热带的恋曲》,南方出版社,2009,第33页。
⑨ 黄学魁:《在天涯,我站成一柱大石》,载《热带的恋曲》,南方出版社,2009,第31页。

为有"你""不计较台风疯狂的摧残，不计较暴雨无情的湿淋"，"永远等待"。[1] 这里的"你"不仅是"我"的恋人，也是海南黎族，以及所有民族共同组成的"天涯人"和"热带人"，甚至可以引申为整个中华民族。诗人念念不忘的，绝不是大洋彼岸"西方的夏威夷"，而是"南海的怀抱里""中国大地最南端的小岛"，这里看不到多少现代性的焦虑，更多是"天涯人""热带人"对本土文化的骄傲与传承，让读者心生感动满怀自信。

三亚的黎族诗人高照清，也借助鹿回头的传说，写出在海岛上生活数千年的民族对苍茫大海的敬畏与眷恋，以及面对美好与严酷同在的大自然的勇敢与柔情：

> 你一路狂奔
>
> 终逃至天之涯海之角
>
> 路没了
>
> 面对苍茫的大海
>
> 你唯有两种选择——
>
> 要么你跳入海中
>
> 被惊涛骇浪淹死
>
> 假如你不想死
>
> 那么就奋勇泅渡
>
> 也许
>
> 穿越一片海
>
> 就有一片地
>
> 要么你回头

---

① 黄学魁：《等待》，载《热带的恋曲》，南方出版社，2009，第35页。

但不能让一个爱的传说

痴迷这片土地

你回头

应该让瞬间的一眸

在临海的崖上盛开

然后你消失了

让那含情脉脉的回眸

美丽千万年①

　　高照清认为，鹿回头象征着从山到海的过渡。天涯海角临崖回眸的鹿的选择，"标志着黎族先民从原来的游猎生活方式，逐渐向渔耕的生活方式转变"②。

　　陵水黎族作家李其文，不执着于从船形屋、黎锦等典型的黎族民俗事项挖掘灵感，而以赤诚的诗心和敏锐的慧眼寻找热带海岛的动人风景，以诗歌记录时代与生活，热诚地向读者介绍陵水的诗意美景，他在对海岛意象的描写中融入个人的感悟，实现了主观与客观的统一、历史与个人的统一，表现出更广阔的民族融合与交流的视野。

　　他描写陵水的"美女岛""观音岛""睡佛岛""冰火岛"——面积只有0.38公里、距离陆地4公里的分界洲岛，称赞它"不仅是一个岛，还是一个心灵的栖息地"，"在这样的视界里，能感受到有一种力量将山海相连，这种力量源自于内心，来自于想象"③：

在这样的一个海岛

闭上眼睛

涛声能从滑落的线条里

---

① 高照清：《鹿回头》，载《八面来风·诗歌卷》，海南出版社，2018，第171～172页。
② 高照清：《鹿回头 一个永恒的主题》，载《鹿回头 一个永恒的主题》，中国华侨出版社，2021，第205页。
③ 李其文：《陵水，诗意栖息的地方》，《民族文学》2016年第3期。

被风带到指尖

那些弹掉的诗句

晶莹的如礁石上晒干的盐巴

折射出珊瑚的纹络

与岁月的硬度

我试图在一块猜不透的石头上

去猜想那座被海和山

构筑出来的影子

她的高度，由来以及命运

以及静止或者如脉搏般跳动的灵魂①

　　他描写陵水"四面环水的椰子岛"，"岛上满是椰子树，至今没有一条由人走出的小路"：

是谁在荒芜的月光下

遗落一棵，或两棵椰子

然后在潮汐与渔夫竹竿击水的声音里

孕育着一个岛的名字

许多年后，我却在一个椰子树的家庭里

发现突然长出的陈旧的茅草屋

一个老人在烧火做饭

一个老人在削椰子叶

一个小男孩在砍竹子做鱼竿

岸边的小木船嘴里正衔着渐渐落下去的夕阳

---

①　李其文：《声音之外》，《现代青年》2014 年第 4 期。

和一个被生活眷顾的村庄

村庄渐渐成熟的炊烟
被一条狗牵着往前走
残留的云朵压过了屋顶
掠过几棵刚开花的槟榔树
就在那一只狗的叫声中
天色熟透了
它掉在我的手心里
被我握成一首诗
挂在椰子岛和它炊烟燃起的村庄里

在陵水"由这些岛构筑的世界里",诗人期待"像一只水鸟般诗意地栖息","在晨昏里,在潮汐间,将灵魂安放在一块礁石之上,一片波光之中,一截枝桠之间……然后静候岁月的流逝"①。山海在诗人笔下已经不仅仅是一种纯粹自然化的风景,而是作家主体思想与情感的投射,是"人化的自然",诗人通过描述山海美景建构民族传统,表达现实生活。

热带海岛上的山海,既是海南独特自然环境最直观的呈现,也是海南黎族作家笔下经常出现的意象。从海走向山,又从山奔向海,黎族作家通过描摹山海,追忆黎族先民的创业史,诠释现实生活中的黎族生活家园,记录着黎族族群的发展与变迁。热带岛屿上的山海具有区别于大陆的鲜明地域特征,迥然有别的地理环境影响了黎族族群对自然环境的认知方式和思维方式。黎族与大自然休戚与共,形成了与自然环境息息相通的地域文化,也内在地规定了民族的集体文化记忆和自然生态价值观。对山海的诗意想象成为黎族作家文学想象的重要资源,也为黎族族群建构实现民族身份认同、凝聚民族共同信仰的空间。

---

① 李其文:《陵水,诗意栖息的地方》,《民族文学》2016 年第 3 期。

第三节　民族志写作与"地方性知识"

　　人类学理论指导下的民族志，本意是指人类学者进行田野调查之后撰写的文本。20 世纪 20 年代，人类学家马林诺夫斯基在写作《太平洋的航海者》时，强调民族志的写作应该建立在严谨的田野调查和科学的研究方法的基础之上，以确保民族志写作的客观性、真实性和科学性。20 世纪中后期，人类学迎来"文学转向"，民族志的客观性与真实性受到质疑，民族志在写作过程中可能会融入文学的虚构和想象，也可能以散文、诗歌等文学形式进行抒情的表达。而少数民族文学的民族志写作，则是文学的"人类学转向"，是将人类学理论及研究方法应用于写作实践的探索。作家受人类学的田野调查方法启发，重视写作的非虚构性，在文学创作中运用"深描"手法呈现了本民族的地域特征、自然风物、信仰禁忌、风俗习惯等"地方性知识"。如果说人类学的民族志写作是对民族生活与文化的记录与诠释，那么少数民族文学的民族志写作则是在特定文学观念指导下的审美重构。两者的相似之处在于对民族民间文化中"地方性知识"的"深描"。

　　"地方性知识"的概念最初由美国文化人类学家格尔茨在 1981 年的一次演讲中提出，后收入 1983 年出版的《地方性知识——阐释人类学论文集》，对人类学理论的发展产生重大影响。20 世纪以来，伴随着现代社会以及后现代社会的到来，西方文化试图以一种"普遍知识体系"的强势在全球传播，对非西方文化、地域文化、少数民族文化造成冲击，给人类文化的多样性和差异性带来影响。格尔茨的"地方性知识"正是在这样的现实背景中提出的。叶舒宪指出：这种反抗"放之四海而皆准"的"普遍知识体系"的丰富多彩且千变万化的"具有文化特质的地域性的知识"，就是"地方性知识"。因纽特人关于雪有几十种区分词语，上古汉语为各种家养的阉割动物都起有专名，菲律宾的哈努诺族对植物的分类有 1800 种之多，"世上罕为人知的极少数人使用的语言可能在把握现实的某个方面比自以为优越的西方文明的任何一种语言都要丰富和深刻。'地方性知识'不但完全有理由与所谓的普遍性知识平起平坐，而且对于人类认识的潜力而言自有其不可替代的优势"。"人类学的诞生出于西方人对原始文化的认识需要，这门学科在20世纪后半叶的发展出现了一个未曾料到的转向，即一方面地球上未经认识的原始社会越来越少，几乎没有什么新发现的余地了；另一方面已发现的原始文化呈现丰富多样的形态，远非西方的知识系统和概念术语所能把握。越来越多的人类学者借助于对文化他者的认识反过来观照西方自己的文化和社会，终于意识到过去被奉为圭臬的西方知识系统原来也是人为'建构'出来的，从价值上看与形形色色的'地方性知识'同样，没有高下优劣之分，只不过被传统认可（误认）成了惟（唯）一标准的和普遍性的。由此可见，地方性知识的确认对于传统的一元化知识观和科学观具有潜在的解构和颠覆作用。"[①]

　　20世纪80年代，当黎族作家群初具规模时，作品中的国家认同意识涵盖了民族认同意识，对于地方性知识的描写是从属于国家认同的主题的。从根本上说，少数民族的身份由新中国的民族政策所赋予，少数民族文学话语必然依附国家话语而产生，服务于社会主义社会的文学生产规约，表达民族国家统一和各民族团结的主题。各民族对本民族文化认同的主题内在地包含在对多民族国家认同的主题之中。龙敏在1981年第2期《民族文学》上发表的成名作《同饮一江水》就是通过黎苗婚姻表达民族团结的主题。虽然小说中也描写了竹林掩映的苗家竹屋、山兰地里的牛木铃声、苗族的苗笙和长腰鼓舞、黎族的打柴舞等富有民族特色的地方性知识，但总的来说作家是怀着感恩的心情表达对新社会、新时代的热情赞美，对民族团结和国家统一的深情歌颂，表现出强烈的国家认同意识。黎族胶工和苗族女工的相知相爱是在"国营农场"的"胶工培训班"上，"那碧绿无边的胶林是我们的媒人"。新中国成立前，苗女不嫁黎汉，黎汉不娶苗女。新社会则打破了民族隔阂，"永远是我们两族人民姻缘的缔结

---

① 叶舒宪：《地方性知识》，《读书》2001年第5期，第122～123页。

者"①。龙敏发表于 1982 年的《年头夜雨》《老蟹公》等小说,表达了旧
社会"把人变成贼",新社会"把贼变成人"的主题。符玉珍发表于 1981
年的散文《年饭》和发表于 1983 年的小说《大表姐》,讲述新社会"春风
吹走了盘在黎寨头顶上的乌云","我"全家吃上了"黎家特有的糯米炖鸡
肉"②,"三十岁出头的大表姐终于出嫁了"③。

　　经历了 20 世纪 90 年代的沉寂,20 世纪末 21 世纪初黎族作家文学迎
来了繁荣发展的时期,不仅诗歌、散文等文体收获颇丰,《黎山魂》等多
部长篇小说也相继问世,表现出强烈的民族意识。黎族作家在作品中强调
民族身份认同意识,黎族文化的独特性和地域性也受到空前重视。梳理民
族文化传统、抒发民族情感、实现民族身份认同,成为黎族作家文学的共
同主题,黎寨风光、民俗禁忌、宗教信仰、日常生活等黎族文化的"地方
性知识"成为表现这一主题所倚重的素材。在飞速发展的现代社会中,出
于对民族文化日渐萎缩和消散的焦虑和恐惧,更出于为民族代言的使命感、
传承与发扬民族文化的责任感,黎族作家们在写作中表现出强烈的文化身份
认同意识,一方面向黎族神话、传说、民歌等民间口头文学传统寻求文化资
源,另一方面运用"深描"的方法呈现"地方性知识",书写"民族志",
向传统致敬,从民族历史的重新建构中获得民族文化前行的动力。

　　龙敏的《黎山魂》对黎寨的打猎耕作、民俗节庆、习惯禁忌等进行了
全方位的描绘,嫁娶、丧葬、祭祀、节日、民间故事、传说、谚语、民
歌、习俗等地方性知识得到细致深入的展现。龙敏有自觉地书写"民族
志"的意识。因担心民族习俗风情的"失传"和"遗漏",龙敏试图在小
说中最大限度地呈现能够彰显民族性和地域性的"地方性知识":"作为一
个黎族作家,有责任弥补曾经被遗漏了的本民族习俗风情。基于这个原
因,这本书中所有的奇风异俗都是真实的,且它们在历次搜集和发表的资
料中是绝对没有的。我不想让它们在无形中消失,决心把濒临失传的本民

---

①　龙敏:《同饮一江水》,《民族文学》1981 年第 2 期。
②　符玉珍:《年饭》,《五指山》1981 年总第 10 期。
③　符玉珍:《大表姐》,《民族文学》1983 年第 4 期。

族风情介绍给读者，给读者一个耳目一新的感觉，同时也能为研究黎族历史的专家提供他们一时了解不透的资料，这就是我创作这部长篇小说的初衷。而且，书中所有的民间故事、传说、民歌、谚语等均在本地区广为流传，为本地区的黎族同胞所熟悉及认可，是他们酒前饭后的消遣话题。我想，这也能为从事民间文学工作的同志提供一些参考资料。"① 与历代汉族官员和文人撰写的地方志和史料相比，龙敏写作首部黎族题材长篇小说的意义在于提供了黎族本土经验的书面表述。与所有没有文字的少数民族一样，黎族的生产技术、民俗文化、道德禁忌等知识体系只能依赖祖祖辈辈口耳相传，民族文学的发展因此受到很大限制。语言来自他者，文学观念与文学经验也来自他者，黎族作家从事文学创作时所能倚仗的资源十分有限。龙敏曾说自己的创作要跨越重重语言障碍：用黎语打腹稿，用海南话修改，最后用普通话定稿。这一不断转译的过程可能会导致黎语语义、思维方式、审美观念的改写，从而引发写作者的身份认同危机，陷入不知所云的焦虑。而对地方性知识的"深描"②，是为数不多的可以倚仗的资源中的一种，能够有效地应对民族文化他者化的焦虑。

进山打猎是黎族传统生产活动，对打猎的细致描写不仅是对逝去的生活方式的记录，更是对民族生存历史和文化命脉的留存。龙敏的小说《黎山魂》、符永进的小说《赖乖山寨》、高照清的散文《祖刀》《老铳》《三叔猎事》《走山》《踩山》《狩猎的季节》等都以打猎为题材。作者不仅描述了黎人打猎的细节和过程，更通过对打猎这一"地方性知识"的深入描绘呈现了黎人的道德观和伦理观。现代社会中黎人的子孙后代不再打猎，这样的生产生活方式以文学的形式留存了下来，唯有如此，才能让黎族的后代子孙了解黎族先人的风采，保存民族的文化记忆，实现民族身份和情感的认同。

高照清的系列散文对黎家猎事的描写呈现了"狩猎"这一"地方性知识"，实质上是带有民族志色彩的文化叙事。黎人把个人单独上山打猎称

---

① 龙敏：《写在前面》，载《黎山魂》，南海出版公司，2002，第2页。
② "深描"是美国人类学家格尔茨所使用的人类学术语，是指对文化现象及其复杂意义进行深入描绘的手法。

作"走山",把集体进山围猎称作"踩山"。经验丰富的猎手走山,会根据山林的各种状况,判断野兽活动的时间、场所以及范围。《走山》里的阿叔是黎寨响当当的猎手,10多岁时参加踩山围猎打到过黄猄,15岁时孤身一人在山林中捕猎过凶残的野猪。他一进山,比最机敏的动物还要警觉,"眼珠在转动,耳朵在聆听","时而如山风一般轻轻掠过树枝刺丛,悄然无声;时而走得很慢,悠悠然地踱着步,蹑手蹑脚的还是踏地无声"①。在"我"毫无察觉时,阿叔从枝繁叶茂的大树上打下一只山鸡。单凭"沙沙沙"的声音,他就能判断是一只山老鼠。阿叔教"我"根据枪声辨别是否打中猎物:"低而沉"就证明"猎物被打中了","尖而脆"就证明"子弹走空了"。《踩山》描绘了黎寨一年一度"开春最隆重"的踩山围猎,二十几位黎族猎手杀鸡祭枪、敬过山神之后,扛上粉枪,唤上猎狗,集体进山。踩山是黎族男孩的成人礼:"是汉子,就要拿出男子汉的气概来,独闯山林,开辟出一片属于你自己的猎场。"被黎寨猎手推举为"猎头"的阿叔和老猎人们"对树林子进行目测,他们根据山林里树木的浓密,坡度的高低等情况进行观察,细心观看野兽出没道路的疏密度,留在地面上足迹的大与小,新与旧,借此来判断猎物的种类,大小。然后依据山林的地理环境,地形地貌来分配人员,大家一线排开,数十步一人,遥遥相望,形成了一个很大的包围圈,把那一大片山林给围得像铁桶似的,不漏掉一丝的缝隙,仅留下一个小小的顺风口,让领猎狗的猎手,把猎狗赶入包围圈中"②。分配猎物则按照老规矩,将猎物的头和一条腿作为奖赏送给命中第一枪的猎手,其余则全部平分。作家通过对狩猎往事的细致描写和深情追忆,以及对日常狩猎场景的文学书写,反映了黎人独特的心理、情感、思维模式、行为方式和伦理道德。

在《黎山魂》中,龙敏对黎家猎事的"地方性知识"进行了全景式的扫描,写出了黎寨里的男人们从猎前祭祀到进山打猎、分配猎物再到享用猎物的踩山围猎全过程,通过对古老生活场景的再现唤醒民族共同的文化

---

① 高照清:《走山》,载《黎山是家》,团结出版社,2018,第134页。
② 高照清:《踩山》,载《黎山是家》,团结出版社,2018,第137~138页。

记忆。难能可贵的是，龙敏对黎家猎事的描写不是以奇观展览的方式去吸引读者眼球，而是出于民族认同和族群记忆的需要，将黎族先人狩猎的场景在民族文化记忆建构和民族志书写的层面中展示，以纾解城市化进程和现代生活方式所引发的民族文化边缘化的焦虑与惶恐。《黎山魂》通过"深描"黎人围猎以及分配猎物的"地方性知识"，赞美黎寨中互助平等友好的人际关系。围猎之前，猎人们"说说笑笑地走着，大声地谈论着历年围猎的趣事。他们都有了一整套围猎的办法。他们深深懂得，围猎需要很多很多的伙伴，而且要配合得相当密切，要团结友爱，决不允许哪一个人在围猎中闹个人情绪，也决不允许哪一个人不听大奥雅的话。尽管也有人过去对某人抱有成见或不和，但是，在现在这种情形下，也要和好，笑脸相待。要不然，犯了大忌，全峒人对他怀恨至死。当然，这也是男人特有的胸怀。因此，人们总是说说笑笑的，十分友好"①。黎寨的男人们踩山围猎，捕获猎物后的分配原则是：猎物不完全归猎中者所有，见者有份，平均分配，甚至猎狗也会分得与人同样的份额。全部的兽肉会被分为"猎中者份"、"峒老份"和"大家份"，"猎中者份"是指猎中者分得的兽首、一条兽后腿、血肠和部分内脏。"峒老份"是指峒中处理白事的老人会分得一小份肉和血肠。"大家份"是指凡是参加围猎的人和狗都会平等地分得一份肉、骨和血肠。大家虽然明明知道"不论男孩大小和狗的大小都平平均均分得一份"的分配方式从多劳多得的角度看并不公平，"那些带着男孩来参加围猎的和带狗最多的人最合算"，但还是认为祖宗定下的"有工大家干，有肉大家分"的规矩才是"平等"的规矩。② 这种平等不仅体现在黎寨内部的人人平等，以及猎人与猎狗的平等，也兼及黎寨之外并没有参与围猎的汉人，颇有众生平等的意味。小说里写黎人分配猎物时，误抓到两个走串黎峒做日用品生意的汉人。这两个在深山中迷路的汉人提心吊胆，担心误闯黎寨有性命之虞，但是黎峒的奥雅那改不但没有为难他们，反而跟峒民说要分给这两个汉人猎物。理由是"祖先的规矩：碰工同做，遇食同

---

① 龙敏：《黎山魂》，南海出版公司，2002，第166页。
② 龙敏：《黎山魂》，南海出版公司，2002，第172页。

吃。虽然他们赶不上我们分肉,但是他们见了。见者有份,我们每人均出一小块来分给他们"。当汉族生意人打算用刀和镰刀等日用品交换时,那改却拒绝了,同样依据的还是祖训:"我不叫你们用东西换,这是我们的规矩。你如果不要或用东西换,破了我们的古训,山神会怪罪我们的,若明年我们没有收获,我们还要咒骂你们呢!"① 在汉族生意人眼中,这些"奇特的好心人"的举动和他们的风俗是不可理解的,有些"傻气"。但是如果抛开功利算计的狭隘与自私,这样互助平等的观念实在是构建理想的和谐社会的必备条件。"见者有份"的分配规则源于黎族社会的传统美德。也正是从对民族传统美德的"深描"中,黎族作家表现出对民族传统的强烈认同。

小说通过对"捞胡"分食兽首汤的细致描写,体现了黎族对"人人平等"美德的推崇。在分食兽首汤之后,奥雅又一次以讲古的方式给后辈讲述先民的故事。尊敬祖先留下的古训,是民族自豪感和自尊心的一种传承。"老祖宗吃在嘴里十分香甜,当然不会忘记峒里的弟兄、孩儿们。他回峒去叫来大家一同享用。所以,我们形成一道不可更改的规矩,烧宰野兽必须多人参加,不能自己独份享受。从那时候起,我们的先人就懂得打野兽来当下饭的菜肴。而且立下大家参加、人人动手、有汤同喝、有肉同吃、见者有份的古训。"② 老奥雅一再重申古训,其实也是在寻求民族身份的认同,确立民族的价值观。当黎族作家在小说中细致地书写分配猎物的古训时,也是在表达其对传统价值观的认同和对传统美德的珍视。

《黎山魂》对享用猎物的"地方性知识"也有细致描写,作者通过同喝兽首汤的仪式书写民族的集体性历史,完成民族共同体的想象与重构。黎人围猎分配猎物之后,猎中者要将兽首煮成兽首汤供全峒的男人享用。同喝兽首汤有庄严的仪式。仪式要由黎峒最德高望重的奥雅主持,煮兽首前要念《兽首咒(生)》,煮好后要念《兽首咒(熟)》,生火、烧柴、煮汤、分肉、分汤都要靠峒民的共同参与来完成。人多汤少,每人分到的汤和肉都不多,同喝兽首汤仪式的意义不在于吃喝,而在于民族情感的凝

① 龙敏:《黎山魂》,南海出版公司,2002,第174~175页。
② 龙敏:《黎山魂》,南海出版公司,2002,第181页。

结、民族共同体的教育和民族价值观的传承。奥雅告诫晚辈："孩儿们，孙儿们，这块肉香，因为是你们用血和汗、勇气和力量挣来的，是你们联手一起猎来的。在这里，我要告诉那些懒汉和惰虫，坐在家里偷懒，上天是不会掉下肉来的，也告诫那些爱在兄弟中间挑茬子的人，他们不和兄弟拢成团，就会像失去群体的山猪而被狗咬了。我们巴由峒能祖祖辈辈、世世代代生男育女，子续孙接，椰林成阴，槟榔成行，是靠这三条呀！勤劳、勇气、团结。我们一定要牢记呀！"[①]　"这句话，他在这样的场合中不知讲了多少遍，每当峒里举行这样的仪式，他总是这样告诫子孙后代。"[②]勤劳、勇气、团结是黎族人民最为推崇的传统美德，而同食兽首汤的仪式确实取得了成效，达到了凝结民族情感、促进民族团结的目的："它能给人一种用勇气去猎取食物，用一颗爱心去团结兄弟，保护自己的家园。因此，当大家把汤喝完把肉吃尽的时候，心里都增添一种异样的滋味。"[③]　小说通过奥雅分食兽首汤时对大家的告诫表述出黎人对勤劳、勇敢、团结的黎族民间伦理价值观念的推崇，并以此完成民族身份的确认和民族文化传统的保护。

　　黎族作家以黎村为描述对象，从打猎、耕作、婚嫁、习俗等方面对黎族文化进行深入细致的描绘。对黎族生存地域空间中的民族日常生活的描述，带有"深描"式书写的特征。这种对日常生活细节看似琐屑的描写，包含着保护民族文化记忆的动机，也包含着民族身份自我认同的需要。在对黎寨的地域性书写之中，隐藏着借助文学彰显民族性的诉求。

　　从刀耕火种的农业文明到科技发达的工业文明的迅速变迁，黎族作家有自己的困惑和隐忧：现代物质文明以及对物质的无节制欲望将会带来乡村伦理的崩坏以及原有秩序瓦解后的价值混乱，淳朴、真诚、俭朴、善良等传统美德可能在物质文明的侵蚀下成为愚昧的象征。作家敏感地意识到，现代文明的侵入和城市商业文化的影响，可能导致黎族传统社会秩序、乡村伦理和价值观念的崩塌。

① 　龙敏：《黎山魂》，南海出版公司，2002，第179页。
② 　龙敏：《黎山魂》，南海出版公司，2002，第179页。
③ 　龙敏：《黎山魂》，南海出版公司，2002，第179页。

在相当长的历史时期内，黎族传统社会生产都以农耕、狩猎、捕鱼为主，产品自给自足。宋代《诸蕃志》载，黎寨"以物易物，得钱无所用"。黎人的交易基本上是原始的以物易物，根据买卖双方需求和意愿达成交易，不使用货币作为中介。黎族传统社会商品意识淡薄，生产力的低下使黎人没有强烈的物质欲望，在简单的生活方式中坦然自处。变幻莫测的自然环境促成了黎人团结互助的道德观念，具有原始共产主义社会的特征。然而，随着社会发展，货币的使用是大势所趋，黎人在用货币交易的过程中也感受到了"以钱易物"好处。龙敏在《黎山魂》中写到清代黎区生活的黎人开始"初步认识货币，慢慢地使用了铜钱、毫子、光洋等，也初步知道几种货币的比值，他们用货币去跟汉人做买卖，比以物换物好得多。手中握着钱，他们的心里也踏实多了。慢慢地，黎人之间的买卖也使用钱了。从这一点看，他们与汉族的交流就更加密切了。而且，随着汉地商品的纷沓而来，改变了他们的生活与习俗结构。过去，只有本峒的大奥雅才有资格穿戴细布汉装，现在不同了，只要有钱，市集上有的是细布，谁都能穿上柔软舒服的各色各式的衣服。又例如，每日必食用的盐巴，过去，只有每年临近春节人们才成群结队，挎刀佩箭地去汉地换了挑回来。挑回一次还不够一年吃用，而且，还冒着被打杀的危险，说不定还要把小命抛在换盐的路上。现在不同了，只要有钱或物，小跑一袋烟功（工）夫，就可买回白花花的盐巴，再也不必为无盐巴吃用而发愁"①。只是与货币交易相伴随的商品意识和市场经济的进入，在给黎家儿女带来便利，提高生活水平的同时，也可能使具有原始共产主义遗风的黎寨美德受到冲击。《黎岐纪闻》载："黎中无墟市，从无鬻米者。贫人乏食，则有米者贷之，不计息，偿不偿亦不深较。近日颇有奸贪之徒春借秋偿，倍息取利，心不古矣。"②

龙敏的小说《卖芒果》讲述了 20 世纪 80 年代黎山中的黎人最初到市场上进行交易的故事，也隐含着商品经济与黎族传统美德的交锋。勤劳能

---

① 龙敏：《黎山魂》，南海出版公司，2002，第 381 页。
② 原中国科学院民族研究所广东少数民族社会历史调查组、原中国科学院广东民族研究所编《黎族古代历史资料》，海南出版社，2015，第 557 页。

干的黎族伯爹帕慎和帕乐，为到县城里卖芒果，鸡叫头遍就上路，一路跋山涉水，不辞辛苦。帕乐"两条胳膊能扳断水牛角"，帕慎"明亮快活的眼珠，显示出他是一个精明的人"。可是，两人到了县城的市场，却胆怯又惶恐，既担心遇到戴"红布圈"的市场管理人员的驱逐，又担心不了解行情上当受骗。市场上的奸商"小田鼠"卖的"皮色生满黑斑"的芒果"一角钱三个"，帕乐和帕慎又大又甜的芒果却只卖"一角钱五个"。当两个"大陆人"各拿两块钱买芒果时，帕乐和帕慎既听不懂普通话，也一时换算不出两块钱应该给多少个芒果。奸商"小田鼠"见两人不会做生意，便提出要"每担八元钱"收购芒果。帕乐和帕慎虽然心中犹豫："八元？吃他……还是吃我？"也"一角五个，十角五十个，八十角……四百个"地算出价格的不对，但最终仍以每担九元的价格与"小田鼠"讨价还价完成交易。孰料"小田鼠"拿到芒果后，立刻转手以"一角钱两个"的价格卖给其他顾客，从中牟利。帕乐见状，气愤地想要收回芒果，却遭到"小田鼠"的拒绝，"我的钱已经买了你的芒果"，"你要买回去吗？好，一角钱两个，数吧！"被激怒的帕乐抢起扁担要打"小田鼠"："鬼拖你！把我的芒果卖回给我？""砸扁你这个田鼠仔……"市场的围观者中，有的认为帕乐"看人家会捞钱，眼红了"，有的则认为"这只尖嘴田鼠'吃'太多了，真可恶"。最终，代表政府的"红布圈"主持公道："公买公卖，不要互相欺骗。转手提价是一种不正当的买卖手段，谁都不能这样做。"①帕乐最后要回了芒果，明明可以"一角钱两个"高价出售，却并未涨价，还是维持"一角钱五个"的低价出售。帕乐和帕慎得到了人们"好伯爹"的夸赞，芒果很快销售一空。帕慎说："多卖一两角也富不了。"帕乐则说："我们笨，可不想吃人！"正是因为黎族地区商品经济不发达，"小田鼠"这样的奸商便利用黎人不善交易的弱点从中盘剥。小说中的帕乐与帕慎虽然没有"商业头脑"，在"小田鼠"眼中是"笨佬"，但他们不将赚最多的钱作为目的的做法，却是对唯利是图的商业法则的无言反抗，表现出黎

① 龙敏：《卖芒果》，《民族文学》1982年第4期。为保留原文风貌，本书中的"芒果"一仍其旧，不改作"杧果"。

人重义轻利的美德。这个农贸市场中买卖双方冲突的故事的背后，是黎族传统价值观念与商品经济价值观念的冲突，叙述者的价值观和道德观显然与帕乐和帕慎是一致的，在对黎族传统美德的赞美与弘扬中，其也获得了民族的尊严与自信。

在高照清的小说《卖酸山笋的婆孙俩》里，卖山笋的阿婆在卖给乡政府秘书"我"酸山笋之后，用并不熟练的普通话对"我"说"你给钱了，可是还有钱"，"我"很不耐烦，斥责阿婆"老糊涂"，阿婆则交给"我"一张孙女留下的字条："叔叔，你 8 月 10 日买酸山笋 1 斤 5，给 5 块钱，酸山笋每斤 2 块 5，$2.5 \times 1.5 = 3.75$，$5 - 3.75 = 1.25$，我要找 1 块 2 毛 5 分钱还你，可是你走了，我老等不到你，我要上学去了，只好叫阿婆把钱还你。"[1] 如果说不识字的阿婆和她不流畅的普通话反映出黎寨上一代人与现代社会的距离，那么已经到县中学读书的孙女和用现代数学知识写出的字条则象征着黎寨的下一代人已经走出黎寨奔向现代社会。时代在变，黎人所处的环境在变，黎人的美德却没有变。淳朴厚道的婆孙俩的做法反映出黎人对传统美德的坚守与传承。小说中阿婆对"我"的批评其实是对高傲的现代知识分子的批评："看你表面斯斯文文的，怎么说话就像鸡啄谷粒，稀稀刷刷的容不得别人说话呢？"[2] 而这也可以看作黎族传统文化对自身合法性的捍卫，以及对自视甚高却内含霸道的现代文明的委婉批评。

对黎族传统美德的歌颂与传承，是黎族作家普遍追求的主题。黎族古代历史资料中不乏对黎族社会传统美德的赞叹。宋代赵汝适《诸蕃志》载，黎族古代社会"虽无富民，而俗尚俭约，故无惸独，凶年不见莩者。……俗尚淳朴俭约，妇人不曳罗绮，不施粉黛，婚姻丧祭皆循典礼，无饥寒之民。……民与黎蜑杂居，其俗质野而畏法，不喜为盗，牛羊被野，无敢冒认"[3]。清代金光祖所撰《广州通志》称，黎族"慎许可，重

---

① 高照清：《卖酸山笋的婆孙俩》，《高照清短篇小说五题》，《椰城》2011 年第 1 期。
② 高照清：《卖酸山笋的婆孙俩》，《高照清短篇小说五题》，《椰城》2011 年第 1 期。
③ 原中国科学院民族研究所广东少数民族社会历史调查组、原中国科学院广东民族研究所编《黎族古代历史资料》，海南出版社，2015，第 574、576 页。

契约，尤有太古淳庞之遗风"①。原始自然的生存环境、清贫俭朴的物质条件、粗粝简单的生活方式却孕育出淳朴俭约、团结互助、有情有义的民风，这是黎族传统文化中最打动人的部分。黎族作家高照清说："黎族是一个崇尚自然和谐，相信万物皆有灵魂的民族，在漫长的历史长河中，黎族社会历经不断发展和演变，逐渐生成众多优秀的传统道德文化，如家庭伦理道德，社会公德等，这成为支撑黎族社会诚信文化的重要内核。……千百年来，黎族人民用这些带有原始韵味和色彩的伦理道德，来约束自己的行动，规范自己的行为，实现人与人之间和睦相处，村寨与村寨之间和谐共存，部落与部落之间共同进步发展的局面。"②

高照清在《竹林萦绕的村庄》中写到的加林村，村民们午后到田中劳作，街道空旷寂然，家中无人留守，却户户大门敞开，从不担心被盗。"夜不闭户、路不拾遗"的传统美德在这个民风淳朴的村庄完好地保持着。不仅如此，这个有50多户纯黎族人的村寨，也以包容和热情的心态欢迎汉族人的到来。20世纪70年代当几户汉族人从大陆迁徙到海南时，朴实善良的黎家人真诚地接纳了他们，匀出田地和山地给他们耕种水稻和橡胶，在这个绿意盎然的村庄里，黎汉杂居和睦相处。

王海取材于现实生活的小说《五指山上有颗红荔枝》，讲述了16岁便嫁到夫家做后娘的米雅婆的故事，她晚年时身患重病，又遭遇丈夫离世。米雅婆未在夫家留下子嗣，按黎族习俗丈夫死后应被送回娘家。然而，米雅婆的继子最终决定将她留下，陪伴她安度晚年。作者对朴素温暖的民间情义的书写，表现了黎家敬老爱幼的传统美德。王海的另一篇小说《舐犊情》，讲述从小受到父亲偏爱的"我"，在父亲临终前才知道"我"并非父亲亲生的事实。"我"其实是在危难时刻被父亲解救并抚养成人的汉人的后代。对生命的尊重，以及患难相助的美德，自然而然地逾越了狭义的民族界限。

---

① 原中国科学院民族研究所广东少数民族社会历史调查组、原中国科学院广东民族研究所编《黎族古代历史资料》，海南出版社，2015，第589页。

② 高照清：《船形屋、隆闺与情歌》，载《鹿回头 一个永恒的主题》，中国华侨出版社，2021，第214~215页。

在文化全球化加剧的21世纪，有志于为民族代言的黎族作家，越是痛感民族传统文化在现代社会中遭遇的危机，越要从民族传统美德、风俗仪式、生产生活方式中挖掘"地方性知识"，作为想象和建构民族共同体的文化资源，完成传承和弘扬民族文化的重任。黎族作家们以文学形式再现民族日常生活场景，重建民族共同体的文化记忆，建构民族的归属感和认同感，以对抗现代工业文明和消费社会带来的重重压力。

黎族作家还通过对"地方性知识"的"深描"表达对现代发展主义思路的反思。金戈的诗《破坏》触目惊心地展示了现代社会工业化、城市化进程所带来的生态环境的恶化：

我们不再有往日的树林了，
一切都被机器的上帝所埋葬。
曾经结满珍果的山坡，
早被当作居民区建起了楼房。

没有木薯地，没有种植园；
没有草寮，也没有山兰稻。
真正关心自然的人苦思冥想，
城市在扩大、扩大，谁能制止？

的确，我们生活富足、安宁，
在漂亮的石笼里消磨时光。
好吧，欢迎乘坐这辆文明快车，
带领我们快速地奔向灭亡！

工业时代的车轮滚滚向前，
一路碾压，尸横遍野。
水田被掩埋，耕牛遭屠杀，

田间地头铁兽们疯狂叫喊。

乡村公路是一张绷紧的网。
水泥地面像铁衣堵住地球的气孔。
那么多人造物，是一件件凶器。
你不能预见，这正是未来的死因。①

　　对于祖辈与自然和谐共生的黎族人来说，他们与自然的感情尤为深厚，自然不仅是他们现实生存的家园，也是他们安放民族记忆的精神家园。森林被埋葬，水田被掩埋，给世代栖居在自然中的黎族人带来的不仅是生存环境的改变，更是民族生产生活方式的改变。黎族作家自然向往富足、安宁的现代社会，但是当他们触及现代性逻辑之时，却惊恐地发现环境恶化与经济发展相随而至。现代社会所许诺的物质文明和精神文明还没到来，然而民族文化和民族传统已有断裂与消散之忧。树林、草寮、水田、耕牛、木薯地、山兰稻、结满珍果的山坡，所展示的不仅是自然的风景，更是民族的文化记忆。《破坏》表现了诗人面对生态环境被破坏的痛苦与欲返回旧日传统而不得的无奈。这种进退失据、徘徊怅惘的心态在黎族作家中很具有代表性。
　　事实上，黎族作家所感受到的现代社会与传统社会的矛盾、工业文明与农耕文明的矛盾，以及经济发展与生态环境的矛盾，其实并非只为黎族所独有，而是为中华民族所共有。各民族都处在一种同质的、共时的现代性逻辑之中。在发展中所遇到的问题，共同点多于不同点。
　　乡土中国的农耕文明的本色是不流动性。乡土社会缺少流动性，村与村之间是孤立和隔膜的，村民的活动范围也有地域上的限制，保持相对孤立的社会圈子，造成了乡土社会的地方性。在地方性的限制下，人从生到死都在同一个地方，人和人的关系就是熟人社会，因而我们的社会是礼俗社会，而不是来自西方的法理社会。

---

① 金戈：《破坏》，载《木棉花开的声音》，南海出版公司，2014，第222～223页。

黎族没有文字,《黎岐纪闻》载:"遇有事,峒长、黎练以竹箭传唤,无不至者,其信而畏法如此。""头目有事传呼,截竹缚藤,以次相传,谓之传箭,群黎见而趋赴,若奉符信,无敢后者。"① 黎族没有书面语记录的历史,确实给民族文化的传承带来很大遗憾,但从社会学的角度看,是乡土社会的不流动性决定了生活样态的稳定不变,时间阻隔对乡土社会来说影响也不大。来自西方的现代性逻辑隐含着线性发展的时间观,而乡土中国的时间观念是循环的时间观,日光底下无新事,历史是循环往复的,每个人的生活都是前人生活的重演,所以只要记得"祖宗的规矩"就好。"在这种社会里,语言是足够传递世代间的经验了。当一个人碰着生活上的问题时,他必然能在一个比他年长的人那里问得到解决这问题的有效办法。因为大家在同一环境里,走同一道路,他先走,你后走;后走的所踏的是先走的人的脚印,口口相传,不会有遗漏。哪里用得着文字?时间里没有阻隔,拉得十分紧,全部文化可以在亲子之间传授无缺。"②

黎族的宗教信仰、禁忌仪式以及族规民俗,与乡土社会中约定俗成的社会规范一样,都是依靠"祖宗的规矩"来维持。这里隐含的前提是,环境不变,生产方式不变,道德观念也不变,文化是稳定的,人们主动地服膺于传统,"祖宗的规矩"对于后代生活是有效的。但是在现代社会,时间的共时性悄然抹杀了偏远地域空间的独特性,民族文化在现代性的冲击下急速变迁,传统社会的经验在现代社会中丧失了合法性,"祖宗的规矩"失效了,求新求变追求同质的现代成为目标所向。"祖宗的规矩"对于现代的新生事物不再有解决问题的能力,甚至被视为顽固和落伍,传统也就逐渐失去了维持既有社会秩序的能力。在这个意义上,现代性所引发的焦虑和阵痛是中华民族或者说乡土社会共有的体验。然而,由于人口数量相对较少,传统底蕴相对单薄,文化生态相对脆弱,黎族传统文化的现代转型遭遇了严重的身份认同危机和文化传承焦虑,也更倾向于以"地方性知

---

① 原中国科学院民族研究所广东少数民族社会历史调查组、原中国科学院广东民族研究所编《黎族古代历史资料》,海南出版社,2015,第163页。
② 费孝通:《乡土中国 生育制度》,北京大学出版社,1998,第22页。

识"的呈现和"民族志"的书写彰显民族性特征，实现民族身份的建构与认同。对黎乡风物文学书写的热衷，对热带海岛山海意象的执着，都是在以一种感性直观的方式整合民族文化资源、重塑民族文化记忆，并由此达成现代社会中的身份认同。

不过，执意以一种对抗的姿态与现代性保持紧张的对峙，并不能真正引导民族传统完成理想的现代转型。对现代文明及生产生活方式的追求并不意味着要与民族传统一刀两断，民族传统文化记忆也未必是民族在现代社会中前行时唯一可以依傍的资源。随着社会发展，新时代的黎族作家文学将有更高远的志向和追求：在中华民族共同体意识的指引下，以参与构建人类命运共同体的气魄和胸襟，在城市化、现代化的历史进程中找到促进民族现代转型的最大公约数。

结　语

　　人类学家王铭铭指出："作为一个文明体的中国，是由宗教多元的民族与区域构成的；或者倒过来说，每个区域，每个民族，都是一个更大的文明互动场景的'缩影'。"[①] 中国是一个区域多元、民族多元、哲学—宗教多元的国家，不同民族在这块广袤的土地上长期融合互动，形成了极具包容性的"超社会体系"。这对我们跨越族别文学界限在中华多民族文学互动的视野中研究黎族文学具有启示意义。

　　黎族文学研究应该在中华多民族文学整体观的视野中展开。既要建构多元语境下自我民族的文化认同，又要认识到中华民族多元融合的本质特征。少数民族的属性不在于少数，而在于人民性。黎族文学与主流文学一样经历着全球化、商业化和城市化的现代进程，其首先表现出与主流文学的普遍性和同一性。其次才是差异性，黎族作家通过文学创作表现黎族特有的文化心理、思维方式、民俗信仰和审美品格，完成民族文化记忆的历史书写和民族生命样态的诗意表达。

　　新中国成立以来，伴随着少数民族识别工作的开展和少数民族政策的落实，黎族民间文学的搜集、整理和保护取得了有目共睹的成就。20世纪70年代末涌现的龙敏、符玉珍、王海等第一代黎族作家，响应着时代主旋律，通过今昔生活的对比，讲述忆苦思甜、民族团结的主题，紧贴海南黎族现实生活的写作和对黎乡风物的描写使黎族作家的创作区别于主流文学

[①]　王铭铭：《超社会体系：文明与中国》，生活·读书·新知三联书店，2015，第422页。

的创作。20 世纪 90 年代，在 80 年代接受过高等教育的亚根、高照清、黄学魁、韦海珍等第二代黎族作家开始登场，他们有较高的文学素养和汉语书写能力，不断挖掘海南黎族民风民俗以及自然风光的文化内涵，以自觉的民族意识传承和反思民族文化，实现民族身份的认同。21 世纪以来，出生于 20 世纪八九十年代的唐鸿南、李其文等青年作家，已不满足于仅站在少数民族立场书写黎族典型民俗意象，而是站在中华民族多元一体的历史语境，既以民族文化的差异性彰显中华民族文化的多样性，又以民族文化的共通性促成黎族文化与主流文学的融合，通过文学写作实践表达融入中华民族共同体的渴望。黎族文学相对于主流文学而言虽处于边缘地位，但自有其存在的价值和意义，承担着传承与创造黎族民族文化、丰富中华民族文化多样性的重任。未来，黎族文学的发展将面临新的挑战，但也必然随着海南自贸港的建设融入新时代发展的潮流，并做出必要的调适和改变。

现代化是世界发展的历史潮流，实现现代化是世界各国发展面临的带有普遍性的历史任务。但是，现代化没有固定模式，没有"放之四海而皆准"的统一标准，适合自己民族的才是最好的。中国式现代化既有各国现代化的共同特征，更有基于国情的中国特色，涵盖经济建设、政治建设、社会建设、文化建设、生态文明建设"五位一体"的总体布局。经济上的富足、精神上的富有、文化上的自信、人与自然的和谐共生、人与人的互助平等、全体人民的共同富裕，这些黎族作家念兹在兹的主题都是中国式现代化的题中之义。新时代黎族文学的繁荣，必然从铸牢中华民族共同体意识的大局出发，融入构建人类命运共同体的时代主题，打破自我与他者、本土与全球、传统与现代的二元对抗思路，探索现代化发展与文化传统保护良性互动的可能，实现本民族文化与他者文化的共荣、经济发展与生态保护的双赢、民族个体与多民族共同体的共进。

今天的黎族社会，已经全面地参与了全球化时代的现代化进程，并且注定在现代化的道路上砥砺前行，实现黎区物质文明和精神文明的双重进步。现代文明中的物质主义、人类中心主义所带来的消极后果，理应引起黎族作家的反思和批判，但也不能因此沉溺于传统衰落的忧郁与感伤，甚至以此作为抵制现代性的理由和借口。黎族文学的未来，既不是毫无保留地拥抱现代物质文明和城市商业文化，也不是退守在凝固的传统中与世隔绝故步自封。坦然接受现代文明带来的新知，同时也不忘民族传统的文化血脉，以积极自信的姿态与中国各民族文学乃至世界文学展开对话，以文学的方式参与中国多民族文学共同体和人类命运共同体的建构，完成民族文化血脉的赓续和民族传统的创造性转化，是每个黎族作家在新时代里必须思考的问题。

后 记

写后记的此刻，既心生欢喜，又深感惭愧。欢喜的是，这个从 2019 年开始立项的课题终于有了一个阶段性的总结；惭愧的是，随着研究工作的深入，日渐感到学识的不足。当代著名少数民族研究专家李鸿然先生曾说："少数民族文学如同大海，无比深厚与广阔，即使穷毕生精力研究，所知也是有限的。不论是谁，面对大海，应当摒弃轻薄，心存敬畏。"我和陈小妹在田野调查和撰写书稿的过程中，越发体会到其中的深意。

本书是 2019 年度海南省哲学社会科学重大委托项目"海南黎族文学研究"的结题成果。本书第一至四章由陈小妹撰写，前言、第五至七章、结语由石晓岩撰写。海南大学中国现当代文学专业研究生曹钰涵、蔡文孟、张敏、曹凤婷、符嘉洁参与了本课题相关文献资料的整理工作。

感谢黎族作家唐鸿南的热情相助，他为本书的修改提出了宝贵意见。感谢社会科学文献出版社贾立平编辑严谨认真的工作，她的细致、热情与幽默深深地感染着我。感谢海南省社科联和海南大学人文学院，学术前辈和同仁们的无私帮助让我永远心存感激。

由于资料有限，经验不足，本书可能存在诸多不足之处，恳请方家批评指正。

石晓岩
2023 年夏于海甸岛

图书在版编目（CIP）数据

　　海南黎族文学研究／石晓岩，陈小妹著． —— 北京：
社会科学文献出版社，2023.7
　　ISBN 978 - 7 - 5228 - 2048 - 4

　　Ⅰ.①海…　Ⅱ.①石…　②陈…　Ⅲ.①黎族 - 少数民
族文学 - 文学研究 - 海南　Ⅳ.①I207.981

　　中国国家版本馆 CIP 数据核字（2023）第 123993 号

海南黎族文学研究

著　　者／石晓岩　陈小妹

出 版 人／王利民
责任编辑／贾立平
文稿编辑／公靖靖
责任印制／王京美

出　　版／社会科学文献出版社
　　　　　地址：北京市北三环中路甲 29 号院华龙大厦　邮编：100029
　　　　　网址：www. ssap. com. cn
发　　行／社会科学文献出版社（010）59367028
印　　装／三河市尚艺印装有限公司

规　　格／开本：787mm × 1092mm　1/16
　　　　　印 张：18.75　字 数：277 千字
版　　次／2023 年 7 月第 1 版　2023 年 7 月第 1 次印刷
书　　号／ISBN 978 - 7 - 5228 - 2048 - 4
定　　价／148.00 元

读者服务电话：4008918866